Cet enfant qui est le tien

Sauvée malgré elle

CARLA CASSIDY

Cet enfant qui est le tien

Traduction française de
FLORENCE BERTRAND

BLACK ROSE

HARLEQUIN

Collection : BLACK ROSE

Titre original :
STALKED IN THE NIGHT

HARPERCOLLINS FRANCE
83-85, boulevard Vincent-Auriol, 75646 PARIS CEDEX 13
Service Lectrices — Tél. : 01 45 82 47 47 - www.harlequin.fr
ISBN 978-2-2804-6517-5 — ISSN 1950-2753

Composé et édité par HarperCollins France.
Imprimé en octobre 2021 par CPI Black Print (Barcelone)
en utilisant 100% d'électricité renouvelable.
Dépôt légal : novembre 2021.

FSC
www.fsc.org
MIXTE
Papier issu de sources responsables
FSC® C159065

Pour limiter l'empreinte environnementale de ses livres, HarperCollins France s'engage à n'utiliser que du papier fabriqué à partir de bois provenant de forêts gérées durablement et de manière responsable.

1

Eva Martin fixa la dépouille de la vache étendue à ses pieds, puis se tourna vers l'homme en uniforme qui se tenait à côté d'elle.

Le shérif Wayne Black retira son chapeau et, à l'aide d'un mouchoir, essuya son front couvert de sueur. Le mois d'août à Dusty Gulch, dans le Kansas, pouvait être suffocant. On n'était qu'au milieu de la matinée, mais il faisait déjà plus de trente degrés.

Eva bouillait intérieurement, toutefois cela n'avait rien à voir avec la chaleur qui régnait. Elle était en proie à une profonde colère, mêlée d'un début de peur.

— Wayne, c'est la troisième fois que je découvre le cadavre mutilé d'une de mes vaches en l'espace de trois semaines. Et je suis sûre que, si je regarde dans ma boîte aux lettres, je vais y trouver un autre message de menaces.

Wayne s'épongea de nouveau le visage, remit son chapeau et détourna les yeux.

— Eh bien, je suppose qu'on ferait mieux d'aller voir.

Comme il remontait dans sa voiture de patrouille, Eva enfourcha son cheval et galopa en direction de la boîte aux lettres située au bout de l'allée qui menait à son ranch.

Le sang tambourinait à ses oreilles, presque aussi assourdissant que les sabots de sa monture sur la terre desséchée. Quelqu'un l'avait prise pour cible, et elle n'avait aucune idée de son identité. Le plus frustrant, c'était qu'elle avait l'impression que le shérif ne prenait pas du tout cette affaire au sérieux.

Dans une ville dominée par la puissante famille Albright, elle savait qu'elle ne représentait qu'une vague source d'irritation pour lui. Wayne Black était avant tout au service de Justin Albright, un homme qu'elle n'appréciait pas. Elle ne s'en était jamais cachée.

Arrivée la première, elle attendit, pour ouvrir la boîte, que Wayne s'arrête et descende de voiture. Exactement comme elle l'avait soupçonné, elle y trouva une enveloppe blanche toute simple, adressée à elle en majuscules noires.

Bien qu'elle ait déjà reçu deux messages de ce genre, Eva sentit s'accélérer les battements de son cœur. La poitrine comprimée par l'appréhension, elle sortit l'enveloppe de la boîte et la décacheta. Un petit frisson la parcourut alors que ses yeux déchiffraient la missive :

Dégage d'ici, espèce de garce.

— Même style que les deux précédentes, commenta Wayne.

Elle lui tendit le papier, mais il ne fit pas mine de le prendre.

— Je n'en ai pas besoin. J'ai les deux autres.

— Mais que fais-tu pour élucider cette affaire ? Wayne, tu dois bien savoir que je ne peux pas me permettre de perdre une vache par semaine. Et ces notes sont indéniablement des menaces.

— Je sais, et j'enquête. Je te promets de t'appeler dès que j'aurai des informations.

À la consternation, mais non la surprise d'Eva, il remonta aussitôt dans sa voiture de patrouille et démarra, la saluant d'un signe de la main.

— C'est ça, oui. Bien sûr qu'il va m'appeler, grommela-t-elle à l'adresse de son cheval.

Deux semaines s'étaient écoulées depuis qu'elle avait trouvé la première vache morte sur ses terres. L'animal avait été égorgé, et son cœur prélevé au couteau. Le jour même, elle avait reçu la première lettre.

Les deux fois, Wayne était venu, promettant de mener une enquête et de la tenir au courant. Jusqu'à maintenant, il ne lui avait pas téléphoné, et elle soupçonnait que ses investigations étaient au point mort.

Si elle avait été membre de la famille Albright, Wayne se serait démené comme un beau diable pour résoudre cette affaire, songea-t-elle avec amertume.

Avec un soupir, elle remonta sur son cheval et se dirigea vers l'écurie. Il allait falloir qu'elle avertisse Harley, un de ses cow-boys, et qu'elle lui demande d'enterrer la dépouille.

En dépit de la découverte macabre qu'elle avait faite, Eva ne put s'empêcher d'éprouver une pointe de fierté en regagnant le ranch. Le reste de son bétail était en bonne santé et, le moment venu, la vente du troupeau devrait suffire à renflouer son compte en banque – lequel commençait à être dangereusement bas.

Le vaste jardin situé à côté de la maison donnait des légumes en abondance, et ses poules pondaient si régulièrement qu'elle vendait ses œufs aux habitants de la localité.

Son père aurait été fier d'elle et de son travail acharné pour garder les terres qu'il adorait, et auxquelles il avait consacré sa vie. La mère d'Eva était morte quand celle-ci n'avait que huit ans. Son père et elle avaient été à la fois une équipe, et les meilleurs amis du monde.

Elle avait encore du mal à croire qu'il était mort depuis près de dix ans. Il avait succombé à une crise cardiaque dans un pré alors qu'Eva et lui apportaient du fourrage au bétail.

Et puis il y avait eu Andrew. Son cœur se serra tandis que des souvenirs de son mari défilaient dans son esprit. Andrew avait été l'homme le plus doux, le plus gentil qu'elle avait jamais connu. Pas un jour ne s'écoulait sans qu'elle pense à lui.

De retour à la maison, elle téléphona à Harley, après quoi elle alla prendre une douche rapide, désireuse de chasser l'odeur de la mort qui semblait imprégner son corps.

Cela fait, elle enfila une robe d'été mauve et bleue, puis se rendit dans la cuisine et se prépara du café.

Elle se laissa tomber sur une chaise et prit une profonde inspiration. Indépendamment de son exaspération à l'égard du shérif, pour la première fois depuis la disparition de son père, elle était effrayée.

Qui était derrière tout cela ? Les bêtes tuées, leur

cœur arraché… Le seul fait d'y penser lui donnait la nausée. S'agissait-il d'une espèce de rite pratiqué par un groupe d'illuminés ? Ou de l'œuvre d'un seul individu ? Pourquoi l'avait-on prise pour cible ?

Son regard tomba sur un cadre accroché au mur en face d'elle. Le visage encadré de boucles brunes, éclairé par un sourire chaleureux, le jeune garçon sur la photo était si beau qu'Eva en eut la gorge nouée. Elle devait rester forte pour Andy, son fils. Âgé de neuf ans, il était sa raison d'être, emplissait sa vie d'amour et de lumière.

Pour rien au monde elle ne voulait qu'il perçoive son angoisse. Elle n'allait pas lui parler des vaches mortes ni des messages de menaces. Andy était un enfant innocent, elle tenait à le protéger des problèmes des adultes. Il en avait déjà affronté assez.

Trois petits coups frappés à la porte du jardin annoncèrent l'arrivée de Harley.

— Entrez !

Harley Graham travaillait pour elle depuis sept ans. Plus âgé qu'elle, rompu à son métier, il était devenu à la fois un ami et un mentor. Il franchit le seuil et, d'un geste, elle lui fit signe de se servir un café.

Ni l'un ni l'autre ne parlèrent avant qu'il soit assis à table. Il repoussa son chapeau en arrière, révélant des cheveux gris et hirsutes, et le posa sur la chaise vide à côté de lui.

Il la regarda longuement avant de secouer la tête, un pli d'inquiétude sur son front hâlé.

— Sale histoire, commenta-t-il. C'était la même chose que la dernière fois ?

Elle acquiesça.

— Le cœur a été ôté avec un couteau.

— Et vous avez reçu d'autres menaces ?

Elle lui désigna la feuille de papier pliée sur la table.

— Même genre. Dégage d'ici…, etc.

Le front de Harley se creusa davantage.

— Vous avez averti le shérif ?

— Oui. Il est venu.

— Qu'est-ce qu'il a dit ?

— La même chose que les deux premières fois. Qu'il enquête et qu'il va me tenir au courant.

Harley émit un petit ricanement et but une gorgée de café.

— Ce type est un incapable. S'il est shérif, c'est uniquement parce qu'il dit oui à tout ce que veut Albright. À propos, vous avez appris la nouvelle ?

— Laquelle ? demanda Eva, curieuse.

— D'après la rumeur, le vieux Albright est mort hier matin.

Eva le fixa, stupéfaite. Justin Albright était mort ? Le monstre qui avait à jamais changé le cours de sa vie n'était plus de ce monde ?

Elle n'aurait même pas su dire ce qu'elle ressentait. Elle était comme engourdie. Elle n'avait jamais souhaité la mort du vieil homme, mais elle n'était en rien peinée par sa disparition.

— Je me demande si les choses vont changer par ici maintenant qu'il n'est plus là, parvint-elle à articuler.

— J'ai entendu dire que son fils David est un type plutôt correct. Je ne sais pas grand-chose de l'aîné.

Quand je suis arrivé à Dusty Gulch, il était déjà parti en Europe.

— En Italie, précisa Eva. Il gère la branche viticole de l'entreprise familiale.

En dépit de la chaleur, ses doigts étaient soudain glacés. Elle mit les mains autour de sa tasse pour les réchauffer.

— Il s'appelle comment ? Jack, c'est ça ?

— Jake.

Le seul fait de prononcer son nom à voix haute lui nouait l'estomac, réveillait une multitude d'émotions.

— Il va rentrer pour les obsèques, je suppose. Qui sait ? En tant qu'aîné, il va peut-être décider de rester en ville.

Harley but une lampée de café et se leva.

— Enfin, les affaires des Albright ne me regardent pas. Je vais aller m'occuper de cette vache morte, ajouta-t-il en allant mettre sa tasse dans l'évier.

— Merci, Harley.

— À plus tard.

L'instant d'après, la porte claquait doucement derrière lui.

Eva but une gorgée de café, tiède maintenant, et s'efforça de chasser Jake Albright de ses pensées. Cependant, c'était impossible. Les souvenirs balayaient son esprit tel un vent brûlant, porteur d'un désir insensé, d'une espèce de folie.

La folie de la jeunesse et du premier amour, une passion si profonde qu'Eva avait cru ne pouvoir vivre sans elle… Jusqu'au jour où on la lui avait arrachée.

Au fil des années, elle avait parfois vu des photographies de lui dans les pages mondaines de l'hebdomadaire local.

Selon la légende, Jake Albright, magnat du vin, fêtait son anniversaire ou autre chose avec un top model, une actrice ou une riche héritière.

Les femmes étaient toutes ravissantes et sophistiquées, à l'évidence fortunées.

Elle termina son café et s'obligea à se lever. Elle n'allait pas perdre une minute de plus à penser à Jake. Elle était certaine qu'il n'avait jamais passé plus 'de quelques secondes à penser à elle lorsqu'il avait laissé Dusty Gulch derrière lui, et elle avec.

D'ailleurs, elle était parfaitement heureuse seule dans son ranch avec son fils. Andy était tout ce qui comptait pour elle, et elle n'avait besoin ni de Jake ni d'un autre homme dans sa vie. Avec un peu de chance, Jake viendrait assister aux funérailles de son père et repartirait par le premier avion. Elle n'aurait ni à le voir, ni à lui parler.

Jake franchit le seuil de l'imposante villa où il était né, sans éprouver le moindre sentiment de retour au bercail. Cette vaste demeure n'avait jamais été un foyer chaleureux. Il avait été élevé par une succession de nounous et un père distant et autoritaire, qui venait de succomber à une crise cardiaque.

Malgré la sévérité et la froideur de son père, Jake l'avait profondément aimé, et éprouvait un chagrin sincère. Il n'aurait plus la possibilité de nouer des liens plus proches avec lui désormais.

Après avoir déposé sa valise dans l'entrée, il se mit en quête de son frère David. Il le trouva attablé dans l'élégante salle à manger, en compagnie de son épouse, Stephanie, et de leur fils de cinq ans, Richard.

— Hé, mon vieux ! s'écria David à sa vue.

Stephanie et lui se levèrent aussitôt pour l'accueillir. David l'étreignit brièvement, puis le relâcha.

— Pourquoi ne nous as-tu pas prévenus que tu arrivais ? Nous aurions pu aller te chercher à l'aéroport.

L'aéroport de Dusty Gulch était en réalité une unique piste d'atterrissage, surtout utilisée par de petits avions d'agrément ou des appareils qui traitaient les récoltes. Il ne comportait aucun bâtiment hormis le hangar où les gens de la localité rangeaient leurs avions.

— Lionel m'a amené, expliqua Jake.

Lionel était le pilote de l'avion privé utilisé par la famille Albright.

— Rasseyez-vous, ajouta-t-il. Je ne veux pas interrompre votre petit déjeuner.

— As-tu mangé ? s'enquit sa belle-sœur. Je peux demander à Cookie d'apporter une assiette supplémentaire.

— Merci. Ce serait parfait.

Jake prit place à côté de son neveu pendant que Stephanie disparaissait dans la cuisine.

— Comment vas-tu, mon grand ?

Le garçonnet brun sourit et baissa timidement la tête.

Stephanie revint, suivie un instant plus tard de la cuisinière qui déposa une assiette et des couverts devant Jake, lequel se leva et la serra affectueusement dans ses bras.

Carol Simon, surnommée Cookie, travaillait comme cuisinière dans la famille depuis trente ans, et avait été une présence chaleureuse et familière pour Jake à la mort de sa mère.

Âgé de six ans à l'époque, il se faufilait souvent dans la cuisine et grignotait un toast à la cannelle, bavardant avec Cookie pendant qu'elle préparait le petit déjeuner.

— Tu m'as manqué, Cookie.

— Oui, c'est ce qu'on dit, répondit-elle, un sourire éclairant son visage replet. Maintenant, assieds-toi. Tu as maigri. On dirait que tu as bien besoin de mes petits plats après tout ce temps passé à manger des cochonneries étrangères !

Jake éclata de rire et reprit sa place à table. Ce moment de légèreté passé, la conversation se fit plus sombre alors qu'ils évoquaient les préparatifs des funérailles, prévues trois jours plus tard.

— Papa avait tout arrangé, déclara David. Nous avons rendez-vous avec Paul demain à midi pour la lecture du testament. Ensuite, à 16 heures, nous devons voir Aaron aux pompes funèbres et nous assurer que tout est prêt pour l'enterrement, dimanche matin à 10 heures.

Jake acquiesça.

— Entendu.

— J'ai demandé au personnel de préparer ta suite, annonça Stephanie. Combien de temps comptes-tu rester ?

— Je ne compte pas repartir.

Il lut la stupeur sur le visage de sa belle-sœur et de son frère.

— Je projetais de rentrer depuis quelque temps déjà.

La société viticole tourne très bien avec les cadres qui sont en place. On n'a plus besoin de moi au quotidien. Et puis j'avais le mal du pays.

— Tu as des projets ? demanda David.

Jake eut un petit rire.

— Je suis ici depuis une heure à peine. Pour être honnête, le seul projet que j'aie pour le moment, c'est de me rafraîchir un peu et d'aller faire un tour en ville.

— Il y a eu pas mal de changements ces dix dernières années. Nous avons une nouvelle boulangerie, un glacier s'est installé dans la rue principale, toute une série de commerces ont ouvert.

— Nous avons même un magasin de chaussures pour dames, ajouta sa belle-sœur avec enthousiasme.

Jake lui adressa un sourire amusé. Il avait toujours eu de l'affection pour Stephanie. Elle avait fréquenté le lycée en même temps que David et lui, mais son frère et elle n'étaient sortis ensemble que des années plus tard. Avec ses cheveux blond clair et ses yeux bleu pâle, elle pouvait sembler froide et hautaine, mais rien n'était plus éloigné de la réalité. Elle était adorable et avait un cœur d'or.

— Un magasin de chaussures pour dames… Eh bien, Dusty Gulch a vraiment fait son chemin ! la taquina-t-il.

Tous s'esclaffèrent. Le petit déjeuner terminé, Jake grimpa l'escalier principal afin de gagner sa suite, située dans l'aile gauche de la maison.

Il avait grandi dans cette suite qui, outre une chambre et une salle de bains, comprenait un salon doté d'une cheminée. Deux fauteuils en cuir faisaient face à celle-ci tandis qu'un petit canapé était adossé au mur, dont le gris clair contrastait avec les meubles en laqué noir.

Il pénétra dans la chambre. Une courtepointe toute en nuances de gris recouvrait le lit double. C'était dans cette pièce qu'il avait rêvé son avenir, qu'il l'avait préparé, et c'était là qu'il avait pleuré quand ces rêves s'étaient écroulés.

Ses valises étaient déjà là. Après une douche rapide, il enfila un jean et un polo noir, et redescendit au rez-de-chaussée.

David avait disparu dans le bureau de leur père. Stephanie s'attardait dans la cuisine devant une tasse de café.

— David a fait faire la révision ce matin, en prévision de ton arrivée, dit-elle comme Jake attrapait ses clés sur le tableau d'accrochage.

— C'est sympa de sa part. J'apprécie qu'il ait pris soin de mon bébé en mon absence.

Son « bébé » était un pick-up noir doté de toutes les options possibles et imaginables, le cadeau que le père de Jake lui avait fait dix ans plus tôt lorsqu'il avait terminé ses études secondaires. Il avait à peine eu le temps de s'en servir avant de partir pour l'Italie.

Surtout, le pick-up avait représenté une promesse : celle qu'il serait un jour à la tête de la section agricole de la société, un poste dont il rêvait depuis l'enfance.

Cependant, c'était avant que sa vie s'écroule. Avant *elle*. Même si dix ans avaient passé depuis la dernière fois qu'il l'avait vue, penser à elle déclenchait encore chez lui une vague de chaleur. Il se demandait toujours si c'était la brûlure de la colère ou la fièvre du désir qui continuait à l'habiter.

— Seras-tu de retour pour le dîner ? s'enquit Stephanie, l'arrachant au désordre de ses pensées.

— Non, je mangerai quelque chose en route, mais tu peux dire à David que je serai prêt pour le rendez-vous avec 'le notaire demain midi.

— Entendu. Profite bien de ton premier jour !

— Merci, Steph. À plus tard.

Jake sortit par la porte de service, et inspira à fond. L'air chaud du mois d'août sentait bon le foin et le bétail. Il aimait ces odeurs. Jamais il n'avait désiré travailler en Italie. Son cœur était toujours resté ici, à Dusty Gulch. Cependant, son père avait insisté pour qu'il aille s'occuper du vignoble et, à l'époque, Jake avait éprouvé le besoin de s'échapper.

La situation avait changé.

Il se dirigea vers le garage, situé un peu à l'écart. Là, il monta dans son pick-up et suivit l'allée jusqu'à la maison, laquelle surplombait la petite ville en contrebas... Une ville qui était presque entièrement aux mains de la famille Albright.

Il ne savait pas du tout comment son père avait divisé ses biens entre David et lui. Avec un peu de chance, David accepterait de lui laisser les rênes du ranch, tandis qu'il se consacrerait au secteur immobilier et au reste des opérations.

Au pied de la colline, au lieu de tourner à gauche pour gagner la ville, il prit à droite et se dirigea vers le ranch d'Eva.

Il savait qu'aller voir Eva Taylor, maintenant Eva

Martin, était stupide. Il avait dix-sept ans et elle seize lorsqu'ils avaient commencé à sortir ensemble. De fil en aiguille, ils avaient partagé une histoire d'amour torride. Elle avait été sa première femme, et lui son premier homme. Plus de dix ans s'étaient écoulés depuis.

Au cours de ces dix années, elle s'était mariée, avait eu un enfant et, à présent, elle était veuve. Il n'aurait su dire pourquoi il désirait la revoir mais, à mesure qu'il s'approchait de son petit ranch, il sentit sa poitrine se comprimer.

Pourquoi était-il si tendu ? En somme, elle n'avait été rien de plus pour lui qu'un premier amour… un amour d'adolescent. Peut-être avait-il seulement besoin de la revoir pour mettre un point définitif à la passion qui l'avait hanté durant toutes ces années.

Il s'engagea dans la longue allée, et songea que la maison n'avait guère changé. Comme dans ses souvenirs, elle était peinte en blanc, avec des volets verts. C'était là qu'il avait passé une bonne partie de son adolescence.

Avec Eva et son père, Tom, Jake s'était senti chez lui. Tom l'avait traité comme un fils, et le modeste logis avait vibré de rires et d'affection partagée.

Il ralentit et se gara, parcourant les environs des yeux. Si la maison elle-même paraissait en bon état, la grange et les autres dépendances avaient en revanche besoin d'entretien, et d'une nouvelle couche de peinture.

Avait-elle des difficultés financières ? Ce ne devait pas être facile pour une femme seule avec son fils de s'occuper d'un ranch. Il savait qu'ils avaient eu des soucis d'argent du vivant de son père. *Cela ne te regarde pas*, souffla une petite voix dans sa tête.

Il descendit du véhicule, mais hésita à refermer sa portière. Que diable faisait-il ici ? Il n'aurait pas dû venir.

Dix ans plus tôt, elle avait rompu avec lui. Rien ne suggérait qu'elle ait jamais regretté cette décision. Elle était allée de l'avant et n'avait sans doute plus jamais pensé à lui.

Il était sur le point de remonter dans son pick-up et de repartir quand la porte d'entrée s'ouvrit et qu'elle apparut.

Vêtue d'une robe d'été sans manches, ses longs cheveux bruns tombant en cascade sur ses épaules, elle était si belle qu'il en eut le souffle coupé.

Ses yeux bleu-violet s'écarquillèrent de surprise.

— Jake, souffla-t-elle. Que… Que fais-tu ici ?

— Je me suis dit que je viendrais rendre visite à une vieille amie.

Il désigna la porte d'un geste.

— Je peux entrer ? Tu m'offres un café ?

Elle hésita un instant et, une fois de plus, il se demanda ce que diable il était venu faire là. Elle était encore plus belle qu'autrefois, mais elle ne semblait pas ravie de le revoir. Et pourquoi aurait-elle dû l'être ? Il n'était sans doute rien de plus qu'un lointain souvenir dans son esprit.

Elle s'était mariée quelques mois après son départ. Elle avait eu un enfant. Jake n'avait rien été de plus qu'un petit copain de lycée. Et le lycée était bien loin maintenant.

Enfin, elle ouvrit la porte plus grande et s'effaça

pour le laisser entrer. Comme il passait devant elle, il ne put s'empêcher de respirer son parfum. C'était le même que dix ans auparavant, une senteur légèrement florale qui éveilla aussitôt en lui une bouffée de désir.

Il sut alors précisément pourquoi il était venu. Il la désirait. Il n'avait jamais cessé de la désirer. Et la seule manière d'aller réellement de l'avant serait de la posséder une dernière fois.

2

Eva lui fit traverser le salon et le conduisit dans la cuisine. Il prit place à la table en bois pendant qu'elle se dirigeait vers la cafetière.

Elle se sentait en état de choc. Soudain, elle avait trop chaud, et pourtant son cerveau semblait glacé. Jake Albright était la dernière personne au monde qu'elle s'était attendue à voir.

Elle dosa le café, très consciente de son regard sur elle. Que faisait-il ici ? Pourquoi était-il venu ? Que voulait-il d'elle ? C'était si stupéfiant de le voir là, chez elle… assis à cette table, après toutes ces années.

Par chance, Andy était à l'école. Pour rien au monde elle ne voulait que son fils ait de contact avec Jake Albright. En ce qui la concernait, la fortune et le pouvoir des Albright avaient toujours tout sali autour d'eux.

Enfin, elle pivota vers lui.

— Que fais-tu ici, Jake ?

Elle était restée debout devant le plan de travail.

— Je viens de rentrer en ville, j'ai pensé à toi et j'ai décidé de m'arrêter prendre de tes nouvelles.

Il lui adressa un sourire lent, sexy, le genre de sourire

qui, autrefois, aurait eu raison de toutes ses défenses. Elle se raidit, veillant à refouler la moindre émotion.

Avec son menton volontaire, ses traits décidés, il était toujours l'homme le plus séduisant qu'elle ait connu. Un long silence s'étira entre eux.

— Je suis désolée pour la mort de ton père, murmura-t-elle enfin.

Une vive douleur se lut sur le visage de Jake, avant de disparaître aussitôt.

— Merci. J'ai moi aussi été désolé d'apprendre la mort de ton père et celle de ton mari. Ça 'a dû être très dur pour toi.

— Ça va, maintenant.

Elle se détourna, remplit deux tasses de café, puis vint s'asseoir à table. Elle était assez proche de lui pour sentir son odeur... Une odeur de linge propre, de mousse à raser, un soupçon d'eau de toilette.

Elle ne savait toujours pas pourquoi il était là. La dernière fois qu'ils s'étaient vus, ils ne s'étaient pas quittés en bons termes. Loin de là. Ils étaient tous les deux en proie à l'émotion, et la rupture avait été acrimonieuse.

— Eh bien, combien de temps comptes-tu rester en ville ? reprit-elle, fixant un point sur le mur légèrement au-dessus de lui.

Elle ne voulait pas le regarder dans les yeux. Les yeux de Jake avaient toujours été son meilleur atout. Sombres comme la nuit, dotés de longs cils noirs, ils l'avaient conquise plus d'une fois.

Pas maintenant.

Plus jamais.

— J'avais le mal du pays depuis un certain temps, par conséquent j'ai décidé de m'installer ici pour de bon.

— Oh !

Elle était à la fois stupéfaite et consternée. Elle avait espéré qu'il repartirait aussitôt après les obsèques de son père. La vie pour elle avait été plus facile en son absence. Elle ne tenait en aucun cas à se voir rappeler ses erreurs passées, le secret qu'elle devait lui cacher à jamais.

Il se laissa aller en arrière sur sa chaise. Il était mince et élancé, mais des muscles saillaient sous les manches courtes de son polo, signe d'une force discrète.

Même adolescent, Jake inspirait le respect. C'était un leader, pas un suiveur, et sa confiance en lui-même était palpable. On aurait dit que le monde lui appartenait.

Il possédait toujours le même charisme.

— Tout va bien pour toi ? La maison est exactement comme dans mes souvenirs, commenta-t-il.

— J'ai réussi à l'entretenir, mais la grange a besoin de travaux. J'espère pouvoir les entreprendre bientôt.

Le regard de Jake s'arrêta sur la photo d'Andy accrochée au mur.

— C'est ton fils ?

L'estomac soudain noué, la gorge serrée, Eva se fit violence pour répondre d'une voix normale.

— Oui, c'est Andy.

— C'est un beau garçon. Il te ressemble beaucoup.

Au grand soulagement d'Eva, il changea de sujet.

— Les affaires marchent ?

— On s'en sort.

Elle baissa les yeux, vit la missive restée sur la table, et ne put s'empêcher de frissonner.

— Apparemment, cela ne plaît pas à tout le monde.

Il arqua un sourcil surpris.

— Que veux-tu dire ?

— Ces trois dernières semaines, j'ai découvert trois de mes vaches mortes et mutilées dans le pré.

Il plissa les yeux et se redressa.

— Mutilées comment ?

— On les a égorgées et puis on leur a prélevé le cœur.

Il la fixa, atterré.

— Qu'est-ce que c'est que cette histoire ?

Elle tendit la main, ramassa la lettre et la lui lança.

— Et chaque fois que j'ai trouvé une vache morte, j'ai aussi reçu un mot comme celui-ci dans ma boîte aux lettres.

Elle l'observa avec attention pendant qu'il lisait le message. Elle ne savait pas au juste pourquoi elle avait mentionné ces incidents. Peut-être parce qu'il était plus facile de parler de vaches mortes et de menaces que d'évoquer ce qui s'était passé entre eux autrefois.

La mâchoire crispée, Jake laissa retomber le papier sur la table.

— C'est lamentable. Que dit Wayne de tout ça ? Tu l'as appelé, j'imagine ?

— Je l'ai appelé tout de suite, mais il n'en dit pas grand-chose.

Elle lui relata la visite du shérif ce matin-là, ainsi que les deux précédentes.

— Pour être franche, j'ai eu l'impression qu'il était surtout préoccupé par la chaleur.

— On est au mois d'août à Dry Gulch[1]. Wayne est né ici, le climat n'est pas vraiment une surprise pour lui. Il doit faire son boulot même quand il fait chaud. Tu as une idée de qui est derrière tout ça ?

Elle secoua la tête.

— Pas la moindre.

— Tu as rompu avec quelqu'un avec qui tu sortais récemment ?

— Je ne suis sortie avec aucun homme depuis la mort de mon mari, rétorqua-t-elle. Ça ne m'intéresse pas. J'ai mon fils et mon ranch, et c'est tout ce dont j'ai besoin dans la vie.

Elle redressa légèrement le menton.

— Je n'ai eu aucun conflit avec personne et je ne vois pas du tout pourquoi on voudrait s'en prendre à moi.

— Il me semble que Wayne devrait se démener un peu plus pour découvrir l'auteur de ces actes.

Elle eut un petit rire sec.

— Cela va sans dire.

Elle redevint sérieuse.

— J'ai bien eu quelques soucis avec un groupe d'adolescents…

— Quel genre de soucis ? demanda Jake, sirotant son café.

— Un petit groupe s'est introduit dans ma grange à plusieurs reprises pour faire la fête. Je les ai surpris deux ou trois fois et je les ai chassés, et l'idée m'est venue qu'ils avaient peut-être voulu se venger.

1. Jeu de mots avec le vrai nom de la ville : « Dusty Gulch » (poussiéreuse) et « Dry Gulch » (asséchée). (NdE)

— Tu en as parlé à Wayne ?

— Oui. Je lui ai même donné deux noms mais je ne suis pas sûre qu'il y ait eu un suivi.

Elle jeta un coup d'œil à l'horloge, dans sa hâte que Jake soit parti avant le retour d'Andy.

— Je vais lui passer un coup de fil, essayer de le motiver un peu.

— Merci. Ce serait vraiment gentil.

Elle se leva, dans l'espoir qu'il comprenne le message et qu'il s'en aille. La conversation avait été assez détendue, néanmoins elle se sentait encore mal à l'aise en sa présence. À son grand soulagement, il se leva aussi, et ils gagnèrent ensemble la porte d'entrée.

— Ça m'a fait plaisir de te voir, Jake, dit-elle.

Il fit un pas vers elle.

— Moi aussi, j'ai été content de te voir, Eva. Tu es encore plus belle que dans mes souvenirs.

Il leva la main, comme pour lui caresser les cheveux, mais se hâta de la laisser retomber le long du corps.

L'espace d'un bref moment, leurs regards se soudèrent. Dans les profondeurs de ses yeux sombres, elle discerna quelque chose qui lui coupa le souffle. Quelque chose qu'elle se remémorait de ces jours et de ces nuits d'été d'autrefois… Un désir brûlant qui menaçait de l'emporter.

Choquée, elle s'empressa de reculer et détourna la tête.

— À un de ces jours, je suppose.

— Oh ! Tu vas me revoir, sois tranquille. Et j'ai l'intention de téléphoner à Wayne dès que possible pour lui demander ce qu'il a fait jusqu'ici pour éclaircir cette affaire.

— Je t'en suis vraiment reconnaissante.

— Tu peux me donner ton numéro ?

Cette perspective n'enchantait guère Eva, mais 'si Jake allait défendre ses intérêts auprès de Wayne, il était assez logique qu'il puisse la joindre.

— Je t'appellerai dès que j'aurai eu une conversation avec Wayne, promit-il lorsqu'ils eurent échangé leurs coordonnées. Je vais aller en ville tout de suite et essayer de le trouver.

— Merci, Jake.

Après un dernier regard, il s'en alla. Eva referma la porte et s'y adossa, fermant les yeux. Pour la première fois depuis qu'il était entré dans la maison, elle avait l'impression de pouvoir enfin respirer de nouveau.

Elle ne s'était pas attendue à le revoir – ni ici ni ailleurs. Surtout, elle ne s'était pas attendue au déferlement d'émotion que sa vue avait éveillé en elle.

Une violente bouffée de désir l'avait submergée à l'instant où elle l'avait reconnu. Un désir teinté d'un profond regret pour ce qui aurait pu être. Et qui ne serait jamais.

Elle ne savait toujours pas au juste pourquoi il avait fait halte chez elle. Cependant, elle appréciait qu'il ait proposé de parler à Wayne : le soutien d'un Albright signifiait que le shérif allait prendre l'affaire plus au sérieux, elle le savait.

Cela dit, elle ne voulait rien de plus de Jake Albright.

Il représentait un danger pour elle. Un danger pour la vie qu'elle s'était construite avec son fils. Il avait assez d'argent et assez de pouvoir pour la détruire, et elle redoutait que ce ne soit précisément ce qu'il décide de faire s'il découvrait qu'Andy était son fils.

À huit heures et demie le lendemain matin, Jake monta dans son pick-up pour se rendre chez Eva. La veille, il avait eu une longue conversation avec Wayne au sujet des incidents survenus au ranch. Il avait insisté sur le fait qu'il tenait à être informé sur tous les détails et les progrès de l'enquête jusqu'à maintenant.

Ce matin, Wayne l'avait appelé pour lui dire qu'Eva avait découvert deux autres vaches tuées et mutilées sur ses terres. Jake avait donc décidé de le retrouver sur place pour voir par lui-même de quoi elle retournait.

Il ne pouvait s'empêcher d'être tendu à la perspective de revoir Eva. Il avait pris conscience la veille du désir qu'elle continuait à lui inspirer. En dépit du passage des années et des aventures qu'il avait connues à l'étranger, Eva était restée en marge de ses pensées. D'où, peut-être, son incapacité à tisser des liens durables avec une autre femme.

Il avait besoin de la posséder une dernière fois pour se libérer d'elle, la chasser à jamais de son esprit.

Il avait passé son adolescence à aimer Eva et, à l'époque, il était convaincu qu'elle l'aimait en retour. Un jour, ils s'étaient même prêtés à un simulacre de cérémonie de mariage dans le grenier à foin de la grange : ils s'étaient promis de se marier pour de bon dès qu'ils auraient terminé leurs études secondaires. Il avait sincèrement cru qu'elle serait la femme de sa vie, son épouse légitime, qu'elle porterait ses enfants.

Jamais il ne l'aimerait de nouveau. Elle l'avait trop fait souffrir. Jamais il ne pourrait oublier qu'elle avait trahi l'amour qu'il croyait partagé. Un soir, sans crier gare, elle lui avait déclaré qu'elle ne l'aimait pas, qu'elle ne voulait plus le voir.

Jamais il ne pourrait oublier que, tout juste quelques mois plus tard, elle avait épousé Andrew Martin, un ouvrier agricole qui travaillait pour Tom. Andrew et elle s'étaient-ils fréquentés en secret pendant que lui, Jake, était tout entier absorbé par son amour pour elle ?

C'était une question qui l'avait hanté pendant toutes ces années. Qu'avait-elle trouvé chez ce garçon taciturne que lui, Jake, ne possédait pas ? Et pourquoi, après tout ce temps, cela persistait-il à le tarauder ?

Le passé est le passé, se rappela-t-il en s'engageant dans la longue allée qui menait au ranch. Il se gara, descendit de son pick-up, et se dirigeait vers la maison quand il aperçut Eva près de la grange.

Occupée à seller un cheval, elle s'interrompit à son approche. Elle portait un jean serré qui soulignait la minceur de ses hanches et le galbe de ses longues jambes. Son chemisier bleu, en tissu vaporeux, était incroyablement sexy. Quant à ses longs cheveux noirs, ils étaient rassemblés en une lourde tresse qu'il eut aussitôt envie de dénouer.

— Je ne m'attendais pas à te voir ce matin, dit-elle en guise de salut.

— Wayne m'a appelé pour me dire que tu avais deux nouvelles vaches mortes. Même scénario ?

Il respirait son parfum léger, porté par la brise.

Elle acquiesça.

— Oui, mais le message est un peu différent cette fois-ci.

Elle tira le papier de sa poche arrière et le lui tendit.

Les sourcils froncés, il le déplia.

Dégage, salope, sinon tu meurs.

Il lui rendit la feuille, sentant une colère sourde monter en lui. Non content de menacer le gagne-pain d'Eva, l'auteur de ces actes morbides s'amusait à la terroriser. Elle devait être effrayée par ces messages, et celui-ci représentait indéniablement une escalade par rapport au précédent.

— Wayne a intérêt à te donner des réponses, dit-il sur un ton sévère. Ceci n'est pas seulement de la méchanceté, c'est une menace.

— Oh ! Il va prendre la situation plus au sérieux dorénavant, affirma-t-elle avec assurance.

— Pourquoi en es-tu aussi sûre ? Tu paraissais penser qu'il n'y attachait aucune importance.

— C'était avant que j'aie un Albright de mon côté.

— Cela ne devrait faire aucune différence.

— Oh ! Jake, ne me dis pas que tu es encore naïf à ce point ! Tu sais que votre nom a un grand pouvoir dans cette ville.

Elle se baissa, ramassa la selle à ses pieds et la déposa sur le dos du cheval.

— Ça 'a toujours été le cas.

— Je suppose que tu as l'intention d'aller sur place à cheval. Tu en as un à me prêter ?

Il ne voulait pas penser à ce qu'elle venait de dire. Avait-elle dit vrai en l'accusant de naïveté ? La présence de Jake n'aurait dû avoir aucun effet sur l'attitude de Wayne. Le shérif aurait dû traiter chaque incident survenu dans la localité avec le même sérieux.

Elle disparut dans la grange. Un instant plus tard, elle revint avec une imposante jument noire, dont le nez portait une marque blanche en forme de zigzag.

— Je te présente Éclair.

— Un nom très approprié, commenta-t-il, amusé.

Il désigna la monture d'Eva.

— Et elle s'appelle Foudre ?

— Exactement.

Le sourire qui avait illuminé les traits d'Eva s'effaça presque aussitôt.

— Tout l'équipement est dans le deuxième box sur la droite. Prends ce dont tu as besoin.

Lorsqu'il revint, elle était déjà prête. Il se hâta de seller sa jument et de la monter à son tour.

— Comme au bon vieux temps, murmura-t-il, se remémorant combien ils avaient aimé se promener à cheval ensemble autrefois.

Le regard d'Eva se fit lointain.

— Les jours insouciants de la jeunesse sont passés depuis longtemps, rétorqua-t-elle. Et ils ne reviendront pas.

Était-ce un produit de son imagination, se demanda Jake, ou ses paroles étaient-elles une mise en garde ? Cependant, avant qu'il ait eu le temps de répondre, deux hommes apparurent au coin de la grange, à cheval eux aussi.

— Jake, voici Harley Graham, mon contremaître depuis sept ans, et Jimmy Miller, qui travaille pour moi depuis un an.

Elle s'adressa aux nouveaux venus.

— Je vous présente Jake Albright. Il est là pour m'aider avec le shérif Black.

— Il a besoin d'aide, pour sûr, marmonna Harley. Enchanté, monsieur Albright.

— Appelez-moi Jake, je vous en prie.

Harley avait l'air d'un homme qui avait passé sa vie à l'extérieur. Son visage était buriné par le temps, une assurance tranquille émanait de lui.

Par comparaison, Jimmy ressemblait à un jeune chiot. Des mèches blondes vagabondes émergeaient sous son chapeau de cow-boy noir et on lisait dans ses grands yeux bleus le désir de bien faire.

— Harley et Jimmy ont découvert les deux vaches ce matin, expliqua Eva.

— C'est une sale histoire, déclara Harley. Quelqu'un dans le coin essaie d'amener Eva à la ruine.

— À nous tous, nous allons l'en empêcher, répondit Jake avec conviction.

Un grondement de moteur leur fit tourner la tête vers la route. Wayne arrivait. Il s'arrêta à leur hauteur et descendit.

— On dirait que nous sommes tous prêts, déclara-t-il, comme si c'était lui qui les avait attendus. Passez devant, je vous suis.

Eva regarda Harley qui hocha brièvement la tête et partit au galop. Les autres s'empressèrent de le rattraper tandis que Wayne formait l'arrière-garde dans sa voiture.

Chevauchant juste derrière Eva, Jake admirait sa silhouette en selle. Il avait oublié à quel point elle paraissait à son aise à cheval, dans son élément. Son dos mince était bien droit, ses hanches épousaient naturellement le rythmc de sa monture.

Comme toujours, il savourait les odeurs de la terre et du bétail. Ils passèrent à côté de l'étang où Eva et lui étaient souvent allés à la pêche ensemble, et Jake dut refouler les souvenirs qui menaçaient d'envahir son esprit.

Alors qu'il regardait droit devant lui, il fronça les sourcils. Il voyait les deux vaches étendues sans vie. L'odeur du sang et de la mort flottait dans l'air chaud, deux vautours décrivaient de lents cercles au-dessus d'eux.

Les quatre cavaliers mirent pied à terre à côté des bêtes mutilées, et attendirent que Wayne les rejoigne. Il ne faisait aucun doute que les vaches avaient été égorgées, et des trous béants, ensanglantés, déchiraient leur poitrail.

Jake fixa la scène, horrifié. Que se passait-il ici ? Qui se cachait derrière cette folie ? Les cœurs arrachés étaient un symbole particulièrement haineux. Pourquoi avait-on pris Eva pour cible, et quel danger courait-elle réellement ?

Il se tourna vers le shérif.

— Qu'as-tu découvert jusqu'ici ?

Wayne se balança d'un pied sur l'autrc.

— L'enquête n'a pas été facile. Aucune arme n'a été laissée sur place et je n'ai pas vraiment d'indices qui me donnent un point de départ.

— Eva m'a parlé d'une bande d'adolescents. Tu les as questionnés ?

— Je n'ai pas encore eu le temps de le faire, avoua le shérif avec gêne.

— Trouve-le aujourd'hui, Wayne. Le message qu'Eva a reçu ce matin est une menace, aucun doute là-dessus.

Wayne et lui étaient allés au collège ensemble. Jake l'avait toujours trouvé sympathique, mais Wayne était paresseux alors, et ce défaut semblait l'avoir suivi jusque dans l'âge adulte. Et Jake ne voulait pas qu'Eva soit victime de la léthargie du shérif.

— Je vais m'en occuper dès ce matin, promit celui-ci avant de se tourner vers Eva. Y a-t-il quelqu'un d'autre qui pourrait nourrir un grief contre toi ?

Eva fronça les sourcils.

— J'y ai réfléchi, et je suppose que tu pourrais interroger Ben Wilkins.

— Qui est-ce ? intervint Jake.

— Un cow-boy que j'ai dû renvoyer voilà environ six mois. Il boit sec et il lui arrivait souvent de ne pas se présenter au travail. Je pensais que nous nous étions quittés en bons termes, mais qui sait ?

— Je crois qu'il est employé par les O'Brien maintenant, répondit Wayne. Cela dit, je ne l'ai pas vu en ville ces derniers temps. Si je peux le trouver, j'aurai une conversation avec lui aussi.

— Je veux juste que tout cela cesse, soupira Eva. Je n'ai pas les moyens de perdre mon bétail ainsi, et personne ne va me forcer à m'en aller.

Elle redressa le menton.

— Ces terres sont à moi, et je ne vais pas me laisser terroriser.

— Vous savez que nous vous soutenons à cent pour cent, lâcha Jimmy avec ferveur. Je ferai tout pour vous protéger, Eva.

À en juger par le regard dont Jimmy enveloppait la jeune femme, il était évident que le jeune chiot avait le béguin pour son employeur. Tant qu'il restait à sa place et qu'il ne se mettait pas en travers du chemin de Jake, il n'y aurait pas de problème.

Le groupe se scinda. Wayne s'en alla en promettant de revenir en fin de journée, et Jake et Eva retournèrent vers la grange pendant que Jimmy et Harley se chargeaient d'enterrer les bêtes mortes.

Jake aurait aimé rester avec Eva mais, le temps qu'ils aient dessellé leur monture et rangé leur matériel, il était l'heure qu'il rentre à la maison afin de se préparer au rendez-vous avec le notaire.

— Merci d'être venu ce matin, murmura Eva en le raccompagnant à son pick-up.

— Eva, j'ai l'intention d'être là pour toi tant que Wayne n'aura pas résolu cette affaire et arrêté le coupable.

— Ce n'est pas nécessaire, je t'assure. Je suis certaine que Wayne va passer la vitesse supérieure et faire son travail. J'apprécie ton aide, mais tu es officiellement dégagé de tes obligations, plaisanta-t-elle.

Elle ne soupçonnait pas à quel point il était engagé, au contraire, à quel point il brûlait de goûter ses lèvres de nouveau, de sentir son corps mince soudé au sien. Il était hors de question qu'il s'éloigne d'elle avant d'avoir obtenu ce qu'il voulait.

Car depuis qu'il avait quitté Dusty Gulch toutes ces années auparavant, Jake Albright avait toujours obtenu exactement ce qu'il voulait.

[illegible]

[illegible]

[illegible]

— [illegible]

[illegible]

[illegible]

[illegible]

3

Eva reprit ses tâches quotidiennes, s'efforçant de chasser Jake de ses pensées. Elle espérait qu'il ne viendrait plus. Le seul fait de le voir réveillait une foule de souvenirs, à la fois délicieux, merveilleux, et infiniment trop douloureux.

Après un déjeuner léger, elle décida de confectionner des boulettes à la sauce tomate pour ce soir-là. Andy adorait ce plat, aussi s'efforçait-elle de le lui préparer régulièrement.

Il y avait eu un temps où elle s'était attendue à ce que Jake partage le repas du soir qu'elle prenait avec son père. Ce dernier avait eu beaucoup d'affection pour Jake et l'avait traité comme le fils qu'il n'avait jamais eu. Ça ‘avait été un déchirement de rompre avec lui, non seulement pour elle-même, mais aussi pour son père.

Jamais celui-ci ne lui avait demandé ce qui s'était passé entre Jake et elle. Par respect pour sa vie privée, et sans doute aussi parce qu'il soutenait ses choix en la matière, quels qu'ils soient.

Elle n'était plus la jeune fille d'autrefois... La jeune fille qui avait cru que l'amour rendait tout possible... que tout était possible avec Jake.

Les dés que la vie lui avait distribués avaient exigé des décisions nécessaires, mais difficiles. Des décisions prises avec la tête et non avec le cœur.

Hormis la naissance de son fils, sa vie avait été bâtie sur des moments de contentement paisible, et un profond respect pour l'homme qui avait proposé de l'épouser pour donner un nom à Andy.

Andrew Martin l'avait aidée à surmonter son chagrin à la mort subite de son père. Cela avait été une époque angoissante… Une époque de désarroi et d'incertitude.

Jake était parti, et elle était âgée de dix-huit ans, enceinte, à la tête d'un ranch qui se trouvait au bord de la faillite. La proposition d'Andrew leur avait convenu à tous les deux. En outre, son mari lui avait laissé une assurance vie qui lui avait permis de maintenir le ranch à flot et de mettre de l'argent de côté pour les futures études de son fils.

Une appétissante odeur d'ail et de tomates embaumait la cuisine, à présent. Eva tira une chaise et soupira. Elle aurait tant aimé que son père soit encore vivant. Elle éprouvait le besoin de parler à quelqu'un, d'avouer que le message qu'elle avait reçu ce jour-là l'avait effrayée plus encore que les précédents. « Dégage, salope, sinon tu meurs. » Qui pouvait donc ressentir tant de haine à son égard ?

Elle avait toujours vécu en retrait. Elle passait le plus clair de son temps au ranch, ne se rendant en ville que lorsqu'elle avait besoin de provisions ou pour conduire Andy à une activité, et elle se montrait toujours agréable avec les gens qu'elle rencontrait.

Jusqu'à quel point devait-elle prendre ces menaces au sérieux ?

Des paroles méchantes ne pouvaient lui faire de mal. Cependant, l'auteur de ces notes projetait-il d'aller plus loin, de l'agresser ? De la tuer ? Elle se leva et remua la sauce, troublée par les pensées dérangeantes qui se bousculaient dans son esprit.

Personne n'avait manifesté d'intérêt pour le ranch. Nul ne lui avait fait une offre d'achat. Rien ne suggérait que quiconque désire s'approprier ces terres. Son père les avait achetées à l'âge de dix-neuf ans, et c'était lui qui avait construit la maison où Andy et elle vivaient désormais.

Personne ne pourrait jamais la forcer à quitter ce lieu.

Mais pourquoi quelqu'un était-il obsédé par le désir de la chasser ?

À quatre heures de l'après-midi, elle sortit de la maison et suivit l'allée jusqu'à l'endroit où celle-ci débouchait sur la route principale. C'était là que le bus scolaire déposait Andy. Comme toujours, toutes les préoccupations d'Eva s'évanouirent alors qu'elle attendait le retour de son fils.

Le bus s'arrêta. Andy descendit d'un bond, un sourire communicatif sur le visage.

— Salut, maman ! J'ai eu un A à mon contrôle d'orthographe ! Est-ce que je peux dormir chez Bobby ce soir ? C'est vendredi soir, on n'a pas école demain. On en a déjà parlé à son père. Il a dit qu'il pouvait passer me chercher et qu'on irait manger une pizza.

— Félicitations pour ton contrôle, dit-elle en lui prenant la main alors qu'ils se dirigeaient vers la maison. Pour le reste, il va falloir que j'en parle avec le père de Bobby. Je veux m'assurer que Bobby et toi ne l'avez pas ligoté quelque part et forcé à accepter vos demandes.

Andy pouffa.

— Tu dis des bêtises, maman !

— Il va quand même falloir que je lui parle, répondit-elle, le cœur réchauffé par le rire de son fils.

— Il a dit que tu pouvais lui téléphoner dès mon retour de l'école. Bobby et moi voulons louer un film d'horreur pour ce soir après la pizza.

— Dans ce cas, je serai contente de ne pas être avec vous. Tu sais combien je déteste ce genre de film.

— C'est parce que tu es une froussarde, gloussa Andy.

— Ah oui ?

Eva lâcha sa main et entreprit de le chatouiller. Hurlant de rire, il lui échappa et courut vers la porte d'entrée tandis qu'elle le poursuivait.

— J'ai préparé des boulettes à la sauce tomate pour dîner, annonça-t-elle lorsqu'ils furent à l'intérieur.

Andy plissa le front.

— Je pourrais manger ici et partir ensuite, je suppose.

— Mais non, tu mangeras les boulettes demain soir, ne t'inquiète pas. Va préparer ton sac pendant que j'appelle le père de Bobby.

— Merci, maman. Je t'aime !

Sur quoi il détala en direction de sa chambre.

À cinq heures et demie, Robert Stephenson se garait devant la maison. Son fils Bobby descendit en trombe de la voiture et vint taper dans la main d'Andy.

Robert était un homme séduisant, aux cheveux blonds et aux yeux verts. Il avait perdu sa femme trois ans plus tôt, des suites d'un cancer. Eva ne s'inquiétait jamais quand Andy allait chez les Stephenson. Elle savait que Robert avait des règles et un style parental très voisins des siens.

— Salut, Eva, lança-t-il avec un sourire chaleureux.

— Salut, Robert. Tu es sûr d'être prêt pour ce qui t'attend ?

Elle désigna d'un geste les deux garçons qui dansaient l'un autour de l'autre, feignant de se bagarrer.

Il se mit à rire.

— Je crois pouvoir les maîtriser. Peut-être pourrions-nous sortir tous les quatre un de ces soirs ?

Ce n'était pas la première fois que Robert évoquait la possibilité d'une sortie tous ensemble.

— Eh bien, je suis vraiment occupée en ce moment, Robert. J'ai très peu de temps libre.

Il était évident qu'il s'intéressait à elle. Eva n'était pas attirée par lui, mais elle ne voulait rien dire ni faire qui risque de nuire à l'amitié des deux enfants.

— Allons, Eva, tout le monde a besoin de se détendre une fois de temps en temps.

— Je sais. Peut-être pourrions-nous envisager quelque chose à l'avenir, répondit-elle vaguement.

— J'en serais enchanté. Voyons, à quelle heure veux-tu que je ramène Andy demain ?

— Fais en fonction de ce qui t'arrange le mieux. Je serai ici toute la journée.

Quelques minutes plus tard, ils étaient partis, et Eva était seule à la maison. Elle mangea des spaghettis, mit les restes dans le réfrigérateur et rangea la cuisine. Cela fait, elle alla dans le salon et se laissa tomber sur le canapé.

La journée avait été longue, avec la découverte des cadavres et celle du dernier message. Elle se sentait épuisée, non par un excès d'activité physique, plutôt à cause de l'appréhension qui bourdonnait continuellement dans sa tête.

Jamais elle n'avait eu peur dans cette maison. La carabine de son père était rangée, prête à l'usage, dans une armoire fermée à clé de sa chambre, mais jamais elle n'avait eu l'occasion de l'en sortir. Ce soir-là, cependant, alors qu'elle songeait aux messages qu'elle avait reçus, le silence lui paraissait oppressant.

Elle se leva et alla vérifier que la porte d'entrée était verrouillée, puis fit de même pour la porte de derrière. Vivant seule avec un enfant, elle avait équipé le logis de serrures et de verrous solides, de bonne qualité.

Elle ne possédait pas l'air conditionné partout, en revanche, elle avait fait installer des climatiseurs de fenêtre dans le salon et les deux chambres. En réalité, elle n'utilisait celui de sa chambre que lorsqu'il faisait exceptionnellement chaud. Elle rêvait de posséder un système centralisé un jour, mais la dépense excédait de loin son budget pour l'instant.

Ayant pris soin de fermer et de verrouiller les fenêtres de la cuisine, elle regagna le salon et alluma la télévision pour combler le silence.

Peu après 20 heures, son téléphone sonna. Le nom de Wayne s'afficha à l'écran.

— Il est trop tard pour que je vienne ?

— Non, pas du tout. Que se passe-t-il ?

— Je voulais juste te mettre au courant de ce que j'ai appris aujourd'hui. Je serai chez toi dans vingt minutes environ.

— Entendu. À tout à l'heure.

Eva se leva, rouvrit les fenêtres de la cuisine afin de faire entrer un peu d'air frais et prépara du café.

Elle espérait que le shérif apporterait des réponses. Seigneur, elle espérait qu'il venait lui annoncer qu'il avait identifié le coupable et que cet individu était désormais derrière les barreaux. C'était la seule chose qui pourrait à la fois répondre à ses interrogations et dissiper l'angoisse qui l'avait saisie dès la première mutilation et le premier message.

Environ vingt minutes plus tard, alors que le soleil déclinait à l'horizon, Wayne apparut, son véhicule suivi du pick-up de Jake.

Elle n'était guère ravie de voir Jake. Ce dernier semblait commencer à consacrer un peu trop de temps et d'énergie à ses affaires. Pourtant, elle devait s'avouer qu'elle lui était aussi reconnaissante d'être intervenu, puisqu'il était évident que sa conversation avec Wayne avait produit son effet.

Cela dit, il était temps qu'il s'éclipse, maintenant.

— Bonsoir, Wayne.

Elle ouvrit la porte plus grande afin de laisser entrer le shérif.

— Jake. Je ne m'attendais pas à te voir ce soir.

— Oh ! Tu peux t'attendre à me voir souvent par ici, répliqua-t-il en suivant Wayne à l'intérieur.

Il n'en est pas question, songea Eva, agacée.

Néanmoins, elle ne pouvait lui mettre les points sur les *i* en présence de Wayne. Dès que ce dernier serait parti, en revanche, elle lui dirait son fait.

— Ah ! Ça sent bon le café frais, commenta Wayne en s'asseyant.

— Je sais que tu es un amateur, Wayne.

Il était rare de voir le shérif sans un café à la main, quelle que soit l'heure de la journée. Elle lui remplit une tasse, interrogeant Jake du regard.

— Pas pour moi, merci.

— J'espère que tu as de bonnes nouvelles à m'annoncer, Wayne, dit-elle en venant rejoindre les deux hommes.

Il esquissa une grimace.

— Je n'irais pas jusque-là. Je voulais juste t'informer de ce que j'ai fait aujourd'hui.

Il jeta un coup d'œil à Jake, puis s'adressa à elle de nouveau.

— Je veux que tu saches que je prends cette affaire très au sérieux.

— Eh bien, qu'est-ce que tu as pour nous ? s'enquit Jake.

« Nous » ? Depuis quand Jake Albright s'arrogeait-il le droit de la représenter ? Elle s'efforça d'éviter son regard, bien qu'elle ait une conscience aiguë de sa présence. C'était comme si la pièce était soudain devenue trop petite, et qu'elle ne parvenait pas à respirer à fond.

Wayne se redressa et tira un calepin de sa poche arrière, puis se mit à le feuilleter d'un air important.

— La première personne à qui j'ai parlé était Griff Ainsley.

— Qui est-ce ? demanda Jake.

— Un des ados qui 'se sont servis de ma grange pour faire la fête, expliqua Eva. Il est arrogant et mal élevé, et il est venu chez moi avec ses copains un bon nombre de fois. C'est lui, le meneur, d'après ce que je peux en juger.

Jake se tourna vers Wayne, un muscle tressautant à sa mâchoire.

— Qu'avait-il à dire ?

Le rouge monta aux joucs de Wayne, et il garda les yeux baissés sur son calepin.

— Il a dit qu'Eva était une folle. D'après lui, il est allé au ranch avec deux copains au début de l'été pour voir si Eva avait besoin d'employés saisonniers. Il dit qu'elle les a accueillis une carabine à la main et qu'elle leur a hurlé de quitter sa propriété sinon elle allait leur tirer dessus. Selon lui, il n'est jamais revenu.

— Quel menteur ! riposta Eva sèchement. Rien de ce qu'il dit n'est arrivé, et ces adolescents étaient dans ma grange il y a à peine deux semaines. J'ai nettoyé tous les détritus qu'ils ont laissés, comme chaque fois. J'avoue les avoir pris à partie, et avoir crié, mais jamais je n'ai été armée.

— Quel est son alibi les soirs où les bêtes d'Eva ont été tuées ? intervint Jake.

— Il était dans son lit, en train de dormir, et ses parents l'ont confirmé, répondit Wayne, affrontant enfin le regard d'Eva.

— Sont-ils le genre de parents qui mentiraient pour protéger leur fils ? insista Jake.

Wayne hésita longuement avant de répondre enfin :

— Je suppose que oui. C'est un enfant unique. Il

est aussi le joueur vedette de l'équipe de football et ils sont très fiers de lui. Ils ne voudraient pas lui attirer des ennuis.

— Par conséquent, nous ne savons toujours pas si ces actes sont l'œuvre 'du groupe d'adolescents, conclut-elle sur un ton sec.

— Non, pas pour le moment. Je ne crois pas que Ben Wilkins soit en cause non plus, ajouta Wayne.

— Pourquoi cela ?

— Il a quitté le ranch des O'Brien il y a deux mois environ et il a déménagé pour s'installer à Makenville.

— Ce n'est qu'à une demi-heure d'ici, observa Jake. Il pourrait facilement faire le trajet, semer la dévastation sur le ranch d'Eva et rentrer chez lui. Tu l'as interrogé ?

— Je n'ai pas eu le temps aujourd'hui, mais c'est sur ma liste de choses à faire demain, affirma Wayne, avant de boire une gorgée de café.

— Et les messages ? Tu as pu relever des empreintes ?

— Pas sur les deux que j'ai examinés jusqu'ici. Il y avait quelques empreintes dessus, mais je devine qu'elles appartiennent à Eva.

— Tu devines ? répéta Jake, incrédule. As-tu au moins relevé les empreintes d'Eva pour pouvoir les comparer ?

— Euh… Pas encore. Eva, peut-être pourrais-tu venir faire un saut au bureau demain ?

— Avec plaisir.

Enfin, il se passait quelque chose. Même si Wayne n'avait pas de véritable réponse à ses interrogations, elle était désormais encline à croire qu'il allait faire de son mieux pour découvrir le ou les coupables. Il ne voudrait pas mécontenter Jake.

Après une dernière lampée de café, le shérif remit le petit calepin dans sa poche.

— Pour le moment, je n'ai pas beaucoup d'éléments, mais j'ai l'intention de continuer à creuser.

— Je n'en attends pas moins de toi, Wayne, répondit Jake. Le type qui est derrière cette histoire doit être arrêté et jeté en prison.

Wayne se leva et s'adressa à Eva.

— Je te promets de rester focalisé sur l'enquête, mais contacte-moi immédiatement si un nom te vient à l'esprit.

— Je me suis torturé les méninges en vain, soupira-t-elle. En dehors des noms que je t'ai fournis, je ne vois personne.

Eva et Jake se levèrent à leur tour, et tous trois se dirigèrent vers la porte de derrière.

— Je t'appellerai demain dès que j'aurai parlé à quelques personnes, promit Wayne.

— Merci.

Elle alluma la lampe extérieure et ils sortirent ensemble sur la terrasse en bois qui courait le long de la façade.

— Je viendrai dans l'après-midi faire relever mes empreintes.

— Parfait.

Elle le suivit des yeux tandis qu'il montait dans sa voiture, puis se tourna vers Jake, lequel ne semblait guère pressé de s'en aller.

— J'apprécie l'aide que tu m'as apportée dans cette

affaire, Jake. Mais je t'ai dit ce matin que tu n'avais plus de raison de t'en mêler.

— Eva, j'ai l'intention de continuer à m'en mêler.

Il fit un pas vers elle, et chaque muscle du corps d'Eva se raidit.

— Je suis inquiet à ton sujet et je compte être là pour toi jusqu'à ce que tout danger soit écarté.

Il s'avança encore, envahissant son espace personnel. Elle sentait son odeur familière, à présent.

— Ce ne sont que quelques messages laissés dans ma boîte aux lettres, protesta-t-elle. Rien de vraiment dangereux.

— Nous ne pouvons pas savoir comment les choses vont évoluer, et c'est justement ce qui m'inquiète.

Le regard de Jake transperça le sien. L'espace d'un instant, elle fut incapable de respirer.

— Pour le moment, ce ne sont que des messages. Mais tout peut changer.

Il la regardait exactement de la même manière qu'autrefois… à l'époque où elle avait seize ans et qu'ils étaient fous amoureux l'un de l'autre. Ses yeux sombres l'attiraient tels des aimants, l'invitaient à se nicher au creux de ses bras.

Pendant un bref moment insensé, elle fut tentée. Elle avait envie de se blottir entre ses bras puissants, de sentir les lèvres de Jake sur les siennes. Elle se souvenait de la magie, de la passion dévorante qu'ils avaient partagée, et une partie d'elle brûlait de connaître de nouveau les mêmes sensations.

— Je te désire, Eva. Je n'ai jamais cessé de penser à toi.

Sa voix grave déclencha une vague de chaleur en elle. Avant d'avoir compris ce qui se passait, il ouvrit les bras et elle s'y laissa tomber, lèvres entrouvertes pour accueillir son baiser… Le baiser ardent dont elle avait désespérément besoin.

Le désir était toujours présent… Le désir qu'il avait toujours éveillé en elle. Choquée, elle recula en titubant avant qu'il ait eu le temps de prolonger l'étreinte.

— Jake, cela ne m'intéresse pas de repartir en arrière. Notre passé est mort et il n'y a plus de place pour toi dans ma vie.

Le regard soudé au sien, Jake esquissa un sourire sexy.

— Ce n'est pas l'impression que tu viens de me donner. Bonne nuit, Eva.

L'instant d'après, il avait disparu, englouti par les ténèbres. Elle rentra à l'intérieur et se laissa tomber sur le canapé, le corps en feu après le baiser qu'ils avaient échangé.

Elle avait su que Jake représentait une menace pour elle à cause d'Andy, mais pas une seconde elle n'avait imaginé qu'elle puisse encore le désirer.

Elle devait maintenir ses distances avec lui. Par certains côtés, il lui paraissait aussi dangereux que l'individu qui mutilait son bétail et lui laissait des messages pleins de haine.

Il y avait eu un temps où elle avait aimé Jake Albright de tout son cœur, de toute son âme. Il avait été non seulement son amant, mais son meilleur ami. Elle n'avait pas attaché la moindre importance à la fortune ni au pouvoir de sa famille. Elle avait aimé le garçon doux et affectueux qui aspirait à devenir rancher, et à ’prendre soin d’elle jusqu’à la fin de ses jours.

La vérité, c’était qu’elle ne se faisait pas confiance avec Jake. Dix ans avaient passé depuis leur rupture, mais elle venait de comprendre qu’elle n’avait jamais cessé de l’aimer.

Le dimanche après-midi, Justin Albright fut conduit à sa dernière demeure. La plupart des habitants de la ville assistaient aux obsèques, et pourtant Jake ne s’était jamais senti aussi seul.

Les yeux rivés sur le cercueil couvert de fleurs, écoutant d’une oreille distraite le pasteur faire l’éloge mortuaire de son père, Jake pensait à toutes les années qu’il avait perdues à vivre loin de lui.

Certes, Justin Albright était venu plusieurs fois en Italie lui rendre visite, mais cela n’avait pas suffi à les rapprocher autant que Jake l’aurait souhaité. Et maintenant, il était trop tard.

David et Steph étaient debout à ses côtés, cependant Jake regrettait de ne pas avoir Eva près de lui. Elle savait combien il avait aimé son père, combien il avait désiré avoir avec lui une relation plus profonde, plus intense. Eva aurait compris le chagrin qui le transperçait.

La cérémonie lui parut interminable. Quand elle se finit enfin, une collation fut servie à la villa, où une foule de gens vinrent présenter leurs condoléances. David et Steph furent des hôtes accomplis, tandis que Jake se sentait détaché de tous. Au bout d’une heure, il n’y tint plus. Il s'éclipsa discrètement, monta se changer et gagna les écuries.

Il sella un cheval et partit au hasard des prairies, espérant échapper à sa douleur. Le soleil cognait sur ses épaules, des pensées confuses l'assaillaient. Il lança son cheval au galop puis s'arrêta à l'ombre d'un gros arbre et mit pied à terre.

Il se trouvait sur une petite hauteur, d'où il apercevait le troupeau de bétail au loin. Son père avait divisé ses biens en deux parts égales entre ses fils, et laissé une somme supplémentaire à l'intention de son petit-fils. Au grand soulagement de Jake, David avait accepté de lui confier la responsabilité du ranch et du vignoble tandis qu'il se chargerait de leurs autres opérations.

Jake lui avait déjà parlé de la possibilité de mettre la société viticole en vente. Ils en tireraient un vaste profit, et il serait ensuite libre de se consacrer au ranch. Là était sa véritable passion. Un seul homme avait réellement compris la profonde affinité qu'il ressentait avec la terre, et cet homme avait été le père d'Eva.

Il regrettait d'avoir été à l'étranger lorsque Tom Taylor était mort. Il aurait voulu être là pour Eva, au lieu de quoi il vivait en Italie. Apparemment, Andrew Martin l'avait soutenue à sa place.

D'après ce qu'il avait entendu dire, Andrew et Eva s'étaient mariés peu de temps après. Elle était tombée enceinte aussitôt.

Jake se posait toujours des questions sur cette époque-là. La veille encore du jour où elle lui avait déclaré froidement qu'elle ne l'aimait pas et qu'elle ne voulait jamais le revoir, elle professait un amour éternel pour lui et ils planifiaient leur avenir ensemble. Comment avait-elle pu faire volte-face ainsi ?

Quoi qu'il en soit, elle avait affirmé ne pas vouloir remonter le temps. Et bien que Jake désire des réponses, il ne voulait pas davantage que faire l'amour avec elle une dernière fois. Elle avait beau se prétendre indifférente, le bref baiser qu'ils avaient échangé racontait une tout autre histoire.

Il y avait toujours quelque chose entre eux. Quelque chose d'ardent et de passionné, qu'il avait hâte d'explorer. Jamais il ne pourrait oublier qu'elle lui avait brisé le cœur, mais il n'avait pas l'intention de lui donner son cœur de nouveau.

Malgré tout, il était préoccupé par les attaques dont elle était l'objet. D'autant plus que, d'après ce qu'il avait entendu dire en ville, elle n'avait personne pour l'épauler en dehors de ses employés.

Il remonta en selle et reprit le chemin de la maison. Il avait été absent assez longtemps pour que tout le monde soit parti. Après une douche rapide, il attrapa ses clés de voiture et se dirigea vers la ville, sans destination précise en tête.

Il se gara dans la rue principale et descendit, puis se mit à marcher d'un pas tranquille, s'efforçant de maîtriser la fébrilité qui le tourmentait depuis l'enterrement de son père. David avait dit vrai : la bourgade s'était agrandie, et de nombreux commerces avaient ouvert leurs portes depuis sa dernière visite.

On était en début d'après-midi et les trottoirs étaient peu animés, mais les gens qu'il croisa s'arrêtèrent pour lui présenter leurs condoléances.

Il sourit à la vue de Benny Adams qui venait dans sa direction. Benny avait été un de ses meilleurs amis à l'école.

— Salut, vieux, lança ce dernier en l'étreignant amicalement. Je voulais te parler à l'enterrement tout à l'heure, mais il y avait tellement de monde que je n'ai pas pu. Je suis désolé pour ton père.

— Merci.

— Tu as des projets pendant ton séjour ? Tu comptes rester un peu avant de repartir en Italie ?

— Je reste ici pour de bon. J'en ai assez de vivre à l'étranger. Mais parle-moi de toi. Tu es marié ? Tu as des enfants ?

— Oui. J'ai épousé Lori, répondit Benny avec un grand sourire. Tu te souviens qu'elle me rendait fou durant notre dernière année de lycée ? Eh bien, ça n'a pas changé ! ajouta-t-il en riant.

— C'est génial. Vous avez des enfants ?

— Oui, deux. Un garçon de six ans et une fille de trois ans qui est le diable incarné. En fait, je vais justement à l'épicerie parce que le diable incarné réclame un chocolat chaud avant sa sieste.

Jake éclata de rire.

— Ça me ferait très plaisir de vous voir tous un de ces jours.

— On va organiser ça. Et toi, que deviens-tu ? D'après ce que j'ai pu lire dans les journaux, on dirait que tu as mené la belle vie en Italie, entouré de jolies femmes. Aucune ne t'a conduit jusqu'à l'autel ?

— Non. Je suis toujours libre comme l'air.

— Je te ferai signe pour ce dîner. Lori est excellente cuisinière et elle sera ravie de te voir.

— Tu n'as qu'à décider d'une date et je serai là.

Les deux hommes échangèrent leurs numéros, puis Benny se hâta vers l'épicerie.

Jake le suivit des yeux, songeur. Ainsi, Benny avait épousé sa petite amie de lycée et fondé une famille. Comme lui avait espéré le faire avec Eva.

Avec un soupir, il reprit son chemin. Il passait devant le glacier quand il s'arrêta net. Eva et son fils, Andy, étaient assis à une des tables hautes.

Subitement envahi par une envie irrésistible de glace à la fraise, il poussa la porte et entra.

— Salut, Eva. Et tu dois être Andy, lança-t-il au petit garçon. Je m'appelle Jake. Je suis un vieil ami de ta maman.

— Cool. Content de vous rencontrer, monsieur Jake, répondit l'enfant avec un sourire éclatant.

— Je ne m'attendais pas à te voir ici, lâcha Eva, une lueur de colère dans le regard.

— Je me sentais un peu fébrile après les événements de la journée. J'ai décidé de venir faire un tour en ville pour me changer les idées et j'ai eu envie d'une glace en passant.

— Je suis sûre ''que ces dernières heures ont été difficiles pour toi, murmura-t-elle, visiblement radoucie.

Elle s'adressa à son fils, qui avait suivi la conversation d'un air curieux.

— Le père de Jake vient de mourir, et l'enterrement était aujourd'hui.

— Je suis désolé, monsieur Jake.

La compassion se lisait dans les yeux de l'enfant. Des yeux qui ressemblaient à ceux de sa mère.

— Mon papa est mort quand je n'avais que trois ans. Je ne m'en souviens pas, mais je suis sûr que j'étais triste.

— Tu crois que je me sentirais mieux si j'achetais une glace et que je m'asseyais avec ta maman et toi pendant quelques minutes ?

— Peut-être bien. Maman et moi, on est plutôt gentils.

— Dans ce cas, je vais chercher une glace et je reviens tout de suite.

Jake savait pertinemment qu'il s'était montré un tantinet manipulateur : il forçait Eva à accepter sa présence de bonne grâce, sauf à causer une scène devant son fils. Mais quel mal pouvait-il y avoir à ce qu'ils dégustent une glace tous ensemble ?

Il acheta une coupe à la fraise et rejoignit Eva et son fils à leur table.

— Vous venez souvent en ville le dimanche après-midi ?

— Nous fêtons un A à un contrôle d'orthographe particulièrement difficile, expliqua Eva avec fierté.

— Donc, en plus d'être un beau garçon, tu es intelligent, commenta Jake. Qu'est-ce que tu veux faire comme métier quand tu seras grand ?

— Je veux élever du bétail et travailler au ranch, exactement comme maman, répondit Andy aussitôt. Mais maman dit que je dois faire des études d'abord.

— Cela me paraît un bon conseil.

— Qu'est-ce que vous faites dans la vie, monsieur Jake ?

— J'ai vécu loin d'ici pendant un certain temps, mais maintenant je vais travailler dans le ranch de ma famille et élever du bétail.

— Cool.

— Tu aimes la pêche ? demanda Jake.

— Je n'ai jamais essayé.

— Quoi ? se récria Jake, stupéfait. Il y a un étang dans le pré juste à côté de chez vous et tu n'es jamais allé à la pêche ?

Andy secoua la tête.

— C'est une de ces choses qu'on ne trouve jamais le temps de faire, avoua Eva, une pointe de remords dans la voix.

— Je pourrais peut-être t'emmener à la pêche après l'école demain si ta maman est d'accord.

L'enthousiasme se peignit sur les traits du garçonnet.

— Tu veux bien, maman ?

— Oui, je suppose, dit Eva, dont le regard communiquait une tout autre réponse.

À l'évidence, elle était agacée, mais Jake espéra que, d'ici au lendemain, elle l'aurait pardonné. Quel mal y avait-il à emmener un enfant à la pêche ? Surtout s'il n'y était jamais allé ?

Ils se mirent d'accord sur l'heure du rendez-vous, après quoi ils quittèrent l'établissement tous ensemble.

— Vous vous sentez mieux maintenant, monsieur Jake ? demanda Andy.

— Je crois que oui. Merci de m'avoir permis de passer un moment avec ta maman et toi.

— Vous pouvez passer du temps avec nous quand vous voulez, répondit le garçon avec un grand sourire.

— Nous allons commencer dès demain, en allant à la pêche.

— Monte dans la voiture, Andy, ordonna Eva. J'arrive.

L'enfant courut vers le pick-up rouge garé devant le magasin et grimpa à l'intérieur pendant qu'Eva se tournait vers Jake.

— Tu as des nouvelles de Wayne ? demanda ce dernier, dans l'espoir d'éviter la réprimande qu'il anticipait.

— Non, et n'essaie pas de changer de sujet. Si tu t'imagines que tu vas te rapprocher de moi en te servant de mon fils, tu ferais mieux de ne pas te faire d'illusions.

Ses yeux lançaient des éclairs.

— Andy n'est pas un pion dans le petit jeu que tu as en tête.

Bon sang, elle était magnifique, drapée dans sa colère maternelle.

— Crois-moi, Eva, je ne joue pas, et pour rien au monde je ne voudrais faire du mal à ton fils.

— N'y pense même pas, je t'avertis, Jake.

— Je l'emmène juste à la pêche, Eva. N'en fais pas toute une montagne.

— Souviens-toi de ce que je t'ai dit, c'est tout. Je ne veux pas qu'il souffre.

Sans lui donner le temps de répondre, elle tourna les talons et s'éloigna.

À la place de la fébrilité qu'il éprouvait un instant plus tôt, une bouffée de tristesse submergea Jake. Dans une autre vie, à une autre époque, Andy aurait pu être son fils. Le fils qu'il aurait eu avec Eva.

Jake l'aurait emmené à la pêche. Il lui aurait appris à attacher une corde pour en faire un lasso. Il aurait joué avec lui, et tissé le lien que tout père et son fils devraient avoir.

Il n'aurait pas été contraint de travailler dans un bureau, penché sur des relevés de pertes et profits dans l'intention d'accumuler toujours plus d'argent, comme son père l'avait fait.

Avec un profond soupir, en proie au vague à l'âme, Jake monta dans son pick-up et prit le chemin de la maison.

4

Le lendemain matin, Eva s'éveilla de méchante humeur. Le fautif ? Jake Albright. Elle était furieuse qu'il essaie de s'insinuer dans sa vie par le biais de son fils. Et le fait qu'Andy déborde d'excitation à la perspective de la partie de pêche n'arrangeait rien.

Il l'avait bombardée de questions sur les différentes espèces de poissons, sur les appâts, et elle ne s'était sentie que plus coupable de ne jamais avoir pris le temps de l'emmener pêcher.

Au moins, ce matin-là, aucune vache morte n'avait été découverte, et elle n'avait pas de lettre de menaces dans sa boîte aux lettres. Il n'y avait pas non plus de détritus dans la grange, ce qui indiquait que les jeunes n'étaient pas venus y faire la fête la veille au soir.

Bien sûr, la veille était un dimanche, et tous avaient école le lendemain. Cela ne les avait pas toujours dissuadés par le passé. Malheureusement, la grange était trop éloignée de la maison pour qu'elle puisse les entendre quand ils arrivaient à la nuit tombée.

Les seules fois où elle les avait surpris, c'était parce qu'elle était encore réveillée et assise devant sa fenêtre.

Elle ne tenait pas à jouer les trouble-fête, simplement elle ne voulait pas que sa grange soit un lieu de rendez-vous pour des soirées alcoolisées entre jeunes. Premièrement, ils n'avaient pas le droit d'être là, et, surtout, elle redoutait qu'il n'arrive un accident tôt ou tard.

À trois heures de l'après-midi, ses tâches terminées, elle s'assit à la table de la cuisine devant une tasse de café. Comme son regard s'arrêtait sur la photo d'Andy, un tourbillon de pensées défila dans sa tête.

Elle savait que son fils aspirait à avoir une figure masculine dans sa vie. C'était l'unique chose qu'Eva ne pouvait lui apporter. Après la mort d'Andrew, elle n'avait voulu sortir avec personne. Elle s'était focalisée entièrement sur son ranch et sur son enfant. Et rien n'avait changé depuis. Elle ne désirait toujours pas de relation avec un homme.

En revanche, elle serait contente qu'Andy ait quelqu'un qui puisse lui apporter une perspective masculine sur l'existence, quelqu'un qui l'emmène à la pêche et au rodéo. Elle avait beau essayer d'être à la fois une mère et un père pour son fils, elle savait que c'était impossible.

Quoi qu'il en soit, elle ne voulait pas que Jake tienne ce rôle pour son fils. C'était le pouvoir des Albright qui les avait séparés, Jake et elle, et elle ne pouvait pas oublier cela maintenant que ce pouvoir était entre les mains de Jake.

Par chance, c'était à elle qu'Andy ressemblait. Elle avait redouté la rencontre entre son enfant et Jake, mais ce dernier ne semblait pas avoir de soupçons quant à la paternité d'Andy'. Tout le monde en ville croyait 'que celui-ci était le fils d'Andrew. Son mari avait été le seul à savoir la vérité.

Elle emporterait ce secret dans la tombe. Tout comme elle tairait à jamais le rôle que Justin Albright avait joué dans sa rupture avec Jake.

Elle savait quelle adoration Jake avait vouée à son père, et ne détruirait jamais ses illusions. Même après toutes ces années, elle tenait encore assez à lui pour lui épargner cette douleur.

Un crissement de pneus sur le gravier annonça l'arrivée du diable lui-même. Andy ne serait pas de retour avant une bonne vingtaine de minutes. Cependant, si Jake s'imaginait qu'il allait passer ce temps avec elle, il se trompait lourdement.

Elle ouvrit la porte au moment où il descendait de voiture.

— Andy ne rentre que dans vingt minutes. Occupe-toi à ta guise en attendant.

Les yeux de Jake pétillèrent d'amusement.

— Qu'y a-t-il, Eva ? Ma compagnie te fait peur ?

— Bien sûr que non, riposta-t-elle, agacée.

Elle sortit sur la terrasse et referma la porte derrière elle, comprenant trop tard qu'elle venait de lui donner exactement ce qu'il voulait.

— Belle après-midi pour une partie de pêche, commenta-t-il en désignant la boîte à pêche, la glacière et les deux cannes posées sur le plateau du pick-up. Toi et moi on attrapait de gros poissons-chats dans ton étang. Tu te souviens qu'on admirait le coucher du soleil assis sur le ponton ?

Son sourire l'invitait à se remémorer ces moments

passés avec lui, où ils parlaient de tout, depuis le mariage qu'ils projetaient d'organiser dans la grange jusqu'au nom de leurs futurs enfants.

Elle n'allait pas se laisser entraîner sur ce terrain-là.

— Il devrait y avoir une abondance de poissons-chats dans l'étang, puisque personne n'y a pêché depuis des années.

— Ton fils a l'air d'un bon gamin.

— C'est un gamin fantastique.

Comme toujours, une bouffée de fierté l'envahit alors qu'elle pensait à lui.

— Il ne m'a apporté que du bonheur depuis le jour où il est né.

— Tu l'as bien élevé, ça se voit.

Un instant, elle apprécia la chaleur de son regard. Elle était seule depuis si longtemps… et les yeux de Jake lui rappelaient qu'il avait autrefois été le gardien de ses secrets, le bâtisseur de ses rêves.

Un bruit de moteur au loin l'arracha à ses réflexions inopportunes.

— C'est Andy.

Elle se mit à descendre l'allée, et Jake régla son allure sur la sienne.

— J'ai croisé Benny hier soir, dit-il. Cela t'arrive de sortir avec de vieux amis du lycée ?

— Je n'ai vraiment pas le temps de sortir avec quiconque.

Quand elle avait découvert qu'elle était enceinte, elle avait cessé de voir tous ses amis, de peur qu'ils ne devinent qu'elle portait l'enfant de Jake. Ensuite était venue la mort de son père, et elle avait dû s'occuper de son bébé et de son mari malade.

Avant que Jake ait eu le temps de poser d'autres questions, le bus s'arrêta et Andy descendit. Il courut vers eux, les yeux brillants d'excitation.

— Monsieur Jake, vous êtes là !

— Bien sûr que je suis là. Tu avais oublié qu'on allait à la pêche ? répondit Jake alors qu'ils retournaient vers la maison.

— Oh ! non ! Mais je n'étais pas sûr que vous alliez venir, avoua Andy. En tout cas, je veux attraper un gros poisson.

Jake se mit à rire.

— Moi aussi, je veux que tu attrapes un gros poisson.

Le cœur serré, Eva écoutait l'échange entre son fils et Jake. Il était clair qu'Andy idéalisait déjà son compagnon.

Elle redoutait cette relation. Elle ne voulait pas qu'Andy s'attache à un homme qui n'aurait jamais de place dans sa vie. Cependant, il était trop tard pour empêcher cette partie de pêche d'avoir lieu.

— J'ai des bouteilles d'eau dans la glacière, et une boîte pleine de gros vers de terre, annonça Jake comme ils atteignaient son pick-up.

— Des vers de terre ? répéta Andy, hochant la tête. Maman m'a dit que c'était le meilleur appât pour les poissons-chats.

— Elle a raison. Tu vas pouvoir accrocher un ver à ton hameçon ?

— Bien sûr, répondit Andy avec assurance. Je ne suis pas un froussard.

Jake éclata de rire et lui ébouriffa les cheveux.

— J'ai su que tu n'étais pas un froussard dès que je t'ai vu, déclara-t-il, ce qui lui valut un sourire radieux d'Andy.

— Eh bien, à tout à l'heure, vous deux, lança Eva.

Elle suivit des yeux l'homme qui avait autrefois possédé son cœur et le garçon qui le possédait maintenant alors qu'ils montaient dans le pick-up et prenaient le chemin qui conduisait à l'étang. L'espace d'un instant, elle 'fut tentée de les rattraper.

Elle avait envie de s'asseoir sur le ponton avec eux. La pêche, ce n'était pas seulement attraper un gros poisson. C'était être assis ensemble, et parler tranquillement de tout et de rien, de ce qui vous passait par la tête.

C'était relaxant, et ces conversations, ces rires partagés vous aidaient à tisser des liens plus forts avec les gens qui partageaient le ponton avec vous. Pendant quelques heures volées au temps, rien n'avait d'importance, et il était presque impossible de s'inquiéter.

Avec un soupir, elle se détourna et repartit vers la maison. La dernière chose dont elle avait besoin était de nouer des liens supplémentaires avec Jake.

Elle avait passé les dix années écoulées à en vouloir à Justin Albright mais elle avait aussi éprouvé un peu de colère irrationnelle à l'égard de Jake. Certes, c'était elle qui l'avait forcé à rompre, mais il ne s'était pas battu pour elle. Il n'avait pas essayé de la faire changer d'avis. Au lieu de quoi il avait pris le premier avion pour l'Italie et, pour autant qu'elle le sache, il n'avait jamais eu un regard en arrière.

Après cela, elle s'était toujours demandé si elle n'avait été pour lui qu'une amourette d'été, le jouet d'un fils de famille fortuné. D'où sa blessure, et son désir de ne jamais s'exposer à souffrir à cause de lui de nouveau.

Au lieu de rentrer droit à la maison, elle fit un crochet par le jardin afin de cueillir quelques belles tomates bien mûres pour le dîner.

Comme elle s'activait, des nuages noirs commencèrent à s'accumuler dans le ciel au sud-ouest, et l'air s'imprégna d'humidité. *Pourvu que la partie de pêche ne soit pas interrompue par un orage !* Ceux-ci étaient assez fréquents à cette saison.

Elle mit les tomates dans l'évier pour les laver. Bien qu'elle n'ait aucunement l'intention d'inviter Jake à rester, elle avait du fromage et du jambon en quantité suffisante pour trois, au cas où Andy insisterait pour que son compagnon de pêche partage leur repas.

Les nuages s'étaient encore assombris, de sorte qu'on avait l'impression d'être au crépuscule, mais jusqu'à maintenant, il n'y avait eu ni éclair ni coup de tonnerre, et pas la moindre goutte de pluie. En revanche, le vent s'était levé.

Son père lui avait toujours affirmé que le poisson mordait davantage par temps d'orage. Peut-être était-ce de bon augure pour Andy.

Un claquement bruyant résonna à l'avant de la maison. Elle se hâta de traverser le salon et regarda par la fenêtre, mais ne vit rien d'anormal. Un des volets de sa chambre avait dû être délogé par le vent et battait contre le mur. Elle se promit intérieurement de le refixer le lendemain ou le jour 'suivant. Puis elle regagna la cuisine et entreprit de dresser le couvert pour deux.

Cela fait, elle alluma le plafonnier afin d'égayer la pièce, attrapa un jus de fruit dans le réfrigérateur et s'assit à table pour attendre le retour des pêcheurs.

De quoi Jake et Andy parlaient-ils, tous les deux sur le ponton ? Sn fils partageait-il avec Jake des réflexions et émotions qu'il lui taisait à elle ? Elle secoua la tête, refoulant ces pensées, se jugeant ridicule.

Si Andy avait des questions ou des problèmes qu'il était gêné d'aborder avec sa mère, ce serait une bonne chose qu'il les mentionne à Jake. Ce dernier aurait de sages réponses à lui fournir, quelles que soient ses interrogations.

Elle ne savait pas depuis combien de temps elle était assise là quand, soudain, le pick-up de Jake s'arrêta devant la porte de derrière.

L'instant d'après, les deux pêcheurs franchissaient le seuil.

— Maman, j'ai pris quatre gros poissons ! s'écria Andy, les yeux brillants d'excitation. C'était trop cool. J'ai eu du mal à les sortir de l'eau, n'est-ce pas, monsieur Jake ?

— En effet.

Une tension émanait de Jake – une tension troublante. Quelque chose s'était-il passé avec Andy ? Son fils s'était-il mal conduit, avait-il été insolent ? Alors même que cette éventualité lui venait à l'esprit, elle la rejeta. Son enfant ne se serait pas conduit ainsi.

— Mais on les a relâchés, reprit Andy. M. Jake a

dit que, comme ça, ils pourront devenir encore plus gros et on pourra les repêcher. On pêche et on remet à l'eau, hein, monsieur Jake ?

— C'est ça.

— Tu as été sage ? demanda Eva à son fils.

— Très sage, répondit Jake.

Il sourit, mais son sourire n'atteignit pas tout à fait ses yeux.

— Andy est un pêcheur-né. Si tu allais te laver les mains, mon grand ?

— Tout de suite.

Andy partit de la cuisine en courant. Dès qu'il eut disparu, Jake se tourna vers Eva, le regard sombre.

— Il faut qu'on appelle Wayne.

— Pourquoi ? Qu'est-il arrivé ?

— Le cœur d'une de tes vaches a réapparu.

Eva étouffa un cri.

— Quoi ? Où ? s'étrangla-t-elle.

— Il est pendu à la rambarde de la terrasse.

Eva le dévisagea, horrifiée. Elle comprenait maintenant pourquoi il s'était garé à l'arrière. Il avait voulu éviter ce spectacle macabre à Andy.

— Avant tout, laisse-moi préparer un sandwich à Andy et l'envoyer dans sa chambre.

— OK, mais il faut qu'on téléphone à Wayne avant qu'il pleuve. Les nuages sont de plus en plus menaçants.

— Donne-moi cinq minutes.

Eva s'empressa de confectionner un sandwich, le déposa sur une assiette et l'accompagna de chips.

— Tu peux manger dans ta chambre et jouer à tes

jeux vidéo jusqu'à ce que ce soit l'heure de dormir, annonça-t-elle à l'enfant quand il revint.

— C'est vrai ? D'habitude, tu ne m'autorises jamais à jouer à des jeux vidéo quand j'ai école le lendemain.

— Ce soir est une exception à la règle.

— Cool. Merci de m'avoir emmené à la pêche, monsieur Jake. J'espère qu'on y retournera bientôt.

Jake sourit.

— Bien sûr.

Andy prit son assiette et fila dans sa chambre. Eva se dirigea vers la porte d'entrée, Jake sur ses talons. Le cœur battant, redoutant ce qu'elle allait voir, elle sortit sur la terrasse en bois.

Aussitôt, le vent fouetta ses cheveux, un éclair zébra le ciel obscur. Bien qu'elle ait cru être mentalement préparée à la scène, elle s'était trompée. Jamais elle n'aurait pu imaginer une telle chose.

Le cœur était transpercé d'un couteau et dégoulinait de sang. Un message était épinglé à côté, qui semblait avoir été rédigé avec le sang de l'animal.

Meurs, salope.

C'était un spectacle grotesque, rendu plus épouvantable par le fait que son auteur, l'individu qui la menaçait, était venu tout près… Avait été assez audacieux pour envahir son espace personnel en montant sur sa terrasse.

Elle tressaillit malgré elle, et un petit cri jaillit de ses lèvres en même temps que le tonnerre se mettait à gronder. Jake enroula un bras autour de son épaule et l'attira contre lui. Au lieu de se dégager, elle se blottit contre sa poitrine.

Meurs, salope.

Les mots résonnaient en boucle dans son crâne tandis qu'elle fixait, hébétée, la feuille de papier et le cœur sanglant.

— Viens, rentrons appeler Wayne, murmura Jake gentiment, resserrant son étreinte autour d'elle.

L'estomac noué, les jambes flageolantes, elle pria pour que, cette fois, Wayne trouve un indice qui lui permette d'identifier l'auteur de ces attaques… Avant que celui-ci ne mette ses menaces à exécution.

Jake était debout sur la terrasse avec Wayne et son adjoint, Phil Barkley. Il avait insisté pour qu'Eva reste à l'intérieur pendant que les hommes se chargeaient de relever les pièces à conviction. Il n'y avait aucune raison pour qu'elle s'impose cette épreuve de nouveau.

— Ce cœur a dû être surgelé, observa-t-il pendant que Phil prenait des photos.

— Peut-être, admit Wayne. Il est difficile d'accepter que quelqu'un de Dusty Gulch soit capable de ce genre d'action. Je n'ai jamais rien vu d'aussi révoltant.

— Tout ce qui m'intéresse, c'est de savoir qui vise Eva et pourquoi, rétorqua Jake.

— Espérons que cet individu a commis une erreur cette fois-ci. Avec un peu de chance, je tirerai quelque chose du couteau qu'il a laissé. Le manche est sculpté.

— Fabriqué à la main, on dirait. Tu connais quelqu'un qui fait ce genre de chose dans le coin ?

— Personne ne me vient à l'esprit pour le moment, mais je ne m'intéresse pas particulièrement aux couteaux.

— Au moins, il n'a pas plu, soupira Jake. Peut-être reste-t-il des traces.

En dépit du tonnerre et des éclairs, il n'était pas tombé une goutte de pluie jusqu'à présent.

Il regarda Wayne et Phil enfiler des gants en latex, puis retirer le couteau et les deux clous ordinaires qui maintenaient le message en place. Cela fait, ils glissèrent le cœur dans un sachet en plastique.

Phil s'en alla, emportant le tout, laissant Jake et Wayne passer encore une vingtaine de minutes à examiner le périmètre immédiat en quête de tout indice éventuel. Cependant, ils ne trouvèrent rien. Malheureusement, la terre était trop sèche pour recéler des empreintes de pas ou de pneus, et ils ne savaient même pas de quelle direction le coupable était venu.

— Il faut que je retourne auprès d'Eva, dit enfin Jake.

— Je t'accompagne. J'ai besoin d'une déposition officielle pour le dossier. Je tiens à tout faire exactement dans les règles pour que, le jour où nous arrêterons ce salopard, il puisse être mis derrière les barreaux pendant un bon bout de temps.

Ils regagnèrent ensemble la maison. Perchée au bord du canapé, Eva tressaillit à leur entrée.

— J'ai préparé du café.

Jake l'observa avec inquiétude. Son regard était légèrement absent, et elle était pâle. Jamais elle ne lui avait paru si menue, si vulnérable.

— Installons-nous dans la cuisine.

Lorsqu'ils furent tous les trois autour de la table, Wayne sortit son carnet et un petit enregistreur.

— Cela t'ennuie si j'enregistre ta déposition ?

— Non, pas du tout.

— Je n'arrive pas à croire que quelqu'un a eu le culot de faire ça alors que j'étais sur ton terrain, marmonna Jake.

— À moins que tu n'en aies parlé à d'autres gens, personne ne pouvait savoir que tu étais là, lui fit remarquer Eva. Ton pick-up était garé à côté de l'étang, et invisible de la route ou de la maison.

Au grand soulagement de Jake, elle avait repris quelques couleurs.

— Je n'ai dit à personne que je venais, répondit-il.

Wayne alluma l'enregistreur et se focalisa sur Eva.

— Tu as une idée de l'heure à laquelle l'incident s'est produit ?

— Je n'en suis pas sûre, mais j'ai entendu quelque chose claquer devant la maison vers 18 heures. J'ai pensé que le vent avait délogé un volet mal attaché.

Elle fronça les sourcils.

— J'ai jeté un coup d'œil dehors, mais je n'ai rien vu. Si j'étais sortie tout de suite, je l'aurais peut-être surpris en flagrant délit.

— Heureusement que tu ne l'as pas fait ! répondit Jake. Qui sait ce qui aurait pu se passer si tu t'étais confrontée à lui ?

La seule pensée qu'Eva aurait pu être agressée par cet individu lui donnait la nausée.

Quelques minutes plus tard, Wayne ayant terminé de poser ses questions, Eva et Jake le raccompagnèrent à la porte.

— Je ne serais pas surpris que le couteau nous livre la clé de cette affaire, commenta le shérif. Il est vraiment original et je vais me renseigner à son sujet. Je t'appellerai d'ici un jour ou deux pour te dire ce que nous avons trouvé.

— Au moins, Wayne a l'air d'être passé à la vitesse supérieure, observa Jake lorsque le shérif fut parti. Où est Andy ?

— Il dort. Je crois que la chaleur et la partie de pêche l'ont complètement épuisé.

Elle se laissa tomber sur le canapé.

— J'espère vraiment que Wayne va obtenir quelque chose de ce couteau.

À la surprise de Jake, elle tapota le siège à côté d'elle.

— Tu veux t'asseoir à côté de moi un moment ?

Son regard doux, presque suppliant, trahissait la peur qu'elle éprouvait encore.

— Bien sûr. Je devrais venir m'installer ici pour vous garder en sécurité.

Elle émit un petit rire.

— Jake, je t'ai demandé de rester un peu, pas d'emménager avec nous.

Son rire s'éteignit.

— Cette histoire est effrayante, mais mes verrous sont solides et j'ai une batte et une carabine au cas où j'aurais vraiment peur que quelqu'un essaie de s'introduire dans la maison.

Le moment de vulnérabilité qu'il avait aperçu plus tôt était passé. Malgré tout, le fait qu'elle lui ait demandé de rester un peu suggérait qu'elle était encore inquiète. Le message en lettres de sang avait dû l'épouvanter. Lui, avait été épouvanté pour elle.

— Andy et moi avons passé un moment sympa à la

pêche, dit-il, devinant que parler de son fils l'aiderait à surmonter ses angoisses. Il était tellement excité ! Il a accroché son ver à l'hameçon comme un champion et, quand nous sommes partis, il lançait sa ligne aussi bien qu'un pro.

Un soupçon de sourire se dessina sur les lèvres d'Eva… Des lèvres que, même dans ces circonstances, il mourait d'envie d'embrasser.

— J'apprécie que tu l'aies emmené. J'aurais dû le faire il y a longtemps, mais c'est une de ces choses que j'ai toujours remises à plus tard.

— Parle-moi de ton mari, murmura-t-il. Tu as été heureuse avec lui ?

Elle hésita un instant avant de hocher la tête.

— Oui, j'ai été heureuse. Andrew était un des êtres les plus doux, les plus gentils que j'ai connus.

Le cœur de Jake battit un peu plus vite.

— Eva… Il faut que je te pose la question… Le fréquentais-tu avant notre rupture ?

Elle étrécit les yeux.

— Tu crois vraiment que je suis le genre de femme à me conduire ainsi ? La réponse est non. À ce moment-là, Andrew était un employé que je croisais de temps à autre sur les terres, rien de plus. Et puis, mon père est mort.

Ses yeux s'emplirent de tristesse, et elle marqua une pause avant de poursuivre :

— J'avais dix-huit ans et j'étais submergée de chagrin. Je ne savais pas comment gérer un ranch, je me sentais affreusement seule. Andrew m'a aidée à surmonter ma peine, et il m'a aussi enseigné ce que j'avais besoin de savoir pour poursuivre ce que mon père avait commencé.

— J'aurais voulu être là pour te soutenir, murmura-t-il.

Il aurait tant aimé être celui qui l'avait épaulée, celui dans les bras de qui elle avait pleuré durant cette terrible période de sa vie.

— Pourquoi as-tu rompu avec moi, Eva ?

Elle poussa un profond soupir.

— Cela a-t-il vraiment de l'importance maintenant, Jake ? Je te l'ai déjà dit, je ne veux pas ressasser le passé. Nous ne pouvons retourner en arrière et réécrire l'histoire. D'ailleurs, en ce moment, c'est surtout mon avenir qui me préoccupe.

Elle n'avait pas répondu à sa question, mais elle avait raison. Quelle importance cela avait-il désormais ? S'il n'avait pas réussi à l'oublier, c'était son problème. S'il la voyait plus souvent à partir de maintenant, peut-être se rendrait-il compte qu'ils n'avaient jamais été destinés l'un à l'autre.

— J'ai vu des photos de toi avec des femmes en Italie. Aucune de ces créatures de rêve n'a pu te retenir ?

— Non. Je n'ai pas vraiment eu de relation sérieuse. La plupart de ces femmes superbes m'ont paru mortellement ennuyeuses.

Eva eut un petit rire.

— J'ai du mal à le croire.

— C'est la vérité, protesta-t-il en riant aussi. Je n'avais rien de commun avec elles. Elles voyaient en moi un riche héritier, mais quand je leur parlais de mon désir d'avoir un ranch à Dusty Gulch, dans le Kansas, leur regard se voilait et elles cessaient de m'écouter. C'est difficile de construire une relation avec quelqu'un à qui on ne peut pas parler de ses espoirs et de ses rêves.

Il avait voulu éprouver la même intimité, la même passion qu'il avait ressentie autrefois avec Eva, mais jusqu'à maintenant, il ne l'avait trouvée avec personne d'autre.

Il prit soudain conscience du fait qu'ils étaient assis tout près l'un de l'autre, assez pour qu'il puisse respirer son parfum. Il sentait la chaleur qui émanait d'elle – une chaleur qui l'emplissait à la fois de bien-être et de désir.

Leurs regards se soudèrent, et il se sentit happé par les profondeurs violettes des yeux d'Eva ; il avait de nouveau dix-huit ans, et devant lui se trouvait la fille la plus belle du lycée, la plus belle du monde.

Ses longs cheveux brillaient comme de la soie, le suppliaient d'enfouir les doigts dans leurs mèches épaisses. La gorge nouée, il se pencha vers elle.

Le regard d'Eva s'assombrit, elle émit un petit cri étouffé et bondit sur ses pieds.

— La journée a été longue, Jake. Je te remercie d'être resté un peu mais je vais mieux maintenant et je pense qu'il est temps de se dire au revoir.

Jake se leva à regret, avec le sentiment de laisser derrière lui un rêve merveilleux.

— Tu es sûre que ça va aller ? Je pourrais passer la nuit sur le canapé.

— Merci, mais ça ira, affirma-t-elle en le raccompagnant à la porte. Le choc est passé, à présent.

— Tu m'appelleras s'il arrive autre chose ou même si tu as peur ?

Elle hésita un instant avant d'acquiescer.

Il lui souleva le menton du bout des doigts, afin de pouvoir contempler une dernière fois ses yeux magnifiques, la courbe de ses longs cils.

— Promets-le-moi, Eva.

— Je te le promets. Bonne nuit, Jake.

Il lui souhaita bonne nuit à son tour et sortit sur la terrasse. Elle referma le battant et mit le verrou derrière lui. Le regard de Jake alla aussitôt à l'endroit où le cœur avait été accroché.

Quelqu'un la terrorisait-il sans pour autant avoir l'intention de lui faire du mal ? Il serra les poings. Qui lui faisait subir cela ? Pourquoi ? Allait-il y avoir une escalade fatale ?

Il était inquiet pour Eva, aucun doute là-dessus. Cependant, il ne croyait pas qu'un nouvel incident prendrait place ce soir-là. Il se dirigea vers son pick-up.

La journée avait été longue, en effet, et riche en émotions à assimiler. Il avait pris un plaisir sincère à pêcher avec Andy. Le garçon était intelligent, drôle, et s'était montré désireux de lui être agréable. Il était évident qu'il éprouvait le besoin d'avoir une figure masculine dans sa vie, et que le père qu'il avait à peine connu lui manquait.

Jake monta dans son pick-up mais resta assis au volant, laissant s'apaiser le tumulte de ses pensées avant de démarrer. Il avait vu le cœur au moment où il allait se garer et s'était empressé de contourner la maison dans l'espoir qu'Andy ne 's'aperçoive de rien. Il ne voulait pas que le souvenir de la première partie de pêche de l'enfant soit gâché à jamais. Bon sang, il ne souhaitait à aucun enfant d'être confronté à un spectacle aussi affreux.

Au départ, il était venu parce qu'il voulait faire l'amour avec Eva une dernière fois... Parce qu'il voulait prendre sa revanche sur elle pour lui avoir brisé le cœur autrefois.

Cependant, ce soir, quelque chose avait basculé en lui. Le désir qu'elle lui inspirait était toujours présent, plus fort que jamais. Mais quand il avait évoqué ses espoirs et ses rêves, il s'était souvenu de les avoir partagés avec elle.

Il l'aimait toujours. Il était toujours amoureux d'elle. Et il avait la certitude qu'elle l'avait aimé autrefois. Il ne savait pas ce qui avait mal tourné entre eux, mais peu importait désormais.

Plus que tout, il voulait la protéger de toute menace, quelle qu'elle soit. Et ensuite, il voulait se faire aimer d'elle de nouveau.

5

— Ce genre de couteau est en vente dans plusieurs magasins de proximité du coin, expliqua Wayne.

Des plis de fatigue creusaient son visage, accentués par le soleil matinal qui projetait ses rayons sur les fenêtres d'Eva.

— On a eu de la chance, au sens où ils sont fabriqués à la main par un certain Riley Kincaid, qui vit dans un ranch à une trentaine de kilomètres d'ici. Malheureusement, je n'ai pas eu le temps d'aller l'interroger parce que le père Brighton a été assassiné la nuit dernière, dans son sommeil.

Eva et Jake émirent en même temps une exclamation de stupeur.

— Comment ? demanda Jake.

— Et Sadie ? Elle va bien ?

Eva se penchait en avant, horrifiée par cette nouvelle. Walter et Sadie Brighton étaient des personnalités bien connues dans la bourgade. Mariés depuis cinquante ans, ils faisaient des promenades ensemble l'après-midi et saluaient avec chaleur tous ceux qu'ils croisaient. Ils s'asseyaient souvent sur un banc devant la poste ou bien on les voyait dîner au café de bonne heure.

— Sadie est indemne, mais très secouée, évidemment. Walter a été poignardé durant la nuit.

— Où était Sadie quand c'est arrivé ?

Vêtu d'un jean et d'un T-shirt bleu marine, Jake était particulièrement séduisant ce matin.

— Apparemment, elle dort dans une autre chambre parce que Walter ronfle. Elle n'a rien vu ni rien entendu. Elle a trouvé Walter juste après le lever du soleil ce matin, quand elle est allée le réveiller. Bref, tous mes hommes sont sur l'affaire, et je dois retourner sur place le plus vite possible. Ce qui veut dire qu'il va sans doute s'écouler quelques jours avant que je puisse parler à Riley Kincaid ou faire le tour des magasins qui vendent ses couteaux.

Il secoua la tête d'un air de regret.

— Je suis désolé, mais il faut qu'on se concentre sur ce meurtre.

— Wayne, nous comprenons très bien. Eva et moi pourrions peut-être aller voir Kincaid et faire le tour des magasins en question ?

Wayne poussa un soupir de soulagement.

— Eh bien, ça me serait d'une grande aide, avoua-t-il. Nous devons découvrir qui a acheté un de ces couteaux récemment. Il avait l'air tout neuf. Malheureusement, il n'y avait aucune empreinte sur le manche, mais un loup est sculpté dans le bois, tu te souviens, Jake ?

— Crois-moi, je m'en souviens.

— Nous allons nous charger de parler à ces gens, affirma Eva.

Bien que partagée à la perspective de passer plus de temps seule avec Jake, elle tenait à obtenir des réponses : le cœur ensanglanté et le dernier message en date l'avaient vraiment terrifiée.

Elle était prête à pactiser avec le diable si cela l'amenait à identifier celui qui se dissimulait derrière ces menaces. Et, dans ce cas précis, le diable s'appelait Jake.

Elle savait qu'il pourrait avoir des résultats là où elle échouerait peut-être. Son nom éveillait le respect, et aussi une pointe de peur. Les commerçants répondraient à ses questions parce que les Albright possédaient la plupart des magasins.

Par conséquent, elle allait mener l'enquête avec Jake, mais leur relation devrait s'arrêter là. Elle ne devait pas la laisser prendre un tour plus personnel.

La veille au soir avait prouvé combien il était dangereux pour elle. Une partie d'elle vibrait encore de désir pour lui, une partie d'elle aspirait à retourner à une époque plus simple, où ils n'étaient que deux adolescents fous amoureux l'un de l'autre.

Cependant, il était impossible de remonter le temps, et avoir une relation avec Jake était hors de question. Elle avait besoin de son aide pour élucider le mystère des menaces dont elle était l'objet, c'était entendu. Mais les choses n'iraient pas plus loin.

— Je vous préviens, d'après ce que j'ai entendu dire, ce Kincaid est un vieil excentrique.

Wayne leur donna l'adresse de l'intéressé et se leva.

— Tout ce que je vous demande, c'est de noter le nom des gens à qui vous parlez, et ce qu'ils vous disent. Dès que nous aurons résolu le meurtre, je mettrai toute l'équipe sur ton affaire, Eva.

— Merci, Wayne.

Eva et Jake le raccompagnèrent à la porte.

— Tu veux qu'on aille faire un tour ? demanda Jake dès qu'il eut disparu.

— Où ?

— Si on allait parler avec un vieil excentrique qui fabrique des couteaux ?

Elle hocha la tête.

— Allons-y. Il faut seulement que je sois de retour à temps pour le bus scolaire, vers quatre heures moins le quart.

— Voyons ce qu'on peut accomplir d'ici là.

Quelques minutes plus tard, ils étaient dans le pick-up de Jake. L'habitacle sentait bon le cuir et l'eau de toilette, un parfum qui ramena Eva des années en arrière : ce mélange-là était à jamais associé à Jake dans ses souvenirs.

Avant de quitter la maison, elle s'était munie d'un calepin et d'un stylo, conformément aux instructions de Wayne : elle tenait à lui fournir des informations précises et complètes pour la suite de l'enquête.

— Je n'arrive pas à croire que Walter a été assassiné, murmura-t-elle alors qu'ils s'engageaient sur la route. Je ne me souviens même pas qu'un meurtre ait jamais été commis à Dusty Gulch. Et qui aurait pu vouloir du mal à ce pauvre Walter ?

— Je n'en ai aucune idée, avoua Jake. Avec un peu de chance, Wayne va résoudre l'affaire rapidement.

— Je ne peux même pas imaginer qu'il trouve le moindre suspect. Je n'ai jamais entendu dire que Walter se soit disputé avec quiconque.

Elle était tout aussi perplexe quant à l'identité de

celui qui la harcelait. Pouvait-il s'agir de quelqu'un qu'elle croisait régulièrement, quelqu'un qui lui souriait et était agréable avec elle, mais dissimulait une haine profonde à son égard ?

Jake abaissa sa vitre, en dépit de la climatisation. Aussitôt, l'odeur de la poussière et des prairies envahit la cabine.

— Ah, ça sent bon. Cette odeur-là m'a manqué quand j'étais à l'étranger, soupira-t-il. Et le paysage aussi.

— J'ai pourtant entendu dire que les vignobles étaient beaux.

— C'est vrai, mais ce n'était pas chez moi.

Il prit une profonde inspiration.

— Tandis que ce pays, c'est chez moi.

Elle brûlait de lui demander pourquoi il était parti pour l'Italie le lendemain même de leur rupture, mais elle connaissait déjà la réponse. Son père avait tout orchestré pour les séparer dès que possible. Et Jake était prêt à tout accepter pour obtenir l'approbation paternelle.

— Si tu avais le mal du pays, pourquoi n'es-tu pas revenu plus tôt ?

Elle le regarda à la dérobée. Même de profil, il était séduisant. Au prix d'un effort, elle détourna la tête et focalisa son attention sur le pare-brise.

— Mon père comptait sur moi pour gérer la société viticole. Il avait confiance en moi et je ne voulais pas le décevoir. Il pensait que j'avais besoin d'être sur place et, par conséquent, je suis resté. Mais je suis heureux d'être de retour.

— Je suis contente que tu sois revenu, je l'avoue,

répondit-elle. Si tu n'étais pas là, Wayne continuerait à m'ignorer.

— Wayne n'est pas un mauvais bougre – il est un peu paresseux, voilà tout. Il a besoin d'être poussé de temps en temps, répondit Jake.

— Il va être débordé maintenant, avec ce meurtre.

Elle secoua la tête. Elle avait encore du mal à croire que Walter ait pu être assassiné dans son sommeil.

Pendant quelques minutes, ils roulèrent dans un silence confortable. Avec un peu de chance, Riley Kincaid conservait une liste des magasins qui stockaient ses couteaux, et des gens qui lui en avaient acheté directement. Et avec un peu de chance, un de ces individus était celui qui la tourmentait.

— Parle-moi de ton mari.

Elle se tourna vers lui, surprise.

— Que veux-tu savoir ?

— Il était gentil avec toi ?

Le cœur d'Eva se serra alors qu'elle songeait à Andrew.

— Très.

— J'en suis heureux. J'ai entendu dire qu'il était mort d'un cancer du pancréas. Ça 'a dû être très dur pour toi.

— Oui. C'est une maladie brutale.

Ça 'avait été un calvaire que de voir Andrew souffrir. Quand la fin était venue, elle avait été reconnaissante qu'il ait cessé de subir les ravages de la maladie. Elle lui tenait la main au moment où il avait émis son dernier souffle.

— Je suis vraiment désolé que tu en sois passée par là.

— Je savais qu'il était condamné lorsque nous nous sommes mariés. Cela faisait partie de notre arrangement que je sois là pour lui à la fin, qu'il ne doive pas mourir tout seul. Ses parents étaient morts et il n'avait ni frère ni sœur. Personne dans la vie à part moi.

— Cela faisait partie de votre « arrangement » ? répéta Jake en lui lançant un regard curieux, tandis qu'elle se maudissait d'avoir formulé sa réponse ainsi. Que veux-tu dire par là ?

— Rien, se hâta-t-elle d'affirmer. Seulement que, quand on épouse quelqu'un, on fait le vœu d'être là pour le meilleur comme pour le pire.

Par chance, cette déclaration sembla satisfaire Jake. Il ralentit à l'approche de l'intersection avec une petite route.

— Ce type vit vraiment au milieu de nulle part.

— C'est dommage que Wayne n'ait pas pu nous donner son numéro de téléphone. J'aurais préféré l'appeler pour l'avertir de notre visite.

Le shérif avait expliqué qu'il ne disposait que de l'adresse de son domicile. Riley Kincaid avait bien un site Internet basique, mais seule son adresse mail y figurait.

— Espérons qu'il ait reçu le mail que tu lui as envoyé avant de partir, commenta Jake.

Le silence retomba sur l'habitacle, mais maintenant, Eva avait l'impression qu'il était chargé de tension. Pour sa part, elle avait la gorge serrée et l'estomac noué.

Depuis trois semaines, elle vivait un cauchemar. Dès le moment où elle avait découvert la première vache morte et le premier message dans sa boîte aux lettres, le froid s'était immiscé en elle, plus intense à chaque nouvelle découverte. Elle avait hâte de tirer l'affaire au clair une fois pour toutes.

Jake arrêta son pick-up à hauteur d'une allée qui partait sur leur droite. Allée était un bien grand mot : c'était plutôt un chemin négligé, à moitié envahi par la végétation.

— Je crois que c'est l'entrée.

— On dirait plutôt une piste laissée par des chevreuils, observa-t-elle.

Il s'engagea sur le chemin et la roue avant bascula aussitôt dans un nids-de-poule.

— Accroche-toi.

Jake dut rouler au pas afin d'éviter les ornières les plus profondes. Il dut aussi donner de petits coups de volant pour éviter un lapin et des écureuils qui traversaient devant eux.

Le soleil matinal avait disparu, dissimulé par les frondaisons. L'air ne sentait plus la prairie, mais l'humidité et le mystère.

— Tu es nerveuse ? demanda Jake, qui avait manifestement perçu son anxiété.

— Oui, admit-elle. Et impatiente. J'espère vraiment que, dans quelques minutes, nous aurons des réponses et que toute cette folie va prendre fin. J'ai besoin de savoir qui s'en prend à moi ainsi et pourquoi.

— Ce serait une bonne chose, en effet.

Ils venaient de déboucher dans une petite clairière. Jake arrêta le pick-up devant une barrière en bois en piteux état, sur laquelle on avait peint les mots Accès interdit.

Au loin se dressait un modeste chalet, flanqué d'une dépendance qui était presque de la même taille, d'où s'échappait une cheminée noircie.

Dans le jardin, des pneus usagés et deux cuvettes de toilette faisaient office de pots de fleurs sous des fanions multicolores. Il était difficile de croire que la solution de l'énigme puisse se trouver là.

Ils descendirent du pick-up et s'approchèrent de la clôture au son du pépiement des oiseaux.

Jake se pencha pour ouvrir la barrière. Au même moment, un coup de feu résonna, et une balle se ficha dans l'écorce d'un arbre tout proche.

— Baisse-toi ! hurla-t-il à Eva en se jetant sur elle pour la protéger de son corps.

Le cœur d'Eva tambourinait dans sa poitrine. Elle était terrifiée, sous le choc. Que se passait-il donc ? Pourquoi l'occupant du chalet l'avait-il prise pour cible ? Jake était étendu sur elle, son cœur cognant presque aussi vite que le sien.

— Ça va ? demanda-t-il doucement.

Ses yeux étaient aussi sombres que la nuit, il la fixait avec intensité.

— Ou… oui.

Il se redressa légèrement, braquant son regard sur le chalet. Redoutant qu'il n'écope d'une balle dans le front, Eva se cramponna à ses épaules. Pourquoi diable avait-on tiré sur eux ?

— Riley Kincaid ! cria Jake. Nous sommes ici pour vous poser des questions au sujet de vos couteaux.

— Vous ne pouvez pas me rouler, riposta une voix grave et rauque. Vous ressemblez à des gens du fisc. Je ne vais pas vous laisser fouiner dans mes affaires. Fichez le camp et ne remettez pas les pieds ici !

— Nous ne sommes pas des agents du fisc, répliqua Jake en retour. Nous n'avons rien à voir avec eux. Elle s'appelle Eva Martin, moi c'est Jake Albright. On veut juste vous poser des questions sur vos couteaux.

— Albright ?

Il y eut une longue pause.

— Le fils de Justin ?

Jake se releva lentement et fit signe à Eva de se placer derrière lui. Les jambes encore flageolantes, le cœur battant la chamade, elle obéit néanmoins. Au moins ils étaient debout maintenant, et l'homme n'avait pas tiré de nouveau.

— Oui. Justin était mon père.

Eva retint son souffle. L'homme n'était peut-être pas un fan des Albright. Peut-être même les haïssait-il et allait-il faire feu. Là où ils étaient, ils offraient une cible parfaite.

Riley Kincaid sortit sur la terrasse en bois. C'était un homme grand et maigre, vêtu d'un jean élimé et d'un T-shirt blanc sale. Ses cheveux gris frisés lui arrivaient aux épaules, et il tenait une carabine à la main.

— Eh bien, pourquoi est-ce que tu ne le disais pas ? Entrez donc.

Jake passa un bras autour des épaules d'Eva et ouvrit la barrière. Ensemble, ils s'avancèrent vers le chalet vétuste. Elle vit Riley poser son arme contre la rambarde et poussa un soupir.

— Tu es donc le fils de Justin, lança Riley. Ton père ne tarit pas d'éloges à ton sujet.

Il ponctua ses paroles d'un grand sourire, exposant un espace entre ses dents de devant.

— Il adore mes couteaux.

— Malheureusement, il est décédé il y a quelques jours, expliqua Jake.

— C'est bien dommage.

Riley fronça les sourcils puis sourit de nouveau.

— Même avec tout l'argent qu'il avait, il essayait toujours de me faire baisser mes prix. On marchandait pendant une bonne heure avant qu'il finisse par accepter de me payer ce que je voulais. Parfois je baissais de 2 dollars rien que pour lui faire plaisir.

— Nous aimerions vous poser des questions sur vos clients, expliqua Jake.

— Eh bien, entrez. Nous discuterons à l'intérieur.

La cuisine-séjour était aussi l'atelier de Riley. Deux plaques de contreplaqué lui servaient d'établi, où reposaient plusieurs manches de couteau à divers stades de fabrication. Le sol était jonché de poussière et de copeaux de bois.

— Vous avez vu mes couteaux ?

— Un seul, répondit Eva.

— Laissez-moi vous en montrer quelques-uns.

Il les mena vers l'établi. À l'évidence, il était très fier de son travail, et à juste titre. Les manches représentaient tous des animaux sauvages, magnifiquement sculptés. Eva sentit s'accélérer les battements de son cœur à la vue de l'un d'eux, qui ressemblait de manière frappante à celui qui avait transpercé le cœur ensanglanté. Un frisson la parcourut, mais en dépit de la peur que le couteau réveillait en elle, elle était impressionnée par le talent de Riley.

— Ils sont superbes.

— Si vous voulez, je peux vous montrer mon atelier à côté. C'est là que je fabrique les lames. Elles sont toutes de bonne qualité, très aiguisées.

— Merci, mais à vrai dire, nous avons surtout besoin de vous parler.

— Eh bien, asseyons-nous.

Il les conduisit à une petite table de cuisine et leur fit signe de s'installer.

— Je vous offre quelque chose à boire ? Ou à grignoter ?

— Non, merci, répondit Eva, qui n'avait pu s'empêcher de remarquer les cafards qui couraient sur le plan de travail.

— C'est gentil, mais non, merci, renchérit Jake. Ce que nous voudrions savoir, c'est si vous conservez des informations sur vos clients.

— J'ai une liste des gens à qui je vends directement, mais mes couteaux sont disponibles dans trois magasins. J'y vais une fois par mois à peu près, on me paie pour ce qui a été vendu, mais on ne me donne pas le nom des acheteurs.

— Pourrions-nous voir la liste des gens à qui vous avez vendu directement ? Nous sommes particulièrement intéressés par ceux qui ont acheté des couteaux dont le manche représente un loup.

Riley plissa les yeux.

— Vous n'avez vraiment rien à voir avec les impôts ?

— Je vous assure que non, affirma Eva, avant de lui résumer la situation.

Quand elle eut terminé, Riley secoua la tête, visiblement consterné.

— C'est lamentable. Mes couteaux sont censés être des objets de collection. Je suis très fâché qu'on s'en serve comme ça.

Il se leva et disparut dans une pièce voisine, qu'Eva supposait être une petite chambre. Malgré elle, une bouffée d'angoisse la saisit. À sa grande surprise, Jake tendit la main et captura la sienne tout en lui adressant un sourire rassurant.

Mais pourquoi était-elle étonnée, au fond ? Il avait toujours su lire dans ses pensées, ses humeurs.

Riley revint, un petit carnet à spirale dans la main. Jake se redressa, à l'évidence aussi impatient qu'elle d'obtenir des informations.

— Jusqu'à quand voulez-vous remonter ? Je vends mes couteaux dans les magasins et sur mon site depuis cinq ans environ.

Il ouvrit le carnet, lequel semblait curieusement bien tenu, d'une écriture nette et précise.

— Nous ne nous intéressons qu'aux couteaux dont le manche représente un loup, rappela Jake.

Riley fronça les sourcils.

— Je ne garde pas d'archives sur le type de manche, et les loups sont des modèles très populaires.

— Dans ce cas, commençons par les douze derniers

mois, suggéra Jake. Nous verrons bien si les noms nous disent quelque chose.

Riley hocha la tête.

— Oui. Je veux savoir qui a manqué de respect envers mon travail en vous faisant un coup pareil, dit-il à Eva.

Elle hocha la tête, le remerciant d'un sourire.

— Savez-vous combien de couteaux Justin Albright vous a-t-il achetés ?

Si Justin n'avait pas déjà été malade lorsque ses ennuis avaient commencé, elle l'aurait soupçonné d'en être l'instigateur, peut-être parce qu'il savait que Jake voulait rentrer au pays et qu'il voulait 'en chasser Eva avant le retour de son fils. Cependant, Justin Albright était mort et les menaces perduraient.

— Une dizaine au total, je pense.

Eva se tourna vers Jake.

— Sais-tu ce qu'ils sont devenus ?

— Non, mais je vais me renseigner dès ce soir.

Si le père de Jake n'était pas responsable, il était possible en revanche qu'un de ses couteaux ait été volé et utilisé à son insu.

Riley se mit à lire la liste de ses clients. À chaque nouveau nom qu'il mentionnait, Eva sentait son espoir s'amenuiser. Aucun de ces noms ne lui était familier.

— Griff Ainsley.

Eva tressaillit et sentit un frisson lui picoter la nuque.

— Le jeune qui fait la fête dans ta grange, murmura Jake.

Était-il possible qu'un groupe d'adolescents soit

à l'origine de son harcèlement ? Elle avait du mal à croire que ces jeunes puissent être si cruels.

Riley avait repris sa lecture.

— Carl Robinson.

Cette fois, ce fut Jake qui accusa le coup.

— Tu le connais ? demanda-t-il à Eva.

— Non, pourquoi ?

— C'est un de nos cow-boys.

— Je n'ai jamais entendu parler de lui. Par conséquent, je crois que nous pouvons l'écarter.

Le nom suivant la surprit.

— Je connais Robert Stephenson, s'écria-t-elle en se redressant sur sa chaise. Son fils Bobby est le meilleur ami d'Andy.

— Tu as eu des démêlés avec lui ? s'enquit Jake.

— Non, au contraire. Il a toujours été charmant avec moi. Il a suggéré plusieurs fois que nous sortions tous les quatre manger une pizza ou une glace.

— Tu es tentée ?

Les yeux de Jake fouillaient les siens. Eva se sentit rougir.

— Non. Je t'ai dit que je n'avais aucune intention de sortir avec un homme quel qu'il soit.

Riley éclata de rire et se donna une tape sur la cuisse.

— J'aurais juré que vous étiez ensemble, vous deux. Bon sang, il y a assez de courant qui passe entre vous pour faire des étincelles !

Eva rougit de plus belle.

— Nous sommes de vieux amis, c'est tout.

Riley rit de nouveau et adressa un clin d'œil à Jake.

— Elle dit ça maintenant, mais personne ne sait ce que l'avenir va apporter.

Jake regarda Eva, et ses lèvres esquissèrent le sourire sexy, irrésistible, qu'elle connaissait si bien. En guise de réponse, elle se contenta de froncer les sourcils. Elle était résolue à ne jamais renouer avec lui.

Jake Albright ne pouvait pas faire partie de sa vie.

6

— Nous devrions avoir le temps de passer au dernier magasin avant de rentrer, observa Jake en jetant un coup d'œil à Eva.

Au fil de la journée, elle était devenue de plus en plus silencieuse. Elle paraissait abattue, découragée.

— S'il est comme les deux autres, ça ne nous aidera pas, observa-t-elle sur un ton morne.

Riley leur avait fourni les adresses des trois magasins qui stockaient ses couteaux. Malheureusement, les deux premiers n'avaient pu leur fournir aucune information. Seules les transactions effectuées par carte bancaire permettaient de connaître le nom des acheteurs, mais un mandat de perquisition était requis pour les consulter.

— Ne te laisse pas abattre, murmura Jake. Au moins nous avons deux noms de plus.

— Je refuse de croire que Robert Stephenson irait jusque-là pour se venger du fait que j'aie refusé d'aller manger une pizza avec lui, riposta-t-elle sur un ton ironique.

— On ne peut jamais savoir ce qui se passe dans la tête des gens, observa Jake. Quelqu'un a bien assassiné

Walter, enfin ! N'importe lequel d'entre nous peut dissimuler une maladie mentale ou simplement une profonde méchanceté.

— Voilà une pensée encourageante !

— Nous allons mettre la main sur ce type, Eva. Nous allons finir par savoir qui te fait subir tout ça et nous l'enverrons derrière les barreaux.

Il avait beau s'efforcer d'être positif, il se rendait compte que ses paroles n'avaient guère d'effet sur elle.

— J'aurais peut-être dû mettre le ranch en vente et m'en aller dès que j'ai reçu les premières menaces, souffla-t-elle.

Il lui décocha un regard stupéfait.

— Ça ne peut pas être la fille de Tom Taylor qui parle ! Tom, qui adorait ces terres et qui espérait les voir passer de génération en génération.

Elle lâcha un profond soupir.

— Tu as raison. Il faut que je reste forte, sinon pour moi, au moins pour Andy. Le ranch est son héritage. Je n'ai rien d'autre à lui donner. Je suis un peu fatiguée, voilà tout.

Il se pencha et lui prit la main.

— Dans ce cas, je serai fort pour toi.

Il la relâcha, regrettant qu'ils soient dans son pick-up. Il aurait donné cher pour pouvoir l'attirer dans ses bras et la serrer contre lui.

Le troisième magasin ne fut pas différent des deux premiers. Ils ne purent obtenir aucune information et on leur suggéra de revenir munis d'un mandat.

— Au moins, nous avons fait les recherches préliminaires pour Wayne, observa Jake alors qu'ils prenaient le chemin du retour. Espérons qu'il puisse résoudre le meurtre rapidement et se focaliser de nouveau sur cette enquête-ci.

Elle hocha la tête.

— Il pourra vérifier si les deux individus concernés ont toujours les couteaux en leur possession. J'aimerais bien être là quand il interrogera Griff. Ce petit vaurien lui a déjà raconté des mensonges à mon sujet. Je veux pouvoir me confronter à lui s'il essaie de recommencer.

Jake lui adressa un bref sourire.

— Voilà l'Eva que je connais.

Elle garda le silence, fixant la vitre comme si elle était perdue dans ses pensées. Il y avait eu un temps où il pouvait aisément deviner ses sentiments. À cet instant, cependant, il n'avait pas la moindre idée de ce à quoi elle songeait.

Elle était ravissante, vêtue d'un jean serré et d'un corsage rouge sans manches qui soulignait sa taille fine et sa poitrine voluptueuse.

Les mains de Jake se crispèrent sur le volant. Il mourait d'envie de se perdre dans le parfum de ses cheveux, de sentir sa peau soyeuse contre la sienne. Il la désirait, bien sûr, mais il voulait davantage aussi.

Il aspirait à connaître ses pensées, les rêves qu'elle avait. À partager ses rires et ses larmes, ses espoirs et ses craintes. Il avait perdu les dix dernières années de sa vie, mais il voulait être avec elle maintenant, pour toujours. Et attraper le salaud qui la terrorisait et le faire jeter en prison.

Elle se taisait quand il se gara devant la maison.

— Je vais téléphoner à Wayne et lui dire ce que nous avons découvert, annonça-t-il.

— Merci. J'espère avoir de ses nouvelles dans les prochains jours. Je te tiendrai au courant.

Elle lui donnait son congé, mais il jeta un coup d'œil à sa montre.

— Andy ne va pas tarder. Ça t'ennuierait que je reste lui dire bonjour ?

Il lut l'hésitation dans son regard, mais après un bref silence, elle acquiesça.

— Non, bien sûr.

Il régla son allure sur la sienne alors qu'ils descendaient l'allée. Arrivée à hauteur de sa boîte aux lettres, en bordure de la route, Eva l'ouvrit et en tira deux enveloppes.

— Pas de message menaçant ?

— Non. Des factures, c'est tout, répondit-elle, les sourcils froncés.

— Eva, comment t'en sors-tu, financièrement parlant ?

Elle se raidit.

— Il me semble que cela ne te concerne en rien.

— J'ai seulement pensé que, si tu avais besoin d'un prêt ou d'un coup de main, je pourrais t'aider.

— Je n'ai pas besoin de ton argent, Jake. Je n'en ai jamais voulu.

— Je sais. Je tenais juste à te dire que je suis là pour toi si tu as des ennuis.

Il fit un pas vers elle. Le soleil scintilla dans ses cheveux, faisant naître des images d'Eva abandonnée dans ses bras.

Quand elle leva les yeux vers lui, il sut que ces souvenirs étaient vivants en elle aussi.

— Eva, murmura-t-il tendrement.

Soudain, le regard d'Eva se durcit.

— Je sais que les Albright ont toujours été assez riches pour acquérir tout ce qu'ils voulaient, mais tu ne peux pas t'acheter une place dans ma vie, Jake.

— Eva, ce n'était pas du tout mon intention…

Sa protestation fut noyée par un grondement de moteur : le bus scolaire arrivait. Il s'arrêta au bout de l'allée et les portières s'ouvrirent pour laisser descendre Andy. Toute conversation avec Eva était impossible désormais.

— Monsieur Jake ! lança Andy avec un grand sourire. On va à la pêche aujourd'hui ?

— Pas aujourd'hui, non, répondit Jake en lui ébouriffant les cheveux. Mais nous y retournerons bientôt.

— Vous venez goûter avec moi ? Maman me prépare toujours un goûter avant que je commence mes devoirs. Peut-être que, si vous restez, elle nous donnera des cookies, pas des carottes et du céleri crus.

Eva se mit à rire.

— Les carottes et le céleri sont bons pour la santé.

— Oui, mais les cookies sont bons tout court, rétorqua Andy, espiègle.

Eva et Jake rirent avec lui.

— Tout s'est bien passé à l'école ? demanda Jake sur le chemin du retour vers la maison.

Il était troublé par la réaction qu'avait eue Eva lorsqu'il lui avait proposé son aide. Il ne lui était pas venu un seul instant à l'esprit qu'elle puisse penser qu'il essayait de l'acheter. Enfin, ce sujet devrait attendre un autre jour.

— Oui, très bien.

Andy se mit à raconter sa journée, et Jake sentit une bouffée d'affection envers l'enfant. C'était cela le bonheur, non ? Raccompagner ses enfants au retour de l'école, les écouter bavarder, sourire par-dessus leur tête à la femme qu'on aimait.

Il aspirait à ce bonheur-là, non seulement dans l'immédiat, mais pour toujours. Il pourrait aisément aimer Andy, qui n'avait pas de père et qui était une partie d'Eva. Il avait envie d'avoir d'autres enfants avec elle, de construire une vie avec elle.

Cependant, il devait d'abord réussir à la persuader de désirer la même chose. Pour l'instant, elle ne lui proposait que des cookies et un verre de lait…

Patience, se dit-il, songeant aux menaces dont elle avait été l'objet. La priorité absolue était d'arrêter l'individu qui la harcelait avant qu'il ne lui fasse du mal ou n'essaie de la tuer.

Le cœur en sang laissé sur la rambarde était indéniablement un signe d'escalade de la violence. Qui savait quel serait le prochain geste de ce salaud ?

Le lendemain matin, la chaleur était un peu moins intense, mais un vent vif soufflait, hurlant autour de la maison et ajoutant à la fébrilité d'Eva.

Après avoir accompagné Andy au bus, elle revint sur ses pas et s'apprêtait à rentrer quand la voiture de Wayne s'engagea dans l'allée, suivie du pick-up de Jake.

Jake. Il avait hanté ses pensées toute la nuit durant. Et joué un rôle de premier plan dans ses rêves… Des rêves débordants de passion, de désir et de souvenirs.

En l'observant avec Andy, elle s'était sentie aspirer à un avenir ensemble. Un avenir qui lui était absolument interdit.

Avec un peu de chance, songea-t-elle, Wayne aurait des informations à lui donner. À vrai dire, elle était surprise de sa visite, compte tenu du fait qu'il avait un meurtre à élucider. Debout sur la terrasse en bois, elle regarda les deux hommes descendre de voiture.

— Bonjour, Eva, lança Wayne. J'espère que tu as du café en route.

— Justement, oui.

Elle salua Jake d'un signe de tête et leur ouvrit la porte.

— Je ne m'attendais pas à te revoir si vite, Wayne. Tu as déjà résolu le meurtre de Walter ?

— Oui, tout est éclairci, répondit le shérif pendant qu'elle servait le café. Sadie a avoué hier soir.

Eva tressaillit, abasourdie.

— Comment ? Sadie a tué son mari ? Tu plaisantes ? Sadie, qui semblait incapable de faire du mal à une mouche !

— Pas du tout, répondit Wayne. Apparemment, elle en avait assez qu'il lui donne des ordres et elle ne le supportait plus. Elle dit qu'elle a craqué. Elle s'est réveillée dans la nuit, elle a pris un couteau et l'a poignardé.

— Jamais je n'aurais cru Sadie capable d'une chose pareille, murmura Eva, atterrée.

— Oh ! Nous étions assez sûrs que c'était Sadie dès le départ, déclara Wayne. D'autant plus qu'il n'y avait aucune trace d'effraction et que le couteau utilisé provenait du bloc de leur cuisine. C'était juste une question de temps avant qu'elle passe aux aveux.

Il but une longue gorgée de café, puis reprit :

— Enfin ! Jake m'a rapporté ce que Riley Kincaid vous a dit hier, et il a mentionné que tu voudrais assister à l'interrogatoire de Griff.

— Absolument, répondit Eva avec conviction. Le seul fait de penser aux mensonges qu'il a racontés à mon sujet me rend furieuse.

— Si je t'emmène, il faudra que tu restes maîtresse de toi-même, avertit Wayne, les sourcils froncés.

— Oh ! Ne t'inquiète pas, je te promets de bien me tenir. Quand vas-tu lui parler de nouveau ?

— Dès que j'aurai terminé mon café.

— Il n'est pas au lycée ? s'étonna Eva. Tu n'es pas obligé d'attendre que ses parents soient présents pour le questionner ?

— Eh bien, depuis sa première conversation avec Griff, Wayne a découvert une information intéressante, intervint Jake. Griff a dix-huit ans. Il est majeur.

— Ce qui signifie que je peux l'interroger tout mon soûl jusqu'à ce qu'il réclame un avocat. Il reste du café ?

Eva le resservit.

— Et pour ce qui est des magasins qui vendent les couteaux ?

— Je vais demander des mandats au juge dès ce matin. Au minimum, nous devrions pouvoir consulter les transactions par carte de crédit. En revanche, nous n'avons aucun moyen de savoir qui a réglé en espèces.

— Et Robert Stephenson ? Je présume que tu as l'intention de l'interroger aussi.

— Bien sûr, mais Robert est un pilier de la communauté. En dehors du fait qu'il est propriétaire d'une agence d'assurances respectée, il est aussi conseiller municipal, expliqua Wayne. Je le vois mal tremper dans cette affaire.

— Oui, et Sadie était simplement une vieille femme inoffensive, ironisa Jake.

— D'accord, Jake. Je vois ce que tu veux dire.

Wayne vida sa tasse d'un trait et se leva.

— On y va ?

— Donne-moi juste le temps d'attraper mon sac, répondit Eva.

— Si tu veux, Eva, je t'emmène, proposa Jake. Dans mon souvenir, il est toujours difficile de trouver une place de parking au lycée. Enfin, ça l'était il y a dix ans.

— Les choses n'ont guère changé, admit Wayne.

Quelques minutes plus tard, Eva était dans le pick-up de Jake, et ils suivaient la voiture de patrouille en direction du lycée, situé au centre-ville.

Eva n'était pas retournée dans l'établissement depuis qu'elle avait terminé ses études, dix ans plus tôt. En respirant l'odeur familière de la cantine et des vestiaires, elle fut saisie d'une bouffée de nostalgie si violente qu'elle en eut le vertige.

C'était dans ces murs qu'elle était tombée folle amoureuse de Jake. Il l'accompagnait à ses cours et ils bavardaient jusqu'à ce que la cloche sonne, après quoi il devait se hâter de gagner sa classe pour ne pas être en retard.

Quand il avait quitté le lycée, un an avant elle, ils se donnaient rendez-vous en cachette durant la journée pour échanger des mots doux et des baisers. Pour Eva, ces jours avaient été les plus heureux de toute sa vie.

Alors qu'ils attendaient dans le bureau que Griff soit amené, elle hasarda un regard vers Jake. Elle constata avec stupeur qu'il la fixait, le désir d'autrefois brillant dans ses yeux.

Leur couple aurait-il été un succès si le père de Jake ne s'était pas immiscé dans leur relation ? Se seraient-ils mariés, auraient-ils vécu heureux jusqu'à la fin de leurs jours ? Elle se força à détourner la tête.

À cet instant, Griff entra d'un pas nonchalant dans le bureau. Et s'arrêta net à la vue des visiteurs.

— Hé, qu'est-ce qui se passe ? s'écria-t-il avec indignation. Qu'est-ce qu'elle fabrique ici ?

Wayne s'adressa à la principale.

— Madame Pritchard, serait-il possible que nous ayons une conversation en privé avec Griff ?

— Bien sûr.

Elle les conduisit dans une salle spacieuse, dotée d'un grand bureau et de six chaises alignées le long du mur. Wayne disposa celles-ci de façon que Griff soit en face des adultes.

— Qu'est-ce qui se passe ? répéta-t-il dès que la porte fut refermée. Pourquoi est-ce que vous voulez m'interroger de nouveau ?

Eva l'observa. Griff était un jeune homme bien bâti, aux cheveux blonds et aux traits séduisants, dont l'assurance devait faire de lui la coqueluche des filles et un meneur parmi ses pairs.

— Nous avons quelques questions pour toi, Griff, expliqua Wayne.

— Vous m'en avez déjà posé et je peux vous dire tout de suite que je n'ai plus de réponses à vous donner.

Il ponctua sa déclaration d'un sourire narquois, qui donna à Eva l'envie de le gifler. À l'évidence, Griff n'avait aucun respect pour les adultes présents dans la pièce.

— Nous avons appris que tu avais acheté un couteau à Riley Kincaid il y a environ six mois, commença Wayne.

Le sourire de l'adolescent s'effaça aussitôt.

— Ouais et alors ? Ce n'est pas illégal.

— Il fabrique de beaux couteaux, intervint Jake.

— Et vous êtes qui, vous ?

— Je m'appelle Jake Albright.

Le regard de Griff s'assombrit.

— Albright… Que faites-vous ici ? Qu'est-ce que vous avez à voir avec tout ça ?

— Je suis ici parce qu'Eva est une vieille amie. Et j'ai cru comprendre que tu aimais faire la fête dans sa grange sans y avoir été invité, rétorqua Jake, d'une voix glaciale.

— Je ne vois pas de quoi vous voulez parler.

Griff regardait ses pieds, maintenant.

— Nous savons tous les deux que cela est un mensonge, observa Eva calmement.

— Quel genre d'animal figure sur le manche de ton couteau, Griff ?

Le garçon fronça les sourcils.

— Je ne sais pas… je crois que c'était un loup ou un jaguar.

— Lequel des deux ? insista Jake.

— Je vous dis que je ne m'en souviens pas, répliqua Griff, agacé.

— Où se trouve ton couteau à présent, Griff ? s'enquit Wayne.

Le jeune homme le regarda avec surprise.

— Mon couteau ? Euh… je ne sais pas. Je l'ai perdu quelque part.

Le shérif fronça les sourcils.

— Quand l'as-tu perdu au juste ?

Griff haussa les épaules.

— Je ne sais pas, il y a deux mois. Quelle importance ?

— 'Ce qui importe, c'est que quelqu'un a épinglé le cœur d'une de mes vaches à la rambarde de ma terrasse avec un couteau Kincaid, expliqua Eva d'une voix égale.

Griff écarquilla, puis étrécit les yeux.

— Je n'ai rien à voir avec ça ! protesta-t-il. Le cœur d'une vache ? C'est complètement dégoûtant.

— Dans ce cas, où est ton couteau ? insista-t-elle. Drôle de coïncidence, non, que tu ne l'aies plus, alors que Wayne en a un comme pièce à conviction ? C'est dommage que tu aies oublié où tu l'as perdu.

— Je dis la vérité !

Visiblement paniqué, Griff regarda Jake, puis Wayne. Ses joues s'empourprèrent.

— Bon, d'accord. C'est vrai que certains d'entre

nous ont fait quelques fêtes dans sa grange. La dernière fois que je me souviens d'avoir vu mon couteau, c'était là-bas. Et puis je suis rentré chez moi et je me suis rendu compte que je ne l'avais plus.

— Par conséquent, tu penses qu'il est quelque part dans la grange d'Eva ? demanda Jake.

— Oui.

L'air mal à l'aise, il changea de position sur sa chaise.

— Je peux retourner en cours, maintenant ? Je n'ai rien à voir avec cette histoire de vache. C'est dégueulasse. Je vous jure que je ne suis pas au courant.

Wayne consulta Jake et Eva du regard avant de répondre.

— Nous aurons peut-être d'autres questions à te poser, Griff.

Eva se leva.

— Et ne remets pas les pieds dans ma grange.

Quelques minutes plus tard, ils sortaient de l'établissement.

— Qu'en pensez-vous ? demanda Wayne.

— Je pense que ce jeune est un sale petit voyou, lâcha Jake.

— Tu crois qu'il disait la vérité à propos du couteau ?

— Je ne sais pas quoi croire, répondit Eva, mais si ce couteau est dans ma grange, je le trouverai.

— Eva et moi pouvons la fouiller pendant que tu t'occupes des mandats, proposa Jake. On reste en contact ?

— Entendu. Et si vous trouvez ce couteau, avertissez-moi tout de suite.

Il retourna vers sa voiture de patrouille. De leur côté, Jake et Eva remontèrent dans le pick-up.

— Si jamais Andy donne le moindre signe de se transformer en Griff, je l'enfermerai dans sa chambre jusqu'à la fin de ses jours, déclara-t-elle.

Jake se mit à rire.

— Crois-moi, Andy n'a rien d'un Griff, parce qu'il a une maman qui l'élève en lui inculquant de solides valeurs morales.

— Je l'espère. Je me dis parfois que je suis trop sévère avec lui et, à d'autres moments, je crains 'd'être trop indulgente.

— Je pense que c'est tout à fait normal, répondit Jake avec un petit rire. Tu es une maman extraordinaire, Eva.

— Merci.

Elle se tourna vers la vitre, songeant que Jake serait un papa extraordinaire aussi. Mais il était trop tard pour cela. S'il découvrait à présent qu'Andy était son fils, il la haïrait pour les années qu'il avait perdues. Et dans sa haine, avec son pouvoir et sa fortune, il pourrait lui prendre Andy pour toujours.

7

Quand ils pénétrèrent dans la grange, les souvenirs assaillirent Jake. Eva le conduisit vers le fond du bâtiment, là où étaient empilées les bottes de paille.

— C'est ici que je trouve le plus de détritus après leurs soirées, expliqua-t-elle. Et dans le grenier à foin.

— Dans ce cas, commençons ici.

Il attrapa une fourche et se mit au travail. Eva prit un râteau et l'imita, poussant le foin sur les côtés.

Il avait beau s'efforcer de se concentrer sur sa tâche, il ne pouvait empêcher les images de déferler dans son cerveau. C'était dans cette partie de la grange qu'Eva et lui s'étaient donné leur virginité.

Cette nuit-là, elle s'était glissée hors de la maison, munie d'une couverture, afin de le rejoindre dans la grange. Quant à lui, il avait apporté une lampe à kérosène qui diffusait une lueur douce. Ça 'avait été une nuit de tendre exploration, de patiente découverte, qui avait mené à de nombreuses étreintes passionnées.

Ils s'activaient ensemble, maintenant. Seul le bruit de leurs outils raclant le sol rompait le silence. Jake la regardait à la dérobée. Songeait-elle aussi à leurs ébats d'autrefois ?

Il n'aurait su le dire. Le visage d'Eva était dénué d'expression, et elle balayait le sol avec des gestes rapides, presque rageurs.

Lorsqu'ils eurent achevé de dégager la première section, elle fronça les sourcils et s'appuya sur le manche du râteau.

— Nous cherchons vraiment une aiguille dans une botte de foin, lâcha-t-elle, en proie à une évidente frustration. Et c'est à supposer que Griff ait dit la vérité. Pour autant que nous le sachions, c'est peut-être son couteau qui transperçait le cœur laissé sur la terrasse.

— Tu as raison, mais il faut qu'on en ait le cœur net. Jetons un coup d'œil dans le grenier avant d'arrêter pour aujourd'hui.

Elle acquiesça. Un instant plus tard, il grimpait à l'échelle derrière elle. D'autres bottes de foin étaient entassées là, dans ce lieu qui abritait aussi une foule de souvenirs.

C'était là qu'ils avaient eu un simulacre de cérémonie de mariage. Ils avaient fait le vœu de s'aimer corps et âme à jamais, et de se marier pour de bon dès qu'elle aurait terminé le lycée, deux mois plus tard.

Il se tourna vers elle, consumé par les pensées qui faisaient rage en lui. Au même moment, leurs regards se rencontrèrent. Ce fut comme si le temps s'arrêtait.

Il posa lentement sa fourche contre une botte de foin et fit un pas vers elle… puis un second. Elle ne recula pas, et il comprit qu'elle était elle aussi à la merci des souvenirs.

— Eva, souffla-t-il.

Il se pencha vers elle, lui prit son râteau et l'appuya

contre une autre botte de foin. Eva était aussi immobile qu'une statue.

— Ma douce Eva.

Il lui effleura la joue lentement, du bout des doigts. Elle ferma les yeux et s'abandonna à sa caresse, lui donnant le courage de l'enlacer.

— Tu te souviens, Eva ? murmura-t-il à son oreille. Tu te souviens comment c'était entre nous ?

Elle le regarda, et ses lèvres s'entrouvrirent. C'était une invitation, que Jake saisit sans hésiter. Il couvrit sa bouche de la sienne, et la serra plus fort dans ses bras.

Aussitôt, il fut pris de vertige, enivré par le parfum d'Eva, par la sensation de ses seins contre lui, de ses longues jambes mêlées aux siennes.

Comme elle répondait à son baiser, le pouls de Jake s'accéléra et il approfondit leur étreinte. Il avait Eva dans le sang. Depuis toujours, et à jamais.

Elle se pencha vers lui et tendit le bras pour effleurer du bout des doigts les cheveux sur sa nuque. Délaissant sa bouche, Jake déposa une traînée de baisers le long de son cou. Avec un frisson, Eva rejeta la tête en arrière pour s'offrir à ses caresses.

Il enfouit les mains dans ses cheveux soyeux, incapable de réprimer un gémissement de désir. Son corps avait été privé du sien dix ans durant, et la sentir de nouveau dans ses bras était plus que merveilleux.

— Dis-moi que tu as pensé à cela…, souffla-t-il, reculant légèrement pour voir ses traits. Que tu as pensé à nous durant toutes ces années.

Les yeux d'Eva étaient d'un violet intense, étincelant d'un désir qui lui coupa le souffle.

— Oui… Oui, j'y ai pensé.

Sa voix était à peine audible, comme si elle admettait un péché à regret.

Elle le dévisagea encore un long moment, puis se dégagea et recula d'un pas.

— Mais je n'ai plus seize ans, et je ne vais pas faire l'amour dans un grenier à foin avec un homme qui m'a abandonnée voici dix ans.

Le désir de Jake céda la place à une stupeur consternée.

— Je ne t'ai pas abandonnée, Eva. Tu m'as rejeté. Tu m'as dit que tout était terminé, que tu ne m'aimais plus.

Elle rougit.

— En tout cas, tu n'as pas essayé de te battre pour me garder. Si je me souviens bien, tu as pris l'avion pour l'Italie dès le lendemain, et tu n'as jamais eu un regard en arrière.

Il passa une main dans ses cheveux, abasourdi.

— Eva, tu m'as anéanti ce soir-là. J'étais incapable de réfléchir lucidement. Tu venais de m'arracher ma vie, l'avenir que je croyais avoir avec toi.

Il marqua une pause, la gorge nouée par l'émotion qui menaçait de le submerger.

— Eva, croyais-tu vraiment que j'allais rester ici te regarder sortir avec d'autres types ? Je serais devenu complètement fou.

Pendant un instant, leurs regards se soudèrent. Puis elle détourna la tête et poussa un soupir tremblant.

— Je suis désolée pour la manière dont les choses se sont terminées entre nous, Jake. Mais nous étions si jeunes tous les deux…

Elle soupira de nouveau, puis s'empara du râteau et de la fourche.

— J'en ai assez. Sortons d'ici.

Il lui prit les outils et descendit l'échelle à sa suite. Une fois de plus, il les appuya contre le mur dans un coin avant de se retourner vers elle.

— Eva, je n'ai jamais cessé de t'aimer.

— Jake, tu étais amoureux d'une jeune adolescente. Je ne suis plus cette fille-là.

Son regard se fit lointain.

— Il faut que tu surmontes le passé. Jake, je ne vais plus jamais tomber amoureuse. Je n'ai aucune intention de me remarier.

Elle planta de nouveau ses yeux dans les siens.

— Ne m'aime pas, Jake. Tu perdrais ton temps.

Sur quoi elle sortit de la grange. Il lui emboîta le pas lentement, songeur. Si seulement les choses étaient aussi simples ! Si seulement il pouvait étouffer ses sentiments envers elle !

Son mariage avait-il été si malheureux qu'elle ne voulait jamais réitérer l'expérience ? Ou avait-il été si heureux, au contraire, qu'elle ne voulait pas réessayer avec un autre homme ? Le souvenir de l'amour qu'elle avait porté à son mari était-il suffisant pour la rendre heureuse jusqu'à la fin de ses jours ?

— Eva, tu ne peux pas nier qu'il y a encore quelque chose entre nous, dit-il enfin.

— Du désir, rétorqua-t-elle sèchement. Je ne nie pas qu'il y ait une forte attirance physique, mais c'est tout, et ce n'est pas quelque chose que j'ai l'intention d'explorer.

— Ce n'est pas l'impression que tu m'as donnée voilà quelques minutes.

Elle rougit de nouveau.

— Cela ne se reproduira pas. Jake, je n'en suis plus là. Il y a assez de chaos dans ma vie en ce moment, je n'ai pas besoin d'en ajouter.

— Je suis désolé, Eva. Pour rien au monde je ne veux te compliquer l'existence.

Une bouffée de remords l'envahit. Elle avait raison. Un dément l'avait prise pour cible, et lui ne pensait qu'à ses désirs. C'était totalement égoïste de sa part.

— Allons de l'avant, murmura-t-elle, détournant les yeux. Maintenant, j'ai à faire avant qu'Andy rentre de l'école.

— Tu me tiendras au courant si Wayne te contacte ?

— Bien sûr.

Jake remonta dans son pick-up et s'en alla. Il avait été stupide de s'imaginer qu'Eva serait prête à envisager une relation avec lui en ce moment.

Un forcené tuait ses bêtes et lui envoyait des messages de menaces. Elle n'avait aucun moyen de savoir qui représentait un danger pour elle, ni quelle forme ce danger pourrait prendre. Comment aurait-elle pu être ouverte à une relation romantique ? Il n'avait vraiment pas choisi le bon moment pour exprimer ses sentiments.

Cela dit, il avait du mal à imaginer qu'une jolie femme de vingt-huit ans, pleine de vie, puisse se fermer définitivement à l'amour. En fin de compte, Andy allait grandir et suivre son propre chemin, et il voyait mal Eva persister dans sa détermination à rester seule jusqu'à la fin de ses jours.

Il attendrait. Avec un peu de chance, le coupable serait arrêté rapidement, et alors il serait libre d'agir. Et il avait bien l'intention de courtiser Eva, et de lui faire comprendre qu'ils étaient destinés à être ensemble.

— Une partie de la clôture était au sol ce matin, dans la prairie ouest, annonça Harley à Eva.

Après le départ de Jake, quelques minutes plus tôt, Harley était apparu à la porte de la cuisine.

— Comment est-ce arrivé ?

— J'ai l'impression qu'on l'a fait tomber exprès. Heureusement, aucune bête n'est sortie, la clôture n'était pas endommagée, et Jimmy et moi avons pu la remettre en place.

Eva lâcha un soupir.

— Eh bien, ça n'en finit pas.

— Au moins, il n'y avait pas de vache morte ce matin, lui fit remarquer Harley. Je préfère une clôture abattue.

— Remercions le ciel de sa miséricorde, répondit Eva, ironique.

— L'enquête de Wayne avance ?

— Il n'a pas fait beaucoup de progrès, mais j'avoue qu'il se donne du mal. Évidemment, il a perdu un peu de temps avec le meurtre de Walter.

Harley fronça les sourcils.

— Triste histoire, hein ? Qui aurait cru que Sadie avait toute cette colère accumulée en elle ? Je suppose qu'on ne connaît jamais vraiment les gens.

— J'ai encore du mal à y croire, admit Eva.

— En tout cas, Wayne n'a pas mis longtemps à élucider l'affaire.

— Non. Il a dit qu'il avait soupçonné Sadie dès le début. Qu'il était sûr qu'elle avouerait tôt ou tard.

— Pour passer à un sujet plus positif, le troupeau est en parfaite santé.

Elle lui décocha un sourire.

— Merci. Ça fait du bien d'entendre de bonnes nouvelles pour une fois.

Il se leva.

— De rien. Je voulais juste vous mettre au courant pour la clôture. Jimmy et moi comptons faire le tour du périmètre à la tombée de la nuit pour vérifier que tout est en ordre, et nous recommencerons à l'aube.

— C'est vraiment gentil à vous.

Ni Jimmy ni Harley ne vivaient au ranch : ils rentraient chez eux vers cinq ou six heures du soir, une fois leurs tâches terminées pour la journée. S'ils restaient jusqu'à la tombée de la nuit, cela signifiait qu'ils allaient mordre sur leur temps libre.

— Pas de problème. Vu les circonstances, nous tenons tous les deux à faire tout notre possible pour vous aider. Espérons que Wayne résolve l'affaire au plus vite, et puis tout redeviendra normal.

Eva hocha la tête et le raccompagna à la porte.

— J'ai presque oublié ce que « normal » veut dire.

— Ne vous laissez pas abattre, Eva. Vous allez vous en sortir, affirma Harley avec un sourire rassurant. Vous êtes coriace.

— Merci, Harley.

Le cow-boy parti, elle vaqua à des tâches ménagères,

s'efforçant désespérément de ne pas penser à la scène qui s'était déroulée entre Jake et elle dans la grange.

Elle ne pouvait se permettre de répéter cette erreur. L'attirance que lui inspirait Jake était à n'en pas douter son plus grand point faible. Un point faible qu'elle devait surmonter.

Une partie d'elle savait qu'elle était injuste envers lui. De quel droit comptait-elle sur son aide et son soutien pour traverser cette sombre période, alors qu'elle fermait la porte à ses émotions ?

Cependant, que ce soit juste ou non, elle savait exactement ce qu'elle voulait de lui. Jusqu'à maintenant, elle n'avait pas compris à quel point elle s'était isolée de la communauté, des autres gens qui auraient pu la soutenir dans cette épreuve. À l'exception de ses cow-boys, elle ne voyait jamais personne.

Tout avait changé. Jake était là.

Elle avait été si accaparée par la survie du ranch, par le désir de laisser un patrimoine à son fils, qu'elle avait négligé de cultiver des amitiés.

Lorsque toute cette affaire aurait pris fin, peut-être serait-il temps de remédier à cet état de choses. Par le passé, il était arrivé que la mère d'un camarade de classe d'Andy l'invite à boire un café ou à déjeuner ensemble, mais Eva avait toujours décliné ces invitations, en se disant qu'elle n'avait pas le temps. Au fond, c'était la vérité : elle consacrait toutes ses heures de liberté au ranch ou à Andy.

Au moins, elle avait clairement dit à Jake de ne pas envisager un avenir avec elle. S'il souhaitait continuer à la soutenir, c'était son choix. Il avait été averti qu'il n'avait rien à espérer.

Quand Andy descendit du bus, elle avait réussi à chasser Jake de son esprit, et toutes ses autres pensées négatives aussi. Il était impossible de ressentir de la peur du matin au soir. Si elle se laissait consumer par l'angoisse, elle allait devenir folle.

— Il faut qu'on aille livrer les œufs ce soir, maman, lança Andy alors qu'ils retournaient à la maison.

— Je sais. Tu n'as qu'à les mettre dans les boîtes et je t'emmène… À moins qu'on fasse le contraire ? Je les mets dans les boîtes et tu m'emmènes ?

Andy éclata de rire.

— Maman, tu dis des bêtises. Tu sais que je ne peux pas conduire.

— Oh ! C'est vrai. Ça m'était sorti de la tête.

Comme toujours, le rire de son fils lui avait réchauffé le cœur.

— Nous irons après le repas. Tu peux préparer tes commandes pendant que je nous sers.

Il était juste un peu plus de cinq heures et demie quand Andy et elle montèrent dans le pick-up. Ils avaient six adresses à fournir ce soir-là, et six autres le samedi matin.

Eva ne donnait pas d'argent de poche à son fils. À la place, il gagnait son argent en vendant des œufs. Il nourrissait les poules le matin, nettoyait le poulailler, ramassait les œufs et les vendait. Elle prélevait un petit pourcentage pour l'achat des boîtes, de façon qu'il apprenne que tout profit comportait un coût. Il tenait un petit carnet, qu'il remplissait avec soin à chaque nouvelle livraison. Aux yeux d'Eva, cela faisait partie de son éducation, tandis qu'Andy était fier de gagner son argent par son travail.

Elle le regarda qui revenait au pick-up après avoir livré sa dernière cliente.

— Mme Edwards veut quatre douzaines d'œufs la semaine prochaine au lieu de deux, s'écria-t-il avec excitation. Elle dit qu'elle a de la famille qui vient en visite et que tout le monde adore ses œufs à la diable.

— Cela veut dire une recette supplémentaire pour toi la semaine prochaine, répondit Eva en souriant. Je peux te confier un petit secret ?

— Oui, lequel ? demanda Andy, curieux.

— Mme Edwards fait les pires œufs à la diable que j'aie jamais mangés.

Andy pouffa.

— C'est vrai ?

— C'est vrai. Elle en a apporté au buffet organisé à la fête de l'école l'an dernier. Ils étaient infects.

Il pouffa de nouveau.

— Tout ce qui compte, c'est qu'elle en veut quatre douzaines la semaine prochaine. Je me disais qu'on pourrait fêter ça avec une glace en rentrant. C'est moi qui t'invite avec mes sous.

— Voilà une offre à laquelle il me paraît difficile de résister.

Quelques minutes plus tard, ils étaient installés chez le glacier, deux coupes devant eux.

— Maman, je peux te poser une question ? demanda Andy en tournant sa cuillère dans le caramel chaud.

— Bien sûr.

— Quand est-ce que tu connaissais M. Jake avant ?

— Que veux-tu dire ?

— Il a dit que tu étais une vieille amie, mais je ne l'ai jamais vu.

— C'était mon meilleur ami au lycée, expliqua-t-elle.

— Qu'est-ce qui s'est passé ? Pourquoi est-ce que vous n'êtes pas restés meilleurs amis ?

— Il est parti travailler à l'étranger. Ensuite j'ai épousé ton papa, et Jake et moi avons perdu le contact. Pourquoi toutes ces questions ?

— Je voulais savoir, c'est tout. J'aime beaucoup M. Jake. Il a été vraiment gentil avec moi quand il m'a emmené à la pêche.

Eva hésita. Devait-elle avertir son fils de ne pas trop s'attacher à Jake, lui dire qu'il ne resterait pas longtemps dans leur vie ?

En fin de compte, elle garda le silence. D'ailleurs, à cet instant précis, la porte s'ouvrit, et Robert et Bobby Stephenson entrèrent dans le magasin.

Bobby courut à eux, et les garçons se tapèrent dans la main en guise de salut.

— Nous passions devant et nous vous avons vus, expliqua Robert. Ça t'ennuie qu'on s'assoie avec vous ?

— Pas du tout.

En réalité, Eva était vaguement mal à l'aise à la pensée que Robert figurait parmi la liste de ceux qui avaient acheté un couteau à Riley Kincaid. Elle se demanda si Wayne l'avait questionné ou s'il n'en avait pas encore eu le temps.

Robert et Bobby achetèrent leur glace et vinrent les

rejoindre à leur table. Comme les garçons bavardaient ensemble, Robert se tourna vers Eva.

— Tu es ravissante ce soir, Eva, dit-il en souriant. Le rouge te va à merveille.

— Merci, répondit-elle, encore plus gênée sous l'intensité de son regard.

Par chance, Andy et Bobby se mêlèrent à la conversation des adultes afin de demander leur autorisation pour un projet qu'ils avaient concernant le week-end. En théorie, c'était le tour d'Eva de recevoir les deux garçons, mais Bobby tenait à ce qu'Andy vienne chez lui car les enfants travaillaient ensemble sur un énorme puzzle, lequel était totalement intransportable.

Le temps qu'ils conviennent d'un rendez-vous, Eva et Andy avaient terminé leur glace.

— C'était agréable de bavarder avec toi, Robert, dit Eva en se levant.

— C'est toujours un plaisir de te voir, Eva.

Une fois dans leur pick-up, Andy pivota vers elle.

— Le père de Bobby t'aime bien, déclara-t-il. Bobby m'a dit qu'il voudrait sortir avec toi. Si tu te mariais avec lui, Bobby et moi on serait frères.

— Hé, ne t'emballe pas ! protesta Eva. Cela ne va pas se produire. Le père de Bobby a l'air gentil mais je n'ai pas l'intention de sortir avec lui et il est hors de question que je l'épouse.

— Peut-être que tu pourrais te marier avec M. Jake à la place. Alors, il serait mon papa. Ce serait trop cool. Je sais que tu l'aimes bien et lui t'aime bien, et moi je l'aime vraiment beaucoup.

— Andy, murmura Eva, la gorge nouée, je ne peux

pas juste épouser quelqu'un pour que tu aies un papa. Un mariage est plus compliqué que cela.

— Bon. Si je ne peux pas avoir de papa, est-ce qu'on pourrait prendre un chiot ? demanda-t-il d'un air suppliant.

Soulagée, Eva éclata de rire.

— Voilà une suggestion plus raisonnable !

Une heure plus tard, Andy était au lit et Eva faisait les cent pas dans la maison. La journée avait été longue mais elle se sentait fébrile, incapable de se coucher tout de suite.

En fin de compte, elle attrapa ses clés et un téléphone portable qu'elle gardait pour Andy au cas où. Elle se faufila dans la chambre de l'enfant et posa l'appareil sur sa table de nuit, puis s'attarda longuement, le regardant dormir.

Elle était tombée amoureuse pour la seconde fois de sa vie au moment où Andy avait été déposé dans ses bras après sa naissance. Ça 'avait été un bébé magnifique, souriant, qui pleurait rarement ; sa présence avait apporté un grand réconfort à Andrew durant les dernières années de sa vie.

En dépit de sa maladie, ce dernier avait fait de son mieux pour être un père présent et lui avait souvent lu des histoires. Il avait aidé Eva à lui donner des biberons et avait été ravi lorsque le premier mot de l'enfant avait été « papa ».

Elle se détourna et quitta la chambre, s'assurant qu'elle

avait son propre téléphone dans sa poche. Puis elle sortit de la maison et ferma la porte à clé derrière elle.

L'air chaud de la nuit l'enveloppa aussitôt. Le ciel était constellé d'étoiles. Il n'était pas rare qu'elle sorte le soir afin de terminer une corvée quelconque ou de jeter un œil sur les chevaux. Si Andy se réveillait, il saurait où elle était, et il pourrait l'appeler en cas de besoin.

Ce soir, elle allait non seulement distribuer une gâterie à ses chevaux, mais aussi recommencer à chercher le couteau de Griff dans le grenier à foin. Si l'objet était là, elle était résolue à le trouver. La question était de savoir si Griff avait dit la vérité.

Au moins, elle n'avait plus à craindre que le jeune homme et ses amis débarquent sans crier gare pour faire la fête dans sa grange – cette question-là était réglée.

Elle ouvrit la porte de la grange et appuya sur l'interrupteur, mais rien ne se produisit. Eva étouffa un juron. L'ampoule avait dû griller, comme souvent, et elle était particulièrement difficile à remplacer.

Cela étant, Eva avait pris l'habitude de laisser une torche accrochée au mur près de l'entrée.

Elle s'empara de la lampe et éclaira son chemin. Elle n'allait pas changer l'ampoule ce soir, par conséquent il était exclu maintenant qu'elle fouille le grenier à foin. En revanche, elle pouvait quand même donner quelques sucreries aux chevaux avant de regagner la maison.

Ceux-ci semblaient nerveux, et comme elle s'approchait, une odeur incongrue flotta jusqu'aux narines d'Eva.

Une odeur d'essence.

Son estomac se noua subitement, et elle sentit l'adrénaline courir dans ses veines. Braquant la lampe ici et là afin de déterminer l'origine de l'odeur, elle fit deux pas en avant et hurla à la vue d'une silhouette noire qui s'avançait vers elle.

Le visage dissimulé par une cagoule de ski, l'inconnu tenait une fourche à la main.

— Qui… Qui êtes-vous ? Que voulez-vous ? balbutia-t-elle, affolée.

Son cœur cognait à tout rompre. Son corps était glacé, en proie à une terreur qu'elle n'avait jamais connue auparavant.

Il ne répondit pas. Il resta un moment immobile puis se jeta sur elle, la fourche en avant. Eva poussa un cri et recula en titubant, avant de faire volte-face et de se mettre à courir.

Personne ne savait qu'elle était là. Personne n'entendrait ses appels au secours. *Meurs, salope.* Les mots résonnaient en boucle dans sa tête.

La torche lui échappa, tomba sur le sol et s'éteignit aussitôt. Eva courut vers la porte à toutes jambes, devinant que son poursuivant la talonnait. Elle était submergée d'horreur, hors d'haleine.

Il allait la tuer. Elle avait la certitude que c'était son intention. S'il la rattrapait, il allait se servir de la fourche pour mettre fin à ses jours de la plus horrible manière imaginable.

Soudain, elle trébucha. L'instant d'après, elle était à plat ventre sur le sol et tentait de se relever. Elle jeta un coup d'œil derrière elle juste à temps pour voir la fourche s'abattre sur elle. Lâchant un hurlement, elle roula sur elle-même, et les pointes acérées se fichèrent dans la terre battue, à quelques centimètres de son corps.

Pendant que son agresseur tirait sur le manche de l'outil pour le dégager, elle se remit debout et détala, pas assez vite cependant pour éviter une nouvelle attaque. Les pointes s'enfoncèrent dans sa jambe, répandant une douleur fulgurante.

Eva s'effondra, mais continua à se traîner sur le sol en sanglotant, terrifiée, redoutant que la fourche ne s'abatte sur elle de nouveau d'une seconde à l'autre. Cependant, rien ne se produisit. Elle roula sur le dos et constata avec stupeur que son assaillant avait disparu.

— Madame Eva ?

La voix familière s'élevait des ténèbres, près de la porte de la grange.

— Oh ! Mon Dieu... Que s'est-il passé ? Madame Eva... Ça va ?

— Jimmy ? Jimmy, c'est vous ? s'écria Eva, secouée de sanglots.

Le jeune homme accourut et s'agenouilla à côté d'elle.

— C'est moi, madame Eva.

— Aidez-moi... Aidez-moi à me relever.

L'agresseur avait-il entendu Jimmy arriver ? Avait-il pris la fuite ? Ou se cachait-il toujours quelque part dans la grange ?

— Jimmy, je vous en prie, faites-moi sortir d'ici, supplia-t-elle, luttant pour réfléchir clairement. Vous l'avez vu ? Il... Il était là, il m'a attaquée avec une fourche.

— Non, je suis désolé, je n'ai vu personne. Je vous ai entendue crier, et j'ai compris que quelque chose n'allait pas.

Elle tremblait de tous ses membres, et sa jambe lui

faisait affreusement mal. Soutenue par Jimmy, elle parvint à se relever, et ils retournèrent à pas lents vers la maison.

Aveuglée par les larmes, elle batailla pour ouvrir la porte. Quand le battant céda, elle faillit tomber à l'intérieur.

— Vous êtes blessée ! s'exclama Jimmy, atterré, remarquant pour la première fois le sang qui dégoulinait sur sa jambe. Que puis-je faire ?

— Appelez Wayne, hoqueta-t-elle à travers ses larmes. Et inspectez la grange. J'ai senti une odeur d'essence. Mais soyez prudent. Celui qui m'a agressée est peut-être encore là.

— Ne vous inquiétez pas pour moi, madame Eva. S'il y a quelqu'un là-bas, je l'abattrai sans hésiter.

Tout en parlant, il avait tiré son arme de son holster.

— Vous êtes sûre que vous ne voulez pas que je reste avec vous ?

— Non, ça ira jusqu'à ce que Wayne arrive.

Encore terrorisée, elle ne voulait de personne hormis le shérif dans la maison. Elle n'arrivait pas à croire qu'elle venait d'être attaquée.

Lorsque Jimmy fut sorti, elle ferma la porte à clé derrière lui et gagna sa chambre en boitant. Là, elle sortit sa carabine de l'armoire et retourna dans le salon, des larmes de douleur lui sillonnant les joues.

Elle avait l'impression d'être prisonnière d'un cauchemar. Encore incrédule, elle se pencha et essaya d'examiner sa jambe.

— Maman ?

Andy se tenait sur le seuil, les yeux écarquillés.

Aussitôt, Eva s'efforça d'essuyer ses larmes.

— Retourne te coucher, Andy.

— Mais tu saignes !

Visiblement affolé, il regarda tour à tour le sang sur son jean et la carabine qu'elle avait posée à côté d'elle.

— Qu'est-ce qui se passe, maman ?

— Mon chéri, ne t'inquiète pas. Ce n'est pas grave. Retourne dans ta chambre, s'il te plaît. Fais cela pour moi.

Seigneur, elle ne voulait pas que son fils la voie ainsi.

— Le shérif est en route. Je t'en prie, retourne te coucher, ferme la porte et rendors-toi.

Andy la considéra longuement, puis hocha la tête et obéit.

Elle avait besoin de désinfecter sa plaie, mais dans l'immédiat, elle se sentait paralysée, glacée jusqu'à la moelle.

Ce n'était pas un cauchemar.

Quelqu'un venait réellement d'essayer de la tuer.

8

Jake se servit un whisky au minibar et se laissa tomber sur le canapé de sa suite, puis attrapa la télécommande et alluma la télévision. Ce soir, il avait besoin de se changer les idées. La journée avait été longue et chargée en émotions, et il ne parvenait pas à chasser Eva de ses pensées. Avec un peu de chance, un feuilleton lui viderait le cerveau ou, du moins, lui donnerait envie de dormir.

Il venait de trouver précisément le genre d'émission qu'il cherchait quand son téléphone portable sonna. Il fut surpris de voir le nom d'Eva s'afficher à l'écran. Pourquoi lui téléphonait-elle ? Avait-elle déjà eu des nouvelles de Wayne ?

— Eva ?

— Non, c'est moi, c'est Andy. Monsieur Jake, ma maman a la jambe qui saigne et elle pleure. Peut être que vous pourriez venir ?

La peur faisait trembler la voix de l'enfant, et une bouffée d'appréhension envahit Jake.

— J'arrive tout de suite, Andy. Je serai là dès que possible.

— D'accord, répondit le garçon avec un soulagement évident. Merci, monsieur Jake.

Quelques minutes plus tard, Jake roulait à toute allure en direction du ranch d'Eva. Elle saignait ? S'était-elle coupée ? Il aurait dû poser plus de questions à Andy, lui demander ce qui s'était passé au juste. Était-elle gravement blessée ?

Il accéléra l'allure, reconnaissant qu'il n'y ait pas de circulation sur la route. Son cœur tambourinait dans sa poitrine. Pourquoi Eva ne l'avait-elle pas appelé elle-même ? Était-elle trop faible pour téléphoner ?

Que lui était-il arrivé, bon sang ?

Le trajet lui sembla durer une éternité. Enfin, il se gara devant le ranch. Il coupa le moteur, sauta à bas du pick-up, puis courut à la porte et la martela du poing.

— Eva… Andy… C'est moi. Ouvrez la porte !

Au bout d'un long moment, le battant s'ouvrit et Eva s'effondra dans ses bras. Il la tint serrée contre lui pendant qu'elle sanglotait dans le creux de son cou. Dieu merci, elle n'était pas blessée au point d'avoir sombré dans l'inconscience. Cependant, elle était à l'évidence très secouée, car elle était en larmes et se cramponnait à lui.

Il la laissa pleurer pendant quelques instants, puis retira les bras qu'elle avait noués autour de son cou, recula un peu et la dévisagea.

— Eva, que s'est-il passé ? demanda-t-il enfin.

Ses yeux étaient assombris par l'angoisse. Il la guida jusqu'au canapé, et ce fut alors qu'il vit le pantalon taché de sang, la carabine appuyée contre le meuble.

— Tu saignes, murmura-t-il. Que s'est-il passé, mon cœur ?

— Que… Que fais-tu ici ? hoqueta-t-elle entre deux sanglots.

— Andy m'a appelé. Il paraissait effrayé et il m'a dit que tu étais blessée, que tu pleurais. Que t'est-il arrivé ?

— J'ai été attaquée par un homme armé d'une fourche dans la grange. Je… je crois… non, je sais qu'il… il voulait me tuer.

Les larmes roulant sur ses joues, elle lui relata l'incident jusqu'au moment où Jimmy était venu à son secours. Quand elle eut terminé, il était déchiré entre la fureur et une peur glaçante, qui lui comprimait la poitrine.

— Laisse-moi examiner ta blessure.

Il s'agenouilla devant elle, remonta la jambe de son pantalon et vit deux plaies, là où les pointes de la fourche s'étaient plantées dans sa chair. Heureusement, elles ne saignaient presque plus.

— Je devrais peut-être t'emmener à l'hôpital pour qu'un médecin y jette un coup d'œil.

— Non, ce n'est pas nécessaire, protesta-t-elle. J'ai mal mais je ne crois pas que les trous soient aussi profonds que je l'ai pensé au premier abord.

La vision d'Eva qui crapahutait sur le sol pour s'enfuir, poursuivie par un agresseur armé d'une fourche, emplit Jake de rage de nouveau. Bon sang, qui était ce salaud et pourquoi s'en prenait-il à elle ?

— Je vais nettoyer. Tu as du désinfectant ?

— Il y a une trousse de premiers secours dans le placard de l'entrée. Tu trouveras tout ce qu'il faut dedans.

Il se leva et se dirigeait vers l'entrée quand Wayne apparut. Pendant que le shérif commençait à questionner Eva, Jake sortit la trousse et se mit en devoir de nettoyer la plaie.

— Tu as vu le type ? s'enquit Wayne. Ou remarqué quelque chose qui pourrait nous aider à l'identifier ?

— À en juger par sa taille, je suis presque sûre que c'était un homme. Mais il portait une cagoule, et son visage était complètement caché. Je serais incapable de le reconnaître. Il faisait sombre dans la grange et j'ai perdu la torche presque tout de suite.

Sa tâche terminée, Jake se rassit à côté d'elle, encore bouleversé pour Eva.

— J'ai été idiote ! reprit-elle, visiblement fâchée contre elle-même. Avec tout ce qui s'est passé, je n'aurais jamais dû aller dans la grange à la nuit tombée. Et quand j'ai constaté que l'ampoule était grillée, j'aurais dû faire demi-tour et rentrer tout de suite à la maison.

— Te souviens-tu de quoi que ce soit d'autre concernant l'incident ou l'agresseur ? insista Wayne.

— Tout s'est passé si vite…

Elle porta une main à sa tempe, comme si elle essayait de refouler un mal de tête.

— Il est sorti de nulle part. Si ce n'est le fait que c'était un homme, je ne vois rien d'autre. Je suis désolée. Je… J'avais si peur.

— Ne te fais pas de reproches, Eva, murmura Jake. Prends ton temps.

Il n'avait qu'une envie, la serrer dans ses bras jusqu'à ce qu'il soit certain qu'elle n'était plus en danger, et que sa terreur l'avait quittée.

— Je crois vraiment qu'il m'aurait tuée si Jimmy n'était pas arrivé, souffla-t-elle. Sa haine était palpable. Si je n'avais pas roulé sur moi-même, il m'aurait planté la fourche dans le dos. Comment quelqu'un peut-il me haïr à ce point ?

Jake fronça les sourcils.

— Que faisait Jimmy dehors à cette heure-ci ?

— Je... je ne sais pas, admit Eva, avant de froncer les sourcils à son tour. Harley m'a dit cet après-midi que Jimmy et lui allaient inspecter les clôtures au crépuscule, mais le crépuscule est passé depuis longtemps.

— Où est Jimmy, maintenant ? demanda Wayne.

— Je l'ai renvoyé dans la grange. Juste avant l'attaque, j'ai cru sentir une odeur d'essence.

— D'essence ? répéta Jake, alarmé.

Il aurait suffi d'une étincelle pour mettre le feu, et non seulement détruire la grange mais tuer les chevaux qui s'y trouvaient.

— Je vais faire venir des hommes pour inspecter les lieux. Cela t'ennuierait que j'aille chercher Jimmy et que je le ramène ici pour l'interroger ?

— Non, pas du tout, répondit Eva.

Pour sa part, Jake était curieux de savoir pourquoi Jimmy rôdait autour de la grange à une heure aussi tardive. Bien qu'il soit reconnaissant au jeune homme d'avoir secouru Eva, il ne pouvait s'empêcher de trouver sa présence étrange.

Wayne sortit. Dès qu'il eut disparu, Jake passa le bras autour des épaules d'Eva et l'attira contre lui. Elle était secouée de petits frissons, signe qu'elle était encore sous le choc.

— Peux-tu me rendre un service ? demanda-t-elle.

— Oui, bien sûr.

— Tu veux bien aller voir comment va Andy ? Il m'a vue pleurer. Il est sans doute terriblement effrayé.

— J'y vais tout de suite.

Jake se leva et suivit le couloir jusqu'à la chambre d'Andy. La lumière d'une veilleuse filtrait sous la porte. Il toqua doucement et ouvrit. Le garçon, qui était tout à fait réveillé, se redressa aussitôt.

— Monsieur Jake.

Jake s'approcha et s'assit au bord du lit.

— Comment ça va, fiston ?

— Moi, ça va, mais maman ? Elle saignait et elle avait sorti sa carabine.

— Elle va bien, ne t'inquiète pas.

— J'ai entendu la voix du shérif. Qu'est-ce qui est arrivé à ma maman, monsieur Jake ?

Ce dernier hésita un instant avant de répondre, puis décida que l'enfant avait le droit d'entendre la vérité plutôt qu'une histoire inventée de toutes pièces.

— Quelqu'un se cachait dans la grange et a essayé de lui faire du mal, expliqua-t-il. Mais je vais veiller à ce que rien de pareil ne se reproduise. Maintenant, il faut que tu dormes. Tu as école demain.

— Peut-être que je ne devrais pas y aller, suggéra Andy, d'une voix encore troublée. Peut-être que je devrais rester à la maison pour protéger ma maman.

Jake lui sourit.

— Andy, tu dois aller à l'école, et laisser les adultes prendre soin de ta maman. Pour ce soir, tout est en ordre, et tu as besoin de dormir.

— Merci, monsieur Jake.

L'enfant se rallongea docilement. Jake remonta le drap sur lui, se pencha et déposa un baiser sur son front.

— Ne te fais pas de souci, Andy. Je te promets que tout ira bien.

— Je suis content que vous soyez venu.

— Et moi, je suis content d'être ici. Content que tu aies pensé à m'appeler. Bonne nuit, maintenant.

Jake regagna le salon au moment où Wayne rentrait dans la maison avec Jimmy. Le jeune homme se tourna aussitôt vers Eva.

— Vous allez bien, madame Eva ?

— Oui, merci.

— Je suis vraiment désolé que vous ayez été blessée. Je regrette de ne pas être arrivé plus tôt, ajouta-t-il, l'air abattu.

— Pourquoi étiez-vous là ?

— Je m'étais dit que j'allais rester un peu plus tard que d'habitude et ouvrir l'œil. Je sais que quelqu'un vous a causé des ennuis et… j'espérais mettre la main sur lui pour que vous soyez enfin en paix.

— Vous avez vu l'agresseur ? demanda Wayne.

— Non. Je n'ai vu que Mme Eva par terre. Je regrette de ne pas l'avoir aperçu. Je l'aurais poursuivi !

Wayne continua à questionner Jimmy, mais Jake n'écoutait plus que d'une oreille distraite. Les émotions se bousculaient en lui. Il souffrait de voir Eva si secouée, et il avait peur pour elle. Et il bouillait de rage à la pensée qu'un enfant de neuf ans se sentait responsable de la sécurité de sa mère.

De plus, il n'était pas tout à fait convaincu par le

récit de Jimmy. Le jeune homme avait-il orchestré l'agression d'Eva pour feindre d'être son sauveur ? À en juger par le regard adorateur qu'il portait sur son employeuse, il avait le béguin pour elle.

Lorsque Wayne eut renvoyé le cow-boy chez lui, Jake évoqua ses soupçons.

— La même idée m'est venue à l'esprit, admit le shérif. À ce stade, tout le monde est suspect. C'est vraiment dommage qu'Eva n'ait pas vu les deux hommes en même temps.

— J'ai juste présumé que mon agresseur s'était enfui en entendant Jimmy arriver, murmura celle-ci.

— Mais tu n'as pas vu par où il était parti ?

— Non.

— Ni par où Jimmy était arrivé ?

Eva fronça les sourcils.

— Je suis quasiment certaine qu'il est entré par la porte principale. Tout est confus dans mon esprit en ce moment.

Au grand soulagement de Jake, elle avait cessé de trembler, mais elle paraissait encore menue et vulnérable.

Wayne sortit de nouveau, cette fois pour aller s'entretenir avec les agents qui inspectaient la grange. Comme la porte se refermait sur lui, Eva lâcha un profond soupir.

— Je n'arrive pas à croire qu'il m'est arrivé une chose pareille. J'ai l'impression d'être dans un cauchemar, mais j'ai beau essayer de me réveiller, je n'y parviens pas.

Jake resserra son étreinte autour d'elle.

— Je suis juste soulagé que tu 'n'aies pas été blessée plus grièvement. Les choses auraient pu être bien pires.

— Comment va Andy ?

— Il est inquiet pour toi, mais je lui ai dit de laisser les adultes s'inquiéter et que tu allais bien.

— Merci, Jake.

Elle frissonna malgré elle.

— Cet homme voulait me tuer. J'en suis persuadée.

Elle s'enveloppa de ses bras.

— Je... je ne croyais vraiment pas qu'on en arriverait là... Que les menaces écrites deviendraient une réalité.

— J'espérais moi aussi qu'on n'en viendrait pas là. Mais nous savons désormais à quel point la situation est grave.

Eva se laissa aller contre lui et ferma les yeux. Il contempla son visage, se promettant silencieusement de tout faire pour les protéger, Andy et elle.

Il n'aurait su dire combien de temps s'était écoulé quand Wayne revint.

— Mes hommes sont toujours à la recherche d'indices, mais il semble en effet que quelqu'un ait voulu mettre le feu à la grange.

Eva se redressa.

— Je ne m'étais donc pas trompée. J'ai bien senti une odeur d'essence.

Wayne acquiesça.

— Il y avait du petit-bois imbibé d'essence sur une petite pile de foin. Il aurait suffi d'une allumette pour que tout flambe. Peut-être que tu l'as dérangé au moment où il s'apprêtait à mettre le feu et que c'est pour ça qu'il t'a attaquée.

— S'il n'avait pas vraiment voulu lui faire de mal, pourquoi l'aurait-il agressée ? objecta Jake. Il aurait très bien pu s'évanouir dans la nuit au lieu de la poursuivre avec une fourche. Il faisait sombre. Aucune lumière n'était allumée. Il aurait pu se cacher dans un box en attendant le départ d'Eva. Je le répète, pourquoi s'en prendre à elle ?

Aucun d'eux ne détenait la réponse à cette question.

— As-tu eu le temps d'interroger Robert Stephenson à propos du couteau Kincaid ? demanda Eva à Wayne.

Jake la regarda, surpris.

— Qu'est-ce qui te fait penser à ça maintenant ?

Elle leur relata la rencontre avec Robert et son fils chez le glacier.

— Il n'arrête pas de m'inviter à sortir avec lui, et je refuse toujours.

Elle haussa les épaules.

— Je ne sais plus à qui me fier. Je veux dire, les coupables pourraient être des adolescents entraînés par Griff, ou le père du meilleur ami de mon fils, ou mon propre employé, ou quelqu'un d'autre encore, à qui nous n'avons même pas pensé.

Elle semblait se tasser sur elle-même, plus abattue à mesure qu'elle parlait.

— Nous allons résoudre cette affaire, Eva, affirma Wayne. J'ai emporté ta fourche. Avec un peu de chance, nous pourrons relever des empreintes. Et mes hommes passent la grange au peigne fin. Peut-être qu'il a laissé tomber quelque chose qui va nous aider.

— Vous ne trouverez rien, répondit-elle d'une voix morne. Et il n'y aura pas d'empreintes. Celui qui fait ça est intelligent.

— Pas si intelligent que ça, protesta Wayne. Il a

laissé un couteau dont nous pouvons nous servir pour l'identifier.

— Un couteau fabriqué par un homme qui en vend des dizaines, rétorqua Eva.

Elle se massa de nouveau la tempe.

— Excusez-moi. Je suis fatiguée, j'ai peur, et je veux juste que cet homme soit arrêté.

Jake se leva et regarda Wayne.

— Tu peux rester ici avec Eva en attendant mon retour ?

— Bien sûr, mais où vas-tu ?

— Je rentre chez moi prendre quelques affaires et je reviens m'installer ici.

Il ne donna pas à Eva le temps de protester. À peine avait-il terminé sa phrase qu'il sortait de la maison.

Il roula à vive allure, espérant qu'Eva n'allait pas s'opposer à sa décision. Si elle refusait de l'accueillir chez elle, il dormirait dans son pick-up devant sa porte. S'il campait dans sa cour, l'individu qui la persécutait ne pourrait plus lui faire de mal.

Parvenu à la villa, il s'apprêtait à grimper l'escalier quand David apparut dans le vestibule.

— Hé, vieux, ça va ? On t'a à peine vu.

Stephanie rejoignit son mari.

— Nous étions en train de boire un verre avant d'aller nous coucher. Si tu venais te joindre à nous ?

— Non, merci. Je suis désolé, mais il faut que je ressorte.

— Tu ne peux pas rester avec nous quelques minutes ? Où vas-tu ? demanda David, surpris.

— Il y a eu des problèmes chez Eva, expliqua Jake. Je vais préparer un sac et m'installer là-bas.

— Oh ! Jake ! soupira Stephanie doucement.

— Qu'est-ce que tu fabriques ? s'énerva David. Tu ne te souviens pas de ce qui s'est passé la dernière fois que tu as eu une relation avec elle ? Cette femme t'a brisé, Jake. Elle t'a détruit.

— En ce moment, elle a besoin de moi, répondit Jake calmement. Elle est seule dans son ranch avec son fils, et elle a des ennuis.

— Laisse le shérif la protéger ! riposta David, en proie à une évidente frustration. Jake, je ne veux pas qu'elle te fasse souffrir de nouveau. La dernière fois, j'ai perdu dix ans de la vie de mon frère.

— David, il faut que j'y aille. Si ça tourne mal pour moi, tant pis. Je suis un grand garçon. Maintenant, je dois me dépêcher.

Sans attendre la réponse, il tourna les talons et se hâta de gagner sa suite.

Il était vrai que, après son départ pour l'Italie, sa relation avec son frère cadet avait beaucoup souffert. Certes, ils s'étaient parlé par téléphone et par vidéo aussi souvent que possible, mais ce n'était pas la même chose que de se côtoyer au quotidien.

Moins d'un quart d'heure plus tard, il reprenait la route pour retourner chez Eva. Il comprenait que David soit opposé à ce qu'il renoue avec Eva, mais il était hors de question qu'il l'abandonne, surtout au vu des circonstances. Quoi qu'il arrive entre eux à l'avenir, il tenait à lui apporter son soutien dans cette épreuve.

Il voulait la protéger du danger, quel qu'il soit.

Indépendamment de cela, il espérait réveiller les sentiments qu'ils avaient eus autrefois l'un pour l'autre.

Si tout allait bien, il aurait un avenir avec la femme qu'il aimait.

S'il échouait, il aurait le cœur brisé une seconde fois.

9

À la seconde où Jake franchit le seuil et déposa ses deux sacs dans l'entrée, Eva se sentit déchirée entre l'envie de lui ordonner de repartir, et celle de le remercier d'être là. Elle était toujours secouée, effrayée, et elle ne voulait pas être seule.

Seulement cette nuit, songea-t-elle. Le lendemain matin, elle lui demanderait de s'en aller. Il n'y avait aucune raison qu'il reste plus longtemps.

— Je vais te chercher un oreiller et une couverture, se contenta-t-elle de dire lorsque Wayne et ses hommes furent enfin partis. Tu peux dormir ici, sur le canapé.

Elle avait à demi redouté qu'il suggère de coucher dans sa chambre, mais il hocha la tête.

— Ça m'ira très bien. Mais je voudrais que les portes de ta chambre et de celle d'Andy restent entrouvertes au cas où. Je veux pouvoir vous entendre si l'un de vous crie.

— Ne parle pas de malheur, répondit-elle sur un ton las. Je suis trop épuisée pour faire face à d'autres ennuis. Je reviens tout de suite.

Lorsqu'elle réapparut, Jake désigna le pistolet qu'il avait déposé sur la petite table.

— Andy sait qu'il ne faut pas manipuler une arme sans avoir mis le cran de sécurité ? Je voudrais laisser mon pistolet ici pour y avoir accès facilement.

— Tu n'as pas à t'inquiéter. Andy le sait. Il ne va pas y toucher.

— Parfait. Tu veux aller te coucher maintenant, ou tu préfères parler pendant un petit moment ? Essayer de décompresser un peu ?

— Je crois que je suis prête à me coucher, murmura-t-elle avec un soupir. Je n'ai qu'une envie : m'endormir et ne plus penser à ce qui s'est passé.

Alors même qu'elle prononçait ces mots, elle ne se berçait pas d'illusions. Elle ne pourrait jamais dormir assez longtemps ni assez profondément pour oublier les terribles événements de la soirée.

— Comment va ta jambe ?

— Elle me fait mal, mais pas trop. J'ai été idiote d'aller dans la grange, et je suis encore sous le choc. Je suis sûre que je me sentirai mieux demain.

— Je l'espère. Bonne nuit.

— Merci. Bonne nuit aussi. À demain.

Elle se détourna et enfila le couloir. Lorsqu'elle parvint à la chambre d'Andy, elle entrouvrit la porte et fut soulagée de constater qu'il dormait.

Elle détestait l'idée qu'il l'ait vue en larmes, bouleversée. Et qu'il ait été effrayé au point de téléphoner à Jake. Cela dit, elle devait s'avouer que la présence de ce dernier la rassurait.

Une fois dans sa propre chambre, elle retira son jean et le jeta dans un coin. Elle le mettrait à la poubelle le lendemain. Non seulement il était irrémédiablement déchiré, mais le seul fait de le voir lui était insupportable.

Une fois déshabillée, elle mit une chemise de nuit bleue, en tissu frais, courte et sans manches. Après avoir jeté un coup d'œil dans le couloir afin de vérifier que Jake n'était pas dans les parages, elle se faufila jusqu'à la salle de bains, fit un brin de toilette et se brossa les dents.

Elle se dévisagea ensuite longuement dans la glace. Qu'avait-elle fait pour mériter tant de haine, tant de rage ? Qui était derrière ces attaques ?

La glace ne lui offrit pas de réponse. Quelques instants plus tard, elle était dans son lit. Elle se pelotonna sur le côté, face à la porte entrebâillée, tandis que les images de la soirée défilaient en boucle dans sa tête.

Compte tenu des récents incidents, ça ‘avait été de la dernière stupidité de sa part de s'aventurer seule dans la grange à la nuit tombée. Mais qui aurait pu deviner qu'un forcené allait se jeter sur elle, armé d'une fourche ?

La vision de sa silhouette noire surgit dans son esprit, et Eva frissonna malgré la chaleur qui régnait dans la pièce. Le froid glacial qui l'habitait ne pouvait être atténué par les couvertures. Il s'était logé au plus profond de son âme. Quelqu'un souhaitait sa mort. Et ce soir, il avait failli obtenir ce qu'il voulait.

Elle avait eu du mal à expliquer à Wayne la haine absolue qui émanait de son agresseur. Du mal à lui expliquer qu'elle était absolument convaincue qu'il avait eu l'intention de la tuer. Il n'avait pas seulement voulu lui faire peur. Elle était en train de fuir lorsqu'il avait abattu la fourche sur elle.

Elle finit par sombrer dans un sommeil agité, troublé par des rêves où elle était poursuivie par une silhouette masquée. Des cauchemars où elle échappait de peu à la mort. Ce fut avec soulagement qu'elle fut réveillée par le soleil qui pointait à l'horizon.

Comme elle s'habillait, l'odeur du café frais flotta jusqu'à elle, indiquant que Jake était déjà debout. Elle se sentait bien mieux que la veille au soir, nettement plus lucide.

Bien qu'elle ait apprécié sa présence cette nuit, elle n'hésiterait pas à le renvoyer chez lui ce matin. Désormais, elle savait que son ennemi était prêt à lui faire du mal. Par conséquent, elle veillerait à ne plus commettre d'erreur idiote. Mais la dernière chose au monde dont elle avait besoin, c'était d'avoir Jake dans son espace personnel.

Il était assis à la table de la cuisine. Vêtu d'un jean et d'un T-shirt blanc, pieds nus et les cheveux encore ébouriffés, beaucoup trop séduisant.

— Bonjour, dit-il. J'ai préparé du café, j'espère que ça ne t'ennuie pas ?

— Au contraire, répondit-elle en souriant. Merci.

Elle se remplit une tasse, puis vint se joindre à lui.

— Comment as-tu dormi ? s'enquit-il.

— J'ai fait quelques cauchemars, admit-elle après une seconde d'hésitation. Au fond, j'étais contente de me réveiller.

— Je suis désolé.

La sincérité se lisait dans ses yeux sombres.

— Et comment va ta jambe ?

— Toujours un peu endolorie, mais ça va. Et pour toi, comment s'est passée la nuit ?

— 'Je n'ai dormi que d'un œil, répondit-il avec un sourire détendu. En fait, j'ai trouvé ton canapé plutôt confortable.

— Tant mieux.

Elle attendrait qu'ils aient pris le petit déjeuner et qu'Andy soit parti à l'école avant de lui annoncer qu'il n'avait pas besoin de rester une nuit supplémentaire. De cette façon, s'il cherchait à discuter, ils ne se disputeraient pas devant son fils.

— Qu'as-tu de prévu aujourd'hui ? demanda-t-il.

— Les choses habituelles. Il faut aussi que j'aille faire un saut en ville pour acheter des provisions. Je ne vais pas autoriser cet individu à gouverner mon existence, ajouta-t-elle. Ma vie ne peut pas s'arrêter à cause de lui.

— Certainement pas, acquiesça-t-il. Il va simplement falloir que nous soyons tous plus vigilants.

Elle émit un petit rire.

— Oh ! J'en ai conscience. Crois-moi !

Elle but quelques gorgées de café, puis se leva.

— Des œufs au bacon pour le petit déjeuner ?

— Parfait pour moi.

— Je vais mettre le bacon dans la poêle et puis j'irai réveiller Andy.

— Cela t'ennuie que je prenne une douche rapide ?

— Non, pas du tout. Les serviettes sont sous le lavabo.

Une fois Jake sorti, elle respira un peu mieux. Il était

bien trop attirant assis là, avec sa barbe naissante et le soleil qui se reflétait sur ses cheveux bruns.

Le bacon était cuit quand Jake réapparut, sentant bon le savon à la menthe et la mousse à raser. Il avait troqué son T-shirt contre une chemise bleue à manches courtes.

— Je vais réveiller Andy.

— Puis-je faire quoi que ce soit pour t'aider ?

— Non, merci. Bois un café et détends-toi.

Elle préférait garder l'esprit occupé, sans quoi elle serait de nouveau submergée par la peur qui l'avait tenaillée toute la nuit durant.

Andy dormait si paisiblement qu'elle eut des remords à le réveiller. Cependant, il devait se préparer pour partir à l'école.

— Coucou, mon chou, murmura-t-elle en s'asseyant au bord du lit. Il est l'heure.

Elle tendit la main et repoussa une mèche vagabonde sur son front.

Ses paupières frémirent, et il lui adressa un sourire ensommeillé.

— Bonjour, maman.

— Bonjour, mon chéri. Le petit déjeuner sera prêt dans cinq minutes. Il faut que tu te lèves.

Il s'étira et acquiesça. Eva sortit en souriant. Il n'avait jamais fait de difficulté pour se lever le matin et elle se félicitait qu'il en soit de même ce jour-là. Pourtant, elle soupçonnait qu'il avait tardé à s'endormir la veille. Sans doute serait-il fatigué ce soir.

— Ça 'a été rapide, observa Jake lorsqu'elle rentra dans la cuisine.

— Il n'a jamais eu de mal à se lever.

Elle coupa des tranches de pain, puis battit des œufs dans un saladier.

— Quand j'avais son âge, il fallait pratiquement un tremblement de terre pour me forcer à me lever, lança Jake. La gouvernante passait une éternité à essayer de me tirer du lit.

Eva pivota et lui sourit.

— Tu nc m'avais jamais raconté ça.

— Par chance, j'ai fini par comprendre qu'un vrai cow-boy doit être debout avant l'aube, et tu sais que mon plus grand désir était d'en être un.

— Et maintenant, enfin, tu vas réaliser ton rêve.

— Oui. Mais je ne serai vraiment satisfait que le jour où je posséderai mon propre ranch.

— Préférerais-tu rester dans la région de Dusty Gulch ou t'installer ailleurs ?

— Oh ! Je compte rester ici. À présent que je suis revenu, je ne peux pas imaginer repartir.

Elle versa les œufs dans la poêle chaude et, pendant quelques minutes, un silence confortable régna entre eux. Elle n'avait pas été surprise par sa réponse. Même adolescent, Jake avait adoré Dusty Gulch.

Eva venait 'de mettre en marche le grille-pain quand Andy entra dans la cuisine.

— Monsieur Jake ! s'écria-t-il, ravi. Vous êtes encore ici !

— Je vais rester quelque temps, répondit ce dernier. Jusqu'à ce que le méchant homme qui a essayé de faire du mal à ta maman soit en prison.

— Super.

Andy prit place à côté de lui.

— Je suis vraiment, vraiment soulagé que vous soyez ici. Sinon, j'aurais peur.

Il regarda Eva qui posait une assiette devant lui.

— On veut que M. Jake reste, hein, maman ? On a besoin de lui, n'est-ce pas ?

Eva le dévisagea, l'estomac soudain noué. Son fils paraissait si inquiet ! Comment pourrait-elle renvoyer Jake maintenant, sachant que sa présence rassurait Andy ?

Jamais elle n'oublierait la peur qu'elle avait lue sur ses traits la veille. Jamais elle ne voulait revoir une telle frayeur sur son adorable visage. Et si cela signifiait que Jake devait rester, eh bien, tant pis ! Elle ferait taire ses réticences par amour pour son fils.

Durant le petit déjeuner, Jake taquina Andy et lui raconta des anecdotes amusantes de son enfance. En voyant son fils pouffer encore et encore, Eva sentit son cœur se réchauffer, et ce sentiment de bien-être perdura alors qu'ils descendaient tous les trois l'allée qui menait à la grand-route.

Ça 'avait été son rêve autrefois… que Jake et elle prennent soin ensemble de leurs enfants. Elle avait été si certaine que son avenir était tout tracé. Malheureusement, il avait suffi d'une menace de Justin Albright pour que son destin soit bouleversé à jamais.

Elle refoula ces pensées. Elles n'avaient plus leur place dans sa tête. Elle tolérerait la présence de Jake chez elle pour son fils, mais cela ne signifiait pas qu'elle l'invitait dans son cœur.

À peine étaient-ils de retour à la maison que Harley

toqua à la porte du jardin. Quand Eva le fit entrer, il fut visiblement surpris de voir Jake, lequel venait de se rasseoir.

— Bonjour, monsieur Albright.

— Bonjour à vous aussi. Appelez-moi Jake, je vous en prie.

— Asseyez-vous, Harley, dit Eva. Je vous sers un café.

Harley prit place près de Jake et regarda son employeuse.

— Jimmy m'a raconté ce qui s'est passé hier soir. Je voulais prendre de vos nouvelles.

Eva déposa une tasse devant lui et s'assit à son tour.

— Comme vous pouvez le constater, je vais bien.

— Dieu merci. D'après Jimmy, vous étiez couverte de sang quand il vous a trouvée.

— C'est une légère exagération, mais c'est vrai que j'étais en pleurs et terrifiée. L'intrus a réussi à m'enfoncer la fourche dans le mollet avant que Jimmy arrive.

Le seul fait d'évoquer l'incident avait assombri son regard. Jake aurait donné cher pour passer un quart d'heure seul avec son agresseur. Il réduirait ce type en bouillie pour le punir de ce qu'il avait fait subir à Eva. Et puis il veillerait à ce qu'il passe le reste de sa vie en prison. Ce qu'il avait fait la veille portait un nom : c'était une tentative de meurtre.

— Jimmy m'a expliqué aussi que le type voulait mettre le feu à la grange.

Harley secoua la tête, l'air atterré.

— Heureusement qu'il n'a pas réussi. Avec la chaleur et le vent qu'on a en ce moment, le bâtiment aurait flambé en quelques minutes. Je voudrais bien savoir qui est derrière tout ça. Si je le tenais, je lui flanquerais une sacrée raclée.

— Moi aussi, intervint Jake avec conviction.

Pendant qu'Eva et Harley discutaient des affaires du ranch, il se cala sur sa chaise, observant l'homme qui était non seulement le contremaître d'Eva mais aussi son ami.

Harley nourrissait-il un grief secret à son encontre ?

Il avait accès au bétail et à la grange. Étant donné qu'il travaillait pour Eva depuis sept ans, il devait bien connaître sa routine. Il avait pu deviner qu'elle se rendrait à la grange la veille au soir.

Avait-il à un moment ou à un autre acheté un couteau à Riley Kincaid et avait-il réglé en espèces ? Si oui, possédait-il encore ce couteau, ou s'en était-il servi pour épingler le cœur d'une vache à la rambarde de la terrasse d'Eva ?

Au bout d'un quart d'heure environ, Harley prit congé' pour se rendre dans les champs.

— Je ne sais pas quelles tâches tu envisages ce matin, commença Jake lorsqu'il fut parti, mais la seule chose que je ne veux pas que tu fasses, c'est faire le tour des prairies à cheval.

Elle fronça les sourcils.

— Quel mal y aurait-il ?

— Eva, je ne peux pas te protéger si tu es en terrain dégagé. Si quelqu'un veut vraiment te tuer, il suffirait d'une balle. Et malheureusement, je ne suis pas un superhéros, capable de détourner la trajectoire d'une balle qui te vise en plein cœur ou en pleine tête.

Elle le dévisagea longuement, puis se leva et abattit ses paumes sur la table.

— Je déteste tout ça ! Je déteste avoir peur. Je déteste l'idée que mon fils a peur. Et je suis furieuse que toute ma vie soit sens dessus dessous à cause d'un pervers qui rôde dans l'ombre.

Ses yeux étincelaient de colère.

— Je sais, Eva, et je suis désolé de ce qui t'arrive.

Il se pencha et recouvrit ses mains des siennes.

— Si je pouvais tout arrêter, je le ferais.

Les mains d'Eva étaient minuscules, crispées, sous les paumes de Jake.

— Je veux que cette histoire soit résolue au plus vite, mais, dans l'immédiat, tout ce que je peux faire, c'est essayer de te garder en sécurité.

Il sentit ses mains se détendre lentement, juste avant qu'elle se dégage.

— Je sais, et j'apprécie ton soutien. Ai-je au moins le droit d'aller à l'épicerie ?

Il sourit.

— Je crois qu'on peut se permettre ça. Je vais t'aider à débarrasser et puis on partira.

Pendant quelques minutes, ils rangèrent la cuisine en silence. Jake devina qu'Eva n'était pas d'humeur à parler de la pluie et du beau temps. Concentrée sur sa tâche, elle remplit le lave-vaisselle avec des gestes déterminés avant de se tourner vers lui.

— Je vais me préparer.

Jake hocha la tête, et se rendit dans le salon afin de mettre son holster. Avec son pistolet accroché à sa ceinture, il se sentait prêt à tout… ou presque.

Cela dit, il ne s'attendait pas à avoir des ennuis en ville. Là-bas, ils seraient entourés d'autres personnes, et une attaque perpétrée contre Eva dans un lieu où se trouvaient tant de témoins potentiels serait stupide de la part de son harceleur. Et malheureusement, il était évident que cet individu était tout sauf stupide.

Eva rentra dans le salon et Jake eut la gorge serrée à sa vue. Elle avait appliqué un soupçon de mascara sur ses longs cils et un peu de brillant sur ses lèvres. Cette touche de maquillage, alliée à un jean serré et à un chemisier d'un bleu éclatant, fit s'accélérer les battements de son cœur.

— Je suis prête.

— Tu es très jolie.

Les joues d'Eva rosirent sous le regard de Jake.

— Merci.

Ils montèrent dans le pick-up et prirent le chemin de la ville.

— C'est une journée magnifique, dit-il après qu'ils eurent accompli plusieurs kilomètres en silence.

— Tu tiens vraiment à parler du temps qu'il fait ? demanda-t-elle avec une pointe d'ironie.

Il lui adressa un bref sourire.

— Pas vraiment. C'est juste que je ne voulais pas de silence gêné entre nous.

Un petit rire échappa à Eva.

— Autant que je m'en souvienne, tu n'as jamais aimé qu'il y ait le moindre silence entre nous.

— Je pensais toujours que, si tu ne disais rien, c'était parce que tu étais fâchée contre moi, admit-il.

Et je ne pouvais pas supporter l'idée que tu sois fâchée contre moi.

— C'est toi qui aurais été fâché contre moi ce matin si j'avais persisté dans ma première intention.

— Que veux-tu dire ? demanda-t-il en lui lançant un regard curieux avant de reporter son attention sur la route.

— J'avais la ferme intention de te prier de faire tes bagages et de rentrer chez toi. Et puis Andy a avoué qu'il se sentait soulagé que tu sois là, et à ce moment-là, je me suis rendu compte que je n'avais pas d'autre choix que de te laisser rester.

— Eva, pourquoi m'aurais-tu renvoyé alors que je suis là pour contribuer à ta protection ?

Sans attendre sa réponse, il reprit :

— Si tu m'avais mis à la porte, j'aurais dormi dans mon pick-up devant chez toi pour te protéger. Je ne m'en irai qu'une fois le coupable derrière les barreaux.

— Dans ce cas, nous devons établir des règles.

— Des règles ? répéta-t-il, perplexe. Quel genre de règles ?

— Premièrement, tu dois libérer la salle de bains avant qu'il soit l'heure qu'Andy se prépare pour l'école.

— Facile, répondit-il tranquillement. Quoi d'autre ?

— Tu ne grondes pas Andy. Si tu as un problème avec lui, tu me le dis, et c'est moi qui m'en occupe.

— Eva, je ne me permettrais jamais de m'immiscer dans l'éducation de ton fils.

— Très bien. Et enfin, tu couches sur le canapé, et tu n'essaies pas de me persuader de t'inviter dans mon lit.

— Je ne peux pas m'empêcher d'être attirant, lança-t-il avec un rire. C'est naturel chez moi.

Il jeta un coup d'œil vers elle et comprit à son regard furibond qu'elle n'avait pas apprécié son trait d'humour.

— Je suis sérieuse, Jake.

— D'accord. Je dors sur le canapé et je n'essaie pas de me faufiler dans ton lit. Pour être franc, je serais prêt à coucher par terre dans l'entrée si je pensais que ça pouvait te protéger.

— Merci, Jake. J'apprécie vraiment que tu fasses cela pour moi. Ta présence rassure énormément Andy.

Ils avaient atteint l'épicerie. Ils descendirent du pick-up et étaient sur le point d'entrer dans le magasin quand ils faillirent entrer en collision avec un client qui sortait.

— Eva ! s'écria celui-ci avec chaleur avant de regarder Jake. Bonjour, je suis Robert Stephenson.

Jake serra la main que l'homme lui tendait.

— Jake Albright.

Ainsi, c'était le père du camarade d'Andy... L'homme qui s'intéressait à Eva et qui possédait un couteau Kincaid.

— J'étais venu faire quelques courses en prévision de la soirée des garçons vendredi, expliqua-t-il.

— Ce serait plutôt à moi de m'en charger, répondit Eva. Je suis un peu gênée qu'ils se retrouvent toujours chez toi ces derniers temps.

— Il n'y a vraiment pas de quoi.

Au grand agacement de Jake, le regard de Robert s'attardait sur elle.

— Je n'ai jamais le moindre souci avec Andy, reprit

l'homme. Au contraire, je pense qu'il a une bonne influence sur mon fils.

Eva eut un petit rire.

— Cela me fait plaisir. Je pense la même chose de Bobby.

Le sourire de Robert se mua en moue inquiète.

— J'ai reçu la visite du shérif Black hier. Pourquoi ne m'as-tu pas parlé des problèmes que tu as eus au ranch ?

— Wayne vous a questionné à propos d'un couteau ? intervint Jake, désireux de s'immiscer dans la conversation.

— Oui. Je lui ai montré les miens. J'ai toute une collection de couteaux Kincaid. Les manches sont si délicatement sculptés, ce sont de véritables œuvres d'art.

— Combien en avez-vous ? s'enquit Jake, curieux.

— Une douzaine, me semble-t-il.

— Comment les avez-vous réglés ?

Robert lui décocha un regard froid.

— J'ai expliqué tout cela à Wayne. Maintenant, il faut que je rentre. Eva, ça 'a été un plaisir, comme toujours. J'ai été heureux de vous rencontrer, Jake.

— Je veux parler de lui avec Wayne, marmonna Jake lorsque l'homme se fut éloigné. Ce qui m'inquiète, c'est que rien n'empêche celui qui a laissé ce couteau chez toi d'en acheter un autre pour le remplacer.

— Eh bien, merci ! Voilà qui me rassure, ironisa Eva.

— J'essaie seulement de considérer la situation sous tous les angles possibles. Si on achetait un gâteau ou de la glace ? J'ai envie de manger quelque chose de sucré.

Ils se détendirent à mesure qu'ils faisaient les courses.

Jake se rendit compte avec surprise que cela lui rappelait l'époque où ils étaient ensemble et qu'il prenait la plupart de ses repas du soir avec Eva et son père.

— Tu te souviens du jour où tu as voulu préparer un soufflé ?

Elle hocha la tête, ses yeux pétillant d'amusement.

— J'avais regardé une émission de cuisine à la télé et décidé que j'allais commencer à faire des plats plus sophistiqués.

— Et quand le soufflé est tombé, tu as pleuré comme une madeleine, murmura-t-il.

Elle avait sangloté dans ses bras, très déçue par cet échec.

— Mais tu as toujours été une cuisinière fantastique.

— C'est parce que mon père était excellent cuisinier et qu'il m'a appris tout ce que je sais, répondit-elle avec un soupir. Il me manque toujours.

— Je ne crois pas que le chagrin disparaisse jamais vraiment. Si on a de la chance et qu'on est quelqu'un d'équilibré, on finit par trouver un petit coin en soi où le garder pendant qu'on va de l'avant dans la vie.

Elle leva les yeux vers lui et sourit.

— Parfois, Jake Albright, tu es un puits de sagesse.

Il se mit à rire.

— Je fais de mon mieux.

Une fois leurs emplettes terminées, ils les déposèrent sur le plateau du pick-up et prirent le chemin du retour. Jake venait de sortir de la ville quand il remarqua un autre pick-up qui arrivait en trombe derrière lui.

Ses mains se crispèrent sur le volant.

— Accroche-toi. Il y a quelqu'un derrière nous.

Eva jeta un coup d'œil par-dessus son épaule puis regarda Jake, consternée.

— Tu crois que le conducteur me veut du mal ?

— Je ne sais pas.

Son regard alternait entre le rétroviseur arrière et le ruban d'asphalte devant lui. Le pick-up suspect ne cessait de se rapprocher, et finit par talonner le sien.

Allait-on essayer de leur faire quitter la route ? Tirer sur eux ? L'estomac noué, il s'efforça d'anticiper toutes les éventualités.

Soudain, le véhicule le contourna et accéléra, les laissant sur place.

Comme il s'éloignait à toute allure, Jake et Eva poussèrent un soupir de soulagement.

— Je n'arrive pas à croire que j'ai été terrifiée par un simple chauffard, murmura-t-elle.

— Pareil pour moi, admit Jake.

Ses mains restèrent crispées sur le volant. Il n'avait aucun moyen de deviner d'où viendrait le danger. Tout ce qu'il savait avec certitude, c'était qu'il allait venir. Il ne pouvait qu'espérer pouvoir le neutraliser avant qu'Eva n'en paie le prix.

10

Eva, Jake et Andy tombèrent rapidement dans une sorte de routine. Une routine qu'Eva trouvait légèrement menaçante, parce que la présence de Jake dans la maison semblait si… naturelle.

Ils prenaient le petit déjeuner ensemble et accompagnaient Andy à l'arrêt de bus, après quoi Jake 'aidait Eva à s'acquitter des travaux qu'elle avait prévus. Jake s'entretenait au téléphone avec son frère et le contremaître des Albright presque chaque après-midi pendant qu'elle vaquait à des tâches ménagères.

Ensuite, ils retournaient ensemble à l'arrêt de bus chercher Andy, et puis c'était l'heure du repas du soir. Jake aidait Andy à faire ses devoirs, Eva rangeait la cuisine. La maison résonnait de rires – des rires qui réchauffaient le cœur d'Eva et transformaient son logis en vrai foyer.

Il n'y avait pas eu d'autre vache morte, et rien de suspect ne s'était produit depuis que Jake avait emménagé. Bien que soulagée, Eva demeurait sur ses gardes, et savait que Jake aussi.

Deux jours de tranquillité ne signifiaient en aucun cas que tout danger était écarté. Au contraire, elle avait l'impression d'un épouvantable compte à rebours. Comme si une horloge égrenait les secondes avant une explosion dévastatrice.

À présent, ils étaient dans le pick-up, en route pour déposer Andy chez les Stephenson, où il devait passer la nuit.

— Je ne sais pas ce que je vais faire sans toi ce soir, Andy, soupira Jake. Que va-t-il se passer si ta maman est méchante avec moi et que tu n'es pas là pour me protéger ?

Andy pouffa.

— Maman n'est jamais méchante et, même si elle l'était, je ne sais pas si je pourrais vous protéger. Elle m'enverrait sûrement dans ma chambre.

Eva et Jake éclatèrent de rire. C'était à cela que ressemblait une vraie famille, songea-t-elle en regardant par la vitre du pick-up. Jake avait comblé un vide dans leur vie.

Ça 'allait être difficile lorsque le jour viendrait où il devrait rentrer chez lui. Andy serait peiné et Eva devait s'avouer que Jake' lui manquerait aussi. Cependant, leur arrangement avait été dicté par le danger et par la peur, et il n'avait jamais été censé devenir permanent.

Une fois en ville, Eva indiqua le chemin à Jake.

— Je vais accompagner Andy à la porte, dit-il en se garant dans l'allée de la maison, une jolie villa à un étage.

— Salut, maman ! À demain, lança Andy.

— Sois sage, mon chéri. Je t'aime.

— Je t'aime aussi.

Eva les suivit du regard alors qu'ils se dirigeaient

vers la porte. Avec un choc, elle se rendit compte que père et fils avaient la même démarche. Une fois de plus, elle remercia le ciel qu'Andy ait hérité de ses traits à elle plutôt que de ceux de son père.

Robert vint ouvrir. Jake et lui échangèrent quelques mots, après quoi Andy disparut à l'intérieur et Jake revint au pick-up.

— Il a demandé comment tu allais, rapporta Jake en claquant la portière.

— C'était gentil de sa part.

— Il ne me plaît pas. Il fait une fixation sur toi.

Eva se mit à rire.

— Jake, c'est juste un brave homme qui voudrait sortir avec moi.

— N'empêche que je n'ai pas confiance en lui.

— Je n'ai confiance en personne non plus, sauf en toi et Wayne.

— Tant mieux.

En roulant, ils parlèrent du ranch et des travaux de rénovation qu'Eva espérait entreprendre bientôt.

— Je songeais à demander à Barney Jennings de m'établir un devis.

— Qui est-ce ?

— Un homme qui possède une entreprise en bâtiment et qui a la réputation d'être honnête et consciencieux.

Jake se gara devant la maison.

— Si tu attendais que tout le reste soit réglé ? La dernière chose dont tu as besoin en ce moment, c'est d'avoir des inconnus qui se promènent dans ta propriété.

— Tu as raison. La grange peut attendre.

Ensemble, ils descendirent du pick-up et entrèrent à l'intérieur.

— Tu veux un peu de glace ? proposa-t-il. Je vais nous préparer une coupe chacun.

Il s'arrêta dans le salon et retira ses bottes.

— Ah, ça fait du bien.

— Tu as toujours eu hâte de retirer tes bottes, dit-elle avec un sourire.

— Certaines choses ne changent pas, et je suis toujours mieux pieds nus, répondit-il en lui rendant son sourire.

Ils gagnèrent la cuisine et Eva s'installa à table pendant qu'il préparait deux coupes de glace à la vanille et les nappait de sauce au chocolat. Il la servit et s'assit en face d'elle.

— Rien de meilleur qu'une glace un soir d'été. Hum… C'est délicieux, soupira-t-elle en léchant lentement sa cuillère.

Elle saisit le regard brûlant que Jake fixait sur elle et comprit aussitôt son erreur. Soudain une tension vibrait entre eux… La tension qu'elle avait perçue dès l'instant où il s'était présenté chez elle, et qui tenait non seulement au désir qu'il avait d'elle, mais aussi au désir qu'elle avait de lui.

Son union avec Andrew avait été platonique. Dix ans avaient passé depuis qu'elle avait senti la douce caresse des baisers d'un homme sur sa peau. Depuis qu'elle avait connu le sommet du plaisir avec Jake, qu'elle avait ressenti une communion totale avec un être.

Elle mourait d'envie de répéter cette expérience,

mais pas avec un autre homme que Jake. Elle voulait que ce soit lui, personne d'autre.

Quel mal pouvait-il y avoir à faire l'amour avec Jake une dernière fois ? Elle était résolue à ne pas l'inviter dans sa vie à long terme, et elle le lui avait dit clairement. Après tout, s'ils étaient d'accord là-dessus, ce ne serait pas si grave.

Elle lécha lentement sa cuillère de nouveau, son regard soudé au sien.

— Tu te rends compte de l'effet que tu as sur moi ? demanda-t-il d'une voix rauque.

— Oui, je crois.

Il posa sa propre cuillère.

— Et tu le fais exprès ?

— Oh ! absolument.

Le cœur battant à tout rompre, elle le regarda se lever, se pencher et lui prendre la cuillère. Puis il contourna la table, captura sa main et l'attira à lui.

Ses bras enveloppèrent Eva, la plaquant contre son corps puissant, éveillant en elle une sensation enivrante. Au même moment, il s'empara de ses lèvres et lui donna un baiser si passionné qu'elle sentit ses genoux se dérober sous elle.

Voilà ce qui avait manqué dans sa vie… La passion à l'égard d'un autre être, le genre de passion qui balaie momentanément toute autre pensée, tout autre sentiment de votre esprit.

— Eva, murmura-t-il à son oreille. Tu sais que je te veux.

— Je te veux aussi, Jake, avoua-t-elle. Mais c'est

juste pour un soir… juste une fois. Jake, j'ai besoin que tu comprennes cela.

— Je comprends.

L'instant d'après, il avait repris ses lèvres.

Quelque part au fond d'elle, Eva sut qu'elle commettait sans doute une erreur. Elle venait d'enfreindre ses propres règles. Pourtant, une partie d'elle refusait de se priver du plaisir de faire l'amour avec Jake une dernière fois.

Quand le baiser s'acheva, elle lui prit la main et l'entraîna dans le couloir, vers sa chambre. Il faisait chaud dans la pièce, mais une brise agréable entrait par la fenêtre ouverte, qui rendait la température supportable.

Il l'enlaça de nouveau et, tout en l'embrassant, promena les mains sur le dos d'Eva, puis lui agrippa les fesses et la tira fermement contre son sexe déjà dur.

Enfin, elle recula d'un pas et retira son T-shirt. Ni l'un ni l'autre ne parlèrent alors qu'ils se déshabillaient en silence. Elle termina la première et se glissa sous le drap à fleurs roses qui recouvrait le lit, admirant le torse musclé de Jake qui achevait de se dévêtir. Habillé, Jake Albright était séduisant. Nu, il était le péché incarné.

Il la rejoignit au lit et l'attira contre lui. Savourant la magie de l'instant, Eva ferma les yeux. Elle avait passé tant de nuits au fil des années à se remémorer leurs étreintes, à rêver d'être de nouveau dans ses bras. Elle avait traversé seule les dix dernières années, à désirer les caresses d'un homme… de cet homme-ci.

Il la connaissait intimement, savait avec précision où la toucher, où l'embrasser pour lui procurer le plus de plaisir. Ses lèvres effleurèrent le lobe de l'oreille d'Eva, déclenchant en elle une série de délicieux frissons.

— Tu m'as tant manqué, Eva, murmura-t-il.

— Toi aussi.

Oh ! Comme ces moments-là lui avaient manqué ! La passion qu'il éveillait en elle, le désir qui lui rappelait qu'elle était jeune, et vivante.

Il déposa une traînée de baisers le long de son cou, avant de descendre sur la pointe d'un sein, aspirant et suçant le mamelon tandis qu'elle gémissait son nom, les doigts enfouis dans ses cheveux.

Elle était perdue en lui… dans la chaleur de sa peau contre la sienne, dans son odeur masculine, enivrante. Alors qu'il léchait un mamelon après l'autre, elle sentit le plaisir monter au creux de son ventre.

La main de Jake caressa sa hanche, décrivit de lents cercles sur le haut de ses cuisses. Déjà au comble de l'excitation, Eva s'arqua vers lui et prit son sexe dressé entre ses doigts.

Il prit une profonde inspiration et la repoussa doucement.

— Eva… je ne tiendrai pas si tu me touches maintenant, souffla-t-il d'une voix sourde.

Puis il glissa les doigts au cœur de sa féminité et la caressa. Elle sentit la chaleur déferler en elle, une vague après l'autre de délicieuses sensations. L'instant d'après, Jake la pénétra lentement. Une fois en elle, il s'immobilisa et son regard se souda au sien.

Ses yeux exprimaient une émotion si intense qu'elle avait l'impression que leur étreinte touchait jusqu'à son âme, qu'il lisait dans tous ses secrets, dans tous ses rêves. Elle se sentait unie à lui bien au-delà de l'acte physique. Et ce lien de l'âme lui avait manqué autant que l'intimité du corps.

Ils allaient et venaient au même rythme comme s'ils étaient des amants familiers, et pourtant avec l'ardeur de nouveaux amoureux.

Quand ce fut fini, ils restèrent enlacés, attendant que leur respiration soit redevenue normale.

Blottie au creux de l'épaule de Jake, elle émit un soupir de bien-être tandis qu'il lui effleurait la hanche d'une main languide.

— Je crois qu'on a gaspillé deux coupes de glace, dit-elle enfin.

Il émit un rire qui résonna à son oreille.

— C'était infiniment mieux qu'une coupe de glace, murmura-t-il en se penchant pour déposer un baiser sur son front.

Elle savait qu'elle aurait dû se lever, prendre ses distances immédiatement, pourtant elle était réticente à quitter la paix et le contentement qu'elle éprouvait dans ses bras.

— Parle-moi de ta vie en Italie.

— Que veux-tu savoir ? demanda-t-il en continuant à la caresser paresseusement.

— Où vivais-tu ? Comment se passaient tes journées ?

Il lui décrivit la luxueuse villa qui lui avait servi de foyer, expliquant que, chaque matin, il se levait à l'aube pour se rendre au vignoble.

— Quand je suis arrivé là-bas, j'étais un complet novice. Je ne savais rien de la viticulture. J'ai passé un mois entier avec le directeur de la société, Enrico

Bracolla, et le soir, je lisais tous les livres que je pouvais trouver sur le sujet.

— Ça 'a dû être assez intimidant pour un jeune de dix-neuf ans qui n'avait jamais quitté Dusty Gulch.

— Plutôt, oui. Les deux premières années, je me suis consacré à apprendre tout ce que je pouvais. Je voulais non seulement faire mes preuves devant Enrico, qui a été un fantastique mentor et qui est devenu un vrai ami, mais je voulais aussi que mon père soit fier de moi.

— Je suis sûre qu'il l'était, Jake, dit-elle doucement.

— Je regrette de ne pas être revenu plus tôt. J'aurais voulu lui dire au revoir et peut-être l'entendre dire qu'il m'aimait.

Il lâcha un petit rire.

— Mais nous savons tous les deux que mon père n'était pas exactement démonstratif.

Elle n'avait pas la moindre envie de parler de Justin Albright. Penser à lui laissait toujours un goût amer dans sa bouche, et en aucun cas elle ne pouvait confier à Jake l'étendue de sa trahison. Cela lui briserait le cœur de découvrir que son père avait été un tel monstre de manipulation.

Heureusement, la conversation roula sur la gastronomie italienne.

— Le pain était absolument merveilleux, s'extasia-t-il. Et j'adorais les pâtes. Je mangeais comme un ogre.

— Si j'avais été à ta place, observa-t-elle en riant, j'aurais pris quinze kilos en deux semaines.

Elle jeta un coup d'œil vers la fenêtre, qui était à demi plongée dans l'ombre maintenant. Aussitôt, elle se figea, le cœur battant à toute allure.

— Jake, chuchota-t-elle, il y a quelqu'un dehors.

Elle n'avait aperçu qu'une cagoule de ski, et des yeux brillants, à la couleur indéfinissable. Cela n'avait duré qu'un instant, et elle n'osait pas regarder de nouveau de peur de faire fuir l'intrus.

— Fais comme si de rien n'était, chuchota Jake en retour avant d'ajouter, d'une voix plus forte : Si j'allais nous chercher une coupe de glace ?

— Ce serait parfait, répondit-elle, reconnaissante que sa voix ne trahisse pas la peur qui la submergeait.

Pendant que Jake se levait et enfilait son caleçon, elle remonta le drap sur elle, envahie par la nausée. L'inconnu l'avait-il vue toute nue, les avait-il observés pendant qu'ils faisaient l'amour ?

— Je reviens tout de suite.

Jake quitta la pièce, et la peur explosa dans la poitrine d'Eva. Que voulait cet homme à sa fenêtre ? Et que se passerait-il si Jake s'opposait à lui ?

Autrefois, elle avait aimé l'adolescent qu'il était. Elle prit brusquement conscience de la réalité : elle aimait l'homme qu'il était devenu. Et cet homme était sur le point de se confronter au mal.

Lui reviendrait-il sain et sauf ?

Jake se rua dans le salon, enfila ses bottes de cow-boy, attrapa son pistolet et sortit, l'adrénaline courant dans ses veines. Il s'approcha lentement du coin de la maison, tourna et continua à avancer vers le coin suivant.

Il tenait son pistolet d'une main ferme, ne sachant à quoi s'attendre. Que faisait ce type à la fenêtre d'Eva ?

Avait-il espéré la trouver seule ? Était-il venu dans l'intention de s'introduire à l'intérieur, de l'étrangler ?

Quand il atteignit le coin suivant, il se pencha et vit l'inconnu, toujours debout devant la fenêtre. Cependant, il dut faire un léger bruit, car l'intrus tourna la tête, le vit et détala.

Jake se lança à sa poursuite, courant aussi vite que possible pour le rattraper. Il fallait qu'il sache qui était cet homme.

Cependant, la nuit était tombée, et il ne distinguait qu'une silhouette indistincte qui traversait le pré. Il était tenté de faire feu, mais la raison l'emporta : c'était une chose que de tirer sur quelqu'un pour se défendre, et une autre que d'abattre un homme en fuite.

La sueur perlait à son front, et il commençait à avoir des crampes, mais il continua à courir. Il progressait plus lentement désormais, afin de ne pas effrayer le bétail.

Enfin, il s'arrêta, étouffant un juron. Il avait perdu l'homme de vue et savait qu'il ne le rattraperait plus. Les mains sur les genoux, il s'efforça de reprendre son souffle.

Il bouillait de colère et de frustration. Ce type était à l'évidence l'individu qu'ils cherchaient… Celui qui voulait voir Eva morte. Or Jake n'avait eu qu'une vague impression de l'homme : grand, de carrure moyenne. Il n'avait rien vu qui permette de l'identifier.

Il se redressa, au moment où une pensée terrifiante s'imposait à lui. L'individu s'était-il à dessein montré à la fenêtre, en sachant que Jake se lancerait à ses trousses ?

Pendant qu'il le poursuivait dans le pré, un complice s'était-il introduit dans la maison ?

L'estomac noué, il se souvint d'avoir laissé la porte grande ouverte en sortant. Eva était nue dans son lit, sans défense.

L'esprit assailli de terribles visions, Jake fit volte-face et repartit à toutes jambes. Était-il possible que le coupable n'agisse pas seul ? Il songea aussitôt à Griff et à sa bande d'amis. Des adolescents iraient-ils jusqu'à assassiner une femme parce qu'elle s'était opposée à ce qu'ils se réunissent dans sa grange ?

Des souvenirs de faits divers épouvantables défilèrent dans sa tête. Oui, il était possible que des adolescents planifient et exécutent un meurtre.

Il devait retourner vers Eva. Le plus vite possible. Il pressa encore l'allure, courant comme si sa vie en dépendait. Et c'était le cas, parce que, si Eva était blessée ou pire alors qu'elle était sous sa protection, il ne pourrait jamais se le pardonner.

Un point de côté lui transperçait le flanc, et sa respiration était haletante, éperdue. Son cœur battait à tout rompre, non seulement à cause de l'effort mais aussi de la peur qui le tenaillait.

Comme il contournait la maison, il constata que la porte d'entrée était fermée. Quelqu'un était-il à l'intérieur en ce moment même, avec Eva ? Il tourna la poignée, en vain. La porte était fermée à clé.

— Eva ! cria-t-il en tambourinant sur le battant.

Quelques secondes plus tard, Eva apparut sur le seuil, enveloppée d'un peignoir blanc. Ses yeux étaient écarquillés de frayeur, mais elle était apparemment saine et sauve.

Il l'attira à lui, éprouvant le besoin de la tenir contre son corps pour s'assurer qu'elle allait bien.

— Dieu merci, tu n'as rien.

— J'allais te dire la même chose, répondit-elle. J'avais si peur pour toi.

Il la lâcha et referma la porte, prenant soin de tirer de nouveau le verrou. Puis il la conduisit jusqu'au canapé, et ils s'y laissèrent tomber tous les deux.

— Je n'ai pas pu le rattraper, évidemment, murmura-t-il, la poitrine comprimée par la frustration.

Elle mit la main sur son bras.

— Ce n'est pas grave. Je suis juste heureuse que tu sois revenu sain et sauf.

— Je préférerais qu'il soit menotté dehors et que Wayne soit en route pour l'arrêter.

Il serra les poings, se remémorant combien il avait été tenté de tirer sur l'inconnu.

— À propos de Wayne, est-il vraiment nécessaire qu'il vienne ?

— C'est toi qui décides. Le type a filé, et je n'ai remarqué aucun détail qui me permette de l'identifier.

— Moi non plus. Je pense qu'on peut attendre jusqu'à demain pour lui en parler.

— Cela dit, je crois qu'il faut que certaines choses changent, ici, observa-t-il.

— Comme quoi ? demanda-t-elle, perplexe.

— À partir de maintenant, je suggère que toutes les fenêtres restent verrouillées, et les stores baissés. Je ne veux pas que quiconque puisse regarder à l'intérieur et voir où nous sommes et ce que nous faisons.

Le rouge monta aux joues d'Eva.

— Je n'arrive pas à croire que ce pervers nous espionnait.

— Cela me déplaît à moi aussi, crois-moi, répondit-il avec une pointe de colère.

Il ne supportait pas l'idée qu'un autre que lui ait vu le corps nu d'Eva. Il poussa un soupir las.

— J'ai besoin de prendre une douche mais fermons toutes les fenêtres d'abord.

Ensemble, ils firent le tour de la maison, verrouillant les fenêtres et baissant les stores.

— J'irai après toi, dit-elle, et ensuite, je ne sais pas ce que tu veux faire, mais j'irai me coucher.

Il mourait d'envie de l'inviter à prendre une douche ensemble, mais sentit qu'elle avait besoin de se distancier un peu de lui. D'ailleurs, ils étaient encore sous le choc.

— Si tu y allais avant moi ? proposa-t-il. Je sais que tes cheveux mettent longtemps à sécher.

Elle acquiesça, le remercia d'un sourire et disparut dans la salle de bains. De son côté, Jake en profita pour faire de nouveau le tour de la maison, s'assurant que toutes les issues étaient bien fermées à clé.

Pourquoi ce type était-il venu se tenir devant la fenêtre ? Qu'avait-il espéré obtenir en espionnant Eva ?

Quelques minutes plus tard, celle-ci réapparut, vêtue d'une chemise de nuit mauve parfaitement assortie à ses yeux. Elle tenait à la main une brosse et un sèche-cheveux.

— La salle de bains est libre. Je peux me sécher les cheveux ici, dit-elle en se rasseyant sur le canapé.

— Je n'en ai pas pour longtemps. N'ouvre la porte à personne, d'accord ?

— Tu plaisantes ?

Debout sous le jet d'eau chaude, Jake s'efforça de réfléchir. La situation l'inquiétait. Elle l'inquiétait énormément.

L'enquête piétinait : aucun nouvel indice n'avait été découvert par les hommes de Wayne. Et le mobile du harceleur était toujours aussi impénétrable.

Qui s'en prenait à Eva et pourquoi ? Là était la question. S'ils pouvaient comprendre les raisons de cet homme, peut-être parviendraient-ils à déduire son identité.

Cependant, jusqu'à présent, il n'y avait tout simplement pas de réponse à cette question.

Sa douche terminée, il enfila un caleçon propre et retourna dans le salon, où Eva se brossait les cheveux. Il s'assit à côté d'elle.

— Laisse-moi faire, proposa-t-il.

Elle lui tourna le dos, et il fit glisser la brosse à travers ses longs cheveux, savourant la sensation des mèches soyeuses contre le dos de sa main.

— J'ai toujours adoré te brosser les cheveux, murmura-t-il.

Elle rejeta la tête en arrière.

— J'ai toujours adoré que tu le fasses.

Au début, elle avait paru raide, mais à mesure qu'il la peignait, il sentit qu'elle se détendait. Ils restèrent silencieux. Les mots n'étaient pas nécessaires.

Enfin, elle étouffa un long bâillement.

— Arrête maintenant, sinon je vais m'endormir ici.

Elle se leva et lui prit la brosse.

— Tu vas m'obliger à dormir sur ce canapé plein de bosses ?

Elle étrécit les yeux.

— Tu m'as dit qu'il était étonnamment confortable.

— Ton lit le serait nettement plus. Je sais que c'est seulement pour un soir, Eva. Laisse-moi te tenir dans mes bras cette nuit.

Elle soutint son regard un long moment, puis hocha la tête.

— Tant que tu comprends que c'est une exception.

Ils regagnèrent la chambre ensemble et se couchèrent. Il posa son pistolet sur la table de chevet, puis éteignit la lampe, plongeant la pièce dans l'obscurité.

Il attira Eva dans ses bras, et elle se nicha contre lui. Le cœur débordant d'amour pour elle, il se prit à espérer qu'un avenir à deux était possible pour eux. Qu'ils pourraient fonder la famille dont il avait toujours rêvé.

Encore fallait-il qu'il garde Eva en vie.

11

Près d'une semaine s'était écoulée depuis qu'Eva avait fait l'amour avec Jake, et qu'elle tentait de prendre ses distances avec lui. Cependant, c'était difficile, surtout lorsqu'elle le voyait en compagnie d'Andy. Il se montrait si patient, si affectueux avec lui ! Et elle avait vu Andy s'épanouir sous l'attention de Jake.

Il était le père dont elle avait rêvé pour lui, le genre d'homme qu'elle aurait voulu garder dans sa vie pour toujours. Mais tout volerait en éclats s'il découvrait un jour qu'Andy était son fils.

Il la haïrait de lui avoir caché la vérité, d'avoir gardé le secret non seulement ces neuf dernières années mais aussi depuis son retour en ville.

Un avenir avec lui était impossible.

— C'est bien qu'il fasse un peu moins chaud ces jours-ci, commenta Jake en se tournant vers elle.

Ils venaient d'accompagner Andy au bus et retournaient lentement à la maison.

— Je suis juste soulagée que cette semaine ait été calme. Pas de vache morte dans le pré, pas de cadeau macabre nulle part. C'est fou, non, que l'absence de ces choses-là suffise à me faire plaisir ?

— Ce n'est pas fou, c'est tragique.

Ils venaient d'atteindre la maison quand la voiture de Wayne s'engagea dans l'allée. Ils attendirent qu'il se gare et descende du véhicule.

— Bonjour, lança-t-il. J'ai enfin des informations pour vous.

Il tenait des papiers à la main, mais ne paraissait pas particulièrement excité.

Eva l'invita à entrer. Elle n'avait qu'une envie : que le shérif lui dise que son harceleur était derrière les barreaux.

Elle voulait ne plus vivre dans la peur. Une fois ce type arrêté, elle pourrait renvoyer Jake et prendre vraiment ses distances avec lui. Elle soupçonnait qu'elle s'accrochait à lui parce qu'elle était encore terrifiée. Et ce n'était juste ni pour lui ni pour elle.

Elle prépara du café, servit les deux hommes et les rejoignit à table.

— Qu'as-tu découvert ?

— J'ai enfin le nom des gens qui ont acheté un couteau Kincaid dans les trois magasins qui les stockent, déclara-t-il en poussant les papiers vers elle. J'ai pensé que tu voudrais y jeter un coup d'œil pour voir si l'un d'eux te semble suspect. Il y en a un au moins qui me paraît révélateur.

— Lequel ?

— Je préférerais que tu le trouves toi-même, répondit Wayne en se laissant aller contre le dossier de sa chaise. J'ai demandé aux magasins de couvrir ces douze derniers mois.

Eva prit la première feuille et parcourut la liste.

— Je reconnais plusieurs noms mais je ne vois personne que je connaisse bien, dit-elle lorsqu'elle eut terminé.

Elle tendit le papier à Jake et se pencha sur la seconde feuille. Son cœur manqua un battement.

— Wilma Ainsley ? La mère de Griff a acheté un couteau Kincaid ? Serait-ce celui que Griff est censé avoir perdu dans ma grange ? s'écria-t-elle, interrogeant Wayne du regard.

— Tu as remarqué la date ?

Une exclamation échappa à Eva.

— Deux jours après notre confrontation avec Griff !

Ses yeux allèrent de Wayne à Jake, dont la mâchoire s'était durcie.

— Si je comprends bien, sa mère a essayé de brouiller les pistes. Elle voulait prouver que Griff avait toujours son couteau en sa possession.

— Soit cela, soit Griff a utilisé la carte de crédit de sa mère, ce qui est tout à fait possible, répondit Wayne. Dans un cas comme dans l'autre, cela le rend suspect.

— Qu'en conclus-tu ? demanda Jake au shérif.

— Je commence vraiment à penser que toute cette histoire est l'œuvre de Griff et de quelques-uns de ses copains. Ce n'aurait pas été difficile pour des adolescents un peu costauds de tuer une vache. Quant à l'incident du voyeur, ça me paraît tenir davantage d'une blague de mauvais goût que d'une véritable menace.

— Et l'agression dans la grange ? intervint Eva.

Sa plaie s'était refermée, certes, mais elle n'avait pas oublié la terreur qu'elle avait éprouvée alors.

— Je persiste à croire que tu as peut-être été attaquée

parce que tu avais dérangé la personne qui s'apprêtait à mettre le feu.

— Si tu penses que Griff et ses amis sont responsables, que comptes-tu faire ? s'enquit Jake.

— Maintenant, il faut que j'en apporte la preuve, soupira Wayne. Cet après-midi, je vais questionner plusieurs des camarades de Griff. Je crois que, si je fais suffisamment pression sur eux, l'un d'eux va craquer et passer aux aveux.

— Espérons-le, murmura Eva.

Au fond, l'idée qu'elle ait été victime d'une bande d'adolescents irréfléchis la soulageait un peu.

— Je vous tiendrai au courant, promit Wayne en se levant. Je vais aussi retourner interroger Griff à propos de l'achat de ce second couteau.

Wayne parti, Jake se tourna vers Eva.

— Que penses-tu de tout ça ?

Adossée au plan de travail, elle paraissait songeuse.

— Je me dis que, si les coupables sont une bande d'adolescents, je n'ai plus tout à fait aussi peur qu'avant.

Elle se détourna et se mit à ranger les reliefs de leur petit déjeuner. À supposer que la théorie de Wayne soit juste, elle ne croyait pas que ces jeunes aillent jusqu'au meurtre. Quand elle eut terminé, elle pivota vers Jake, encore assis à table.

— Peut-être que je ne suis plus en danger et que tu pourrais rentrer chez toi dès maintenant.

— Et si Wayne faisait fausse route ?

Ses paroles restèrent en suspens dans l'air tandis qu'Eva fronçait les sourcils, réfléchissant aux conséquences d'une telle possibilité. Bien qu'elle souhaite s'éloigner de Jake, ne serait-il pas irresponsable de le renvoyer chez lui avant que cette épouvantable histoire soit éclaircie une fois pour toutes ?

— Tu m'as dit que tu étais sûre que ton agresseur dans la grange voulait te tuer, reprit-il. Cela a-t-il de l'importance qu'il s'agisse ou non d'un adolescent ? Celui qui t'a attaquée ce soir-là est toujours en liberté.

— Tu as raison, admit-elle.

La vérité, c'était qu'elle ne se sentirait vraiment en sécurité que le jour où le coupable serait derrière les barreaux. De plus, elle devait penser à son fils. S'il lui arrivait malheur, qu'adviendrait-il d'Andy ? C'était une question qu'elle n'osait même pas se poser.

— As-tu du linge sale ? demanda-t-elle. Je vais faire une lessive ce matin.

Elle était désireuse de s'occuper. Se plonger dans les tâches quotidiennes lui changerait les idées. La peur l'épuisait.

— En fait, je vais passer la journée à faire du ménage.

— Puis-je t'aider ?

— Non, merci. Laisse-moi faire.

— Dans ce cas, je vais rester dans la cuisine. J'ai plusieurs coups de fil à passer. Il faut que je fasse le point avec David et que j'appelle Enrico pour vérifier que tout va bien au vignoble. Je suis aussi en pourparlers avec des gens qui pourraient être intéressés par le rachat de la société viticole.

— Parfait.

— J'ai un peu de linge sale, mais tu ne devrais pas te sentir obligée de faire ma lessive.

— Ne dis pas de bêtises.

Quelques minutes plus tard, elle remplissait le lave-linge. Après l'avoir mis en marche, elle gagna la chambre d'Andy, défit le lit et déposa le tas de draps sur le sol en prévision de la machine suivante, puis se mit à faire la poussière.

Un léger sourire se forma sur ses lèvres alors qu'elle déplaçait les trésors que son fils conservait sur ses étagères. Le caillou qui ressemblait à un dragon, la grande plume d'aigle. La collection de pointes de flèches qu'il avait glanées autour du ranch, un tas de dessins qu'il avait réalisés au cours de ces derniers jours.

Andy était un petit artiste talentueux. Elle s'empara des dessins et se laissa tomber sur le bord du lit pour admirer ses œuvres.

Son sourire s'élargit à la vue du premier dessin, qui représentait un petit garçon flanqué d'un chien, accompagné d'une légende on ne peut plus claire :

S'il te plaît, maman.

Elle supposa que le dessin était destiné à apparaître dans sa chambre un jour ou l'autre, de sorte qu'elle ne pourrait pas manquer de le voir.

Peut-être était-il vraiment temps de songer à lui acheter un chiot. Ce serait un moyen idéal de lui changer les idées lorsque Jake s'en irait et de compenser le vide que celui-ci laisserait dans leur vie.

Il y avait d'autres dessins de chevaux et d'animaux, et puis un dernier, qui lui fit venir les larmes aux yeux. Il représentait deux personnes vues de dos… un garçon et un homme. Ils marchaient côte à côte, des cannes à pêche à la main. L'enfant se penchait vers l'homme, qui avait passé un bras autour de ses épaules.

La gorge nouée, elle fixa la légende :

L'homme que je voudrais pour papa, et moi.

Elle se hâta de remettre les croquis en ordre et les replaça sur l'étagère. Puis elle acheva d'épousseter les meubles, envahie par une profonde tristesse.

Andy allait être bouleversé quand Eva demanderait à Jake de s'en aller définitivement. Mais comment aurait-elle pu réparer le passé ? Les décisions prises autrefois étaient irrémédiables. La vie ne serait pas un conte de fées pour eux trois.

Et elle avait l'affreuse certitude qu'un chiot ne suffirait pas à réconforter son fils.

Jake raccrocha, soulagé. Il avait eu un long entretien avec David et se félicitait d'avoir obtenu son accord pour la vente du vignoble. Son frère et lui étaient convenus d'un prix, il était donc libre d'entamer des négociations avec les acheteurs potentiels.

Après avoir discuté du vignoble, ils avaient évoqué la question du ranch. Jake était en contact régulier avec le contremaître, Bailey Turrel, qui supervisait les activités agricoles depuis une dizaine d'années.

Jake avait informé son frère qu'il souhaitait prendre une part plus active à la gestion du ranch dès que les problèmes d'Eva seraient résolus. Une fois de plus, David avait émis la crainte qu'Eva ne joue avec son cœur, mais Jake avait coupé court à la conversation :

il savait que son frère était bien intentionné, mais ne voulait pas l'entendre critiquer Eva.

Les moments qu'il avait passés avec Eva et Andy avaient été merveilleux. Il avait l'impression d'avoir enfin trouvé son foyer. Certes, il aurait préféré partager le lit d'Eva chaque nuit mais, dans l'immédiat, il désirait par-dessus tout lui prouver qu'il était l'homme qu'il lui fallait, et que sa place était avec elle.

Avant tout, cependant, ils devaient arrêter l'individu qui la tourmentait. Une fois le danger écarté, Jake espérait qu'elle comprendrait qu'elle était de nouveau amoureuse de lui et qu'ils méritaient l'avenir dont ils avaient tous les deux rêvé autrefois.

Alors qu'elle passait l'aspirateur dans le salon, il sortit sur le seuil et parcourut les environs du regard, à l'affût d'ennuis potentiels.

Il apercevait Harley et Jimmy au loin, à cheval dans un des prés. Jake en était venu à apprécier Harley et à lui faire confiance : celui-ci semblait considérer Eva comme sa fille et ne songeait qu'à son bien. Il était moins sûr de Jimmy, surtout compte tenu de l'incident qui s'était déroulé dans la grange. Cela dit, il était presque convaincu que Griff était le coupable. L'achat d'un second couteau l'accablait.

Avec un peu de chance, l'affaire serait résolue définitivement dès ce soir, et le misérable arrêté. Il détestait l'ombre d'angoisse qui voilait presque constamment le regard d'Eva. Il détestait qu'elle ne puisse jamais se détendre tout à fait.

Il était néanmoins convaincu d'une chose : elle l'aimait, même si elle se refusait encore à l'admettre.

Il le voyait dans les regards qu'elle posait sur lui à la dérobée. Il le sentait dans la tendresse de ses gestes, lorsque leurs doigts s'effleuraient par hasard.

Oui, il était persuadé qu'elle était amoureuse de lui, mais qu'elle ne pouvait aller de l'avant à cause du danger qui la menaçait, qui accaparait ses pensées. Il comprenait qu'il n'y ait pas de place pour lui dans son cœur tant que cette situation perdurait. Il avait passé les dix dernières années à aimer Eva, il pouvait patienter encore un peu.

Il regarda Harley et Jimmy s'éloigner, soulagé qu'aucune vache morte ne soit à déplorer ce matin-là. Il ne s'était rien passé depuis l'apparition de l'homme cagoulé à la fenêtre. Peut-être parce que Griff savait qu'il était soupçonné ?

Le temps avait été agréable en début de journée, mais à présent, l'air était devenu étouffant, gorgé d'humidité. Il rentra à l'intérieur où Eva, ayant cessé de passer l'aspirateur, avait disparu dans sa chambre. Il enfila le couloir et la découvrit qui changeait les draps de son lit.

— Laisse-moi t'aider, proposa-t-il en se mettant du côté opposé.

— D'accord, merci. C'est la seule chose que je déteste faire toute seule.

— Je peux faire en sorte que tu ne sois plus jamais obligée de t'en charger seule, rétorqua-t-il d'une voix taquine.

— Mets le drap, c'est tout, riposta-t-elle en lui en lançant une extrémité.

Il se mit à rire.

— Tu sais, je peux me rendre utile. Tu n'aurais plus jamais besoin d'une éponge pour te brosser le dos ni d'un escabeau pour atteindre les étagères les plus hautes de la cuisine.

— Je me débrouille très bien avec mon éponge et j'aime mon escabeau.

Il rit de nouveau.

— Tu aurais droit à une réduction au café pour le repas familial. À propos, si on sortait dîner tous les trois ce soir ?

Elle glissa le bord du drap sous le matelas et se redressa.

— Oh ! je ne sais pas…

— Allons, Eva. Nous sommes terrés ici depuis deux semaines. Un changement d'air nous ferait du bien à tous.

Il mourait d'envie de sortir avec elle, de la tenir par le bras dans la rue.

Elle attrapa la courtepointe couleur pêche posée dans le fauteuil et la jeta sur le lit, puis se redressa de nouveau, écartant une mèche rebelle qui retombait sur son front.

— C'est une bonne idée, après tout. Andy adore dîner au café.

Une lueur d'angoisse jaillit dans le regard d'Eva.

— Peut-être que ce sera un dîner de fête. Si Wayne arrive à faire craquer Griff et ses amis et qu'ils avouent, lui dit Jake pour la rassurer.

— Ce serait vraiment fantastique.

— Que dirais-tu de partir d'ici vers 17 heures ?

demanda-t-il alors qu'ils finissaient d'étendre la courtepointe.

— Parfait. Ça me donne le temps de finir le ménage et de me préparer.

— Ah ! Voilà une autre raison de me garder. Je peux diminuer ta charge de travail de moitié !

— Jake, je t'avertis.

Elle s'empara d'un oreiller, une lueur espiègle dans ses yeux violets.

— Si j'étais ici tout le temps, tu n'aurais jamais froid en hiver. Je te servirais de radiateur.

L'oreiller vola dans les airs et le percuta en pleine figure.

— Je t'avais prévenu !

— Si je comprends bien, c'est la guerre.

Il contourna le lit et abattit l'oreiller sur elle. En quelques secondes, c'était la bataille, et les rires résonnaient dans la pièce. Une bouffée de bonheur submergea Jake. C'était si bon de rire avec elle.

Un oreiller se déchira, répandant une pluie de plumes qui les fit redoubler d'hilarité. Enfin, il saisit Eva par la taille et l'attira contre lui sur le lit.

Pendant un long moment, ils se regardèrent sans rien dire, hors d'haleine. Il retira une plume nichée dans ses cheveux et sourit.

— J'ai gagné.

Elle lui rendit son sourire.

— Seulement parce que tu as détruit mon oreiller.

— Je vais t'aider à nettoyer, promit-il en riant, mais d'abord, je veux mon prix pour avoir remporté la victoire.

Elle arqua un sourcil.

— Et quel prix penses-tu mériter ?

— Un baiser, au minimum.

Il s'attendait à demi à ce qu'elle le repousse, mais au contraire son regard s'assombrit de désir, et sa respiration s'accéléra.

— D'accord, un baiser.

Il couvrit ses lèvres des siennes. Aussitôt, chaque parcelle de son corps réagit à son contact. Son cœur se mit à battre plus vite, il brûlait de l'enlacer et de l'attirer plus près.

Elle lui rendit son baiser pendant quelques secondes avant de se dégager.

— Bon, ça y est, tu as eu ton prix.

Sans protester, il se leva et l'aida à faire de même.

— Il faut qu'on mette de l'ordre, soupira-t-elle.

— Je vais t'aider. Je peux me rendre utile.

— Tais-toi et commence à ramasser des plumes, rétorqua-t-elle en riant.

Le cœur gonflé d'amour, Jake se mit au travail, songeant que, si leur histoire ne se terminait pas comme il l'espérait, il serait détruit à jamais.

À cinq heures moins dix, Andy et Jake étaient assis au salon et attendaient qu'Eva achève de se préparer pour sortir.

— Est-ce que je pourrai prendre une part de gâteau au chocolat comme dessert ce soir ? demanda l'enfant.

— Tu pourras choisir ce que tu veux, répondit Jake en souriant au garçonnet qui s'était fait une si grande place dans son cœur. Si tu veux deux parts de gâteau, c'est possible, mais il faudra d'abord que tu finisses tes légumes.

— D'accord. J'aime bien les légumes, à part les choux de Bruxelles.

Jake éclata de rire.

— Je ne les aime pas non plus.

— Monsieur Jake, est-ce que le méchant qui a fait du mal à maman va aller en prison ?

— Je l'espère bien, fiston. Je sais que le shérif Black se donne beaucoup de mal pour ça.

Une fois de plus, Jake sentit la colère l'envahir à la vue de la peur qu'il lisait dans les yeux d'Andy et maudit silencieusement le coupable pour les dégâts qu'il avait causés.

— On va l'arrêter, Andy. Ne t'inquiète pas. En attendant, il faut que tu sois courageux pour ta maman.

À cet instant, Eva entra dans la pièce, vêtue d'un jean et d'un chemisier mauve qui était parfaitement assorti à ses yeux et qui mettait sa silhouette en valeur. Jake éprouva une bouffée de fierté à la perspective d'être l'homme qui se tenait à ses côtés.

— Tu es ravissante, la complimenta-t-il.

— C'est vrai, maman, tu es vraiment jolie, renchérit Andy.

— Merci. On y va ? Je meurs de faim.

— Moi aussi.

Quand ils quittèrent la maison, l'air était lourd, annonciateur d'orage. D'ailleurs, la météo avait prévu une dégradation du temps dans la soirée.

Quelques minutes plus tard, ils roulaient dans le

pick-up de Jake et discutaient avec animation des plats qu'ils allaient commander. Pour Jake, c'était un nouvel aperçu merveilleux de ce que sa vie pourrait être si Eva et lui redevenaient un couple.

— Je crois que je suis d'humeur à manger un gros steak bien saignant, déclara-t-il.

— Moi aussi, s'écria Andy. Et toi, maman, qu'est-ce que tu vas prendre ?

— Je ne sais pas encore mais je penche pour le poulet frit accompagné de la purée de pommes de terre.

— Tu choisis toujours ça ! protesta Andy.

— Et alors ? Je sais ce que j'aime, rétorqua-t-elle avec un rire.

Le Dusty Gulch Café était un établissement populaire. La cuisine y était savoureuse, les prix étaient raisonnables et surtout, c'était un endroit idéal où échanger des potins.

Jake sentit les regards converger sur eux trois alors qu'ils se dirigeaient vers une banquette disponible au fond de la salle. C'était la première fois qu'Eva et lui s'affichaient ensemble. Les courses effectuées à l'épicerie ne comptaient pas vraiment. La sortie au café, en revanche, semblait officialiser leur relation.

Il s'assit de manière à pouvoir observer les entrées et sorties, et tous ceux qui s'approcheraient d'eux. Pour rien au monde il ne voulait avoir de mauvaise surprise. Andy était assis à côté de lui, et Eva leur faisait face.

Ils commandèrent et, pendant qu'ils patientaient, Andy les régala du récit de sa journée à l'école.

— Jeffrey a amené sa grenouille et elle s'est échappée de sa boîte, raconta-t-il, les yeux brillants d'amusement.

Toutes les filles ont grimpé sur leur chaise en poussant des cris, et les garçons ont couru dans tous les sens pour la rattraper.

— Quelqu'un a réussi ?

— Oui, Jeffrey, et Mme Roberts lui a dit de ne jamais ramener sa grenouille en classe, mais ensuite, elle nous a fait écrire une histoire sur les aventures de Mme Grenouille.

— De quoi parlait ton histoire ? demanda Jake.

— Dans la mienne, Mme Grenouille vivait dans l'étang du ranch et se promenait pendant la journée sur son chien préféré.

Andy lança un regard furtif à sa mère.

— Mme Grenouille s'occupait bien de son chien avec l'aide de sa maman. Son chien était son meilleur ami.

Eva sourit.

— Message reçu, Andy, déclara-t-elle en riant. Je crois qu'il faut qu'on parle du genre de chien que tu veux.

Leurs plats furent servis et la conversation roula sur les différentes espèces et leurs caractéristiques. Ils avaient presque achevé leur repas quand Robert Stephenson et son fils franchirent le seuil. Andy repéra aussitôt son camarade et lui fit signe.

Robert guida Bobby vers leur banquette.

— Jake... Eva, bonsoir. Content de voir que quelqu'un a pu te persuader de sortir un peu, Eva, observa-t-il avec une pointe de froideur.

Jake se demanda soudain si Robert suivait Eva. Son fils et lui semblaient apparaître partout où elle allait.

Eva rougit.

— Jake m'a forcé la main, répondit-elle.

— Bobby et moi sommes venus chercher des plats à emporter. À votre place, je ne traînerais pas, commenta Robert – le ciel est plutôt menaçant. Et nous sommes en alerte tornade jusqu'à trois heures du matin.

Au Kansas, les orages n'étaient pas à prendre à la légère. Une tornade pouvait réduire une ville en poussière en l'affaire de quelques minutes.

— Peut-être devrions-nous suivre les conseils de Robert et nous dépêcher de rentrer, murmura Eva, un pli inquiet sur le front.

Ils terminèrent rapidement et sortirent de l'établissement. L'air était lourd et immobile, le ciel couvert.

— Je déteste les orages violents.

Elle avait parlé tout bas, de façon à ne pas être entendue d'Andy.

— Nous garderons l'œil sur la situation et, si besoin est, nous descendrons dans ton abri, assura Jake.

Il savait qu'elle possédait un abri antitornade juste à côté de la porte donnant sur le jardin. La dernière fois qu'il l'avait inspecté, l'endroit contenait un lit et des boîtes de conserve. En cas de besoin, tous les trois pourraient échapper à la fureur des éléments en s'y réfugiant pendant quelques heures.

De retour à la maison, ils allumèrent la télévision, laquelle diffusait en direct les dernières informations météo, et firent une partie de cartes jusqu'à ce qu'il soit l'heure qu'Andy aille se coucher. Lorsque l'enfant fut au lit, Eva et Jake s'installèrent sur le canapé et suivirent la progression des tornades qui sévissaient dans la région.

— Je ne vais pas me coucher avant que tout soit

calmé, annonça-t-elle. Il y a longtemps que nous n'avons pas eu un temps aussi instable. Si tu veux dormir, je prendrai le fauteuil et je baisserai le son pour ne pas te déranger.

— C'est inutile. Je vais te tenir compagnie.

Elle lui adressa un bref sourire, puis reporta son attention sur l'écran de télévision. Les minutes s'égrenèrent tandis qu'ils bavardaient en suivant les bulletins météo. De temps à autre, Jake se levait et allait ouvrir la porte pour jeter un coup d'œil aux alentours.

Le tonnerre grondait, la foudre zébrait le ciel, le vent fouettait les branches des arbres. On aurait dit que le mal avait pris possession des lieux, et Jake montait la garde non seulement contre les éléments, mais aussi contre un autre genre d'ennuis. Sous couvert d'une tornade, toutes sortes de folies pouvaient se produire.

Wayne ne s'était pas manifesté, et Jake en concluait que les jeunes n'avaient pas craqué durant leur interrogatoire. Peut-être n'étaient-ils pas coupables, après tout, ce qui soulevait d'autres questions troublantes.

Vers deux heures et demie, le temps s'améliora enfin. Eva étouffa un bâillement et se leva avec raideur.

— Je suis épuisée.

— Moi aussi, admit-il. Je me couche rarement aussi tard.

— Bonne nuit, Jake. Merci d'être resté avec moi jusqu'à la fin de l'orage, dit-elle avec un sourire ensommeillé.

— C'est quand tu veux.

Il la suivit des yeux tandis qu'elle se dirigeait vers sa chambre, puis alla ouvrir la porte d'entrée et sortit sur la terrasse. L'air était frais, purifié par la pluie. Les étoiles constellaient de nouveau le ciel, signe que les nuages noirs s'étaient dissipés.

Il regarda autour de lui et, ne voyant rien d'anormal, pivota et rentra à l'intérieur. Les paroles d'Eva résonnèrent dans son esprit alors qu'il s'étendait sur le canapé. « Merci d'être resté avec moi jusqu'à la fin de l'orage. »

En son for intérieur, il pressentait qu'un autre genre d'orage menaçait.

À lui d'être là pour la protéger.

12

Eva se réveilla lentement, son cerveau réticent à émerger du sommeil. Pendant de longues minutes, ses paupières restèrent obstinément fermées, se refusant à affronter la journée.

Enfin, elle ouvrit les yeux. Les stores baissés ne laissaient filtrer aucune lumière. Contrairement aux autres matins, le soleil n'entrait pas à flots dans la pièce, de sorte qu'elle était incapable de deviner l'heure qu'il était.

Roulant sur elle-même, elle jeta un coup d'œil au réveille-matin posé sur sa table de nuit et se redressa en sursaut. Jamais elle ne s'était levée aussi tard depuis la naissance d'Andy. Et si elle ne se dépêchait pas, son fils serait en retard pour l'école. Et Andy avait horreur d'être en retard.

Aucun arôme de café ne flottait dans l'air, ce qui suggérait que Jake aussi dormait toujours. Elle se leva en hâte et courut dans le salon encore plongé dans la pénombre.

— Jake !

Il tressaillit et tâtonna à la recherche de son pistolet.

— Qu'y a-t-il ?

— Nous avons dormi trop longtemps. Il faut qu'on se dépêche, sinon Andy va manquer le bus.

Il se leva aussitôt.

— Que veux-tu que je fasse ? demanda-t-il en passant une main dans ses cheveux.

— Si Andy est prêt à temps pour prendre le bus, rien. Mais s'il le rate, pourrais-tu le conduire à l'école ?

Il fronça les sourcils, et elle lut dans ses pensées.

— Jake, il est sept heures du matin – je suis sûre que je ne risque rien si tu t'absentes pendant vingt minutes. Bon, il faut que j'aille réveiller Andy.

Elle s'empressa de gagner la chambre de l'enfant.

— Andy, mon chéri ? Nous sommes en retard. J'ai trop dormi. Il faut que tu te lèves et que tu t'habilles tout de suite, d'accord ?

— D'accord, dit-il en se redressant.

— Je vais te préparer un petit déjeuner, mais il faudra que tu manges rapidement.

Elle le laissa et se rua dans la cuisine, où Jake était en train de préparer du café.

— Andy déteste arriver en retard à l'école, expliqua-t-elle en sortant une poêle du placard.

— Calme-toi, Eva. Il est probable qu'il va rater le bus, mais si nous partons d'ici un quart d'heure, je suis sûr que je pourrai le déposer à temps.

Il se tourna vers elle.

— Cela dit, tu sais que je n'aime pas l'idée de te laisser seule ici.

Elle badigeonna la poêle d'huile, alluma la gazinière, puis cassa un œuf.

— Tu ne seras absent qu'un petit moment. Je ne

peux pas vous accompagner. Le temps que je me prépare, Andy serait forcément en retard, déclara-t-elle en retournant l'œuf.

— J'ai du mal à croire que je ne me suis pas réveillé, marmonna Jake en prenant une gorgée de café.

— Nous nous sommes couchés tard. Et avec tous les stores baissés, c'est comme si on était encore en pleine nuit.

Andy entra dans la cuisine au moment où Eva terminait son sandwich.

— Tiens. Jake va t'emmener à l'école.

Quelques instants plus tard, ils se dirigeaient tous les trois vers la porte. Eva déposa un baiser sur le front de son fils.

— Désolée pour ce matin, mon chou. Passe une bonne journée à l'école.

— Merci, maman, répondit-il avec un grand sourire. À ce soir.

Debout sur la terrasse, elle regarda Jake et Andy monter dans le pick-up. Quand le véhicule eut disparu, elle rentra, referma le battant, donna un tour de clé et poussa un profond soupir.

Elle avait été stressée dès le moment où elle avait ouvert les yeux et vu l'heure au réveille-matin. Elle n'avait même pas eu le temps de s'habiller. Elle passa une main dans ses cheveux en désordre, décida de boire un café et de se détendre pendant quelques minutes. Ensuite, elle irait prendre une douche.

Eva se laissa tomber sur une chaise, devant la tasse que Jake lui avait servie avant de partir. Elle but une gorgée de café et se cala contre le dossier, songeuse.

La veille au soir, pendant qu'ils regardaient les bulletins météo, ils avaient beaucoup bavardé. Il lui avait parlé de son frère, David, qu'elle avait connu au lycée, et de l'épouse de ce dernier, Stephanie, qu'Eva avait vue en ville mais à qui elle n'avait jamais été présentée.

Jake avait beaucoup d'affection pour sa belle-sœur, et espérait développer de bonnes relations avec son neveu. Eva savait combien la famille était importante aux yeux de Jake. Maintenant que son père avait disparu, elle lui souhaitait de nouer des liens solides avec son frère et les siens.

La seule chose qu'ils n'avaient pas évoquée la veille était le passé, ce dont elle lui était reconnaissante. D'ailleurs, leur relation était différente maintenant, c'était une relation d'adultes, pas d'adolescents aveuglés par leurs rêves.

Elle termina son café et s'apprêtait à se rendre dans la salle de bains quand elle vit une ombre passer devant la porte du jardin.

C'était sans doute Harley qui venait faire le point avec elle, comme chaque matin. *Pourvu qu'il n'ait pas découvert de bétail mutilé dans un des prés !* songea-t-elle en se dirigeant vers la porte.

Le store étant toujours baissé, elle ne pouvait pas voir qui était derrière, et elle n'allait pas ouvrir avant d'être sûre que c'était bien son contremaître. Comme elle tirait sur le cordon, un cri étranglé lui échappa.

Un homme cagoulé se tenait face à elle, une hache à la main.

Une seconde, elle resta immobile, paralysée par

l'horreur. Puis, affolée, elle recula en titubant tandis qu'il abattait l'outil sur la porte et fracassait la vitre. Lorsqu'il brandit la hache de nouveau, elle hurla, tourna les talons et se rua vers sa chambre.

Un craquement résonna derrière elle, et elle comprit que le bois avait cédé. Dans quelques secondes, l'homme serait à l'intérieur. Vite ! Elle se rua dans sa chambre, vers le fusil enfermé dans l'armoire.

D'autres craquements s'élevèrent, signe qu'il n'allait pas renoncer avant de s'être introduit dans la maison. Les larmes roulant sur ses joues, Eva batailla avec la serrure et sortit enfin l'arme de son étui. Lorsqu'elle l'eut dans les mains, elle hasarda un regard dans le couloir.

Le silence régnait.

Il était si oppressant qu'il lui comprimait la poitrine et faisait cogner son cœur au point qu'elle redoutait d'être victime d'une crise cardiaque.

Le silence signifiait que l'homme était entré.

À cet instant, elle se moquait de savoir qui il était – elle allait tirer d'abord et poser des questions ensuite. Il était venu dans l'intention de lui faire du mal… Voire de la tuer. Elle n'allait pas lui en donner l'occasion.

Il avait dû surveiller la maison, comprit-elle. Il avait vu partir Jake et Andy, et su qu'elle était seule, vulnérable. Elle resserra sa prise sur la carabine.

Elle fit un pas dans le couloir et s'immobilisa, tendant l'oreille afin de déterminer où l'homme se trouvait. Cependant, elle avait du mal à saisir quoi que ce soit hormis les battements sourds de son cœur.

Rien. Aucun son ne lui parvenait, et le fait de ne pas savoir où il était ajoutait encore à sa terreur. S'efforçant d'apaiser sa respiration haletante, elle fit un pas de plus, puis un autre. Elle s'apprêtait à jeter un coup d'œil dans la salle de bains quand il surgit de l'ombre et, en dépit de sa résistance, lui arracha l'arme des mains et la jeta derrière lui.

— Qui êtes-vous ? hurla-t-elle. Que voulez-vous ? Pourquoi moi ?

Il était impossible de le contourner dans l'étroit couloir et avant qu'elle ait pu tenter de rebrousser chemin et de fuir dans sa chambre, il la saisit par le cou et la poussa brutalement contre le mur.

Ses yeux étaient sombres, étincelants de cruauté. Il commença à lui serrer le cou, de plus en plus fort. Privée d'oxygène, Eva agrippa en vain les mains de l'inconnu pour le faire lâcher prise.

Des étoiles dansèrent devant ses yeux. Sa vision devint floue. Elle suffoquait, se sentait mourir. Jake allait rentrer et découvrir son cadavre. Et qu'adviendrait-il d'Andy ?

La pensée de son fils lui donna la force de faire une ultime tentative pour survivre. Galvanisée par la vision d'Andy, elle décocha un violent coup de genou à son agresseur, visant son entrejambe.

Un gémissement échappa à l'homme, il desserra son étreinte et se plia en deux. Aussitôt, Eva prit ses jambes à son cou, une seule idée en tête : se cacher jusqu'au retour de Jake.

Un hurlement de rage s'éleva derrière elle.

— Je vais te tuer, salope !

La voix lui était inconnue. Qui était cet homme ? Pourquoi s'acharnait-il contre elle ? Eva ouvrit la porte à la volée, priant pour parvenir à lui échapper jusqu'à ce que Jake revienne.

Sur la route de la ville, les dégâts causés par la tempête de la veille étaient visibles un peu partout.

— Waouh, regardez, s'exclama Andy en pointant le doigt vers une grosse branche qui gisait à terre, obstruant en partie la chaussée du côté opposé. Ça 'a dû être un gros orage, et je n'ai rien entendu !

— Il y a surtout eu du vent et de la pluie. Crois-moi, c'était mieux de dormir.

— Mais vous êtes resté debout avec maman ?

— Oui. Elle voulait garder l'œil sur le temps pour te mettre à l'abri au cas où.

— On est descendus dans l'abri une fois, quand j'avais sept ans, expliqua Andy. Mais il ne s'est rien passé et on n'y est pas restés longtemps.

— Tant mieux.

— Vous aimez bien ma maman, n'est ce pas, monsieur Jake ?

Ce dernier sentait le regard du garçonnet rivé sur lui.

— Bien sûr. Qui ne l'aimerait pas ? Elle est belle, intelligente et elle a beaucoup d'humour.

— Mais vous, vous l'aimez bien, n'est-ce pas ?

— Oui.

— C'est ce que je pensais, répondit Andy d'un air satisfait.

Au grand soulagement de Jake, ils étaient arrivés à l'école, et Andy cessa de lui poser des questions sur sa relation avec Eva. Il trouva une place de stationnement et accompagna l'enfant à la grille.

— Bonne journée, Andy.

— Merci, et merci de m'avoir amené, monsieur Jake !

L'enfant s'engouffra à l'intérieur et Jake se détourna pour regagner son pick-up, mais se trouva nez à nez avec Benny qui arrivait, une boîte en plastique colorée à la main.

— Salut, Jake. Mon fils a oublié son déjeuner à la maison, expliqua-t-il. Je suis venu le lui apporter. Que fais-tu ici ?

— J'ai amené le fils d'Eva.

— Ah ! J'ai entendu dire que tu la voyais beaucoup. Il paraît qu'il y a eu des problèmes chez elle ?

— En effet, admit Jake.

— Enfin, il faut qu'on organise ce dîner. J'aimerais bien inviter Eva et son fils aussi.

— Ce serait génial. Écoute, on en reparle, d'accord ? Il faut que je retourne auprès d'Eva.

— Je t'appelle rapidement, promis.

— Entendu. À plus tard, Benny.

Jake se hâta vers son véhicule, impatient de retrouver Eva. La nuit précédente, il avait senti naître entre eux un lien nouveau. Ils avaient évoqué une foule de sujets qui n'avaient aucun rapport avec les adolescents qu'ils avaient été, et tout à voir avec les adultes qu'ils étaient devenus. Jamais il ne s'était senti aussi proche d'elle que maintenant, après la longue nuit qu'ils avaient partagée.

Il avait du mal à croire qu'il ne s'était pas réveillé.

C'était la première fois depuis l'enfance qu'il dormait aussi tard.

Soudain, les voitures devant lui ralentirent. Il fronça les sourcils à la vue d'un camion des services de voirie sur la chaussée : des employés municipaux étaient en train de déplacer la grosse branche qu'Andy avait remarquée à l'aller.

Il s'arrêta derrière d'autres véhicules. Il n'y avait pas d'autre route qui conduisait au ranch d'Eva, et il était coincé. Avec un peu de chance, l'opération ne durerait pas longtemps.

Il avait une conscience aiguë des minutes qui s'égrenaient. Il s'efforça pourtant de se rassurer. Il n'allait rien arriver à Eva. La matinée était baignée de soleil, le mal semblait impensable par une si belle journée.

Les crimes ont lieu n'importe quand, souffla une petite voix dans sa tête. Il refoula cette pensée dérangeante. Personne ne pouvait savoir qu'Eva et lui s'étaient réveillés en retard et qu'il avait dû conduire Andy à l'école, laissant sa mère seule à la maison. D'ailleurs, les portes et fenêtres étaient équipées de verrous solides et Eva possédait une arme en cas de besoin.

Ses doigts pianotaient fébrilement sur le volant alors qu'il patientait. Jetant un coup d'œil dans son rétroviseur, il constata qu'une longue file de voitures s'étirait désormais derrière lui.

Il sortit son téléphone portable et composa le numéro d'Eva. Mieux valait l'avertir qu'il était retardé, afin qu'elle ne s'inquiète pas. Trois sonneries résonnèrent, après quoi l'appel bascula sur la boîte vocale.

Il raccrocha sans laisser de message. Peut-être était-elle sous la douche ou avait-elle oublié son appareil dans la chambre. Au bout de cinq minutes, il fit une nouvelle tentative. Avec le même résultat.

Jake se raisonna, s'efforçant d'ignorer la sonnette d'alarme qui commençait à tinter dans sa tête. Il pouvait y avoir toutes sortes d'explications au fait qu'Eva ne répondait pas au téléphone. Cela ne signifiait pas qu'elle soit en danger.

Malgré tout, il avait hâte de la retrouver, ne fût-ce que pour dissiper le malaise qui s'était emparé de lui. Enfin, la route fut dégagée, et la circulation reprit lentement. Jake accéléra, roulant au maximum de la vitesse autorisée.

Parvenu chez Eva, il constata avec soulagement que tout paraissait normal. Il se gara et s'empressa de gagner la porte d'entrée. Elle était fermée à clé.

— Eva ! cria-t-il en tambourinant sur le battant.

Seul le silence lui répondit. Il attendit quelques secondes, puis sortit la clé qu'elle lui avait donnée quelques jours plus tôt et déverrouilla la porte.

Une fois à l'intérieur, il appela Eva de nouveau. Pas de réponse. Il cria plus fort, tandis que la sonnette d'alarme dans sa tête résonnait de plus belle. Il n'entendait pas d'eau couler, par conséquent elle n'était pas sous la douche.

Il alluma la lumière du couloir et se figea. Là, à l'entrée de la salle de bains, gisait le fusil d'Eva. Aussitôt, chaque muscle de son corps se raidit, et l'adrénaline se mit à courir dans ses veines. Où était

Eva ? Pourquoi son fusil avait-il été abandonné là ? Que lui était-il arrivé en son absence ?

Il courut à la cuisine et s'arrêta net sur le seuil, le regard rivé à la porte saccagée, au sol jonché d'éclats de verre.

Quelqu'un s'était introduit dans la maison.

Atterré, il jeta un coup d'œil au-dehors et fut glacé d'horreur à la vue d'une hache abandonnée là. À l'évidence, c'était l'outil qui avait servi à fracasser la porte. Où était Eva ?

La gorge nouée, il fit volte-face et se rua vers les chambres, priant pour ne pas la trouver morte. Un bref soupir de soulagement lui échappa quand il vit qu'elle n'était pas là.

Réfléchissant à toute allure, il regagna la cuisine, puis sortit, la main sur son holster. Il parcourut les environs du regard et tendit l'oreille, espérant saisir un bruit… n'importe lequel, qui lui indiquerait où elle était et lui confirmerait qu'elle était encore en vie.

Rien. Il n'entendait que le pépiement des oiseaux, et une vache qui beuglait dans le pré.

L'estomac noué, presque incapable de respirer, il se demanda s'il était arrivé trop tard. Avait-il mis si longtemps à rentrer qu'Eva avait été tuée en son absence et son corps laissé dans un pré ? Dissimulé dans une des dépendances ?

— Eva ? hurla-t-il.

Rien. Le silence lui transperça le cœur.

Il devait faire quelque chose pour la retrouver. Si elle avait pris la fuite, peut-être se cachait-elle quelque part. Peut-être s'était-elle enfermée dans une remise et était-elle trop terrifiée pour en sortir.

Pistolet au poing, il se mit à courir vers le hangar, priant pour qu'elle soit saine et sauve.

Le contraire était trop insupportable à imaginer.

Eva sortit de la maison et courut aussi vite qu'elle en était capable vers la grange, priant pour que Jake arrive avant que son agresseur la retrouve.

Son cœur battait à tout rompre, elle avait l'impression que sa poitrine allait exploser. Elle avait du mal à croire que ce cauchemar était bien réel, et pourtant elle savait avec certitude que, si l'homme la rattrapait, il allait la tuer.

Pourquoi ? Cette question résonnait sans cesse dans sa tête. Pourquoi ce monstre s'était-il introduit chez elle ? Pourquoi tenait-il tant à la tuer ? Qui se dissimulait derrière cette cagoule ?

Parvenue à la grange, elle ouvrit la porte à la volée, traversa le bâtiment à toutes jambes et grimpa à l'échelle qui menait au grenier à foin. Elle voulait se cacher tout au bout du bâtiment, le plus loin possible de l'entrée.

Elle se faufila dans un petit espace entre une meule de foin et le mur, et se couvrit la bouche de sa main pour s'empêcher de crier. Des larmes de terreur roulaient sur ses joues.

Ce fut seulement alors qu'elle comprit avec horreur qu'elle 'était acculée. Si l'homme la trouvait là, elle n'aurait aucune possibilité de lui échapper, hormis se jeter par la porte haute du grenier, mais la chute lui serait certainement fatale.

Elle ne devait pas faire le moindre bruit, songea-t-elle. C'était son unique chance. Pas le moindre bruit.

Malgré tout, elle faillit hurler en entendant grincer la porte de la grange.

— Je sais que tu es là, Eva. Sors de ta cachette.

Un rire sardonique résonna, glaçant Eva jusqu'à la moelle.

La voix de l'homme, sourde et rauque, lui était inconnue. Elle soupçonnait qu'il s'efforçait de la déguiser. Savait-il vraiment qu'elle se terrait là ou bluffait-il ?

Une fois de plus, elle plaqua une main sur sa bouche, luttant contre la terreur qui la submergeait et l'envie de hurler.

Pas un bruit, se répéta-t-elle. S'il n'était pas certain qu'elle était là et qu'il n'entendait rien, peut-être irait-il inspecter une autre dépendance. *Va-t'en*, pria-t-elle intérieurement. *Va-t'en.*

— Allons, Eva. Autant abandonner tout de suite. Je vais passer cette grange au crible, je vais te trouver, et je vais te tuer.

Elle perçut un bruit de bottes de foin qui tombaient sur le sol. Sa terreur monta encore d'un cran.

Où était Jake ? Pourquoi mettait-il si longtemps à rentrer de l'école ? Il aurait dû être de retour maintenant. Il semblait être parti depuis des heures. S'il ne revenait pas très vite, l'homme allait la trouver, et elle aurait beau résister de toutes ses forces, il finirait par l'emporter.

Une fois de plus, une question s'imposa à elle. Qu'arriverait-il à Andy si elle était tuée ?

Dans l'état actuel des choses, il serait probablement confié à une famille d'accueil, et cette idée lui donnait la nausée. Elle aurait dû dire la vérité à Jake. Elle aurait dû lui avouer qu'Andy était son fils dès l'instant où il était rentré à Dusty Gulch. Si par miracle elle survivait à cette épreuve, elle le ferait, quelles qu'en soient les conséquences.

Bien sûr, ce qu'elle espérait, c'était que, même sans savoir la vérité, Jake demande au juge qu'on lui confie la garde d'Andy. Au moins, dans ce cas, elle savait que son fils serait élevé avec amour. Elle ne redoutait plus que la fortune et le pouvoir de sa famille aient déteint sur Jake : elle savait désormais que son cœur était aussi pur qu'à l'époque où il était adolescent, et elle ne pouvait imaginer que cela change un jour.

— Tu es là-haut, Eva ?

Elle entendit un pas lourd se poser sur l'échelle.

— Tu dois être là-haut parce que je t'ai vue courir vers la grange et que j'ai fouillé partout en bas. Plus tu me fais attendre, plus je serai en colère, tu sais.

Un autre bruit de pas sur l'échelle. Les muscles d'Eva étaient tendus à craquer par la terreur. Elle ne pouvait pas s'enfuir, mais elle comptait bien se battre jusqu'à son dernier souffle.

— Tu aurais dû quitter la ville, Eva. Les choses auraient mieux tourné pour toi si tu avais décampé dès que je t'ai donné un avertissement.

Elle espérait au moins que, avant de mourir, elle verrait les traits du monstre qui se cachait sous la cagoule.

Peut-être cela l'aiderait-il à comprendre pourquoi, au juste, il tenait à la voir morte.

Elle comprit qu'il avait atteint le haut de l'échelle, car elle entendait à présent sa respiration rapide, excitée. Pouvait-il l'entendre aussi ? Oh ! Seigneur, où donc était Jake ?

Des balles de foin roulèrent sur le plancher à l'autre bout du grenier. Eva réfléchit. S'il était du côté opposé, peut-être pourrait-elle parvenir à l'échelle avant lui et s'enfuir. De toute façon, il fallait qu'elle tente quelque chose, sinon elle était perdue. Dos au mur, elle ne pourrait rien faire.

Elle prit plusieurs inspirations silencieuses, puis bondit sur ses pieds et se rua vers l'échelle. Elle touchait au but quand il la saisit par les cheveux, l'obligeant à se retourner. Il la ramena vers lui tandis qu'elle hurlait… et hurlait… et hurlait.

En un instant, il fut à califourchon sur elle, les mains autour de son cou.

— Qui… Qui êtes-vous ? demanda-t-elle, alors qu'il commençait à resserrer sa prise.

Tu ne le sauras jamais.

Dans un effort désespéré pour lui faire lâcher son cou, elle agrippa les mains de l'homme, mais il était trop fort. Il s'était assis sur elle de façon à bloquer tout mouvement de ses jambes, de sorte qu'elle ne pouvait même pas essayer de lui assener un nouveau coup de genou.

C'était fini. Elle allait mourir ici, dans ce lieu où elle avait autrefois découvert l'amour. Jamais elle ne reverrait Jake. Pire, jamais elle ne reverrait le sourire d'Andy. Jamais elle n'entendrait son rire.

Des larmes s'échappèrent au coin de ses yeux alors qu'elle étouffait. Elle avait les poumons en feu, des étoiles explosaient dans son crâne. Sa vision se brouilla.

Elle était sur le point de sombrer dans l'inconscience quand un rugissement lointain lui parvint. Soudain, l'homme qui la maîtrisait l'instant d'avant n'était plus là. Elle roula sur le côté en hoquetant, secouée d'une quinte de toux.

Elle ouvrit les yeux juste à temps pour voir Jake frapper l'inconnu une fois… deux fois… trois fois. Si fort que celui-ci bascula en arrière et s'effondra. Aussitôt, Jake se pencha sur lui, le pistolet sur sa tempe.

— Non, Jake, parvint-elle à articuler. Ne le tue pas.

— J'en ai envie, répondit-il d'une voix qui tremblait de rage. Je veux le tuer pour t'avoir fait du mal, mais je ne le ferai pas.

Il s'adressa à l'homme.

— Lève-toi avant que je change d'avis, ordonna-t-il, gardant son arme braquée sur lui.

Sur quoi il tendit le bras et tira sur la chemise noire de l'agresseur pour le forcer à se mettre debout. Puis il sortit son téléphone de sa poche arrière et le fit glisser vers Eva.

— Appelle Wayne, mon chou. Il faut qu'il vienne arrêter ce salopard.

Eva s'exécuta aussitôt.

— Shérif Black.

— Wayne, c'est Eva. On le tient, dit-elle dans un sanglot. Il a essayé de me tuer, mais Jake l'a maîtrisé et nous avons besoin de toi. Nous sommes dans le grenier à foin.

— J'arrive.

Eva raccrocha et fixa l'individu masqué qui venait d'attenter à sa vie. Il ne faisait aucun doute que c'était lui qui avait tué et mutilé ses bêtes, et qui l'avait attaquée dans la grange.

— Il faut que je sache..., murmura-t-elle. Il faut que je sache qui il est. Retire-lui sa cagoule.

Jake tendit la main vers celle-ci, mais l'inconnu eut un mouvement de recul.

— Je vais t'ôter ça et je te tuerai s'il le faut, siffla Jake.

Il tendit la main de nouveau et, cette fois, arracha la cagoule.

13

— David ?

Sous le choc, Jake fixait son frère, cherchant en vain à comprendre. De tous les visages qu'il aurait pu s'attendre à découvrir, celui de son frère n'en faisait pas partie. C'était absurde.

— Toi ? C'est toi qui es derrière tout cela ?

— Je l'ai fait pour toi, Jake. Allons, mon vieux. Elle n'est rien. Personne. J'essayais seulement de te protéger.

— De me protéger ?

Jake continuait à dévisager son frère, abasourdi.

— De me protéger de quoi ?

David baissa les yeux puis affronta de nouveau le regard de Jake.

— J'ai été perturbé par la mort de papa, je suppose.

— Tu as tué la première vache bien avant la mort de ton père, rétorqua Eva.

David fronça les sourcils, mais ne jeta pas même un coup d'œil dans sa direction. Il était totalement focalisé sur Jake.

— Jake, laisse-moi partir. Oublions tout ça, d'accord ?

— Oublier que tu me terrorises depuis plus de deux mois ?

La voix rauque, le cou rouge et meurtri, Eva s'était levée et vint se tenir près de Jake.

— Oublier que tu viens de tenter de me tuer ? reprit-elle, son émotion palpable. Que, si Jake n'était pas arrivé à temps, tu aurais réussi ?

— Jake, descends-la et fichons le camp d'ici, lâcha David. Allons, mon frère. Conduis-toi honorablement. Je suis ta famille.

— Conduis-toi honorablement ? répéta Jake. Tu as perdu la tête ?

Il attira Eva contre lui.

— Je vais me conduire honorablement. Tu vas être arrêté et tu vas croupir en prison pendant très longtemps, crois-moi.

David étrécit les yeux.

— Je lui ai donné une chance de quitter la ville. Elle aurait dû m'écouter. Elle te portera malheur, Jake. Comme elle t'a porté malheur autrefois. Elle va gâcher ta vie. Tu ne devrais pas la voir. Cette femme est un poison.

Jake s'efforçait encore d'assimiler le fait que son frère était l'auteur des attaques contre Eva, qu'il venait d'essayer de l'assassiner.

— Et c'est pour cette raison que tu as fait tout ça ?

Les joues de David s'empourprèrent de rage.

— Tu ne comprends pas, Jake ? Même papa savait qu'elle ne valait rien pour toi, qu'elle ne méritait pas d'être avec un Albright. En parlant de ce cher papa, pendant que tu étais en Italie, c'est moi qui ai dû supporter sa froideur et ses sautes d'humeur. C'est moi qu'il insultait et qu'il humiliait au quotidien.

— Je suis désolé de l'apprendre, David. Mais ça n'excuse pas ce que tu as fait.

— Tu as toujours défendu papa. Tu as toujours voulu lui plaire, mais il te détestait autant qu'il me détestait, moi. Il aurait dû être stérile. On n'aurait jamais dû l'autoriser à avoir des enfants.

Les yeux de David étincelaient de haine. Jake avait du mal à croire que son frère ait pu abriter tant de vitriol en lui.

— Mais tu aimais ce cher papa, poursuivit ce dernier. Peut-être que tu l'aurais aimé un peu moins si tu avais su qu'il était à l'origine de ta rupture avec Eva voilà toutes ces années.

Jake fronça les sourcils et regarda Eva, qui était devenue toute pâle.

— De quoi parle-t-il, Eva ?

— Je te le dirai plus tard. Wayne devrait être ici d'une minute à l'autre. Peut-être devrions-nous descendre.

Jake réprima l'envie de la questionner davantage. Il aurait tout le loisir de lui parler lorsque David aurait officiellement été appréhendé.

— Descends la première, suggéra Jake. Nous te suivrons.

Il était encore sous le choc. Encore incapable de comprendre pourquoi David voulait la mort d'Eva. À l'évidence, son frère ne lui avait pas tout dit.

— Laisse-moi partir avant que Wayne 'arrive, supplia David dès qu'elle eut disparu du grenier. Tu peux lui raconter que le type s'est enfui, que tu n'as jamais vu son visage.

— Et Eva, là-dedans ?

— Dis à Wayne qu'elle ment à mon sujet. Ce serait ma parole contre la sienne et Wayne croira un Albright plutôt qu'une moins-que-rien comme elle.

Une fois de plus, Jake fixa son frère comme si ce dernier était un inconnu – un inconnu très perturbé. Il songea au cœur découpé de la vache et crut que son cerveau allait exploser. Qui aurait cru David capable d'un tel acte ?

— Descends. Et je t'avertis, David. Si tu essaies de filer, je te tire dans la jambe. Je te promets que je n'hésiterai pas.

Quand ils atteignirent le rez-de-chaussée, Eva les attendait, toujours aussi blême. En revanche, les marques rouges autour de son cou commençaient déjà à virer au violet.

Jake sentit une bouffée de rage l'envahir. Comment David avait-il pu s'en prendre à la femme qu'il aimait ? Comment avait-il osé la terroriser des semaines durant ?

Si son frère s'imaginait qu'il allait le laisser partir comme si de rien n'était, il devait avoir complètement perdu l'esprit.

À cet instant, Wayne et deux de ses adjoints entrèrent dans le bâtiment. Le shérif parut stupéfait de voir David.

— Que se passe-t-il ici ?

— David a essayé de me tuer, expliqua Eva en portant une main à sa gorge. Il… Il a essayé de m'étrangler.

Des larmes lui montèrent aux yeux, et un vestige de peur se lut sur ses traits.

— C'est lui qui a tout fait, Wayne. Il a tué mes bêtes et laissé le cœur en sang devant chez moi. Et ce matin, il a fracassé ma porte à coups de hache et… j'ai réussi à m'enfuir mais il m'a retrouvée dans le grenier à foin et il a tenté de m'étrangler.

Les mots jaillissaient de ses lèvres à toute allure, les larmes roulant sur ses joues. Une fois de plus, Jake l'attira contre lui.

— Attends une seconde, dit Wayne. Ralentis un peu.

— Je veux qu'il soit arrêté. Je ne veux plus jamais le revoir !

Bouleversée, Eva enfouit le visage dans la poitrine de Jake.

— Wayne, intervint David. Ils sont fous tous les deux. Tu me connais. Je suis un Albright. Si tu m'arrêtes, je te garantis que tu le regretteras.

— David, nous avons toujours eu de bonnes relations, mais je suis représentant de la loi. Je me moque que tu sois un Albright ou le gouverneur de l'État. Si tu as enfreint la loi, tu vas en subir les conséquences.

Il adressa un signe de tête aux adjoints, qui lui passèrent les menottes. David écumait de rage.

— Pourquoi est-ce que tu n'es pas morte, espèce de garce ? hurla-t-il. Mon fils est un vrai Albright ! Il ne va pas partager son héritage avec ton bâtard. Tu n'es pas digne d'un Albright – tu n'es rien !

Jake fronça les sourcils. De quoi parlait son frère ? Il regarda Eva, mais elle était plus livide encore qu'auparavant. Une onde de choc déferla en lui, mais il lutta pour se ressaisir. David se trompait, forcément.

Il dévisagea son frère.

— Partager son héritage ? Tu veux dire que tout était une affaire d'argent ?

— Évidemment, aboya David. D'argent et de pouvoir,

et de préserver la place des vrais Albright. Papa savait qu'elle était une moins-que-rien et c'est pour ça qu'il l'a convaincue de rompre avec toi. Mais à la minute où tu es revenu en ville, il a fallu que tu coures à elle. Il fallait que je fasse quelque chose… que je te protège de toi-même.

— Emmenez-le, ordonna Jake, submergé par le dégoût.

Il se refusait à croire ce que disait son frère. Celui-ci avait manifestement l'esprit dérangé.

— J'aurai besoin de vos dépositions, déclara Wayne lorsque les adjoints furent sortis avec David. Vous vous sentez prêts à me les donner maintenant, ou dois-je revenir plus tard ?

— Je veux en finir le plus vite possible, murmura Eva sur un ton las. Allons-y.

Ils regagnèrent la maison en silence. Jake réfléchissait à toute allure, s'efforçant de mettre de l'ordre dans ses pensées et d'analyser tout ce qui avait été dit, en vain.

Un regard vers Eva lui apprit qu'elle était sans doute aussi secouée que lui. Elle était toujours aussi pâle et, quand elle leva la main pour replacer une mèche de cheveux derrière son oreille, il remarqua qu'elle tremblait.

Elle fit entrer les deux hommes dans la cuisine, puis s'excusa :

— Je reviens tout de suite.

Jake fixa la porte fracassée, songeant à la terreur qu'Eva avait dû éprouver en voyant un homme cagoulé s'introduire chez elle.

— Sacré gâchis, commenta Wayne. Jamais je n'aurais soupçonné David.

— Je n'en reviens pas, avoua Jake. Mon propre frère !

Eva réapparut, enveloppée d'un peignoir. Sans un mot, elle attrapa un balai et se mit à balayer le verre brisé sur le sol.

— Eva, viens t'asseoir, dit enfin Wayne. J'ai besoin que tu m'accordes toute ton attention pendant que tu fais ta déposition.

— Je t'aiderai à tout nettoyer tout à l'heure, renchérit Jake doucement. Assieds-toi et finissons-en.

Après une brève hésitation, elle hocha la tête et vint se joindre à eux autour de la table.

— Ça ne vous ennuie pas que j'enregistre la conversation ? demanda Wayne.

Ils répondirent par la négative, et il sortit un petit enregistreur de sa poche. Il déposa l'appareil sur la table, le mit en marche, puis se tourna vers Eva.

— Raconte-moi ce qui s'est passé ce matin.

D'une voix incertaine, elle expliqua qu'ils s'étaient réveillés en retard et que Jake avait emmené Andy à l'école.

— Après leur départ, je me suis assise ici et j'ai bu un café. Au moment où je me levais pour aller m'habiller, j'ai vu une ombre à la porte et j'ai supposé que c'était Harley. J'ai remonté le store pour en être sûre et c'est là que j'ai vu la cagoule.

Son visage, qui avait retrouvé quelques couleurs, pâlit de nouveau. Jake tendit le bras et captura sa main dans la sienne. Les doigts d'Eva pressèrent les siens en retour.

— Il s'est mis à donner des coups de hache dans la porte.

Elle poursuivit, d'une voix hésitante, relatant le moment où elle était allée chercher son fusil, puis sa lutte avec David dans le couloir et sa fuite éperdue jusqu'à la grange.

— Je suis montée dans le grenier. J'espérais pouvoir me cacher en attendant que Jake revienne, mais il m'a trouvée. J'étais sur le point de perdre connaissance quand Jake est arrivé.

— Lorsque je suis rentré à la maison, Eva n'était pas là, continua Jake. En voyant la porte fracassée, j'ai deviné qu'elle avait dû s'enfuir, mais je n'avais pas la moindre idée d'où elle avait pu aller.

Il pressa la main d'Eva.

— Soudain, je l'ai entendue hurler. J'ai couru jusqu'à la grange et je suis monté au grenier. Là, j'ai vu un type à califourchon sur elle, en train de l'étrangler.

Sa poitrine se comprima alors qu'il revoyait la scène.

— Je l'ai arraché à elle et je l'ai bourré de coups de poing. J'avais envie de le tuer pour ce qu'il a fait subir à Eva. Je n'arrive pas à croire que c'était David.

Wayne hocha la tête.

— Il n'était même pas sur la liste des suspects. S'il n'avait pas été pris en flagrant délit, nous ne l'aurions sans doute jamais arrêté.

Il était midi passé lorsque le shérif et ses hommes s'en allèrent enfin, après avoir pris maintes photographies et rassemblé toutes les pièces à conviction. Eva partit se changer dans sa chambre et Jake l'attendit sur le canapé.

Ils devaient encore balayer la cuisine et contacter quelqu'un pour remplacer la porte mais, avant tout, Jake avait besoin d'avoir des réponses à ses interrogations. Surtout, il avait besoin de savoir exactement ce qui s'était passé dix ans plus tôt.

Eva savait que Jake l'attendait, mais se donna le temps de prendre une douche avant de s'habiller : elle voulait effacer la sensation des mains de David sur elle, éloigner le mal qui l'avait touchée.

De plus, elle redoutait la conversation qu'elle allait avoir avec Jake. David avait ouvert la boîte de Pandore, et elle savait que le moment était venu de payer ses erreurs passées. Quand tout serait terminé, elle serait seule, et elle avait beau essayer de se persuader que c'était ce qu'elle désirait, elle ne pouvait refouler la tristesse qui l'avait envahie.

Elle s'assit sur le canapé à côté de lui.

— Eva, murmura Jake en capturant ses mains, je suis tellement désolé.

La douleur assombrissait ses yeux magnifiques. Elle le regarda, surprise.

— Pourquoi es-tu désolé ?

— Parce que c'est mon frère qui t'a fait subir ce calvaire. Mon frère…

Il secoua la tête.

— Jake, tu n'es pas responsable des actions de ton frère, dit-elle doucement.

— Je sais, mais j'aurais dû sentir que quelque chose n'allait pas chez lui. J'aurais dû voir venir tout ça.

— Comment aurais-tu pu ? Pourquoi toi ou moi aurions-nous pu supposer que David me voulait du mal ? Je le connaissais à peine. Cela n'a rien à voir avec toi, Jake. Tu n'as aucun reproche à te faire.

— Heureusement que je suis arrivé à temps.

Elle porta une main à son cou, se remémorant le moment où elle avait eu la certitude qu'elle allait mourir.

— Si tu étais venu une minute plus tard, ça 'aurait été trop tard. Il aurait réussi à me tuer.

Il soutint son regard longuement.

— Eva, dis-moi ce qui s'est passé il y a dix ans. Pourquoi as-tu rompu avec moi, et quel rôle mon père a-t-il joué dans tout cela ?

Jamais elle ne s'était attendue à ce que vienne le jour où elle devrait tout lui raconter. Il venait de découvrir que son frère était un assassin. Comment ajouter à sa peine en détruisant l'image qu'il avait de son père ?

Pourtant, il était temps de dire la vérité. Avant de s'en aller, il saurait tous ses secrets, et elle n'osait songer aux conséquences que cela aurait sur le reste de sa vie.

— Eva, il faut que nous parlions du passé.

— Je sais.

Elle détourna les yeux, focalisant son regard sur la table du salon.

— La veille du jour où j'ai rompu avec toi, j'étais dans l'écurie, en train de m'occuper des chevaux, quand ton père est arrivé.

Elle se souvint du choc qu'elle avait éprouvé en voyant Justin Albright chez elle. C'était un homme élancé, imposant, aux yeux sombres et froids.

— Je l'ai invité à entrer dans la maison, mais il a refusé. Il a dit qu'il voulait seulement me parler.

— Qu'avait-il à te dire ?

La voix de Jake était altérée par la tension, le même genre de tension qui nouait l'estomac d'Eva.

— Il m'a dit que, si je continuais à te fréquenter, il détruirait mon père. Qu'il ferait en sorte que mon père perde le ranch et se retrouve sur la paille.

Une douleur nouvelle se lut dans le regard de Jake.

— S'il m'avait menacée, moi, reprit-elle, je n'aurais sûrement pas rompu avec toi. Mais je ne pouvais pas prendre le risque qu'il nuise à mon père. Je savais qu'il était assez puissant pour mettre ses menaces à exécution et j'étais terrifiée, par conséquent j'ai rompu avec toi le lendemain. C'était la chose la plus difficile que j'aie faite de toute ma vie. Je suis désolée, Jake.

Son beau visage était crispé par le chagrin.

— Ne t'excuse pas. Je crois que, tout au fond de moi, je me suis toujours demandé s'il avait été mêlé à ta décision de ne plus me voir.

Il se pencha en avant et passa les mains dans ses cheveux.

— Ma famille ne t'a causé que de la douleur, Eva.

Au bout d'un moment, il se redressa.

— Pourquoi ne m'as-tu rien dit à l'époque ?

— Oh ! Jake, je savais combien tu aimais ton père. Pour rien au monde je ne t'aurais fait souffrir ainsi. D'ailleurs, même si je t'en avais parlé, c'était lui qui détenait le pouvoir.

— Tout cela m'attriste tellement…

Son regard s'adoucit alors qu'il la regardait.

— Je t'aimais tant, Eva. Si mon père ne s'était pas immiscé dans notre vie, je crois que nous nous serions mariés et que nous aurions été heureux jusqu'à la fin de nos jours.

— Je le crois aussi, mais il l'a fait, et nous ne nous sommes pas mariés, murmura-t-elle.

Ils restèrent silencieux un instant. Une seule pensée obsédait Eva, celle de l'aveu qu'elle devait encore lui faire. Elle était vaguement surprise qu'il n'ait pas compris tout seul après ce que David avait dit au sujet de l'héritage. Cependant, il avait été si choqué de découvrir que son propre frère était coupable qu'il n'avait sans doute pas saisi toutes les paroles de ce dernier.

Une prise de conscience soudaine la terrassa : elle voulait que Jake l'aime comme autrefois, avant que son père 'intervienne dans leur relation. Elle voulait qu'il l'aime pour toujours, comme elle savait qu'elle l'aimerait pour toujours. Néanmoins, elle craignait que son ultime aveu ne le pousse à sortir de sa vie, en laissant le chaos derrière lui.

— Laisse-moi t'expliquer ce qui s'est passé après ton départ pour l'Italie.

Elle se leva, incapable de rester assise pour lui révéler l'étendue de sa dissimulation.

Elle remonta le store afin de faire entrer la lumière dans la pièce, puis se tourna vers lui.

— Tu étais parti depuis deux semaines et demie quand mon père est mort. J'étais anéantie, bien sûr, et Andrew m'a soutenue. Il m'a réconfortée, et il m'a montré ce que je devais faire pour continuer à gérer le ranch.

— J'aurais voulu être là, Eva, dit Jake doucement.

Elle hocha la tête et sourit.

— Je sais.

Son sourire s'effaça.

— Bref, Andrew m'a proposé un arrangement. Il savait déjà qu'il était condamné. On lui avait donné trois ans, mais il ne voulait pas mourir seul à l'hôpital, entouré d'inconnus. J'ai accepté de l'épouser et de m'occuper de lui jusqu'à la fin.

Jake fronça les sourcils.

— Mais… s'il s'agissait d'un arrangement, qu'avais-tu à y gagner ? Tu étais amoureuse de lui ?

— J'en suis venue à l'aimer au fil du temps que nous avons passé ensemble, mais non, je ne me suis pas mariée par amour. J'ai accepté de l'épouser pour qu'il donne un nom à mon bébé. J'étais enceinte, Jake. Enceinte de toi.

— Andy est mon fils ?

Elle acquiesça, retenant son souffle alors qu'il la fixait. Dans ses yeux sombres, la douceur céda la place à un éclat dur.

— Tu aurais dû me le dire, Eva. Si tu avais vraiment voulu le faire, tu aurais trouvé un moyen de me contacter en Italie.

— J'avais peur, Jake. J'avais si peur que ton père apprenne que j'étais enceinte de ton enfant et qu'il trouve le moyen de me le prendre…

Il se leva, le regard noir, impénétrable.

— Pourquoi ne m'as-tu rien dit quand je suis revenu ? Mon père était mort. Pourquoi avoir gardé le silence ?

Sans attendre sa réponse, il reprit :

— Tu n'avais pas le droit, Eva. Tu n'avais pas le

droit de me priver de mon fils. Neuf ans… J'ai perdu neuf ans de sa vie, Eva.

La colère crispait ses traits.

— Je ne peux pas rester ici.

Il se leva.

— Jake… Attends. Je t'en prie. Il faut qu'on parle.

— Pas maintenant.

Il ouvrit la porte à la volée et sortit.

Eva réprima l'envie de courir derrière lui, de se jeter à son cou en le suppliant de la pardonner. Au lieu de quoi, elle se laissa tomber sur le canapé et donna libre cours à ses sanglots.

C'était la lâcheté qui l'avait poussée à se taire lorsqu'elle s'était rendu compte qu'elle était enceinte. Et à se taire encore lorsqu'il était revenu.

Jake avait été trahi par son frère, par son père, et enfin, par la femme qu'il aimait.

Quant à elle, elle avait été anéantie quand elle avait perdu l'amour de Jake autrefois, et elle le serait tout autant à présent si elle l'avait perdu de nouveau.

Elle avait survécu à l'attaque de David, certes, mais quel avenir l'attendait désormais ?

14

Jake avait l'impression qu'on lui avait arraché le cœur. Il roulait sans but, cherchant en vain à mettre de l'ordre dans le chaos de ses pensées.

Il avait pensé que David racontait n'importe quoi lorsqu'il avait parlé de son fils et de cette histoire d'héritage. Que son frère craignait qu'Eva et lui n'aient un enfant ensemble. Il n'avait pas songé à Andy.

Bien sûr, il était ravi que ce garçonnet si vivant, si affectueux, soit son fils. Cependant, à cet instant, son cœur était trop meurtri par les années qu'il avait perdues avec lui.

Il avait manqué non seulement sa naissance, mais son premier mot, son premier pas… Un million d'autres moments qui ne se reproduiraient pas.

Eva aurait dû le contacter dès qu'elle avait su qu'elle était enceinte. Ils se seraient débrouillés pour trouver une solution. À l'évidence, elle ne l'avait pas cru capable de tenir tête à son père. Alors qu'il aurait tenu tête au diable en personne pour rester avec elle et leur fils.

Après les événements de la journée, il était déchiré entre l'envie d'exploser et celle de se mettre à pleurer.

Il continua à rouler pendant une heure environ puis se retrouva finalement à la villa Albright.

Ses idées n'étaient pas plus claires qu'auparavant, mais il était épuisé par les émotions qui faisaient rage en lui. Ce fut seulement une fois garé devant la maison qu'il songea à sa belle-sœur. Seigneur, Stephanie avait-elle appris ce qui s'était passé ?

Avait-elle été au courant des agissements de David ? Non, il se refusait à croire qu'elle ait fermé les yeux sur une telle cruauté. Stephanie n'aurait jamais fait de mal à une mouche.

Il entra dans le vestibule et cria son nom. Elle sortit du salon et se figea sur le seuil. Ses yeux étaient rougis et gonflés.

— Oh ! Steph, dit-il doucement, en lui ouvrant les bras.

Elle accepta son étreinte et pleura contre son épaule pendant quelques minutes. Enfin, elle recula et s'essuya les joues.

Jake la prit par la main et la guida vers le canapé du salon.

— Comment as-tu appris… ?

— Wayne est venu m'interroger. Je… Jake… je ne me doutais de rien.

Des larmes jaillirent de nouveau dans ses yeux.

— Je savais qu'il se passait quelque chose. David n'était jamais à la maison. Il partait tôt le matin et ne rentrait qu'en pleine nuit. Il m'avait raconté qu'il travaillait sur de nouveaux contrats, mais qu'il devait le faire dans son bureau en ville. J'y suis allée un soir. Il n'était pas là.

Elle émit un petit rire hystérique.

— Il était devenu si distant… je pensais qu'il avait une liaison. Mon Dieu ! Si seulement ça avait été une liaison. Ce qu'il a fait… ce qu'il a essayé de faire est absolument monstrueux.

Son regard devint hanté.

— Je savais que David pouvait être sans pitié en affaires. Je savais aussi qu'il avait un côté cruel, mais pas au point de… Je suis tellement désolée, Jake. Tu le diras à Eva, n'est-ce pas ?

— Je ne sais pas quand je serai prêt à parler à Eva de nouveau, admit-il, le cœur serré.

— Que veux-tu dire ?

Jake relata à Stephanie tout ce qu'il avait appris, depuis les machinations de son père jusqu'au fait qu'Andy était son fils.

— Neuf ans, Stephanie. J'ai manqué neuf ans de la vie d'Andy à cause du silence d'Eva, conclut-il, submergé par une nouvelle bouffée de colère.

— Je suis tellement désolée, Jake, répéta sa belle-sœur. Que vas-tu faire maintenant ?

— À vrai dire, je n'en sais rien. Je suis trop furieux pour prendre une décision sensée.

— Quoi que tu décides de faire, j'espère que tu ne seras pas trop dur avec Eva. Elle devait avoir si peur que ton père découvre la vérité… Et puis, la famille Albright n'a-t-elle pas déjà assez fait de dégâts ?

Stephanie se leva.

— Je vais préparer mes bagages. Si tu peux m'accorder un ou deux jours pour m'organiser, je compte partir dès que possible.

Jake la dévisagea, stupéfait.

— Partir où ? Stephanie, tu es chez toi ici. Pourquoi t'en irais-tu ?

— Je vivais ici parce que j'étais mariée à ton frère, répondit-elle avec émotion. Mais maintenant, il va passer des années en prison, et je vais demander le divorce. Je n'ai plus ma place dans cette maison.

— Ne dis pas de bêtises. Tu es toujours ma belle-sœur, et Richard est toujours mon neveu. Vous êtes ma famille, Steph. Et vous pouvez rester aussi longtemps que vous le souhaitez.

— C'est vrai ?

— Bien sûr.

— Merci, Jake, souffla-t-elle d'une voix tremblante. Je me sens si désemparée... je ne sais plus où j'en suis depuis que Wayne est parti.

— Richard et toi aurez toujours votre place ici. Ne t'inquiète pas pour cela.

Jake se leva, et Stephanie l'imita. Elle l'étreignit, les joues striées de larmes.

— J'ai encore du mal à croire que David ait pu se conduire ainsi. Je n'ai jamais soupçonné qu'il haïssait Eva à ce point.

— Ne t'accable pas, Steph. Aucun de nous ne se doutait de rien.

Elle hocha la tête.

— Je vais me reposer un peu.

— C'est exactement ce que je compte faire, moi aussi.

Ils montèrent ensemble au premier étage.

— Jake, j'espère que tu parviendras à pardonner à Eva. Elle a été une victime, dans cette histoire.

Sans attendre sa réponse, elle s'engagea dans le couloir qui menait à sa propre suite.

Avec un soupir, Jake gagna la sienne. Il n'osait imaginer le calvaire que Stephanie devait endurer. Tout son univers venait de s'effondrer, détruit par un homme qu'elle aimait et en qui elle avait confiance, le père de son enfant.

Il se laissa tomber sur le canapé, l'esprit encore plein de pensées contradictoires concernant Eva. Il voulait la haïr pour ce qu'elle avait fait. Il voulait la mépriser d'avoir gardé le secret pendant toutes ces années.

Pourtant, une partie plus rationnelle de son cerveau comprenait les choix qu'elle avait faits. En tout cas, il comprenait maintenant pourquoi elle avait rompu avec lui autrefois.

Eva était prête à n'importe quel sacrifice pour protéger son père, et Jake savait à quel point le sien pouvait être impitoyable. Il l'avait adoré, mais se rendait compte à présent que l'homme qu'il admirait tant n'avait jamais existé. Justin Albright avait été un tyran qui se servait de son argent et de son pouvoir pour obliger les autres à lui obéir. Dieu seul savait combien de victimes il avait laissées derrière lui. Il était allé jusqu'à détruire le rêve de son propre fils.

Eva avait dû être terrifiée par ses menaces. Jake tenta de s'imaginer ce qu'elle avait pu ressentir, âgée de dix-huit ans, à la mort subite de son père. Elle était seule au monde, enceinte d'un homme qui vivait en Italie et qui la détestait parce qu'elle avait rompu avec lui.

Elle aurait pu renoncer à avoir le bébé. Il se félicitait qu'elle n'ait pas fait ce choix. En dépit de tous les obstacles accumulés contre elle, Eva avait pris la décision d'avoir leur fils.

Quant à Andrew Martin, Jake ne pouvait se résoudre à haïr un homme qui avait aidé Eva à survivre, un homme qui avait accepté de donner un nom à son fils, et qui avait aimé cet enfant trois ans durant, jusqu'à sa mort.

Il se leva et arpenta la pièce, s'efforçant de démêler ses émotions. Ce qui ne faisait aucun doute, c'était qu'il voulait désormais passer beaucoup de temps avec son fils.

Andy devait être rentré de l'école, maintenant. Eva lui avait-elle révélé la vérité ? Si elle ne l'avait pas fait, comment comptait-elle s'y prendre ? Il avait le sentiment qu'Andy serait ravi de découvrir qu'il avait un père, et que ce père était Jake.

Au cours des journées qu'il avait passées chez Eva, un lien s'était formé entre Andy et lui. Pour sa part, Jake avait commencé à l'aimer comme son fils avant même de savoir qu'il l'était en réalité.

Seule une question demeurait. Allait-il partager le rôle de parent avec Eva et, si oui, comment ?

Assise sur le canapé, Eva écoutait le silence. Pour la première fois depuis des semaines, la peur l'avait quittée. David Albright était en prison, et sa porte avait été réparée.

Il n'y aurait plus de vaches tuées, plus de messages de menaces. Elle n'avait plus à redouter qu'on attente à sa vie. Le danger était écarté, et elle aurait dû nager dans le bonheur.

Loin de là. Elle n'éprouvait qu'une profonde tristesse, à laquelle se mêlait une nouvelle sorte d'angoisse. Elle n'avait pas encore avoué à Andy la vérité concernant Jake. Le garçonnet dormait paisiblement dans son lit, sans savoir que son existence allait être bouleversée.

Et c'était ce bouleversement qui effrayait Eva. Elle n'avait pas la moindre idée de ce que Jake comptait faire au sujet d'Andy. Allait-il réclamer sa garde à temps complet, afin de compenser le fait qu'elle l'avait eu à elle seule neuf ans durant ?

Elle ne pouvait imaginer ne pas border son fils le soir, ne pas voir son sourire le matin. C'était une torture que de penser qu'elle n'irait plus l'attendre à la descente du bus, qu'elle n'écouterait plus le récit de ses aventures à l'école, qu'ils n'iraient plus livrer les œufs ensemble.

Et le pire de tout, c'était que, maintenant que le danger et la peur avaient disparu, il ne lui restait que son amour pour Jake. L'amour qui n'avait jamais quitté son cœur.

L'adolescent qui s'asseyait pieds nus sur le ponton à côté d'elle était devenu un homme avec qui elle aurait voulu passer le reste de sa vie.

Mais ce rêve avait peu de chances de se réaliser maintenant.

En fin de compte, Justin Albright avait gagné : les deux jeunes amoureux ne trouveraient jamais le bonheur ensemble.

Des larmes lui montèrent aux yeux, qu'elle se hâta de refouler. Peut-être pleurerait-elle plus tard. Ce qui était arrivé avec Jake était sa faute. Elle avait gardé le secret trop longtemps. Désormais, elle allait en payer le prix.

Peut-être devait-elle aller se coucher. Elle avait déjà enfilé sa chemise de nuit et se sentait épuisée. Le sommeil l'aiderait à échapper à son inquiétude, à la douleur immense de savoir que l'homme qu'elle aimait la haïssait.

Cependant, elle resta sur le canapé, les larmes roulant sur ses joues.

Elle se sentait aussi seule à cet instant que des années plus tôt, quand son père était mort et qu'elle avait compris qu'elle était enceinte. *Cela ira mieux demain*, se dit-elle. D'une manière ou d'une autre, elle trouverait la force de continuer, d'essuyer la tempête qui allait forcément venir. Demain, elle serait forte pour Andy, mais ce soir, elle n'avait plus de courage. Elle était submergée de tristesse et d'anxiété.

Elle était sur le point de gagner sa chambre quand on toqua doucement à la porte. Aussitôt, elle eut l'estomac noué au point de suffoquer. Il ne pouvait s'agir que d'une seule personne.

Elle ouvrit. Jake était sur le seuil, l'air tendu, intimidant et incroyablement séduisant dans son jean et son polo bleu marine.

— Puis-je entrer ?

Elle hocha la tête et ouvrit le battant plus grand. Il s'assit sur le canapé, le visage impénétrable. Elle referma la porte et prit place dans le fauteuil en face de lui, le cœur battant la chamade.

— Il faut qu'on parle, commença-t-il.

— Je sais.

Il fronça les sourcils.

— Comment te sens-tu ? Ton cou est tout violet.

Elle leva la main et effleura la chair meurtrie.

— Il me fait mal et, pour être franche, j'ai l'impression d'avoir été renversée par un bus. Mais ça va aller.

Pour rien au monde elle ne voulait de sa pitié.

— Andy est couché ?

— Oui.

— Lui as-tu parlé de moi ?

— Non. J'ai pensé que c'était une conversation que nous devions avoir avec lui tous les deux.

Retardait-il le moment de lui annoncer ses intentions ? Eva n'y tint plus.

— Jake, as-tu décidé ce que tu veux faire concernant Andy ?

— Oui.

Son regard intense se souda au sien.

— Je veux sa garde à temps complet.

Le monde d'Eva s'écroula autour d'elle. Son pire cauchemar s'était réalisé. Elle n'entendait plus que le battement assourdissant de son cœur. Elle ne pourrait jamais gagner contre Jake. Elle n'avait même pas les moyens d'entamer un procès.

Il se leva et s'approcha d'elle.

— Eva, je veux être avec toi à temps complet aussi. Je veux t'épouser et habiter ici avec vous deux. Tenir ce ranch avec toi. Avoir d'autres enfants avec toi, vivre la vie dont nous avons rêvé autrefois.

Il marqua une pause.

— Mais je ne sais pas ce que tu désires, toi. Et je ne voudrais pas que tu me choisisses à cause d'Andy. Si tu ne veux pas de moi, nous trouverons un compromis raisonnable.

Elle leva les yeux vers lui, assimilant ses paroles lentement.

— Oh ! Jake ! Je veux t'épouser. Tu as toujours été dans mon cœur, dans mon âme. Je veux l'amour que nous nous sommes promis l'un à l'autre dans le grenier à foin. Je t'aime, Jake.

Il l'attira à lui et la prit dans ses bras. Ses lèvres capturèrent les siennes en un baiser à la fois passionné et plein de promesses.

Quand ils se détachèrent l'un de l'autre, elle lui sourit.

— Nous le dirons à Andy dès qu'il rentrera de l'école demain. Il va être si heureux !

— J'ai aimé Andy sans savoir qu'il était mon fils. Et je n'ai jamais cessé de t'aimer, Eva, ajouta-t-il, les yeux étincelants de bonheur. Je peux dormir avec toi ?

— Tu peux passer toutes tes nuits avec moi.

— Il faut que je dorme sur ce canapé plein de bosses ?

— Non, assura-t-elle en riant. Tu ne seras plus jamais obligé de coucher sur ce canapé.

Il l'embrassa de nouveau, et Eva se sentit envahie par un sentiment de plénitude totale, absolue.

Elle allait continuer à élever son fils, avec Jake pour partenaire. Ni rien ni personne ne pourrait les empêcher de construire la vie dont ils avaient rêvé autrefois, une vie remplie d'amour, de rire et de bonheur.

Épilogue

— Andy, attends-nous ! cria Eva à son fils, qui courait devant eux en direction de l'étang.

Il était talonné par Princess, un petit schnauzer noir qui dormait dans sa chambre chaque soir et le suivait partout où il allait.

Princess était la première nouvelle venue dans la famille, mais une autre était prévue dans quatre mois. Eva était enceinte, et Andy et Jake étaient tous les deux aux anges.

Eva et Jake s'étaient mariés deux mois après l'arrestation de David, désormais en prison. La cérémonie s'était déroulée dans l'intimité avec le révérend et Stephanie pour témoins. Ils avaient échangé leurs vœux dans le grenier à foin, exactement comme à l'époque où 'ils n'étaient encore que des adolescents.

Jake se tourna vers elle et prit sa main dans la sienne. Une fois arrivés au ponton, ils s'assirent l'un à côté de l'autre, et Andy s'installa près d'eux, flanqué de Princess.

— Heureuse ? demanda Jake.

— Plus heureuse que je n'aurais jamais pu l'imaginer. Et toi ?

— Je vis mon plus beau rêve, répondit-il, en l'enveloppant d'un regard qui la réchauffa des pieds à la tête.

— Moi aussi, je vis mon plus beau rêve, intervint Andy. J'ai un papa et un chien. Qu'est-ce que je pourrais désirer de plus ?

Eva se mit à rire.

— Tu pourrais désirer une petite sœur, parce que tu vas en avoir une bientôt. Et il faut qu'on lui trouve un prénom.

— Je serai le meilleur frère du monde, affirma Andy.

— Je suis sûr que tu seras un grand frère fantastique pour notre petite Posie, déclara Jake.

— On ne peut pas l'appeler Posie ! protesta Andy en riant.

Jake continua à proposer des prénoms, qui tous ajoutèrent à l'hilarité d'Andy. Le cœur débordant d'amour, Eva sentit les larmes lui monter aux yeux.

Enfin, elle connaissait le bonheur dont elle avait rêvé avec l'homme qu'elle avait toujours aimé. Leur amour avait survécu aux trahisons familiales et aux menaces de mort. Leur relation était fondée sur le pardon, la passion et un lien qui avait perduré malgré l'éloignement et le passage des années.

La brise résonnait des rires de Jake et de leur fils, et une nouvelle vie grandissait en elle.

Son avenir était là, et il serait merveilleux.

JULIE MILLER

Sauvée malgré elle

Traduction française de
CAROLE PAUWELS

BLACK ROSE

HARLEQUIN

Titre original :
CRIME SCENE COVER-UP

1

Mark Taylor adorait les odeurs de poisson, de feu de bois et de nature qui emplissaient la cabine de son pick-up. Regagnant Kansas City après leur week-end annuel de pêche et de camping au bord du lac Truman, son passager et lui faisaient la course avec le coucher de soleil le long du Highway 7.

Le paysage encadrant la route sinueuse était particulièrement pittoresque en été. Au creux des collines tapissées de sapins se nichaient des villes minuscules, des lacs aux eaux gris acier balayées par le vent, et des criques sauvages cernées de roches brunes. Bien qu'une partie de la route ait été aplanie et élargie à quatre voies, Mark préférait les tronçons à deux voies, qui lui donnaient l'impression d'être encore un peu à la campagne.

Même s'il se plaisait à Kansas City, où il avait grandi et où il travaillait maintenant comme pompier secouriste, il était sensible à l'apaisement que procurait le rythme plus lent de la vie à la campagne.

Mais ce qui faisait le plus de bien à son âme, c'était de partager un week-end avec son grand-père, Sid Taylor.

Le rituel durait depuis trente-trois ans, et Sid lui avait

appris bien plus que de monter une tente ou attraper un poisson. Puisqu'il était le cadet de quatre frères adoptés, avec cinq oncles, une tante et leurs familles respectives, il aurait été facile pour Mark de se perdre dans le brouhaha joyeux et débordant d'énergie des vacances ou des dîners dominicaux, quand l'intégralité du clan Taylor se réunissait. Mais Sid l'avait pris sous son aile, lui apprenant quantité de choses, et lui donnant le goût de la vie au grand air.

Si le vieil homme n'avait pas fermé sa quincaillerie quelques années auparavant, Mark aurait pu envisager de prendre sa relève. Au lieu de quoi, il était devenu pompier au KCFD, comme ses parents adoptifs et son frère biologique Matt.

Quand il était petit, Mark pensait qu'il était le préféré de Sid. Il savait aujourd'hui que son grand-père adoptif avait développé un lien spécial avec chacun de ses petits-enfants. Pour l'un, c'était le football, pour un autre c'était la musique ou la natation... Mark n'en était pas jaloux, et conservait un souvenir attendri de leurs conversations, qui oscillaient toujours entre plaisanteries et sujets plus sérieux.

Sid avait été là pour l'aider à s'intégrer à sa nouvelle famille et à se mesurer aux ambitions de ses frères adoptifs. Il avait apaisé ses craintes au sujet de Matt, qui était autrefois redoutablement taciturne et replié sur lui-même. Sid l'avait également consolé quand sa petite amie avait refusé sa demande en mariage, et s'en était allée poursuivre un rêve dont il ne faisait pas partie.

Aujourd'hui, Sid avait survécu à deux crises cardiaques, les articulations de ses mains de travailleur étaient nouées par l'arthrose et ses épaules amaigries par l'âge s'étaient affaissées. Tout naturellement, les rôles s'étaient inversés.

C'était à présent Mark qui planifiait les week-ends, empaquetait le matériel et la nourriture, et prenait le volant. Toutefois, il laissait encore Sid vider les poissons et les faire griller, car le vieil homme possédait des talents que Mark' n'avait jamais pu surpasser. Il ne pouvait que faire de son mieux pour les égaler. Comme son père adoptif avant lui, comme ses oncles et ses frères. Tous les hommes de la famille Taylor avaient appris de Sid le sens du labeur, de l'honneur et de l'intégrité.

Le coude à la portière, Mark appuya sur l'accélérateur. Une brise parfumée de résine entra par la vitre ouverte de son pick-up et s'engouffra dans ses cheveux. Le cœur léger, un sourire aux lèvres, il tourna la tête vers Sid.

La tête calée contre le dossier, le vieil homme avait rabattu sur son front la visière de sa casquette de base-ball pour protéger ses yeux du soleil. Le visage tourné vers la vitre, il semblait s'absorber dans la contemplation du paysage. Avec un soupir, il s'agita sur son siège, comme s'il cherchait une position plus confortable.

— Ça ne va pas ? demanda Mark, avec un soupçon d'inquiétude. On en a trop fait ?

Le long silence de Sid ne fit que l'inquiéter davantage.

— Grandpa ?

— La route aura été belle, dit Sid, d'un ton étrangement ému. J'ai eu de la chance. J'ai pu passer de magnifiques années avec la femme que j'aime, et je suis fier de tous mes enfants et petits-enfants.

Sans détourner les yeux du panorama, il hocha la tête.

— Oui, j'ai eu beaucoup de chance.

Mark tendit le bras par-dessus du levier de vitesse pour presser gentiment l'avant-bras de Sid.

— Tu te sens bien ?

— Trop sentimental pour toi ? marmonna son grand-père.

Il tapota la main de Mark, affichant son sourire familier.

— Ne t'inquiète pas pour moi. Je me fatigue plus vite qu'autrefois, c'est tout. Le poids des années commence à se faire sentir.

— Tu sais combien j'apprécie ces moments passés avec toi. Mais, si nos escapades deviennent trop épuisantes pour toi, nous pouvons rester plus près de la maison. Ou faire quelque chose d'autre.

Mark reposa sa main sur le volant.

— C'est le temps que nous passons ensemble qui compte, pas l'activité, ajouta-t-il. Je serais tout aussi heureux de venir chez toi et de regarder un match à la télévision.

— Je sais.

Il y eut un nouveau silence.

— Je voulais revoir tout ça une dernière fois.

Mark était sur le point de lui demander ce qui avait provoqué cette soudaine mélancolie, quand Sid se redressa et pointa le pare-brise. Au-dessus de l'horizon s'élevait une étrange colonne grise.

— On dirait de la fumée, dit le vieil homme.

Ils grimpèrent la colline, et Mark découvrit une scène qu'aucun pompier ne voulait voir. Enchevêtrées l'une dans l'autre, deux voitures gisaient sur le côté dans le fossé.

— Il y a eu un accident. Mark ?

Ce dernier avait déjà composé le 911 sur son téléphone fixé au tableau de bord, tout en ralentissant pour se garer sur le bas-côté. Il enclencha ses feux de détresse, et s'identifia auprès du régulateur local.

— Je suis Mark Taylor, pompier à Kansas City. Je me trouve sur le Highway 7, au nord-ouest de Truman Lake.

Il indiqua sa position GPS pour plus de précision.

— J'ai un accident impliquant deux voitures. Elles sont dans le fossé. Il me faut une ambulance et un véhicule incendie. Je ne suis pas en service, et je n'ai pas tout mon équipement, mais je vais faire ce que je peux.

La conversation terminée, Mark mit sur la tête sa casquette du KCFD, décrocha son téléphone de son support, et descendit de voiture.

— Ne bouge pas, dit-il à Sid.

Mais le vieil homme ouvrait déjà sa portière.

— Grandpa !

De la main, Sid lui fit signe de se rapprocher.

— Donne-moi ton téléphone. Je ne resterai pas dans tes jambes, mais je peux au moins surveiller la circulation, et m'entretenir avec les secouristes pendant que tu commences à t'occuper des victimes.

Il fallait s'y attendre. À quatre-vingt-sept ans, Sid était un Taylor pur et dur, né et éduqué pour servir et protéger.

Mark dévala la pente, glissant sur l'herbe humide,

avant de patauger dans les ornières boueuses laissées par les deux véhicules.

Un examen rapide lui permit d'identifier trois victimes potentielles : le jeune homme au volant d'un vieux pick-up rongé par la rouille, la femme effondrée sur le volant et l'airbag dégonflé de son SUV, et l'enfant qui pleurait, ceinturé dans son siège sur la banquette arrière.

En l'absence de traces de freinage, Mark supposait que l'un des conducteurs s'était assoupi et avait mordu la ligne continue. Ou bien, il avait été distrait par un texto ou un appel.

Il n'était pas de son ressort de déterminer les causes de l'accident, ou qui en était responsable. Son travail consistait à sortir tout le monde en vie des décombres, à traiter les blessures, et à faire en sorte que les victimes soient dirigées vers un hôpital.

Ignorant la boue et l'eau qui montaient au-dessus de ses chaussures de randonnée et mouillaient son jean, Mark atteignit d'abord le SUV. Ce dernier était partiellement couché sur le côté, et il dut se hisser sur le marchepied pour voir à l'intérieur. La conductrice était hébétée mais n'avait pas perdu connaissance. À en juger par la bosse sur son front et le sang qui s'écoulait de la blessure, sa tête avait heurté la vitre latérale quand la voiture avait fait un tonneau. Les portières étant verrouillées, il ne pouvait pas vérifier son pouls, mais il voyait sa poitrine se soulever et retomber, signe qu'elle respirait normalement. Le siège enfant à l'arrière était toujours correctement arrimé, et le bébé pleurait à pleins poumons. Selon toute vraisemblance, il avait eu plus de peur que de mal.

Mark sauta à terre et fit le tour vers le côté conducteur du pick-up. Le véhicule hors d'âge était partiellement encastré sous le SUV et totalement embourbé. Le modèle était suffisamment ancien pour être dépourvu de climatisation, ce qui expliquait que le jeune homme ait roulé avec les vitres ouvertes. Heureusement, il portait sa ceinture de sécurité. Mais il avait lui aussi une blessure au front, et il se tenait la poitrine, tout en s'époumonant.

— Où est mon téléphone ? criait-il, d'un ton désespéré. Je ne trouve pas mon téléphone.

— Ohé !

Surpris, le jeune homme se tourna brusquement vers Mark, et grimaça de douleur.

— Je m'appelle Mark. Je suis pompier, et je vais vous aider. Comment vous appelez-vous ?

— Wyatt, répondit-il, le souffle court. Je ne retrouve pas mon téléphone. Je pense qu'il a été projeté hors de la voiture. Je venais de me l'acheter avec ma dernière paye.

— Très bien, Wyatt.

S'exprimant d'un ton calme et amical, Mark se pencha à l'intérieur de l'habitacle et coupa le moteur.

— Je m'occuperai de votre téléphone plus tard. Êtes-vous blessé ? Avez-vous mal quelque part ?

Le jeune homme avait toujours la main crispée sur la poitrine.

— J'ai du mal à respirer.

Mark posa les doigts à la base du cou du conducteur. Le pouls était rapide mais stable.

— Je ne sais pas ce qui s'est passé. Je peux sortir, maintenant ? Il faut que je retrouve mon téléphone.

Lorsque le jeune homme' fit mine d'ouvrir sa portière cabossée, Mark tira sur la poignée de son côté pour l'aider. En temps normal, il évitait qu'un conducteur ne bouge avant qu'il ait pu l'examiner de façon plus poussée, et le placer éventuellement sur un brancard. Mais la fumée que Sid avait repérée un peu plus tôt commençait à s'infiltrer dans l'habitacle par le système de ventilation, et il y avait urgence.

Le jeune homme détacha sa ceinture de sécurité, et balança ses jambes à l'extérieur. Mark passa un bras autour de sa taille pour le soutenir.

— Vous pouvez tenir debout ?

Wyatt tangua un peu, avant d'afficher un grand sourire.

— Le voilà !

Il se pencha et récupéra son téléphone sur le plancher devant le siège passager.

Secouant la tête, Mark entraîna le jeune homme à l'écart et le fit asseoir.

Une voiture avec un couple de personnes âgées s'était arrêtée un peu plus loin. La femme parlait au téléphone, tandis que l'homme s'entretenait avec Sid.

— J'ai une couverture dans ma voiture, dit le nouvel arrivant.

— Allez la chercher, ordonna Mark. Grandpa, il nous faudrait les sacs de couchage.

Tandis que les deux hommes s'activaient, Mark

récupéra son démonte-pneu dans la boîte à outils fixée à l'arrière de son pick-up, et courut vers le SUV.

La conductrice était pleinement consciente. Inquiète pour sa fille, elle tendait son bras droit vers la banquette arrière.

— Courtney ? Tout va bien, mon petit cœur. Maman est là.

Mark frappa à la vitre pour attirer son attention.

— Madame ? Je vais fracturer la vitre. Tournez-vous de l'autre côté.

Elle hocha la tête et obtempéra. Mark trouva le point précis sur la vitre et, d'un seul coup, la fit voler en éclats. Puis il balaya les échardes de verre.

— Tenez bon, madame, je reviens tout de suite.

— Sauvez ma petite fille, supplia la conductrice, comprenant l'intention de Mark tandis qu'il ouvrait la portière arrière et plongeait à l'intérieur. Est-ce qu'elle est blessée ? C'est arrivé tellement vite.

Un examen rapide permit à Mark de constater que le siège enfant avait fait son office pour protéger son occupante. La petite avait peur, mais elle s'apaisa tandis que Mark lui parlait, et tendit les bras vers lui.

— Jc crois qu'cllc va bien, dit-il.

Il décrocha le porte-bébé, et le tendit à Sid.

— Tu peux t'en occuper ?

Sid hocha la tête, et remonta lentement vers la route.

— Tu vas venir avec moi, mon poussin. J'ai une fille qui s'appelle Jess. Elle est grande, maintenant. Mais elle sera toujours mon bébé…

La voix familière s'estompa tandis que Mark reportait son attention sur la conductrice. La ceinture de sécurité était bloquée, et il la sectionna à l'aide de son couteau de poche. Rattrapant la conductrice avant qu'elle puisse glisser de l'autre côté, compte tenu de l'inclinaison de la voiture, il la souleva pour la faire passer par l'ouverture de la vitre.

Ses gémissements de douleur laissaient soupçonner qu'elle était sans doute la plus sérieusement blessée des deux conducteurs. Conscient du risque qu'il y avait à la déplacer, Mark n'avait pourtant pas d'autre choix. Les flammes qui s'échappaient du moteur de l'autre véhicule commençaient à se propager à celui du SUV.

Il dérapa une fois dans l'herbe détrempée, avant de trouver une prise et de sortir du fossé.

Sid avait déroulé à terre un de leurs sacs de couchage, et Mark y étendit la conductrice. Il demanda à la passagère de la voiture qui s'était arrêtée de lui tenir la main et de lui parler, tandis que Sid la couvrait avec l'autre sac de couchage et déposait son bébé à côté d'elle.

Au loin dans les collines se propageaient des bruits de sirènes.

Mark courut de nouveau à l'arrière de son pick-up, prit son extincteur, et revint vers le véhicule de Wyatt. Il n'aurait pas assez de mousse pour éteindre deux feux de moteur, mais s'il pouvait au moins empêcher les flammes de se propager…

— Hé, m'sieur !

Mark plissa les yeux et toussa, incommodé par les émanations chimiques de la fumée, et ignora la voix qui l'appelait.

— Hé, le pompier ! Vous m'entendez ?

C'était Wyatt, et il semblait complètement paniqué. Mark se tourna vers lui.

— Il n'a pas l'air bien du tout.

Mark suivit son regard. Le conducteur de la voiture qui s'était arrêtée un peu plus tôt soutenait Sid, qui était tombé à genoux, et l'aidait à s'asseoir.

— Grandpa !

Le temps que Mark arrive à sa hauteur, Sid était étendu sur le dos. Il avait le visage livide, la peau moite, le pouls filant.

Les signes avant-coureurs étaient là, mais il n'y avait pas prêté suffisamment attention. Son grand-père était en pleine crise cardiaque.

— J'ai la tête qui tourne, murmura Sid, en fermant les yeux.

— Je n'aurais pas dû te demander de faire tous ces efforts.

Mark plongea la main dans la poche avant du jean de Sid, et en sortit un pilulier contenant de l'aspirine faiblement dosée.

Ses doigts tremblaient en ouvrant le couvercle. Ce n'était pas possible que ça arrive. Surtout maintenant. Ils étaient censés s'amuser, ce week-end. Son grand-père et lui passaient toujours de si bons moments ensemble…

— Ne dis pas de sottises, protesta le vieil homme. Ça m'a fait plaisir de…

Sa voix s'amenuisait de plus en plus.

— Grandpa !

Mark approcha son oreille du visage de son grand-père.

Respirait-il encore ?

Il posa la main à plat sur la poitrine de Sid, cherchant un battement de cœur. Malheureusement, il n'avait pas avec lui sa trousse médicale, restée à la caserne.

— Tiens bon, Grandpa.

Après trois compressions, Sid ouvrit lentement les paupières. Ses yeux étaient vitreux.

Mark déposa un comprimé sur la langue de Sid, le redressa légèrement, et passa la main le long de sa gorge pour l'aider à déglutir.

— Tu m'as fait peur, Grandpa. Avale ça.

Puis il l'étendit de nouveau sur le sol et reprit les compressions.

Quelqu'un couvrit Sid avec une couverture.

Quelqu'un parlait au téléphone avec le régulateur du 911.

Quelqu'un d'autre pleurait.

— On a sauvé la situation ? demanda Sid.

Jamais Mark n'avait entendu son grand-père parler avec cette voix faible et chevrotante.

— Oh ! oui, Grandpa ! On peut être fiers de nous.

D'un geste rageur de la main, Mark essuya les larmes qui brouillaient sa vision.

— Dès que l'ambulance sera là, tout ira bien pour eux. Et pour toi aussi.

Sid laissa mollement retomber sa main sur celle de Mark. Son contact avait la froideur et la rigidité du marbre.

— Mon bon petit garçon…

Le regard de Sid se concentra pendant une seconde à peine, puis ses paupières se fermèrent.

— Non !

Mark continua les compressions sur le cœur du si courageux et généreux vieil homme.

— Reste avec moi, Grandpa. Ne pars pas.

2

Deux mois plus tard.

— Mais qu'est-ce que tu fiches ?

La réprimande d'Alex, son frère aîné, arracha Mark à ses pensées moroses.

Alors que son véhicule était garé dans la rue devant la quincaillerie vide que son grand-père avait tenue pendant près de cinquante ans, Mark déposa sur le plateau du pick-up le carton qu'il avait descendu de l'appartement de sa grand-mère, situé au-dessus de la boutique.

Alex le récupéra aussitôt, et le transporta vers le pick-up garé devant celui de Mark, où ses frères, Matt et Pike, étaient occupés à sangler une table de salle à manger et ses six chaises.

— C'est le troisième carton contenant les affaires de Grandma que tu essaies de charger à l'arrière de ta voiture. Tu sais bien qu'ils doivent aller dans la voiture de Matt, pour les déposer dans la nouvelle maison. Ce sont les affaires de Grandpa qui vont dans ta voiture pour être entreposées.

Alex était le plus petit des quatre frères Taylor - tous

adoptés par le clan Taylor quand ils étaient enfants - mais il tenait ferme sa position d'aîné. Il était sans doute aussi le plus dur à cuire, compte tenu de son ancienne appartenance à un gang de rue.

Trouver une famille comme celle des Taylor, qui les avaient tous accueillis à bras ouverts en dépit de leur enfance chaotique, et des besoins émotionnels qui allaient avec, avait été une bénédiction. Tous quatre aimaient leurs parents adoptifs, Gideon et Meghan, ainsi que leur gigantesque famille.

Réunis d'abord dans un foyer d'accueil, puis par l'adoption, ils s'aimaient aussi les uns les autres, et ils étaient prêts à défendre leur famille au péril de leur vie. Mais ils n'en restaient pas moins des frères, et rabrouer le plus jeune d'entre eux s'était transformé en art au fil des années. C'était peut-être pour cette raison que Mark avait appris très tôt à se défendre et à exprimer ses propres opinions.

Exhumant un bandana noir de la poche arrière de son jean, Mark essuya la transpiration qui ruisselait sur son cou, puis il noua le tissu autour de son front pour empêcher la sueur de couler dans ses yeux. Après une matinée déjà un peu trop ensoleillée pour la saison, l'après-midi avait pris des allures de canicule, tandis que tout ce que la famille comptait de volontaires était sur le pont pour aider leur grand-mère à déménager.

Mark s'assit sur l'abattant de son coffre.

— Ça ne te dérange pas qu'on entrepose toutes les affaires de Grandpa ? demanda-t-il.

— Si, bien sûr.

Les yeux sombres de son frère exprimaient un mélange de sympathie et de réprobation.

— Mais, reprit Alex, nous sommes venus aider Grandma à s'installer dans un endroit où elle n'aura pas d'escalier à monter. Et tu sais bien que nous devons vider et rénover l'appartement, afin qu'elle puisse le vendre avec la quincaillerie.

Il s'écarta tandis que Matt sortait une glacière de sa voiture.

— C'est elle qui se retrouve toute seule aujourd'hui. Nous devons absolument contenir notre chagrin pour l'aider à surmonter cette épreuve.

En tant que policier au SWAT, Alex avait l'habitude de donner des ordres et s'attendait à être obéi. Mais il comprenait sans doute qu'il ne pouvait pas tout bonnement interdire à Mark de ressentir de la peine.

Tandis que Matt lançait une bouteille d'eau bien fraîche à Mark, et en ouvrait une pour lui, Alex s'adressa à Pike.

— Toi qui es le plus logique de nous tous, explique ça à notre petit frère.

Le plus grand des quatre, et le seul à avoir les cheveux blonds, Edison Taylor, dit Pike, se leva de la caisse sur laquelle il était assis, et prit à son tour une bouteille d'eau.

— Ne me mêle pas à ça. Grandpa nous manque à tous. Ma fille ne saura jamais combien son arrière-grand-père l'aurait gâtée.

Il posa un coude sur l'épaule d'Alex, une habitude de toujours qui rappelait à leur frère aîné qu'il n'était pas le chef ici et que, en dépit de ses bonnes intentions, il n'avait pas toutes les réponses.

— Mark était là quand il s'est éteint. C'est sans doute plus difficile pour lui de faire la part des choses et de surmonter son deuil.

C'était probablement vrai, songea Mark. Ce jour-là, il avait sauvé toutes les vies, sauf celle qui comptait vraiment pour lui. Comment aurait-il pu ne pas s'en vouloir d'avoir laissé mourir au bord de la route, au beau milieu de nulle part, le patriarche de cette grande et merveilleuse famille qui l'avait un jour recueilli ?

— Hé !

La voiture bougea tandis que Matt s'asseyait à côté de lui sur l'abattant du coffre.

— Sors-toi ça de la tête. Ce n'est pas ta faute.

— Ah oui ? Comme la mort de nos parents n'était pas la tienne ?

Le choc qui s'exprima dans les yeux bruns de Matt fut dissimulé aussi vite qu'il était apparu.

Mark secoua la tête en signe de remords. Il s'en voulait tellement de la façon dont les paroles avaient franchi ses lèvres. D'autant qu'il avait parfaitement conscience de la douleur que portait son frère.

— Hé, vieux, je suis désolé. C'était un coup bas. Tu n'étais qu'un gosse. Personne ne peut te faire de reproches. En plus, tu m'as sauvé la vie, cette nuit-là. Je sais que tu as beaucoup lutté pour surmonter ta culpabilité. Quand tu auras trouvé comment faire, cette fois, tu me donneras le secret.

Les paupières de Matt s'étrécirent de concentration, puis il jeta un bras autour des épaules de Mark et l'attira contre lui en une brève accolade. Sans un mot, il se leva, finit son eau, froissa la bouteille en plastique entre ses doigts et retourna à sa voiture.

Les quatre frères chargèrent les cartons restants dans leurs véhicules respectifs, et s'engagèrent dans l'escalier de l'appartement de leur grand-mère pour aller préparer le chargement suivant.

Au bout d'une heure passée à faire des cartons, ils s'assirent sur des chaises pliantes ou à même le sol pour partager un dernier dîner dominical au domicile de leurs grands-parents.

Mark n'avait jamais quitté cet endroit le ventre vide, et ce ne fut pas différent cette fois. Il engloutit deux assiettes de salade de pommes de terre, et trois copieux sandwichs au thon, plus quelques cookies au chocolat que Martha avait tenu à cuisiner pour la dernière fois dans cet appartement qu'elle avait occupé avec Sid pendant presque cinquante ans.

Progressivement, l'humeur de Mark s'allégea tandis que son père et sa grand-mère partageaient des souvenirs familiaux. Et quand Alex et sa femme Audrey annoncèrent qu'ils avaient obtenu leur agrément pour adopter un enfant, les félicitations et les embrassades fusèrent, achevant de lui rendre le sourire.

Tout le monde riait finalement quand le téléphone de Mark vibra dans la poche de son jean.

Le brouhaha dans le grand appartement s'apaisa tandis que les autres téléphones vibraient ou sonnaient à leur tour. Sa mère, Meghan, chef de caserne, son père, enquêteur incendie, et son frère Matt, pompier, recevaient tous le même SMS.

— On dirait que la caserne 13 a besoin de renfort, dit Mark. Tout le personnel en repos, et qui n'était pas en service la nuit dernière, est convoqué.

— Ça doit être important, observa Alex.

Leur mère, qui s'était écartée pour passer un appel, revint vers eux.

— Il semblerait qu'une équipe de pompiers volontaires de Platte County ait perdu le contrôle d'un feu de forêt au nord de la région. Le vent a changé et l'a poussé dans notre juridiction. Il menace à présent un lotissement récent, et des fermes proches de l'aéroport.

Son téléphone à l'oreille, Gideon quittait la pièce en trombe.

— Je vois avec la mairie pour coordonner l'envoi de camions-citernes, lança-t-il, par-dessus son épaule.

Meghan rejoignit sa belle-mère, et lui prit les mains.

— Martha, ça m'ennuie de vous quitter. Je sais que la journée a été rude…

— Tout va bien, Meg.

La silhouette de Martha s'était tassée avec l'âge, et les rhumatismes ne l'avaient pas épargnée, mais elle n'avait rien perdu de sa force morale, et ses yeux bleus pétillaient toujours d'intelligence et de tendresse.

— Avant d'acheter la quincaillerie, Sid appartenait au corps des Marines, comme tu le sais. Et nous avons élevé suffisamment de policiers et de pompiers pour savoir qu'il faut répondre quand le devoir vous appelle. Ne t'inquiète pas pour moi.

Alex passa un bras autour des frêles épaules de sa grand-mère.

— Audrey et moi allons rester avec elle, maman.

Pike se plaça de l'autre côté.

— Hope et moi aussi. Grandma ne sera pas seule.

— Merci, mes enfants, dit Martha, d'une voix émue. Et maintenant, allez-y.

Agitant les mains, elle chassa tout son petit monde.

Meghan se tourna alors vers Mark et Matt.

— Les garçons ?

Quand ils auraient cinquante ans, leur mère s'adresserait encore à eux de cette façon, imagina Mark. Et ça lui allait très bien comme ça.

Il savait qu'il avait beaucoup de chance de faire partie de cette famille. Alex, Pike, Matt et lui étaient les enfants que Meghan n'avait pas pu avoir, à cause d'un tragique événement survenu dans sa vie. De son point de vue, le lien entre eux était d'autant plus spécial que Gideon et elle les avaient choisis tous les quatre pour être leurs fils.

Gideon réapparut.

— Les camions-citernes sont en route.

Il prit la main de sa femme.

— On y va ?

Après un signe de tête en direction de Mark et Matt, il ajouta :

— Les garçons, vous devriez prendre chacun votre voiture. Je crois qu'on va devoir déployer toutes nos ressources.

Matt enveloppa Martha dans une chaleureuse accolade, et déposa un baiser sur sa couronne de cheveux blancs.

— Je t'aime, Grandma.

— Je t'aime aussi, Matthew. Fais attention à toi.

Ses yeux bleus se plantèrent dans ceux de Mark, qui

se tenait à l'autre bout de la pièce. Étaient-ils tristes, troublés ? Ou bien y voyait-il le reflet de ses propres pensées ?

— Je t'aime aussi, Mark.

C'était à cause de lui si elle déménageait aujourd'hui. Comment pouvait-elle dire qu'elle l'aimait, alors qu'il lui avait enlevé l'homme de sa vie ?

Mais ses bras largement ouverts exigeaient qu'il suive le conseil d'Alex et prenne sur lui pour alléger le chagrin de sa grand-mère.

Après une seconde d'hésitation, il traversa la pièce et se pencha pour l'envelopper de ses bras. La fine silhouette de Martha était incroyablement forte tandis qu'elle le retenait un peu plus longtemps qu'il l'avait prévu.

— Garde la tête froide, reste concentré, et fais attention à toi, murmura-t-elle à son oreille. Et ne t'inquiète pas pour moi. Tout ira bien.

Il ne méritait pas cette tendresse, ou ce pardon, ou quelle que soit l'intention derrière ces paroles. Et pourtant, il la serra un peu plus étroitement dans ses bras, ne voulant pas ajouter un poids supplémentaire à l'épreuve qu'elle traversait déjà.

— Je t'aime, Grandma, murmura-t-il, avant de s'écarter précipitamment, submergé par l'émotion.

Puis il dévala l'escalier et suivit Matt et leurs parents vers leurs véhicules respectifs.

Le devoir l'appelait.

Et cette fois, personne ne perdrait la vie alors qu'il était en intervention.

3

— Monsieur O'Brien, si vous vouliez bien signer les chèques…

— Vous avez vu comme le feu s'est approché de ma maison témoin ?

Dale O'Brien était le promoteur qui construisait un nouveau lotissement jouxtant la zone de l'incendie que les pompiers avaient finalement circonscrit. Exsudant l'arrogance du parvenu, il dédaignait ouvertement son assistante, qui essayait vainement de lui remettre un parapheur.

Avec un soupir trahissant un manque de considération récurrent à son encontre et une journée trop longue, la jeune femme brune croisa les bras autour du parapheur serré contre sa poitrine, et suivit son patron tandis que celui-ci s'approchait de Meghan Taylor.

Un peu plus loin, Mark observait la scène.

— J'ai deux acheteurs qui sont prêts à s'installer dans leur maison, et huit autres biens vendus, dit-il en se gargarisant tel un dindon gonflant son jabot. Ça représente un gros investissement.

O'Brien, le propriétaire du lotissement de Copper Lake, situé près de l'aéroport KCI, était en droit d'éprouver de l'inquiétude pour la sécurité des ouvriers qu'il employait sur le chantier de construction, et pour les dommages causés à sa propriété. Mais son intonation contenait une légère accusation, et il semblait prendre un malin plaisir à souligner ce qui n'allait pas, plutôt que remercier les pompiers pour leur formidable travail.

Après avoir creusé une tranchée avec une tracto-pelle autour des terres agricoles environnantes, et l'avoir remplie d'eau pour créer un périmètre de sécurité autour du lotissement, les soldats du feu étaient en sueur, le visage noirci par les cendres, tandis qu'O'Brien, tout droit sorti de son mobil-home de chantier climatisé, était frais et dispos dans son impeccable costume gris anthracite.

— C'est le troisième feu que nous avons ici en moins de deux mois. Heureusement que vous êtes intervenue, chef Taylor. Il est évident que les pompiers locaux ne sont pas à la hauteur.

Meghan Taylor ôta son casque, et repoussa une mèche de cheveux blonds qui collait à son visage.

— C'est capitaine, pas chef, monsieur O'Brien, corrigea-t-elle, d'un ton sévère. Les volontaires du comté se sont démenés pour contrôler ces feux de broussailles. Celui-ci était sur le point de franchir l'autoroute et de causer d'autres dégâts, comme des accidents de circulation dus au manque de visibilité. Et je ne parle même pas de l'aéroport.

Comme toujours, Mark fut surpris par la force de caractère de sa mère, même s'il avait appris depuis longtemps à ne pas se laisser duper par sa beauté juvénile et sa voix douce.

— Vous devriez les remercier, au lieu de les insulter, conclut-elle.

— Oh ! Mais ce n'était pas mon intention, protesta O'Brien.

Il ôta son casque de chantier, et se passa la main dans les cheveux.

— Je pensais à la sécurité de mes ouvriers. Même pour un homme d'affaires comme moi, la vie passe avant tout, bien sûr. Néanmoins, je n'aimerais pas que vous soyez obligée d'intervenir trop souvent à Copper Lake.

— Monsieur O'Brien, s'il vous plaît, plaida son assistante. Vous avez promis à Brad et Richie de leur payer leur salaire aujourd'hui.

D'un signe de tête, elle désigna deux hommes qui attendaient près d'une vieille berline bleu ciel garée à proximité du mobil-home d'O'Brien. L'un était appuyé contre l'aile avant de la voiture et observait les pompiers. L'autre faisait les cent pas.

— Vous voyez bien que je suis occupé, Lissette ! s'exclama le promoteur, d'un ton agacé.

L'assistante soupira ouvertement.

— Si vous voulez que je fasse un miracle ce mois-ci, et que la comptabilité soit à l'équilibre, vous devez les payer. Tous les autres reçoivent des virements, mais vous avez insisté pour qu'ils soient payés par chèque. Je ne veux pas de nouveau porter le chapeau s'il y a encore une erreur. Vous devez signer.

— Bien.

O'Brien prit le stylo, regarda en direction des deux hommes qui guettaient avidement sa réaction, et gribouilla une signature en bas de chaque chèque. Puis, d'un signe impatient de la main, il fit signe à son assistante qu'elle pouvait y aller.

Mark la regarda se diriger à la hâte vers les deux types et leur tendre leur chèque. Ils voulurent engager la conversation avec elle, mais elle retourna aussitôt dans le mobil-home pour y déposer le parapheur et prendre son sac. Puis elle monta dans sa voiture et démarra en trombe.

De son côté, O'Brien ne semblait pas en avoir terminé avec le capitaine Taylor.

— J'ai prévenu mes équipes de ne pas fumer dans les herbes sèches. Et aussi de faire attention aux étincelles produites par leurs outils. Mais je ne peux pas les surveiller en permanence.

Meghan secoua la tête.

— Les feux n'ont pas démarré là où travaillent vos hommes. Ils viennent d'en face, de l'autre rive du lac. C'est le vent qui a poussé les flammes vers votre propriété.

O'Brien pointa du doigt une zone de collines située au-delà du lac.

— Là-bas aussi, c'est à moi. Ou ça le sera bientôt. La propriétaire, Mme Hall, vend tout par petits bouts. C'est une veuve âgée, qui ne peut plus entretenir un si grand domaine. Quand elle sera prête à partir en maison de retraite et à tout vendre, je posséderai toutes les terres autour du lac. Et, une fois que j'aurai démoli ces affreuses bicoques là-bas, la vue vers le nord sera grandement améliorée.

Mark observa les bâtisses décrépites, à côté de celle

qui avait brûlé récemment. Une seule avait encore un toit en bon état, et elle était dotée d'un embarcadère privé, symbole d'un luxe révolu. Perchée en haut de la colline, la vieille ferme se dressait, imposante malgré la simplicité de sa façade bardée de planches de bois fraîchement repeintes en blanc. Sous les fenêtres du rez-de-chaussée, des massifs de fleurs s'épanouissaient en un radieux camaïeu de rose, indiquant que la propriétaire s'occupait mieux du domaine que ne le prétendait O'Brien.

— En tout cas, reprit ce dernier, j'aimerais bien que mes hommes se remettent au travail. Chaque minute passée à se tourner les pouces me fait perdre de l'argent.

Au moment où Mark décidait d'interrompre la conversation, la porte de la ferme s'ouvrit et une femme en sortit en courant. Sa queue-de-cheval rousse volant au vent, elle se précipita vers un vieux pick-up bleu et blanc, qu'elle lança à toute allure dans le chemin cahotant, laissant derrière elle un nuage de poussière. Au croisement avec la route, elle tourna à gauche, filant vers le nord.

Loin du lac. Loin du lotissement.

Tout droit vers l'incendie.

Meghan Taylor tourna la tête vers sa radio, fixée au col de sa veste antifeu, et demanda un point de situation concernant la zone nord du lac. Puis elle s'adressa à O'Brien.

— Vous savez qui est cette jeune femme ?

Il ricana.

— Amy la cinglée. Elle vit avec sa grand-mère.

— Vous avez un nom de famille ? Un moyen de la contacter ?

Il haussa les épaules.

— Dans mon bureau. J'ai le numéro du téléphone fixe de sa grand-mère.

— Il me le faut.

Meghan tourna son regard brun vers Mark.

— Nous devons l'arrêter. Je me rends à la maison pour m'assurer que la grand-mère ne s'y trouve pas. Toi…

— Je m'en occupe, capitaine.

Mark courut vers son pick-up, jeta sa veste antifeu et son casque sur le siège passager, et se mit au volant.

Mais une large main saisit l'encadrement de la portière, 'empêchant Mark de la refermer. Son grand frère Matt avait pour habitude de surgir quand on s'y attendait le moins.

— Où crois-tu aller comme ça ?

Mark tourna la clé de contact.

— Rattraper cette femme. Elle file tout droit vers le feu.

Sous le regard soupçonneux de son frère, il laissa échapper un juron.

— Je n'ai pas de pensées suicidaires. Mais il est possible qu'elle en ait.

— Tu n'es pas obligé de sauver tout le monde.

— Je fais mon travail, c'est tout.

Matt haussa un sourcil inquisiteur.

— Assure-toi qu'il ne s'agisse vraiment que de ça.

Il ferma la portière mais ne lâcha pas la poignée.

— Tu ne veux pas que je vienne avec toi ? demanda-t-il, à travers la vitre baissée.

— Non, reste avec maman. J'ai l'impression que cet O'Brien n'est pas net. Je sais qu'elle ne manque pas de répondant, mais…

— C'est notre mère. Ne t'inquiète pas, je veille sur elle.

Matt passa le poing dans l'habitacle pour échanger un *check* avec Mark.

— Garde les yeux ouverts, frérot. Et préviens-nous si le vent tourne.

— Compte sur moi.

Le temps de démarrer, Mark avait perdu de vue la jeune femme rousse. Mais il n'y avait pas beaucoup d'endroits où elle pouvait aller.

Pied au plancher, il passa devant ce 'qui restait d'un ancien ranch. Le toit de l'écurie s'était partiellement effondré sur ses murs de briques, laissant à ciel ouvert des restes de charpente calcinée. Les bâtiments annexes avaient subi un sort identique, et même la barrière entourant le paddock avait brûlé.

Devant un tel spectacle de désolation, il se demanda si le ranch était déjà plus ou moins à l'abandon avant, et si l'absence d'entretien avait pu causer l'incendie.

Mais, contrairement à ce qu'il pensait, tout n'était pas détruit. Derrière l'écurie se trouvait un bâtiment en bois, fraîchement peint en rouge, dans la tradition des granges de la région, et couvert d'un toit en zinc tout neuf. Un gros cadenas sécurisait la porte.

À l'évidence, ce bâtiment était utilisé, mais le cadenas

à l’extérieur indiquait que la mystérieuse jeune femme rousse n’y était pas entrée.

Mark balaya du regard la prairie envahie d’herbes folles, avant de scruter les collines plantées de conifères.

Alors qu’il commençait à désespérer, un nuage de poussière soulevé par un véhicule en déplacement attira son attention. L’inconnue se dirigeait vers le pont.

Mark savait qu’un barrage y avait été installé pour empêcher la circulation vers la zone sinistrée, et il se rassura. La jeune femme ne pourrait pas aller plus loin.

Il s’arrêta dans un crissement de pneus derrière l’antique pick-up. Mais, quand le nuage de poussière retomba, il vit que la conductrice était sortie de son véhicule et enjambait la barricade. Dès que ses chaussures de randonnée retombèrent sur l’herbe calcinée de l’autre côté, elle se mit à courir.

Sans perdre un instant, Mark s’élança derrière elle.

— Hé, madame ! Arrêtez-vous !

Au lieu d’obtempérer, elle allongea la foulée, et il se demanda si elle n’était pas vraiment folle, comme l’avait affirmé O’Brien.

Même s’il avait ôté sa veste antifeu, Mark portait toujours son pantalon de protection et ses lourdes bottes, ce qui n’était pas la tenue la plus pratique pour se lancer dans une course-poursuite, surtout par cette chaleur.

Mais la charge sauvage d’Amy la cinglée ne lui laissait pas le choix.

Allongeant lui aussi sa foulée, il ne tarda pas à réduire la distance entre eux.

— Madame ! cria-t-il.

Il était suffisamment près maintenant pour entendre

la respiration altérée de la jeune femme. Ou bien elle était à bout de forces, ou bien elle paniquait parce qu'elle était poursuivie par un inconnu.

— Je suis pompier. Vous n'avez rien à craindre de moi. Mais vous êtes entrée dans une zone de feu. Arrêtez-vous et venez avec moi.

— Je ne peux pas.

Elle trébucha dans un mélange glissant de terre et de cendres, pesta contre sa maladresse, et retrouva son équilibre. Mais l'incident l'avait suffisamment ralentie pour permettre à Mark de l'atteindre.

Il lui saisit le bras, juste au-dessus de la manche roulée de son chemisier, et la tira vers lui en la faisant pivoter.

— Je représente l'autorité, ici.

Elle repoussa une mèche rouge détachée de sa queue-de-cheval, laissant une traînée de cendres sur sa joue couverte de taches de rousseur.

— Et moi, je suis sur mes terres.

Elle se libéra en grommelant, et tourna les talons.

— Désolée, je n'ai pas le temps de discuter avec vous.

— Pas le temps ?

En deux longues enjambées, il la contourna et tendit les mains devant lui pour l'arrêter.

— Je m'appelle Mark Taylor.

Il écarta une des bretelles de son pantalon de protection, et indiqua le logo sur sa poitrine.

— Je suis pompier au KCFD.

— Tant mieux pour vous.

Elle le contourna souplement et se remit à courir.

— Hé !

Cette fois, il l'attrapa à deux mains, refermant avec force les doigts autour de ses biceps. Un collier, qui ressemblait à une corde en argent avec un nœud de huit comme en font les marins, suivait les mouvements saccadés de sa respiration, et ses yeux verts pailletés d'or le fusillaient.

— Le KCFD et les volontaires de Platte County ont réussi à contenir le feu pour le moment, expliqua Mark, en s'exhortant à la patience. Mais il s'étend sur plusieurs centaines d'hectares, et il reste encore par endroits des foyers actifs. Et, si le vent change, il pourrait revenir par ici.

Mark mesurait un mètre quatre-vingt-huit, et la jeune femme devait à peine lever la tête pour croiser son regard.

— Merci pour ce rapport, Mark Taylor, mais je prends le risque.

Elle agita la main pour le congédier, révélant une multitude de bagues en argent à chaque doigt.

— Je vous libère de votre responsabilité. Vous pouvez retourner à vos occupations.

Retourner à ses occupations ?

Il l'attrapa de nouveau, la serrant cette fois contre lui pour qu'elle ne puisse pas se libérer, ce qui ne l'empêcha pas d'essayer, en poussant de toutes ses forces contre son torse.

— Vous ne comprenez pas que j'essaie de vous sauver ?

— Je ne vous ai rien demandé ! Laissez-moi faire ce que j'ai à faire.

— Où allez-vous, comme ça ?

— Je dois sauver mon amie. Elle est quelque part dans les collines. Si vous voulez vraiment être un héros, aidez-moi à la trouver.

— Je n'ai rien d'un héros.

Une telle description se heurtait à la culpabilité de Mark, mais il mit ses sentiments de côté et fit un effort pour évaluer la situation.

— Je ne fais que mon travail. Parlez-moi de votre amie. Et n'essayez pas de vous enfuir de nouveau.

Elle cessa de se débattre, et il la libéra.

— Jocelyn Brunt. Elle est chercheuse et prépare un doctorat en sciences de l'environnement. Elle était en train de faire des prélèvements dans la pommeraie à l'est du bornage de la propriété. Ça fait un an qu'elle vit avec ma grand-mère et moi.

— Dans la vieille ferme de Copper Lake ? Mais vous n'avez pas reçu un ordre d'évacuation ?

— Si. J'ai aussitôt conduit Gran en ville, chez une amie à elle.

— Mais Jocelyn n'était pas avec vous ?

— Est-ce que je serais là si c'était le cas ?

Elle désigna la colline derrière Mark, visiblement frustrée par l'incapacité du pompier à saisir les raisons de son inquiétude.

— Il reste encore quelques dépendances en bon état sur la propriété. Jocelyn utilise un ancien silo à grains pour entreposer son matériel quand elle est sur le terrain, à faire des prélèvements. Ça lui épargne de tout transporter chaque jour. Je l'ai appelée dès que j'ai appris que le feu avait changé de direction. Elle m'a dit qu'elle retournait au silo pour ranger son matériel, et qu'elle n'allait pas tarder à nous rejoindre en ville.

Sa voix se brisa.

— Ça remonte à six heures.

— Vous avez essayé de la rappeler ?

— Évidemment ! Je ne suis pas idiote. L'appel bascule immédiatement sur sa messagerie.

Elle fronça le nez, tandis que le vent rabattait vers eux une odeur de fumée.

— Elle peut être coincée n'importe où. J'espérais qu'elle serait retournée à la ferme, puisque vous avez arrêté l'incendie dans cette zone, mais sa jeep n'y était pas.

Elle se tordit les mains.

— Et si elle s'était retranchée dans le silo, en pensant qu'elle y serait en sécurité ? Ou alors, elle a essayé de revenir à pied à la maison, mais s'est trouvée encerclée par le feu… Vous avez vu la barricade et les traces de cendres sur le chemin jusqu'à la crique…

Elle leva vers lui un regard désespéré.

— J'ai peur qu'il lui soit arrivé quelque chose.

— Où est le silo ?

— Je vous y emmène.

— Non, ce n'est pas ce que je…

Mais elle était déjà partie.

Mark leva les yeux vers le ciel obscurci et jura, avant de s'élancer derrière elle.

Une fois de plus, il la saisit par le bras.

— Très bien. Je vous donne quinze minutes. Vous me montrez le chemin. Mais si je vois quoi que ce soit qui me déplaît, si je pense que vous êtes en danger, je vous ordonnerai de vous arrêter, et vous rebrousserez chemin.

— D'accord.

Il prit le temps de demander par radio un point sur la situation, et donna à son équipe sa position approximative et leur destination, avant de s'adresser de nouveau à la jeune femme.

— Quel est votre nom ? O'Brien vous a surnommée Amy la cinglée, mais je n'ai pas l'intention de faire la même chose.

— O'Brien est un crétin arrogant.

Elle marmonna quelque chose entre ses dents, avant de se présenter.

— Je suis Amy Hall.

— Très bien, Amy Hall. Je vais vous aider à retrouver votre amie. Mais vous faites ce que je vous dis de faire, au moment où je vous le dis, ou bien je vous jette en travers de mon épaule, et je vous emmène loin d'ici.

Elle réfléchit, se demandant visiblement jusqu'à quel point il était sérieux, et finit par hocher la tête.

— Ça me va.

Elle lui prit la main, et l'entraîna à petites foulées derrière elle. Le terrain en pente rendait leur progression plus difficile, et Mark fut content de pouvoir retenir Amy quand elle dérapa. Elle ne se plaignit pas de la traînée noire sur son short kaki, le remercia simplement, et reprit son ascension.

En haut de la colline, ils s'arrêtèrent pour observer le désastre qui s'étendait sous leurs yeux.

— Mon Dieu, murmura Amy.

Les doigts 'de la jeune femme se resserrèrent convulsivement autour de ceux de Mark. Puis elle lui lâcha la main et courut vers la structure calcinée de la jeep.

— Jocelyn !

— Attendez…

— Jocelyn !

Après avoir fait le tour du véhicule pour constater qu'il était vide, Amy courut vers le silo. Construit en bois, et recouvert d'un toit métallique, il avait lui aussi brûlé.

Le temps que Mark la rejoigne, Amy avait soulevé une planche à mains nues. Celle-ci se désintégra aussitôt. Elle souleva celle qui se trouvait en dessous et la jeta plus loin. En atterrissant, la planche souleva un nuage noir, qui pouvait être de la cendre ou de la fumée.

— Amy, arrêtez ! Il pourrait y avoir des braises sous les débris.

Mais elle ne l'écoutait pas, et se lamentait à haute voix.

— Jocelyn, je t'en prie, dis-moi que tu as eu l'intelligence de sortir de…

Elle repéra soudain quelque chose et enjamba un tas de gravats.

— Oh ! non ! Mon Dieu, non !

Mark le vit aussi : les restes d'un corps calciné.

— Amy, arrêtez !

Il la fit passer derrière lui, et se chargea de dégager les débris entourant le squelette.

— Nous ne savons pas de qui il s'agit. Quelqu'un d'autre a pu chercher refuge dans le silo. Je veux que vous restiez à l'écart.

Mais Amy s'agenouillait déjà dans la zone qu'il avait

nettoyée. Ses joues d'abord livides devinrent écarlates, tandis qu'elle éclatait en sanglots. Puis elle tendit la main et récupéra la chaîne noircie qui était tombée dans la cage thoracique de la victime.

Mark s'accroupit à côté d'elle et passa un bras autour de ses épaules, tandis qu'elle frottait la cendre pour faire apparaître un nœud de huit en argent.

— C'est le même collier que le vôtre.

Amy referma le poing autour du collier et, de son autre main, toucha le pendentif autour de son cou.

— Je l'avais fait pour elle. Pour Jocelyn.

Elle se tourna vers Mark et enfouit son visage dans le creux de son épaule.

Les bras refermés autour d'elle, Mark la fit se relever, et la garda contre lui, la laissant pleurer tout son soûl.

— C'est elle. Je suis arrivée trop tard.

Tandis que Mark la berçait contre lui, la protégeant de l'horrible vision, il remarqua tout autour du cadavre des traces de brûlures caractéristiques de l'usage d'un accélérant.

Cela signifiait qu'on avait mis le feu à cette femme. Post mortem, espérait-il. Brûler vif était la pire mort qui soit.

Et, s'il ne faisait pas erreur, l'encoche dans le crâne de Jocelyn Brunt évoquait quelque chose de plus sinistre encore.

Amy desserra progressivement ses doigts, crispés dans le dos de son T-shirt. Mais il continua à la soutenir, tandis qu'il l'entraînait à l'écart.

L'incendie n'était pas accidentel. Il devait prévenir sa hiérarchie qu'une partie au moins du feu de broussailles d'aujourd'hui était le résultat d'un acte criminel.

Quelqu'un avait mis le feu pour masquer un meurtre.

4

— Quand avez-vous vu Mme Brunt pour la dernière fois ? demanda Cathy Beck.

L'inspectrice aux cheveux courts et bruns, et à l'air revêche, consultait son téléphone portable tout en s'adressant à Amy.

— Vivante, je veux dire.

Tandis que des enquêteurs du KCFD inspectaient ce qui restait de la jeep et du silo, et qu'un légiste emmenait le corps de Jocelyn au centre d'expertise médico-légale, des inspecteurs du département de police de Kansas City avaient accompagné Amy chez elle pour prendre sa déposition, et examiné les affaires de Jocelyn.

— Ce matin. Au petit déjeuner.

Tout en triturant nerveusement son collier, Amy regarda Dean Carson, le coéquipier de Cathy Beck, soulever la couette du lit de Jocelyn. Moins d'une semaine auparavant, Jocelyn et elle étaient assises sur ce lit, partageant un grand pot de glace au chocolat, en se lamentant sur le désastre qu'étaient leurs vies amoureuses respectives.

Quand l'inspecteur aux cheveux blonds coupés en

brosse et à la silhouette massive se pencha pour étudier de près le drap-housse, Amy demanda :

— Qu'est-ce qu'il fait ? Jocelyn ne recevait pas d'hommes ici.

— Où les recevait-elle, alors ? demanda l'inspectrice Beck.

Amy secoua la tête. Jocelyn était une maniaque du rangement, et la façon dont ce lourdaud d'inspecteur Carson mettait tout sens dessus dessous lui nouait l'estomac.

— Elle se concentrait sur ses études, finit-elle par répondre. Il ne lui restait plus qu'un semestre avant de passer ses oraux.

— Donc, Mme Brunt était totalement prise par son travail, commenta Beck. Y a-t-il un petit ami - ou une petite amie - qui aurait pu se sentir négligé ?

— Elle voyait quelqu'un, Derek Roland, mais ils avaient récemment décidé de faire une pause. Ils faisaient les mêmes recherches pour leur doctorat, et Jocelyn pensait qu'il pourrait y avoir un conflit d'intérêts au moment de présenter son mémoire au jury.

— Un conflit d'intérêts ? répéta Beck, d'un air gourmand.

Bon sang, elle n'avait vraiment pas envie de parler des pressions qu'un doyen et un groupe de professeurs pétris de préjugés pouvaient exercer sur un doctorant, surtout s'il s'agissait d'une femme. Mais elle voulait identifier le meurtrier de Jocelyn, et sa propre expérience du milieu universitaire ne devait pas entrer en ligne de compte.

Si répondre aux questions des inspecteurs réveillait des souvenirs inconfortables, elle en prendrait son parti.

— Jocelyn s'inquiétait que les professeurs puissent penser qu'elle avait copié les recherches de Derek.

Elle soupira.

— Il est plus probable que Derek ait copié les siennes. Elle était brillante et déterminée, et il est… paresseux. Il cherche toujours des raccourcis.

— Qui a demandé une pause dans leur relation ? Lui, ou Mme Brunt ?

— C'est Jocelyn qui l'a suggéré.

Mal à l'aise, Amy frissonna. Elle avait l'impression de dénigrer un homme qu'elle avait autrefois considéré aussi comme un ami. Mais le charme de Derek s'était considérablement amenuisé quand il avait fini par se décharger complètement sur Jocelyn des recherches sur le terrain. Cette dernière avait même fini par se demander s'il s'intéressait à elle ou à ses recherches.

Considérant l'aversion de Derek pour les tâches manuelles, se serait-il sali les mains sur une scène de crime ? Était-il capable de tuer la femme qu'il prétendait aimer ?

— Ils avaient prévu de renouer après les oraux, précisa Amy.

L'inspectrice Beck fit la moue, comme si elle en doutait.

— Où peut-on trouver ce Derek Roland ?

— Il étudie également à l'université Williams.

L'inspecteur ouvrait maintenant les tiroirs de la commode de Jocelyn, touchant ses effets personnels avec ses mains gantées.

— J'ai trouvé une boîte de préservatifs, annonça-t-il à sa coéquipière.

Il manipulait les sous-vêtements sans ménagement, semblant même y prendre un malin plaisir.

— Pas de lettre d'amour ou de message de menace.

— J'ai l'impression d'une violation de son intimité, protesta Amy.

— Nous ne faisons que notre travail, rétorqua l'inspectrice Beck. Que pouvez-vous nous dire d'autre à propos de Mme Brunt ?

— Elle était très intelligente, mais timide. Elle avait très peu d'interactions sociales. Comme je vous l'ai dit, elle ne pensait qu'à ses études.

Se sentant impuissante, Amy serra les bras autour de sa taille.

— Je ne vois vraiment pas qui aurait pu lui vouloir du mal. Tout cela n'a aucun sens.

— Notre travail consiste à le découvrir, répliqua Beck. Votre amie avait-elle des affaires ailleurs dans la maison ?

— Des vêtements dans la buanderie. De la nourriture dans la cuisine. Elle était végétarienne. Gran ne voulait même pas toucher à son tofu.

Amy fit machinalement descendre sur ses avant-bras les manches roulées de son chemisier. Même si elle s'était lavé les mains et aspergé le visage d'eau fraîche, elle portait toujours ses vêtements maculés de cendres. Dès qu'ils étaient arrivés à la maison, les policiers avaient demandé à voir la chambre de Jocelyn, et elle n'avait pas eu le temps de se changer.

— Jocelyn conservait tout son matériel professionnel dans le silo qui a brûlé, ou dans sa voiture. Elle transportait toute sa vie dans son sac à dos, et ne s'en séparait jamais.

— Où est-il, à présent ? demanda Beck.

— Je ne l'ai pas vu ici, confirma Carson.

— Je ne sais pas, dit Amy.

Elle ne se souvenait pas d'avoir vu de sangles sur les épaules du cadavre. Mais peut-être que l'épais et solide nylon avait brûlé aussi, au point de se désintégrer. Elle aimerait poser la question à ce pompier… Mark. Elle avait également envie de lui demander s'il pensait que Jocelyn avait souffert. Et elle était curieuse de savoir s'il accepterait de la prendre de nouveau dans ses bras pour la consoler.

Amy était plus grande que la plupart des hommes qu'elle connaissait. Son grand-père avait toujours dit qu'elle était une belle plante. Et si elle avait un corps sain et tonique, grâce à sa fréquentation assidue de la salle de sport, elle n'était pas vraiment mince. Pourtant, elle s'était sentie délicate et féminine dans les bras de Mark. Et en sécurité. Mais ça 'avait peut-être quelque chose à voir avec le fantasme du héros, ce côté sauveteur…

Pourtant elle était habituée à se débrouiller seule. Elle n'avait besoin de personne pour lui porter secours. Mais peut-être avait-elle oublié combien le chagrin pouvait rendre vulnérable. Ou comme il était bon de ne pas avoir à être la plus forte, pour une fois.

Et cette menace de la jeter en travers de son épaule comme un homme des cavernes l'avait intriguée. Il n'y avait mis aucune connotation sexuelle, elle en était certaine. Mais quelque chose en elle s'était réveillé comme si ça ‘avait été le cas.

Fort, sexy et attirant, dans un style un peu brut de décoffrage, ce n'était pas pour lui déplaire. Mais, dépendre de lui ? Non, c'était trop dangereux.

— Mme Brunt avait-elle un bureau à l'université ?

La question de l'inspectrice Beck arracha Amy au tour infructueux que prenaient ses pensées.

— Oui, mais Jocelyn ne s'en servait jamais. Tout ce dont elle avait besoin se trouvait dans son ordinateur, qu'elle transportait dans son sac à dos.

Le téléphone d'Amy sonna dans la poche arrière de son short. Elle le sortit aussitôt, malgré le regard agacé de Beck à l'idée d'interrompre l'interrogatoire, et jeta un coup d'œil à l'écran.

— Je dois répondre, dit-elle, avant de s'éclipser dans le couloir.

Elle avait entrepris des travaux de réfection à l'étage et, avec l'accumulation de bâches, d'échelles et autres échafaudages, et de matériel de peinture, il était presque impossible de trouver un endroit discret pour avoir cette conversation. Elle finit donc par se réfugier sur la galerie surplombant le hall, prit l'appel, et réduisit sa voix à un murmure.

— Derek ?

Comment pouvait-elle présenter les choses ? Elle n'allait quand même pas lui annoncer que la police le cherchait.

— Tu es assis ?

Il rit.

— Évidemment que je suis assis ! Je suis dans ma voiture.

Elle entendait une voix en arrière-plan, et elle supposa qu'il écoutait la radio.

— Pourquoi tu chuchotes comme ça ? Je t'entends à peine.

L'autre voix se tut. Il avait dû couper le son de sa radio.

— Où es-tu ? Je voudrais que tu t'arrêtes sur le bord de la route, ou dans un parking, reprit-elle.

— Tu plaisantes ? Je suis sur l'I 29, en direction de chez toi.

Elle perçut le changement dans sa voix, tandis qu'il réalisait qu'elle n'aurait pas fait cette demande s'il ne se passait pas quelque chose de grave.

— Que se passe-t-il ? Je t'appelle parce que j'ai vainement essayé de joindre Joss tout l'après-midi. Est-ce qu'elle va bien ?

— Non. Elle ne va pas bien.

Sa gorge était si serrée qu'elle avait dû mal à parler.

— Il y a eu un… accident.

— Ses blessures sont graves ? Elle est à l'hôpital ?

— Derek… Quelqu'un l'a tuée.

— Quoi ?

— J'ai découvert son corps.

— Attends. Je me gare.

Quelques minutes passèrent avant que Derek reprenne la parole.

— Mais pourquoi ?

— C'est la question que tout le monde se pose.

Amy enroula ses doigts autour de la rambarde en

chêne, ressentant le besoin d'un appui solide, le temps qu'elle mette de l'ordre dans ses pensées.

— La police veut te parler, étant donné que Jocelyn et toi étiez proches. Et aussi parce que tu connais ses recherches, et tu sais ce qu'il y a sur son ordinateur. D'ailleurs, tu ne saurais pas où il est ?

— Son ordinateur ? Comment le saurais-je ?

Jetant un coup d'œil par-dessus son épaule, elle réalisa que l'inspectrice Beck s'était approchée et tendait l'oreille.

— Écoute, je ne peux pas vraiment te parler, dit-elle, en baissant encore la voix.

— Les flics sont chez toi ?

— Oui.

— Pourquoi ?

— Ils posent des questions, ils cherchent des pistes…

Elle relâcha son souffle quand Carson demanda à Beck de venir voir quelque chose dans la chambre.

— Tu peux venir, si tu as envie de parler. Ou si tu veux être là quand j'appellerai les parents de Jocelyn.

— Je ne m'en sens pas la force. Je vais faire demi-tour. On se parlera plus tard. J'ai besoin d'être seul pour digérer tout ça.

Oh ! Combien elle comprenait cette nécessité.

— Tu sais, Jocelyn tenait vraiment à toi.

— Mouais. C'est pour ça qu'elle ne voulait plus être avec moi.

Amy ne savait pas quoi réponde à ça. Si la police le voyait comme un amoureux abandonné, ou comme un étudiant jaloux, serait-il considéré comme un suspect ?

Elle entendit de nouveau la voix en arrière-plan. Il

avait dû rallumer la radio, lui signifiant que la conversation était terminée.

— Merci de m'avoir prévenu. Appelle-moi s'il y a du nouveau.

— Compte sur moi. Tu es sûr que ça va aller pour conduire ?

— Mais oui.

— Appelle-moi quand tu seras rentré chez toi, pour que je sache que tout va bien.

— Mouais, si tu veux.

— Je suis tellement désolée que tu l'aies appris par moi. Je suis sûre que tu es aussi malheureux que m…

La communication fut brusquement interrompue. Amy n'en fut pas offusquée. La colère avait aussi été sa première réaction à la mort de Jocelyn. Pourquoi l'homme qui l'aimait réagirait-il différemment ?

Si Derek ne l'appelait pas plus tard, elle le ferait pour s'assurer qu'il allait bien. Pour le moment, elle allait lui laisser le temps d'encaisser le choc et de commencer son deuil.

Elle remit son téléphone dans sa poche, respira profondément et retourna dans la chambre. Une agente en uniforme avait rejoint le duo d'inspecteurs.

— Ah, madame Hall. Vous tombez bien, dit Beck. Je voudrais que vous indiquiez à l'agente Marquette où se trouve la buanderie.

Amy s'adressa à la jeune femme sanglée dans son uniforme. Son visage juvénile aurait pu la faire passer pour une adolescente, et elle semblait terriblement intimidée. Peut-être était-ce sa toute première intervention…

— Pensez à vérifier toutes les poches, recommanda Beck. Enfin, je pense que vous connaissez la chanson.

— Oui, inspectrice.

— Suivez-moi, dit Amy. Et faites attention, la peinture est encore fraîche sur certains murs. Évitez aussi de vous tenir à la rampe. Elle vient d'être vernie.

La maison ressemblait à une forteresse, avec son labyrinthe d'échafaudages, aussi bien à l'intérieur qu'en façade. Depuis un an et demi, Amy travaillait d'arrache-pied à la restauration de la vieille maison, aidée par deux hommes à tout faire.

Même si elle adorait travailler de ses mains, le projet s'était vite révélé trop vaste pour elle. Elle avait une commande de sculptures métalliques à finir, et sa collection de bijoux à développer. Et la pression que Dale O'Brien lui faisait subir, oscillant entre offres d'achat grandioses et menaces subtiles, l'incitait à accélérer le rythme des rénovations. Son ambition était de transformer la maison en un chef-d'œuvre historique du tournant du siècle, de façon à en obtenir le classement. Elle préserverait ainsi la seule maison que sa grand-mère ait jamais connue, et protégerait cette magnifique nature où ses arrière-grands-parents avaient fait pousser des pommiers et élevé du bétail.

À condition que ces feux de broussailles, accidentels ou délibérés, ne détruisent pas tout avant.

Tandis qu'elle écartait une bâche en plastique pour accéder au chantier en cours, elle heurta un grand échalas en jean, chemise à carreaux et chaussures de sécurité – l'homme à tout faire N° 1, Brad Frick.

— Attention, mademoiselle Amy. Il faut regarder où vous allez.

— Brad. Vous m'avez fait peur.

Une main posée à plat sur son cœur, Amy adressa un sourire à l'ouvrier. Compensant sa calvitie naissante par une longue et maigre queue-de-cheval, Brad lui faisait penser à un échassier, qu'il lui serait facile de sculpter, dans un style décoration de jardin humoristique.

— Bonjour, mademoiselle Amy.

L'associé de Brad, Richie Sterling, qui changeait le papier d'une ponceuse à bande, était trop banal pour inspirer une création artistique. Taille moyenne, poids moyen, cheveux d'un châtain terne et banal partiellement dissimulés sous une casquette de base-ball... La seule chose qui sortait de l'ordinaire chez lui, c'était ses coups de soleil perpétuels sur le nez et les joues.

— Bonjour, Richie. Que faites-vous de beau en ce moment ?

— On travaille, répondit-il, d'un air benêt.

Puis il remarqua l'agente de police derrière Amy. Son regard descendit vers le pistolet qu'elle portait à la ceinture, et il s'approcha.

— C'est un vrai ?

L'agente Marquette hocha la tête, et posa la main sur la crosse.

— On ne peut plus vrai.

— Vous savez vous en servir.

Le visage impassible s'adoucit d'un sourire.

— Je crois que c'est préférable.

— Génial !

Richie leva les yeux, observant le visage de la jeune femme, sans jamais croiser son regard.

— Vous avez déjà tué quelqu'un avec ?

— Richie ! protesta Brad. Tu ferais mieux de te remettre au travail.

Tandis que l'homme s'éloignait avec sa ponceuse, Brad abandonna un instant sa tâche, qui consistait à reboucher à l'enduit des trous de clous dans les murs, et s'adressa à l'agente Marquette.

— Désolé, officier. Sa curiosité est sans limite. Mais il est inoffensif.

L'agente échangea un regard perplexe avec Amy, avant de sourire à son tour à Brad.

— Ce n'est rien. Les gens sont parfois intrigués par les femmes en uniforme.

Son sourire avait disparu lorsqu'elle reporta son attention sur Amy.

— Si vous vouliez bien me montrer les articles que vous avez mentionnés…

— Bien sûr.

Mais Brad, censé être le plus intelligent du duo - qu'elle avait surnommé Tic et Tac, en référence aux personnages de dessin animé –, déplaça un établi, bloquant ainsi le passage à Amy et à l'agente de police.

— Le chantier de construction de Copper Lake est fermé pour le reste de la journée, expliqua-t-il. Du coup, on a pensé qu'on pourrait venir ici travailler quelques heures.

Il lui adressa un clin d'œil.

— Du moment qu'il y a quelques dollars à se faire, on n'est jamais contre.

— Je comprends, approuva mollement Amy.

— Le feu s'est drôlement approché de votre maison, dites donc.

— Je sais. Heureusement que la crique l'a arrêté.

— Bah non, intervint Richie. Il n'y a plus d'eau dans la crique. C'est juste les pompiers qui ont fait du bon boulot.

Il mit sa ponceuse en marche, et le bruit assourdissant eut raison de la patience d'Amy. Il y avait déjà beaucoup trop de monde dans sa maison, qui envahissait son espace, l'empêchait d'entamer son deuil et de réfléchir à tout ce qu'elle devait faire au sujet de Jocelyn.

La police avait déjà pris contact avec les parents de Jocelyn au Nebraska, mais elle voulait les appeler en personne pour leur exprimer ses condoléances. Et quelqu'un devait prévenir l'université de la destruction du matériel de recherche, afin que l'assurance puisse jouer.

La maison était pleine de criminologistes, d'inspecteurs, d'enquêteurs des pompiers, et d'agents en uniforme, qui fouillaient tous dans les affaires de Jocelyn et posaient des questions. Elle n'avait pas besoin de la présence de Brad et Richie, qui se comportaient comme si c'était un jour de travail normal, alors qu'elle avait perdu son amie, et que la maison de sa grand-mère avait failli être détruite.

Résistant à l'envie de les appeler Tic et Tac à voix haute, elle se força à sourire à ses employés à mi-temps, et déplaça l'établi contre le mur, en prenant soin de ne pas renverser le pot d'enduit, les couteaux à mastiquer et les tubes de colorant qui s'y trouvaient.

— Écoutez, j'apprécie votre éthique professionnelle, dit-elle, mais j'aimerais qu'on en reste là pour aujourd'hui. La journée a été dure, et j'espère que tout le monde va bientôt quitter les lieux pour que ma grand-mère et moi puissions nous reposer.

— Mme Hall est déjà là ? demanda Brad, comme si la présence de sa grand-mère pouvait le persuader davantage que la demande d'Amy.

Il attaqua le trou suivant à l'enduit, refusant de prendre en compte la demande d'Amy.

— Non, mais elle a appelé, et elle est en route.

Bien que ça ne concerne en rien Brad, elle ajouta :

— Des amis la raccompagnent à la maison. J'aimerais vraiment que vous soyez partis avant son arrivée.

Richie coupa sa ponceuse.

— Désolé pour Mlle Jocelyn. C'était une gentille personne.

— C'est vrai.

— Elle me faisait des cupcakes. Ils n'étaient pas très bons. Mais, comme on dit, c'est l'intention qui compte, conclut Richie, et il remit la ponceuse en route.

Malgré les efforts de Richie pour montrer de l'empathie, Brad marmonnait entre ses dents, visiblement contrarié de se faire congédier.

— Si vous voulez tenir votre planning, il n'y a pas de temps à perdre. Comment voulez-vous que nous restaurions toutes les boiseries intérieures, et que nous peignions la façade en un mois, si nous devons toujours nous interrompre ?

Son ton accusateur ne fit que renforcer l'agacement d'Amy.

— Vous n'avez qu'à me facturer l'après-midi entier, mais je veux que vous partiez maintenant.

Un bruit mat à l'étage lui fit se demander si les enquêteurs de la brigade scientifique n'étaient pas en train de retourner le lit de Jocelyn, ou de déplacer un meuble.

Avec le vrombissement de la ponceuse, le brouhaha de voix et les bruits de pas à tous les étages, Amy avait envie de fuir ce chaos, et de se réfugier dans la paisible solitude de son atelier d'artiste.

Mais elle devait rester. Pour sa grand-mère. Pour Jocelyn. Pour la vérité.

La complainte stridente de la ponceuse lui écorchait les oreilles, à l'en rendre folle.

— Richie !

Il coupa aussitôt l'appareil, et lui adressa un sourire embarrassé.

— Oui, mademoiselle Amy ?

Serrant les bras autour de sa taille, elle se demanda d'où lui venait ce soudain frisson. Elle détestait ne pas contrôler son environnement, ne pas avoir toutes les réponses dont elle avait besoin.

— Partez, maintenant.

Ces deux hommes travaillaient pour elle. Ils ne détenaient pas une quelconque autorité à laquelle il lui fallait se soumettre. Et elle refusait de se laisser intimider par quelque homme que ce soit.

— On reviendra demain, dit Brad.

Enfin, elle avait réussi à faire entendre raison à l'ouvrier, même s'il semblait toujours très contrarié.

— Enfin, si O'Brien n'a pas de travail à nous donner.

— On reviendra demain, répéta Richie.

Amy se demanda - et ce n'était pas la première fois - si Richie avait un retard mental, ou s'il était seulement d'une timidité maladive. En tout cas, elle ne pouvait lui faire aucun reproche sur son travail. Toutes les restaurations qu'il avait déjà prises en charge avaient été réalisées dans les règles de l'art.

— Je préférerais laisser passer deux jours, dit-elle. Et, appelez-moi avant de venir.

— Si vous y tenez, marmonna Brad.

— J'y tiens, en effet.

— Bien, madame, dit Brad, en enfonçant sur son crâne une casquette de base-ball tachée de peinture. Richie, on remballe. On ne veut plus de nous ici.

— Ce n'est que l'affaire de deux jours, insista Amy.

— Deux jours sans travail, ça veut dire que je ne pourrai pas payer certaines factures, rétorqua Brad, d'un ton mauvais. Mais c'est vous qui voyez...

— Merci pour votre compassion, monsieur Frick. Je vous rappelle que je viens de perdre une amie.

À bout de patience, Amy avait envie de les envoyer au diable. Elle se pinça les lèvres pour retenir les mots vengeurs qui voulaient en sortir.

Elle savait que les deux hommes n'étaient pas salariés, comme les autres employés de Dale O'Brien, et qu'ils acceptaient toutes sortes de petits travaux pour joindre les deux bouts. Quand ils s'étaient présentés chez elle deux mois auparavant, elle avait été ravie de les engager. Leurs tarifs étaient corrects, et elle avait très vite constaté que leur travail était irréprochable.

Pour le moment, elle avait besoin de silence et de

solitude pour réfléchir et évacuer son chagrin en pleurant tout son content. Mais elle refusait de craquer devant tous ces inconnus. Par le passé, le fait de révéler ses véritables émotions à la mauvaise personne lui avait joué des tours, et elle refusait désormais d'apparaître comme vulnérable.

Tandis que Brad prenait un maillet pour fermer hermétiquement le couvercle du pot d'enduit, Richie toucha le rebord de sa casquette et, le regard fuyant, murmura :

— Désolé pour votre amie.

— Merci, Richie.

L'agente Marquette toucha le coude d'Amy.

— Bon, vous me la montrez, cette buanderie ? À moins que vous 'ayez l'intention de raccompagner ces messieurs ?

— Ils se débrouilleront très bien tout seuls.

En passant entre les deux hommes, elle pressa brièvement le bras de Richie, en guise de remerciement pour la compassion dont son collègue n'avait pas été capable.

— Par ici.

Après avoir laissé l'agente Marquette fouiller dans le panier de linge sale de Jocelyn, Amy alla à la cuisine chercher une bouteille d'eau fraîche.

Mais, tandis que la police avait pris ses quartiers à l'étage, des pompiers du KCFD et des volontaires de Platte County s'étaient réunis dans la cuisine, autour d'une carte topographique étalée sur la table.

Son regard croisa les yeux gris-bleu couleur d'orage de Mark Taylor. Il sourit en la reconnaissant, mais reporta aussitôt son attention sur la conversation avec ses collègues.

Elle traversa la pièce dans l'indifférence générale, alla chercher dans le réfrigérateur la bouteille d'eau dont elle avait tellement envie, et fit demi-tour.

— Amy, attendez ! cria Mark.

— C'est elle ? demanda une autre voix masculine.

— Amy !

Une main puissante s'enroula autour de son coude, l'obligeant à s'arrêter dans l'embrasure de la porte. Ce contact inattendu lui provoqua un curieux frisson.

— Venez, que je vous présente.

Lorsqu'elle se retourna, Amy constata que tous les regards étaient rivés sur elle.

— Voici Amy Hall. Elle était avec moi quand nous avons découvert le corps.

— Et tu es certain que c'était le point de départ du feu ? demanda un homme aux tempes grisonnantes, qui semblait investi d'une certaine autorité.

— C'est ce qu'il ressort de mes observations, répondit Mark. Mais il faudra bien sûr une analyse chimique pour le prouver. Il peut aussi s'agir d'un foyer créé pour dissimuler...

Mark lâcha le coude d'Amy, et posa sa paume dans le creux de son dos.

Non, ce n'était pas un effet de son imagination. Elle sentait vraiment des picotements sous la peau, comme sous l'effet d'un faible courant électrique.

Elle ne put s'empêcher de tourner la tête vers le pompier, alors que la voix de ce dernier se brisait sur la fin de sa phrase. Elle croisa son regard, embarrassé.

— … pour dissimuler le corps, dit-il.

Puis, après un soupir, il ajouta :

— Désolé, Amy.

Maladroitement, elle essaya d'ouvrir sa bouteille, mais ses doigts tremblaient beaucoup trop, tandis que d'horribles images du corps carbonisé envahissaient son esprit.

Mark lui prit la bouteille et l'ouvrit. Incapable de parler, elle le remercia d'un hochement de tête.

— Madame Hall ?

L'homme aux tempes grisonnantes essayait d'attirer son attention.

— Je suis Gideon Taylor.

Encore un Taylor ? Eh bien, le monde était petit.

— Quand la police aura terminé avec vous, j'aimerais également vous poser quelques questions.

Gentiment, il ajouta :

— Si vous vous en sentez la force.

Mais elle eut l'impression très nette qu'il espérait l'entendre dire oui.

Ils ne croyaient quand même pas qu'elle avait quelque chose à voir avec la mort de Jocelyn ?

Mais elle aussi avait besoin de réponses.

Elle but une grande gorgée d'eau avant de répondre.

— Bien sûr.

Elle regarda Mark, qui 'semblait sur le point de s'excuser de nouveau, pour quelque chose qu'elle n'avait toujours pas compris.

— Sur ce, j'ai besoin d'air. Vous n'aurez qu'à venir me chercher quand vous en aurez terminé. Je reste à proximité du perron, de toute façon.

— Pas de souci, dit Mark. Je vous trouverai.

Et il y avait dans son intonation comme une promesse qui n'avait rien à voir avec la demande de l'enquêteur des pompiers.

Amy traversa le hall, et tint la porte à Brad et Richie, qui transportaient leurs caisses à outils. Brad marmonna quelque chose en descendant les marches du perron, et Richie lança un regard apeuré du côté d'Amy.

Lorsque les deux hommes arrivèrent à leur camionnette, le ton monta, Brad se plaignant du manque de chance, de l'absence de respect, et de ces « fichues bonnes femmes » qui ne savaient pas ce qu'elles voulaient.

— Tu oublies que Mlle Lissette nous a aidés, aujourd'hui, fit remarquer Richie.

— Oui, mais il faut toujours insister pour qu'elles fassent ce qu'elles ont promis, marmonna Brad.

— Je la trouve gentille, pourtant. Et Mlle Amy aussi. Ce que tu dis est méchant et grossier. Et elle peut nous entendre.

Les deux hommes tournèrent la tête vers elle, et Amy ne baissa pas les yeux.

Oh oui, elle les entendait parfaitement.

Brad fit signe à Richie de monter dans la camionnette, et claqua les portes arrière. Puis il se mit au volant et démarra dans un nuage de poussière.

Lorsque la visibilité revint, Amy remarqua qu'un pick-up blanc, portant sur la portière le logo *O'Brien Construction*, était stationné près des anciens gîtes autrefois gérés par son grand-père, en bordure du lac.

Malgré la distance, elle reconnut la silhouette de Dale O'Brien, accotée à l'aile avant du pick-up. Il parlait au téléphone, mais elle sut qu'il l'avait vue, quand il porta deux doigts au rebord de son casque blanc de chantier pour la saluer.

Son téléphone toujours collé à l'oreille, il ouvrit la portière et s'installa au volant. Que faisait-il là ? Pourquoi avait-il tenu à établir un contact visuel avec elle avant de partir ?

À qui parlait-il ? Y avait-il un lien avec la mort de Jocelyn, ou l'incendie ?

Il mit le contact, mais ne démarra pas tout de suite.

Elle savait très bien que le type avait ses espions, mais peut-être faisait-il aussi la sale besogne lui-même, surveillant les mouvements autour de la maison dans l'espoir de relever la plus petite infraction, un léger dépassement des limites de propriété…

Il finit par s'en aller, et Amy se rendit compte qu'elle avait retenu son souffle. Tournant son visage vers la chaleur déclinante du soleil, elle observa sa chute vers l'horizon.

D'habitude, les longues traînées roses et orange teintées de turquoise inspiraient ses créations artistiques. Mais ce soir, le coucher du soleil marquait tout simplement la fin d'une longue et difficile journée.

Elle perçut soudain des bruits de pas sur les gravillons de l'allée.

— Qu'est-ce que vous avez encore fichu ?

Amy retint un soupir d'exaspération, en entendant la voix nasillarde de son locataire. On ne la laisserait donc jamais tranquille ?

— Monsieur Sanders. Que puis-je faire pour vous ?

Le vieil homme maigre et légèrement voûté, qui louait au bord du lac un des derniers bungalows encore debout, fronça ses épais sourcils, qui évoquaient à Amy deux grosses chenilles blanches.

— Je viens de rentrer chez moi, et il n'y a plus de pression d'eau.

Vraiment ? Il voulait qu'elle joue les propriétaires consciencieuses, et vienne régler le problème maintenant ?

— Monsieur Sanders, les pompiers ont lutté contre des incendies toute la journée. Je suppose qu'il va falloir un peu de temps pour que la pression remonte dans les tuyaux. Je verrai ça demain, si vous avez toujours ce problème. En attendant, vous pouvez utiliser une de mes salles de bains, si vous en avez besoin.

Il marmonna, visiblement mécontent de sa réponse. Ce veuf, qui avait travaillé toute sa vie dans une des usines de la ville, avait répondu à son annonce de location, quand sa stratégie était de remplir les maisons vides du côté nord du lac, pour dissuader O'Brien d'étendre son lotissement.

Lorsque Gerald Sanders avait signé le bail, elle avait pensé s'en faire un ami. Mais le vieil homme, séduit par le calme de la campagne, s'était transformé en ermite. À part pour quelques récriminations du genre de celle d'aujourd'hui, elle ne le voyait jamais. Il allait même jusqu'à glisser son chèque de loyer dans la boîte aux lettres, alors qu'elle était chez elle et qu'il aurait pu le lui remettre en mains propres.

Quand il enfouit les mains dans les profondes

poches de sa salopette, ne faisant pas mine de s'en aller, Amy le regarda avec plus d'attention.

— Il y a autre chose ?

Il se dandina gauchement d'un pied sur l'autre.

— Votre grand-mère va bien ?

Se faisait-il du souci pour elle ? Quand était-il devenu ami avec sa grand-mère ? Les deux septuagénaires avaient-ils seulement échangé plus de quelques mots ? En tout cas, c'était la chose la plus humaine qu'elle l'ait jamais entendu dire.

— Oui. Elle était chez des amis toute la journée.

— Ah, tant mieux ! J'avais peur qu'il soit arrivé quelque chose à Comfort.

De mieux en mieux ! Amy ignorait que Sanders appelait sa grand-mère par son prénom.

— Je lui dirai que vous avez pris de ses nouvelles. Elle y sera sensible.

— Comme si ce n'était pas encore assez que j'aie à subir toute la journée le vacarme de votre chantier de rénovation, ne voilà-t-il pas que la police et les pompiers viennent m'interroger.

Il la toisa sévèrement.

— Vous pouvez me remercier de ne pas leur avoir dit qui j'ai vu rôder aux alentours la nuit dernière.

Amy serra les doigts autour de sa bouteille d'eau.

— J'habite ici. Si j'ai envie de sortir me promener à minuit, ou travailler tard dans mon studio, c'est mon droit. Et ça ne vous regarde pas. De quel droit m'espionnez-vous, d'ailleurs ?

— Oh ! Mais ne le prenez pas sur ce ton avec moi, ma petite fille. Vous savez que je suis votre seul locataire. Vous avez besoin de mon loyer. Ce qui veut dire que vous avez tout intérêt à me montrer un peu de respect. Et, à part si Comfort a besoin de quelque chose, je ne suis là pour personne.

— Eh bien, allez donc vous claquemurer chez vous, comme le vieux grincheux que vous êtes, au lieu de venir m'embêter !

— Jeune demoiselle, vous dépassez les bornes.

— Désolée. Je viens de perdre une amie, et je ne suis pas d'humeur à ces chamailleries de voisinage.

Amy dévala les marches du perron et passa devant le vieil homme. Elle avait besoin de fuir tout ce chaos, avant que sa tête 'explose.

« Je vous trouverai. »

Les paroles de Mark Taylor résonnaient dans sa tête, tandis qu'elle se mettait à courir.

Tant pis s'il devait de nouveau se lancer à sa poursuite. Si elle n'était pas là où elle avait promis d'attendre.

Bientôt, elle eut l'étrange impression que quelqu'un la surveillait.

C'était peut-être Gerald Sanders. Avec ce vieux fou, tout était possible. Ou alors, Dale O'Brien était revenu en douce pour mieux l'espionner. À moins que Derek ne soit pas retourné en ville, et qu'il ait éprouvé le besoin de venir se recueillir à l'endroit où la femme qu'il aimait était morte. À moins que ce ne soient les flics à l'étage, ou les pompiers au rez-de-chaussée…

Allongeant sa foulée, Amy contourna les dépendances derrière la maison, et s'efforça de ne pas paniquer.

Pourtant, son instinct lui soufflait que quelque

chose de sinistre se tramait. Quelque chose de plus dangereux et de plus malveillant que l'intérêt appuyé d'un pompier autoritaire, avec un visage fascinant et un corps terriblement sexy.

5

Retranchée dans son atelier, entourée de l'odeur du métal en fusion et du gaz de son chalumeau, Amy achevait la dernière sculpture qu'on lui avait commandée.

Elle avait ouvert le vasistas au-dessus de son établi pour que les émanations toxiques se dissolvent dans l'air nocturne.

Le soleil s'était couché, mais elle n'avait allumé que le spot fixé à une étagère au-dessus de sa table à dessin, comptant sur la vive lumière du chalumeau pour éclairer son travail.

Les ombres de la nuit l'entouraient comme une cape, et elle savourait ce sentiment d'isolement. Mais, en réalité, elle avait moins besoin de réconfort que de temps pour réfléchir.

Tandis qu'elle faisait naître des sillons de couleur, en chauffant le métal à différents degrés de température, elle se rappela sa matinée ici même. Elle avait dessiné un modèle, choisi les plaques de cuivre, et commencé le découpage. Mais, avant 'qu'Amy ait pu allumer son chalumeau, une brigade était venue lui demander d'évacuer les lieux. Puis elle avait passé son premier appel à Jocelyn, pour la prévenir. C'était la dernière fois qu'elle avait parlé à son amie.

Il lui semblait que cette dernière discussion avec Jocelyn remontait à une éternité. Quelle longue et infernale journée.

Les larmes s'accumulèrent dans le bas des lunettes de sécurité qu'elle portait sous son écran de soudure, tandis qu'elle songeait à toutes les conversations futiles qu'elles avaient partagées.

Coupant son chalumeau, elle releva l'écran de soudure, ôta ses gants, et souleva ses lunettes pour s'essuyer les yeux.

N'avait-elle pas versé assez de larmes aujourd'hui ?

Pleurer ressemblait plus à Jocelyn, qui avait toujours été sensible et sentimentale, quand elle-même était une dure à cuire qui ne craquait jamais.

Elles avaient toujours été diamétralement opposées. La scientifique férue de recherches, et l'artiste excentrique. Une brune timide et une rousse explosive. Et pourtant, leur amitié avait été immédiate dès leur rencontre au lycée.

Qui aurait pu vouloir du mal à Jocelyn ? Elle n'avait jamais eu d'ennuis avec la police, ni de conflits avec ses professeurs. Elle ne s'était jamais engagée dans une relation sentimentale toxique. Elle n'avait jamais eu un mot hostile contre qui que ce soit.

Amy était celle qui disait ce qu'elle pensait, se battait pour des causes perdues et se faisait des ennemis.

Mais c'était Jocelyn qui avait eu le crâne fracassé et qui avait été incendiée.

Ce n'était tout simplement pas juste.

Jocelyn avait-elle été témoin de quelque chose qu'elle n'aurait pas dû voir ? Son amie avait-elle un secret dont elle ne lui avait jamais parlé ? Était-elle la cible d'un psychopathe ?

S'attendait-elle à être attaquée ? Avait-elle été surprise ? Avait-elle souffert ?

De nouvelles larmes, pleines de rage et de chagrin, roulèrent sur ses joues.

Elle les essuyait d'un revers de main agacé, quand la porte s'ouvrit dans son dos.

— Bon sang, monsieur Sanders ! On ne vous a pas appris à frapper ?

Elle se retourna, hors d'elle.

— Je vous ai dit qu'on verrait ça dem…

Ce n'était pas son locataire aux sourcils broussailleux.

Son visiteur était un grand pompier aux épaules larges, avec de courts cheveux noirs en bataille qui avaient besoin de rencontrer un peigne… ou ses doigts à elle.

— Salut, dit-il. Je pensais que vous m'aviez faussé compagnie.

— Vous m'avez retrouvée, apparemment.

— J'ai suivi l'odeur du gaz et des flammes.

— Quel flair ! La prochaine fois que je voudrai me rendre dans mon propre jardin, je remplirai une demande de visa.

Il ferma la porte et actionna l'interrupteur de la rampe de néons fixée au plafond.

— M. Sanders vous cherche des noises ? Vous voulez que j'aille lui casser la figure ?

Elle se demanda comment Mark Taylor pouvait

dégager une telle impression de réconfort et de sécurité, alors qu'il plaisantait.

Secouant la tête, elle résista à l'envie de sourire.

— La lutte ne serait pas égale. Il approche les quatre-vingts ans, et vous avez… quoi… trente ans ?

— Vingt-huit. Mais je crois que je peux le battre quand même.

Cette fois, elle ne put s'empêcher de rire.

— J'imagine.

Elle repoussa une mèche de cheveux échappée de sa queue-de-cheval, et la coinça derrière son oreille.

— Je vous dirais bien d'entrer mais, puisque c'est déjà fait, asseyez-vous.

Elle désigna le tabouret à roulettes devant sa table à dessin, et le canapé recouvert de jean et garni de coussins multicolores.

— Le choix est limité.

Il observa son visage, remarquant forcément ses yeux rougis et les traces de larmes sur ses joues.

— Le vieux Sanders vous a fait pleurer ?

Amy lui tourna le dos et fit glisser le zip de la vieille cotte de travail qui avait appartenu à son grand-père, et dont la couleur bleue s'était délavée, et apparut en short et débardeur.

— Gerald Sanders est notre locataire. Il vit dans la maison blanche au bord du lac. Il a choisi cette soirée entre toutes pour venir se plaindre de la plomberie. C'était trop pour moi, alors je suis venue me réfugier ici.

— Il y a vraiment quelqu'un qui vit là-bas ?

Amy se passa de l'eau sur le visage au robinet, avant de comprendre qu'elle n'avait pas de serviette propre à portée de main. Au lieu de fouiller dans la vieille commode où elle conservait un peu de linge et quelques vêtements de rechange, elle se servit du chemisier qu'elle portait un peu plus tôt pour sécher sa peau.

— Nous avions trois autres locataires, avant que l'ancienne maison du régisseur ne brûle. Elle hébergeait un homme qui travaille dans un ranch voisin, et deux ouvriers du chantier de l'autoroute. Nous étions moins chers qu'un hôtel, pour les longs séjours.

Elle se tourna vers lui.

— Et les maisons sont beaucoup plus jolies à l'intérieur qu'elles n'en ont l'air. De plus, la proximité du lac a toujours été un point fort.

— C'est un joli lac. La pêche y est bonne ?

— Pas vraiment. On y trouve surtout du fretin. C'est plus pour s'amuser que pour se nourrir. Mon grand-père a essayé d'y implanter des poissons-chats, mais personne n'en a jamais capturé. De toute façon, le niveau de l'eau a tellement baissé cet été qu'on ne risque pas d'y trouver quoi que ce soit.

— Vous pêchez ?

— J'accompagnais mon grand-père, autrefois.

Elle ne savait pas alors combien le monde était laid. Maintenant, il était parti, et le garçon manqué qu'elle avait été, à la tête farcie de rêves, avait bien changé.

— C'était une époque plus simple, dit-elle, avec un soupir nostalgique.

Sans qu'elle puisse rien faire pour les retenir, les larmes se mirent de nouveau à couler.

Mark déplia sa haute silhouette, et plongea la main dans la poche arrière de son pantalon.

— Tenez.

Il lui mit un bandana noir dans la main.

— Mon grand-père disait toujours qu'il fallait avoir un mouchoir sur soi, au cas où quelqu'un aurait besoin de s'essuyer les yeux, de se moucher le nez, ou bien pour faire un garrot. Franchement, j'utilise des mouchoirs en papier, pour ça. Sauf pour les garrots, bien sûr. Ça ne tiendrait pas.

Amy sourit de cette stupide remarque, comprenant qu'il cherchait à la distraire de son chagrin.

— Vous essayez encore de me porter secours, dit-elle, en se tamponnant les yeux. Je vous promets que je n'ai pas pleuré autant depuis le décès de mon grand-père. Je suis beaucoup plus forte que ça, d'habitude. Mais je vous remercie.

— Pourquoi la maison du régisseur a-t-elle brûlé ? Le circuit électrique était défectueux ? Quelqu'un s'est endormi avec une cigarette allumée ?

Méfiante soudain, Amy se rappela qu'une personne à qui on ouvrait son cœur pouvait se servir de vos confidences pour vous faire beaucoup de mal.

Pourquoi Mark posait-il cette question ?

Était-il vraiment inquiet de son bien-être, ou cela faisait-il partie de l'enquête du KCFD ?

— Je ne sais rien à propos de cet incendie. À part que les deux ouvriers du chantier de l'autoroute étaient absents ce week-end-là, et que personne n'a été blessé.

À son grand soulagement, Mark n'insista pas, et prit le temps de regarder autour de lui, étudiant ses œuvres en cours, son stock de fournitures, ainsi que les chaînes et la poulie suspendues au plafond, témoins du passé d'atelier de mécanique du bâtiment.

— C'est quoi, cet endroit ?

— C'était un garage, où mon grand-père, Leland, réparait ses tracteurs, et divers outillages. J'en ai fait mon studio d'artiste. La lumière est bonne quand j'ouvre les vasistas, et je peux verrouiller la porte.

Ce qu'elle aurait dû faire, si vraiment elle voulait être seule.

— Ça explique la nouvelle toiture, et pourquoi le bâtiment est mieux entretenu que les autres.

Se blindant contre les questions indiscrètes dont il émaillait la conversation en apparence banale, Amy but une gorgée d'eau, et s'assit à un bout du canapé.

— Pourquoi les pompiers sont encore là ? L'incendie est circonscrit, non ?

Il vint s'asseoir à côté d'elle, calant sa haute et puissante silhouette dans les coussins.

— Il ne s'agit plus seulement d'un incendie.

Elle soupira.

— Je suis bien placée pour le savoir. Les flics posent des tas de questions et ont retourné la chambre de Jocelyn de fond en comble. Je ne sais pas ce qu'ils espèrent y trouver. Elle tenait un carnet de recherches scientifiques, pas un journal intime.

— Est-ce qu'elle avait un petit ami ? Ils cherchent peut-être un lien…

— Donc, c'est bien un interrogatoire.

— Je fais juste la conversation.

— Vos airs de gentil garçon marchent avec les autres

femmes ? Elles succombent à votre charme, baissent la garde, et répondent à vos questions ?

Il lui adressa un clin d'œil exagéré.

— Vous trouvez que j'ai du charme ?

C'était tellement surjoué qu'elle éclata de rire.

— C'est mieux, dit-il.

Amy faillit se perdre dans son regard gris-bleu mais, au moment où elle commençait à se sentir troublée, ses pensées furent envahies par les images du dernier homme qu'elle avait stupidement trouvé captivant.

Elle se leva et alla déposer sa bouteille vide dans la poubelle.

Mark Taylor et Preston Worth n'avaient rien de commun. Ni en termes d'âge. Ni d'apparence. Et certainement pas de personnalité.

Les cheveux prématurément gris de Preston et ses traits aristocratiques s'accordaient à sa vaste connaissance de l'art et à ses voyages à travers le monde. Il était sophistiqué et charismatique. Il avait pris Amy sous son aile, encourageant à la fois son talent et son besoin d'apprendre. Il avait complimenté sa peau diaphane et ses rondeurs à la Rubens. Il lui avait demandé de poser pour lui, et elle s'était sentie belle sous son regard d'artiste. Il lui avait tout appris, dans tous les domaines, et elle s'était épanouie dans son monde lumineux et coloré.

Jusqu'au jour où elle s'était réveillée.

Amy revit sa dernière rencontre avec le professeur dont elle était tombée amoureuse. Elle ne s'attendait pas à une telle violence de sa part quand elle avait rompu, après avoir découvert qu'elle n'était pas la seule muse à partager son lit.

Aujourd'hui, elle serait toujours à l'université, à préparer son doctorat, si le professeur Worth ne l'avait pas menacée de saboter sa thèse, et de ruiner sa réputation dans le monde de la peinture.

Heureusement, elle avait trouvé un autre moyen d'exprimer sa créativité, avec ses sculptures métalliques et ses bijoux.

Il y avait de la force dans le feu et le métal. Une force dont elle avait eu besoin pour survivre à l'enfer que lui avait fait vivre Preston. Parce qu'il n'avait pas seulement détruit sa carrière. Il lui avait fait perdre son innocence sur le monde.

Il lui avait dérobé sa capacité à faire confiance, son désir de donner son cœur à un autre homme, lui laissant un sentiment persistant de doute et de défiance.

Elle avait porté plainte à chaque agression et menace, et elle avait finalement réussi à le faire renvoyer de l'université. Elle avait même assisté aux premières étapes de son procès. Puis son grand-père était décédé, et sa grand-mère avait eu besoin d'elle. Finalement, il n'avait écopé que d'un an de prison, assorti de l'obligation de faire un stage de gestion de sa colère.

Compte tenu de la personnalité de Preston, elle l'imaginait très bien commettre un crime comme celui qu'elle avait découvert aujourd'hui. Mais Jocelyn n'avait personne de ce genre dans sa vie. En tout cas, pas à sa connaissance. À moins que Derek Roland n'ait drastiquement changé.

— Amy ?

Elle sursauta en sentant la main de Mark lui frôler le bras.

— Désolé de vous avoir fait peur. Vous étiez partie où ?

Il n'était pas question qu'elle se confie à un homme qu'elle ne connaissait que depuis quelques heures. Un homme qui avait tissé autour d'elle un cocon d'attirance et de bien-être qu'elle ne pouvait s'autoriser à accepter.

— Je cherchais qui pouvait vouloir du mal à Jocelyn, et je n'ai pas trouvé.

Ce n'était pas très loin de la vérité. Mark Taylor n'avait pas besoin de savoir que peu de personnes auraient été surprises si c'était elle qui s'était retrouvée aujourd'hui dans le rôle de la victime.

— Vous êtes sûre que ça va ? Votre visage est pâle. C'est peut-être le contrecoup de la journée…

— Non, tout va bien, je vous assure.

Elle plia le bandana au carré, mais il refusa qu'elle le lui rende. Elle le déplia alors et le roula pour le nouer autour de son poignet.

— Qu'êtes-vous venu faire ici ? Me surveiller ? Vous assurer que je n'allais pas filer avant que votre chef puisse m'interroger ? Vous êtes également enquêteur ?

Il secoua la tête.

— J'étais le premier pompier sur les lieux. Ils avaient besoin de mon rapport. Je leur ai expliqué ce que nous avons déplacé pour accéder au corps… Ce genre de choses, vous voyez. De plus, je suis venu en voiture avec mon frère, et il est toujours là, en compagnie de ma mère.

Amy écarquilla les yeux.

— Toute votre famille appartient au KCFD ?

— Presque toute la famille. Mon père est enquêteur en chef. Vous lui avez parlé dans la cuisine.

— Ce type sexy avec les tempes argentées est votre père ?

— Euh, je ne pense pas vraiment à lui en ces termes. Mais si vous parlez d'un homme taciturne, athlétique et autoritaire, alors c'est lui.

— Vous ne vous ressemblez pas. Et la blonde qui menait tous les pompiers à la baguette tout à l'heure, c'est votre mère ?

Il hocha la tête.

— Et je lui ressemble encore moins.

— Et je suppose que le type hyper baraqué, qui avait l'air d'un éléphant dans un magasin de porcelaine, est votre frère.

— Matt. Mon frère biologique. Nous avons été adoptés par les Taylor. Nos parents sont morts dans un incendie quand nous étions petits, et je ne me souviens pas d'eux. Dans la tribu, il y a aussi Alex et Pike, qui sont policiers. Nous avons grandi tous les quatre dans le même foyer d'accueil.

Amy révisa sa première impression au sujet de Mark. Il n'était pas juste un beau garçon sain et sportif, avec un visage franc et juvénile. Son histoire et sa personnalité semblaient comporter d'intéressantes dimensions. Un sujet fascinant, avec de multiples couches derrière une façade de gendre idéal.

Et elle ne parlait même pas de ses bras et de ses épaules… Avec ce physique d'athlète, il aurait fait un modèle idéal.

— Ça vous dirait de prendre une douche ?

Amy sursauta, et se demanda si elle avait bien entendu. C'était peut-être un effet de son imagination, parce qu'elle était en train de l'imaginer posant nu pour un dessin ou une sculpture.

Puis elle sentit l'odeur de cendre qui s'accrochait à ses cheveux.

— Pourquoi ? Je sens mauvais ?

Il rit.

— Comme toutes les personnes qui sont confrontées à un incendie. Mais il ne s'agit pas de ça. Tout à l'heure, dans la cuisine, j'ai remarqué que vous aviez besoin de décompresser. Je peux faire évacuer la maison, si vous voulez.

— Ce n'est pas vous qui commandez les opérations.

— Mais je connais très bien le type qui s'en charge. Je peux même monter la garde devant la porte de la salle de bains pour que vous soyez tranquille.

Il lui adressa un clin d'œil moqueur.

— Et je promets de ne pas regarder en douce.

— Vous êtes vraiment déterminé à me secourir, n'est-ce pas ?

— Ma mère fait ça. Elle adore les bains moussants. Quand nous étions petits, aucun de nous n'osait frapper à la porte de son sanctuaire. Et croyez-moi, même si elle nous adorait, elle avait besoin de faire une pause avec ses quatre garçons. Et même avec notre père.

Amy sentit s'effondrer ses maigres défenses contre cet homme.

— Vous divulguez des secrets d'État. Je sais tout sur votre mère, maintenant.

— Alors, racontez-moi quelque chose sur vous pour équilibrer un peu. Vous avez des frères et sœurs ?

Pourquoi était-il aussi facile de parler avec cet homme ? Si la police ou les enquêteurs attendaient des réponses de sa part, ils avaient été malins d'envoyer Mark.

Même si son instinct de survie lui soufflait de ne pas céder à cette apparente gentillesse et à ce charme hors du commun, elle secoua la tête.

— Je suis fille unique. Mes parents aussi sont morts quand j'étais petite. Dans un accident de voiture. Mes grands-parents m'ont élevée. Mon grand-père est décédé il y a deux ans.

Une lueur de tristesse passa dans les yeux de Mark, vite compensée par un sourire.

— La famille est tout, n'est-ce pas ? Moi, je croule sous les oncles, tantes, neveux et nièce. Mais je ne manquerais pour rien au monde un dîner dominical et sa folle ambiance.

Il soupira.

— Évidemment, je ne sais pas comment ça va se passer maintenant que ma grand-mère a emménagé dans sa nouvelle maison. Ce ne sera plus pareil.

— Ce sont les gens qui comptent, pas l'endroit ou l'activité.

C'était une leçon que ses grands-parents lui avaient apprise quand elle était petite.

— Sans doute. Mais quand une de ces personnes manque…

Amy hocha la tête.

— Jocelyn était comme une sœur. Maintenant, il ne me reste plus que Gran.

— Vous vivez ici avec votre grand-mère ?

— Je suis revenue m'y installer quand j'ai quitté l'université, après la mort de mon grand-père. Chacune y trouve son compte. Je n'ai plus à m'inquiéter de la savoir seule.

— Et elle avait l'endroit idéal pour votre studio d'artiste.

— Exactement.

Amy tritura son collier.

— Nous sommes tout l'une pour l'autre.

— J'ai perdu mon grand-père, il y a deux mois. C'était un homme merveilleux.

Sans réfléchir, elle posa la main sur son avant-bras. C'était peut-être la fatigue, qui lui faisait baisser la garde. Ou alors, c'était seulement de l'empathie, à cause de la perte qu'elle-même avait subie aujourd'hui.

— Je suis désolée.

Il posa sa main par-dessus la sienne. C'était une main calleuse de travailleur manuel, et Amy trouva le contact incroyablement rassurant.

— Merci.

Quand il retourna sa main pour entrelacer ses doigts aux siens, Amy n'eut aucun mouvement de recul. La présence de Mark lui semblait si naturelle, si juste…

— Est-ce que ça va ? demanda-t-elle, percevant sa tristesse.

— Hé, c'est moi qui suis censé vous remonter le moral.

— Je vous ai dit que je n'ai pas besoin d'être secourue.

— Arrêtez avec ça ! C'est mon métier.

Soudain, il consulta sa montre.

— Mince ! Je n'ai pas vu le temps passer. Ça m'ennuie d'insister, mais il faudrait que vous alliez parler avec mon père.

Elle se leva en même temps que lui.

— Autant en finir. Mais je ne vois pas ce que je pourrais lui dire de plus que ce que j'ai dit à la police.

— Soyez honnête. Et si vous n'avez pas une réponse, dites-le.

Mark l'aida à fermer les vasistas et, quand elle eut cadenassé la porte, ils empruntèrent la longue allée gravillonnée menant à la maison.

— Je suis contente que vous ayez été là quand j'ai découvert Jocelyn, admit-elle. Mais j'aurais surmonté le choc et appelé la police. Et je serais rentrée à la maison sans votre aide.

Il lui lança un sourire par-dessus son épaule.

— Message reçu. Vous êtes une femme forte et autonome, et je suis un macho néandertalien.

— Ne parlez pas à ma place. Ce n'était pas une insulte. Je voulais simplement vous faire comprendre que je suis capable de me débrouiller toute seule.

— Il n'y a pas de mal à accepter de l'aide quand vous en avez besoin.

Elle lui attrapa la main et le fit s'arrêter.

Quand il se tourna pour lui faire face, elle lui prit l'autre main, et les serra toutes les deux entre les siennes.

— Écoutez, Mark… Il faut arrêter d'être un si gentil garçon. Il ne se passera rien entre nous. Et croyez-moi, c'est préférable pour vous. Je peux être source de beaucoup d'ennuis.

— Qui vous a dit ça ?

— Sérieusement, je ne pense pas être votre genre, et…

— Et quoi ? Vous croyez que vous m'aimez bien aussi ?

Aussi. Les yeux d'Amy s'écarquillèrent tandis qu'elle réalisait ce que cela voulait dire. Lui aussi ressentait cette incroyable attirance.

Elle essaya de relativiser.

— La journée sortait de l'ordinaire. Nous avons été réunis par d'horribles circonstances. Vous m'avez agacée, vous m'avez fait rire, et vous m'avez réconfortée. Je vous en suis reconnaissante, mais je ne cherche pas une relation. Je préfère vous le dire avant que vous ne vous fassiez de fausses idées. Et si nous avons vaguement ressenti quelque chose, c'est seulement une histoire d'opposés qui s'attirent, ou un emballement dû aux circonstances.

— Donc, je n'ai pas mon mot à dire ?

Amy fut opportunément empêchée de répondre grâce à l'arrivée d'une voiture.

— Amy, je suis rentrée, dit la voix de sa grand-mère.

Cette dernière se retourna et fit un grand signe de la main aux amis qui l'avaient déposée à Comfort Hall, et faisaient maintenant demi-tour.

Abandonnant Mark, Amy se précipita vers l'élégante vieille dame vêtue d'un tailleur-pantalon en lin vert d'eau.

— Gran, dit-elle, en jetant ses bras autour des frêles épaules de sa grand-mère. Je suis si contente que tu sois là.

— Mon pauvre bébé. Je suis tellement désolée. Quel horrible accident.

Comfort repoussa Amy à bout de bras, et scruta son visage.

Grand-mère et petite-fille échangèrent une nouvelle accolade, puis Amy recula.

— Jocelyn était une si charmante jeune femme.

— Ce n'était pas un accident, Gran. La police n'en est qu'aux premiers stades de son enquête, mais il a déjà été déterminé que Jocelyn avait été attaquée. L'incendie n'était qu'une tentative pour dissimuler le meurtre.

Comfort posa une main sur son cœur.

— La pauvre petite. Mais qui aurait pu lui vouloir du mal ?

La vieille dame baissa la voix.

— Un incendie criminel, dis-tu. Ils ne soupçonnent quand même pas…

Amy interrompit sa grand-mère avant qu'elle puisse aller au bout de sa phrase.

— C'est pour ça qu'il y a autant de monde dans la maison ce soir.

D'un discret signe de tête, elle indiqua l'homme qui attendait patiemment derrière elle.

— Ils essaient de comprendre ce qui s'est passé.

Comfort observa Mark, par-dessus le rebord de ses lunettes.

— Je vois.

Sa grand-mère comprenait mieux que quiconque les ennuis 'qu'Amy pourrait avoir si certains éléments de son passé refaisaient surface, qu'elle soit innocente ou pas.

— Comment encaisses-tu le choc, ma petite chérie ?

— Ça va.

Amy se tourna et fit signe à Mark de les rejoindre.

— Je me suis fait un nouvel ami, aujourd'hui. Il a essayé de me porter secours tout à l'heure.

La vieille dame ricana doucement.

— Comment ça s'est passé ?

— Il a été patient.

Elle fit les présentations, et Comfort garda la main de Mark dans la sienne un peu plus longtemps que nécessaire.

— Eh bien, mais quel beau garçon ! Sachez, jeune homme, que je suis disponible.

— Gran ! protesta Amy.

Mark souriait à pleines dents.

— Je crois que vous flirtez avec moi, chère madame.

— Est-ce que ça fonctionne ?

— Nous ferions mieux de rentrer, dit Amy. La police et les enquêteurs des pompiers voudront peut-être t'interroger.

— Tu leur as fait du café ?

— Non, j'essayais de ne pas les encombrer.

Lorsque Comfort s'arrêta au pied du perron, Amy confessa la vérité.

— D'accord. Je me cachais dehors, le temps de retrouver mes esprits. Je suppose que quelqu'un a envoyé Mark me chercher.

— Je suis venu de mon propre chef, dit Mark.

Comfort baissa encore la voix.

— Il a l'air d'un homme charmant.

— Ça n'a aucune importance, chuchota Amy en retour.

Se sentant soudain investie d'une mission, la vieille dame montra prestement les marches.

— Je vais préparer du café pour nos invités. Toi, va prendre une douche et rejoins-nous après.

— Mais, qu'est-ce que vous avez tous à vouloir que je prenne une douche ? marmonna Amy.

Comfort haussa les sourcils.

— Eh bien, je ne sais pas de quoi vous avez discuté, mais c'est pour le moins intrigant.

Arrivée à la porte d'entrée, Comfort se retourna, et coula un regard en biais à Mark.

— Ravie de vous avoir rencontré, jeune homme.

— Tout le plaisir est pour moi, madame.

— Au fait, ma petite-fille aussi est disponible.

Lorsque la porte se referma derrière sa grand-mère, Amy grimaça un sourire d'excuse à Mark.

— C'était vraiment gênant.

Mais, en infatigable bon garçon qu'il était, Mark sourit et la mit à l'aise.

— Ne vous inquiétez pas, je connais une ou deux choses sur les grands-mères. Ce sont d'infatigables marieuses, toujours inquiètes que vous finissiez tout seul.

— Ou mort de faim, ajouta Amy. Et pas lavé, apparemment.

Le rire bon enfant de Mark la réjouit. Rien ne pourrait ressortir de cette complicité qu'ils semblaient partager, mais elle avait aimé ces quelques minutes passées avec lui.

— Merci, dit-elle.

— Je ne faisais que…

— Votre travail, je sais…

Elle tritura le bandana autour de son poignet, tandis qu'un silence embarrassé s'installait entre eux.

— Pourquoi O'Brien vous appelle-t-il Amy la cinglée ?

— Parce que c'est un crétin.

Le brutal changement de sujet lui rappela que Mark lui posait peut-être des questions pour le compte de son père. Mais l'évocation d'O'Brien suffisait à la mettre hors d'elle.

— Parce que je ne me prosterne pas devant lui, comme s'il était le dieu vivant pour lequel il se prend ? Parce que je travaille à n'importe quelle heure du jour et de la nuit quand l'inspiration me prend, et qu'il pense que je l'espionne pour saboter son travail ? Parce qu'il ne comprend pas ce que signifie ne pas vouloir vendre ? Les explications sont nombreuses, à vous de choisir.

Elle haussa les épaules.

— Et je lui ai peut-être donné quelques conseils esthétiques sur le design de ces blocs de béton qu'il appelle des maisons, de façon qu'elles s'intègrent mieux dans la nature. Je ne pense pas qu'il ait apprécié. Je peux être assez directe, parfois.

— Vraiment ? C'est étonnant de votre part, plaisanta Mark.

— Vous commencez à me connaître, on dirait.

— Je sais que vous n'aimez pas les ordres.

— Non, mais je peux finir par me montrer raisonnable quand on m'explique.

— Ah bon, vous étiez raisonnable quand je vous ai poursuivie tout à l'heure ?

— Vous m'auriez vraiment jetée en travers de vos épaules pour m'éloigner de la zone de l'incendie ?

— Oui.

— Je ne suis pas une petite chose frêle.

— Je suis un type plutôt costaud. Vous soulever n'aurait pas été un problème pour moi.

Comme pour appuyer ses dires, il croisa les bras sur son torse, faisant saillir ses biceps.

Amy sentit quelque chose frémir au creux de son ventre.

Il n'est pas ton genre, essaya-t-elle de se convaincre. Pourquoi ne pouvait-elle conserver une pensée cohérente quand il s'agissait de cet homme ? Ou tout simplement s'en aller ?

— Je me demande si je ne devrais pas être offensée par vos tactiques d'homme des cavernes.

— Donc, je suis un homme des cavernes, et vous une cinglée. On devrait sortir ensemble, ça ferait parler les commères.

— Probablement pas dans le sens où vous le pensez.

Le héros et la *bad girl* excentrique ? Oui, les gens parleraient… du fait qu'elle gâchait la vie de Mark et corrompait sa nature héroïque.

— Bonne nuit, Mark Taylor. J'ai été ravie de vous rencontrer.

Il lui prit la main pour la retenir, alors qu'elle commençait à monter les marches du perron.

— J'étais sérieux. J'aimerais vous inviter à prendre

un verre. Quand vous vous sentirez prête. Quand vous aurez surmonté votre deuil.

Il pensait que c'était pour ça qu'elle refusait ? Elle aurait dû le détromper immédiatement, mais il lui laissait du temps, il se montrait compréhensif…

Et il ne prétendait pas avoir eu le coup de foudre, et ne demandait rien d'autre qu'une soirée avec elle…

En plus, elle aimait bien ce type. Même quand il lui disait ce qu'elle devait faire. Même quand il lui posait des questions.

Et son visage n'était pas la seule chose qu'elle trouvait intéressante chez lui. Elle avait envie de connaître les secrets qui se dissimulaient sous cette apparence joviale. Chez elle aussi, il y avait une différence prononcée entre ce qu'elle ressentait et ce qu'elle montrait au monde.

Et comment une femme pourrait-elle résister à ces yeux de chien battu qu'il fixait sur elle ?

— Donnez-moi votre téléphone.

Il le décrocha de sa ceinture et elle y entra son prénom et son numéro.

— Appelez-moi, ou envoyez-moi un SMS, un de ces jours.

— Je le ferai.

Elle lui tendit son téléphone, et il tapa lui aussi ses coordonnées.

— Et faites attention à vous, dit-il, en lui rendant l'appareil. Terminé, la confrontation avec le feu, d'accord ? Ça, c'est mon travail.

Lorsque Amy atteignit la plus haute marche du perron, la porte d'entrée s'ouvrit. Gideon Taylor sortit, encadré par les inspecteurs Beck et Carson.

Ça ne pouvait pas être bon signe.

Amy se redressa de toute sa hauteur, et se prépara mentalement à l'affrontement.

Puis Dale O'Brien se glissa par l'encadrement de la porte, affichant un sourire d'autosatisfaction.

Regardant derrière elle, Amy aperçut le pick-up blanc garé derrière la longue ligne de véhicules officiels qui encombraient son allée.

Comment ne l'avait-elle pas remarqué plus tôt ? Peut-être parce qu'elle n'avait d'yeux que pour le beau pompier au sourire désarmant ?

Décidément, ce n'était pas bon signe du tout.

— Madame Hall ?

La solennité du ton de Gideon Taylor requérait son attention.

Elle le regarda, se sentant en minorité devant ces trois personnes pourvues d'un insigne qui la dévisageaient. Sans compter ce goujat d'O'Brien.

— Qu'y a-t-il, papa ?

Amy sursauta quand la main de Mark se posa dans le creux de son dos. Même si elle appréciait son soutien, elle doutait qu'il dure.

Gideon Taylor ignora la question de son fils.

— Madame Hall, je suis le chef enquêteur du KCFD. Nos dossiers indiquent que nous sommes déjà intervenus sur votre propriété pour des événements douteux.

Le regard d'Amy se tourna aussitôt vers le bon citoyen qui l'avait sans aucun doute signalée aux autorités. Dale O'Brien était prêt à tout pour lui nuire et récupérer les terres de sa grand-mère. Même à profiter de sa vulnérabilité le jour où sa meilleure amie avait été assassinée.

À moins qu'il ait quelque chose à voir dans le meurtre de Jocelyn ? Ce type était-il tellement avide de construire son empire à Copper Lake qu'il serait prêt à tuer une innocente jeune femme, rien que pour piéger les Hall ?

— Qu'est-ce que vous avez fait, O'Brien ?

La colère qui coulait dans ses veines avait chassé le frisson ressenti un moment plus tôt. Elle s'écarta de Mark, et regarda dans les yeux le chef enquêteur Taylor.

— Ce n'est pas ce que vous pensez.

— Ça me semble pourtant assez clair.

Il désigna les maisons calcinées près du lac.

— On vous a accusée d'être une incendiaire.

6

Mark s'étendit sur sa couchette à la caserne, mais il était trop tôt pour essayer de dormir.

La journée avait été bien remplie. Il avait partagé avec ses collègues le repas préparé par leur capitaine, Kyle Redding, refusé leur invitation à jouer aux cartes, et soulevé des poids pendant une heure à la salle de sport installée sur place.

À présent, le soleil se couchait, la ville était calme, et il n'avait plus de raison de repousser le moment de lire le message qu'il avait reçu d'Amy Hall.

Encore un refus.

Il eut un petit soupir désappointé. Mais ce n'était pas une surprise.

Il se demanda combien de temps il devait s'accrocher à cette attirance qu'il avait ressentie pour la jolie rousse aux jambes interminables.

Quand il l'avait prise dans ses bras pour la consoler, leurs deux corps s'étaient emboîtés comme les pièces d'un puzzle.

Oui, elle avait des rondeurs, qui semblaient la complexer. Mais il avait pu constater combien son corps était ferme et tonique. Et elle avait de l'endurance, pour courir comme ça dans les collines escarpées du Missouri.

Ses cheveux ressemblaient à un incendie, et sa peau avait la couleur de l'albâtre. Elle avait beaucoup de talent, et travaillait comme un homme, avec des outils et des matériaux lourds et dangereux. Elle avait un sacré caractère, et il la trouvait à la fois irritante, touchante et amusante.

Et elle avait une bouche magnifique qu'il rêvait d'embrasser.

Il n'avait jamais rencontré quelqu'un comme elle. Et il n'avait jamais éprouvé cette attirance intense et immédiate pour une autre femme.

Il n'était pas un don Juan, mais il avait assez d'expérience pour savoir que l'attirance était mutuelle.

Mais Amy Hall le tenait à distance avec un art consommé, et il n'était pas difficile de comprendre qu'elle avait l'habitude de faire les choses à sa manière.

Il avait donc respecté son besoin d'espace pendant vingt-quatre heures, avant de l'appeler. Elle était sur répondeur, et il avait laissé un message pour lui dire qu'il espérait que sa grand-mère et elle allaient bien, et lui rappeler que son père était un enquêteur exigeant mais juste, qui savait faire la différence entre des preuves irréfutables et de simples soupçons. Et il lui avait dit tout le mal qu'il pensait de ce mouchard d'O'Brien.

Oui, il y avait déjà eu deux incendies sur sa propriété avant celui pour lequel il était lui-même intervenu. Amy avait reconnu qu'elle avait déclenché le premier, en brûlant quelque chose dans le paddock. Mark avait vérifié les dossiers. C'était bien Amy qui avait appelé le 911 ce jour-là pour circonscrire l'incendie accidentel.

Celui de l'ancienne maison du régisseur était toujours en cours d'enquête. Et, malgré les accusations d'O'Brien, il n'y avait aucune preuve qu'Amy en soit responsable. Elle avait protesté avec force de son innocence, et Mark la croyait.

Mais il était persuadé qu'Amy cachait quelque chose, et il avait très envie de savoir de quoi il s'agissait.

Pendant deux semaines ils avaient parlé de tout et de rien. Combien de temps elle mettait pour créer ses sculptures et ses bijoux, quel était leur prix, où elle trouvait ses idées, quelle musique elle aimait… De son côté, il lui avait révélé qu'il aimait le football, qu'il n'était allé qu'une seule fois au musée - avec l'école –, et qu'il préférait le poisson pané de sa grand-mère aux sushis…

Il avait laissé passer cinq jours avant d'oser renouveler son invitation à boire un verre.

Jour après jour, Amy avait toujours une bonne excuse pour refuser un café, ou un déjeuner, ou une soirée au cinéma suivie d'un dîner en ville.

La réponse de ce soir n'était pas différente.

Dans certaines parties du monde, on appelle ça du harcèlement, cher ami.

Mark répondit aussitôt.

Dans d'autres parties du monde, on dit que le plus persévérant remporte la course.

La réponse d'Amy fut accompagnée d'une émoticône qui levait les yeux au ciel.

Et de quelle course s'agit-il ?

Celle où tu finis par dire que tu cèdes à cette histoire d'opposés qui s'attirent, ou d'emballement dû aux circonstances, et que tu acceptes de sortir avec moi.

Tu vas me resservir longtemps ces mots ? Je ne peux pas te voir ce soir. J'ai un truc à l'université avec les parents de Jocelyn. Une sorte de veillée pour les étudiants et les profs qui n'ont pas pu se rendre au Nebraska pour les obsèques. Ils vont apposer une plaque en souvenir de Jocelyn. Discours de circonstance, petits-fours et cocktail... Tu vois le genre. J'ai même été obligée de mettre une robe et des escarpins.

Fermant un instant les paupières, Mark n'eut aucun mal à imaginer combien ses jambes, mises en valeur par des talons, seraient à se damner.

Besoin d'une escorte ? Je suis relativement acceptable en smoking.

J'imagine. Mais il n'y aura pas de poisson pané. J'ai peur que tu meures de faim. Et puis, je croyais que tu étais d'astreinte.

Oui, mais je peux me faire remplacer. Je suis prêt à tous les sacrifices pour me pendre à ton bras.

Deux minutes passèrent avant la réponse d'Amy.

Tu essaies encore de me secourir. Tu laisserais vraiment Kansas City brûler, juste pour que je ne sois pas seule ?

Seule. Là était le problème avec Amy. Ça ne la dérangeait pas de flirter avec lui, du moment qu'il se tenait à distance. À en juger par ses réponses, elle n'avait pas d'aversion envers lui. C'était juste l'idée d'avoir une relation sentimentale qui lui répugnait. Pourquoi ? D'où lui venait cette obstination à rester seule ?

Que lui était-il arrivé pour qu'elle se persuade que la

meilleure façon pour elle d'affronter l'adversité, c'était de le faire seule ?

Sans doute pas. Le devoir avant tout. Mais on peut se voir demain. Tenue décontractée exigée.

Tu penses à quoi ?

Mark balança les jambes sur le rebord de la couchette, et s'assit. C'était ce qui ressemblait le plus à un « peut-être » depuis qu'ils avaient entamé cet échange quotidien de messages. Il ne devait pas se tromper dans sa réponse.

Une balade dans la campagne ? J'apporte les bouteilles d'eau, et tu te charges de la crème solaire.

La réponse d'Amy ne fut pas celle qu'il attendait.

On peut retourner au silo ? L'inspectrice Beck m'a dit qu'ils avaient levé la zone interdite. Ils ont tout passé au peigne fin, et n'ont retrouvé ni le sac à dos de Jocelyn, ni son ordinateur.

Mark se rembrunit. Il ne comprenait pas ce besoin de retourner là-bas.

Ça ne risque pas de te rappeler de mauvais souvenirs ?

J'ai besoin de réponses. J'irai seule, s'il le faut. Mais je préférerais que tu m'accompagnes. Tu pourras me donner ton avis, faire le tri dans les débris… Ton père et les flics sont peut-être passés à côté de quelque chose.

Ne va pas là-bas toute seule. Nous ne savons pas qui a allumé ces feux ou tué ton amie.

Mark attendit une minute sans réponse, avant de relancer Amy.

Tu es là ?

Toujours rien.

J'irai avec toi. Je t'appelle demain dès que j'ai fini mon service. Attends-moi. Dis-moi que tu n'essayeras pas d'enquêter toute seule.

Au bout de cinq minutes sans réponse, il composa le numéro d'Amy. Il tomba directement sur sa messagerie et raccrocha, persuadé qu'elle avait délibérément coupé son téléphone.

Nerveux, il se leva et marcha jusqu'à la fenêtre. Dans la rue en face de la caserne, les réverbères s'allumaient, signe qu'il était déjà tard. Et pourtant, il y avait encore beaucoup de circulation dans les deux sens.

Il y avait tellement de gens à Kansas City… Parfois, il lui arrivait de se sentir perdu au milieu de cette foule et de cette agitation. Il y aurait probablement aussi du monde à cet événement mondain auquel Amy allait assister à l'université.

Pourquoi Amy le laisserait-il entrer dans sa vie ? Devenir son ami… Devenir plus que ça.

Il tapa du poing contre l'embrasure de la fenêtre, et envoya un dernier message à Amy.

Dis-moi juste que tu vas bien, d'accord ? Et après, je te laisse tranquille. Promis.

— Qu'est-ce que cette fenêtre t'a fait ?

Mark attendait toujours une réponse quand Matt entra dans la salle de repos. Son frère s'assit sur la couchette et étira ses longues jambes devant lui.

— Dis donc, je suis censé être taciturne. Mais, ce soir, je pourrais passer pour un sacré boute-en-train à côté de toi. Qu'est-ce qu'il y a ? Tu penses à Grandpa ?

Non. Mais pourtant, il le devrait. Ces derniers temps, il n'était vraiment pas doué pour prendre soin des personnes à qui il tenait.

Il se passa la main sur le visage, comme pour en effacer toute trace d'émotion, et se tourna vers son frère. En guise d'explication, il brandit son téléphone devant lui, et le fourra dans sa poche.

— J'attends qu'on me rappelle.

Matt prit sur la table de chevet un magazine consacré aux voitures, et le feuilleta distraitement.

— C'est qui ? La rouquine ?

Inutile de nier. Matt n'était peut-être pas du genre bavard, mais il était remarquablement intuitif. Rien ne lui échappait.

— Elle s'appelle Amy. On a… hum… sympathisé depuis que je suis intervenu chez elle.

— Ouais.

Mark traduisit la réponse succincte de son frère par : « Ça m'intéresse, continue. »

— Papa a confirmé qu'il y avait eu trois incendies douteux sur sa propriété. Amy a reconnu la responsabilité du premier. Elle faisait brûler des vieilleries dans un incinérateur de fortune bricolé avec un vieux bidon. Deux semaines plus tard, elle a perdu une maison qu'elle avait mise en location. Enfin, il y a eu la destruction du silo, où nous avons retrouvé le corps de son amie. D'après papa, les deux derniers incendies sont criminels.

Matt n'avait pas relevé les yeux de son magazine, mais ça ne voulait pas dire pour autant qu'il n'écoutait pas.

— Maintenant, elle veut aller explorer les lieux et

résoudre elle-même le meurtre de son amie. Comment la convaincre que c'est dangereux ?

Matt abaissa son magazine sur ses genoux, et croisa le regard de Mark.

— Tu penses qu'elle est la cible de ces incendies ?

— Dale O'Brien veut récupérer sa propriété. Comme elle ne veut pas vendre, c'est peut-être le moyen qu'il a trouvé pour la faire partir.

Matt hocha la tête.

— O'Brien était ravi de pouvoir signaler à papa qu'Amy avait été accusée d'avoir mis le feu chez elle. D'ailleurs, c'est probablement lui qui l'a dénoncée, continua Mark.

Le grognement de Matt eut valeur d'approbation.

— Étant donné qu'elle a été accusée à tort, et que personne ne s'est donné beaucoup de mal pour rechercher le véritable coupable, elle n'a plus confiance dans les autorités, et elle veut enquêter toute seule.

— Ça paraît risqué, fit remarquer Matt.

Mark se leva et retourna se poster à la fenêtre.

— Je ne suis peut-être pas fondé à m'inquiéter, mais je n'ai jamais vu personne qui ait aussi peu de soutien que cette femme. Je n'arrête pas de lui demander de sortir avec moi, et elle passe son temps à me repousser. Pourtant, je sais que je lui plais. Elle n'a sans doute pas suffisamment confiance en moi pour me confier son problème. Elle pense peut-être que j'essaie d'établir un lien avec elle pour lui soutirer des informations que je pourrais ensuite confier à papa. J'ai été très franc avec elle, en lui disant que, si j'apprenais une information capitale, je serais obligé de la partager avec ma hiérarchie. Mais ce n'est pas du tout pour cette raison que j'ai envie de la voir.

— Eh bien, tu m'as l'air bien intéressé par elle.

Matt jeta le magazine sur la table de chevet.

— Pourquoi tu essaies de te rapprocher d'elle ? Tu as peur qu'il lui arrive quelque chose ? Tu te sens responsable d'elle ?

— C'est plus que ça. Elle a besoin de quelqu'un, et je veux que ce soit moi.

— Tu es sûr que tu n'inventes pas une menace qui n'existe pas pour pouvoir 'entrer dans sa vie ?

Mark jura entre ses dents.

— Je n'invente rien. Le danger rôde autour d'elle. Je crois qu'elle a besoin d'aide. Mais elle est trop fière pour demander. Alors, je me propose.

— Grandpa te dirait de te fier à ton instinct. Si tu penses qu'elle a besoin d'aide, alors fais quelque chose.

Mark vit la silhouette de son frère se refléter dans la vitre, tandis qu'il venait vers lui et posait une main sur son épaule.

— Mais si tu as juste besoin de sauver quelqu'un parce que tu te sens coupable pour Grandpa, alors laissc tombcr.

Mark se libéra d'un mouvement d'épaule.

— Amy et moi discutons ou échangeons des messages tous les jours. Et ce n'est pas toujours moi qui en prends l'initiative. On a un vrai lien. Elle est drôle. Et intelligente. Et je la fais rire.

— Oh ! Toi, tu es amoureux.

— Et alors ? Je sais que tu n'as pas envie d'une relation stable, mais je ne suis pas obligé de t'imiter.

Amy et moi, on pourrait vivre une belle histoire si elle nous laissait une chance.

— Qu'est-ce qui te fait croire que je n'ai pas une relation stable ?

Ignorant l'interruption de son frère, Mark continua à suivre le fil de ses pensées.

— Ça ne me dérange pas d'aller lentement, si c'est ce qu'il lui faut. Mais je ne veux pas passer à côté de la possibilité d'être avec elle à cause de son entêtement.

— En tout cas, Amy n'est pas la seule femme avec qui tu as un problème.

— Quoi ?

— Au déjeuner de dimanche, Grandma a demandé pourquoi tu n'étais pas là. Elle pense que tu l'évites.

— Il y avait assez de monde comme ça pour fêter l'emménagement dans la nouvelle maison, non ?

— Justement ! Comme toute la famille était réunie, ton absence était encore plus flagrante.

— C'est l'absence de Grandpa qui est flagrante. J'ai laissé mourir l'homme qu'elle aimait. Pourquoi voudrait-elle que je sois là pour le lui rappeler ?

Matt soupira, mais le déclenchement de l'alarme incendie mit fin à la conversation. Les préoccupations personnelles passèrent au second plan, tandis que le devoir appelait les frères Taylor et l'ensemble de leurs collègues.

— Allez, on se bouge, cria le capitaine Redding dans l'intercom. Incendie structurel. Tous les camions sortent.

— On terminera cette conversation plus tard, dit Matt, tandis que Mark et lui se précipitaient vers leurs casiers. Et sors-toi la rouquine de la tête pour le moment. Je n'ai pas envie de devoir te sauver la mise parce que tu penses à une femme plutôt qu'au devoir.

Mark hocha la tête, et se laissa absorber par un rituel bien rodé : enfiler le pantalon antifeu et les bottes, attraper la veste et le casque, prendre place derrière le siège conducteur.

— On va où, capitaine ?

Le gradé entra l'adresse dans le GPS du camion.

— Copper Lake.

Mark ressentit un élan de panique.

— C'est chez Amy.

— Qui est Amy ? demanda le capitaine Redding.

— Une personne de ma connaissance.

Matt croisa le regard de son frère dans le rétroviseur.

— Tu crois toujours que j'invente une excuse pour la secourir ?

7

Amy regarda le dernier message de Mark, et envisagea de lui envoyer une émoticône avec un pouce levé pour lui dire que tout allait bien, et qu'il pouvait arrêter de s'inquiéter.

Elle n'était pas impatiente au point d'aller fouiner toute seule dans les collines à cette heure de la nuit.

Mais, alors qu'un invité ivre la bousculait au bar sans s'excuser, elle ne pouvait pas vraiment dire qu'elle se sentait bien.

Ses escarpins lui faisaient atrocement mal aux pieds, et elle avait épuisé presque toute sa réserve de patience. D'ailleurs, elle était déjà restée une heure de plus que prévu. Elle avait échangé des accolades avec les parents de Jocelyn, serré la main du responsable du département des arts et sciences, qui lui avait demandé si elle avait l'intention de reprendre ses études, applaudi le discours du doyen, et aussi celui du professeur qui avait supervisé le projet de doctorat de Jocelyn.

— Donnez-moi un cola, dit-elle au barman. Ou n'importe quoi avec de la caféine. Pas besoin de verre. La canette suffira. Et une petite bouteille d'eau.

Tournant la tête, elle observa l'homme blond au smoking froissé et au nœud papillon dénoué qui était affalé à une table près de la porte, la tête entre les mains.

C'était pour Derek Roland qu'elle était encore là. Quand elle l'avait trouvé sur le parking, les chaussures et le bas du pantalon maculés de vomi, en train d'essayer d'ouvrir la portière de sa voiture avec la clé de son appartement, elle avait proposé de lui appeler un taxi. Mais il s'était effondré sur elle, la plaquant contre sa voiture en une accolade inconfortable, tandis qu'il pleurait sur son épaule.

Décidant que Derek était trop ivre et trop désespéré pour rester seul, Amy l'avait aidé à retourner à l'intérieur, le temps qu'il retrouve un minimum de sobriété.

Contrairement à Derek, Mark devait être éblouissant en smoking. Encore qu'il ne soit pas mal non plus dans sa tenue de pompier, ou en T-shirt mouillé de sueur. Sans compter qu'il serait d'une compagnie beaucoup plus drôle.

Rire un peu ne lui ferait pas de mal, après avoir affiché un sourire crispé toute la soirée, et avoir prétendu qu'elle était heureuse de revenir sur ce campus où elle avait eu autrefois l'impression d'être chez elle.

Elle était certaine aussi que Mark ne serait pas non plus enivré au point de devenir une gêne pour elle. Il était trop attentionné pour ça.

Tout en attendant sa commande, elle sortit son téléphone de son sac, et tapa quelques mots.

J'ai changé d'avis. Je peux te voir ce soir ? (Smoking en option.)

— Madame ?

Le barman décapsula la bouteille de cola et la posa devant elle, avec la bouteille d'eau.

— Votre commande.

— Merci.

Amy envoya le SMS avant de se demander si c'était une bonne chose de se rapprocher de Mark, déposa un billet sur le comptoir, et fendit la foule pour rejoindre Derek.

— Tu te sens mieux ? demanda-t-elle, en s'asseyant à côté de lui.

Elle déposa le cola devant lui, et dévissa le bouchon de sa bouteille d'eau.

— Tiens, bois-en le plus possible. Je me suis dit que ça passerait mieux qu'un café.

Au moins, il avait arrêté de sangloter. Mais il avait les yeux rouges et les paupières bouffies.

Il passa une main tremblante dans ses cheveux, observant vaguement la foule, avant de poser sur elle son regard embrumé.

— Pourquoi tu es aussi gentille avec moi, Amy ? Je ne le mérite pas.

Peut-être pas. Derek n'était pas le seul à être triste dans cette salle, à partager des souvenirs attendris à propos de Jocelyn, ou à louer son travail et sa vie. Mais il était le seul à avoir fait une bruyante démonstration publique de son chagrin, au point que ses camarades étudiants et ses professeurs s'étaient détournés du torrent émotionnel qu'il déversait sur eux.

Quant à Amy, si elle se préoccupait de Derek, c'était uniquement en souvenir de Jocelyn. Elle devait bien ça à son amie. Sinon, il y aurait déjà longtemps qu'elle aurait envoyé valser ces chaussures démoniaques, et qu'elle serait dans son lit, ou dans son atelier.

Ou alors, elle aurait cédé au besoin ridicule de revoir Mark en personne. De sentir le contact apaisant de sa main sur son épaule ou dans le creux de son dos. De rire à son humour de gamin. De prendre appui contre le roc solide qu'il était.

Pour le moment, elle n'avait personne sur qui compter, à part elle-même.

Poussant la bouteille de cola vers Derek, elle insista.

— Bois ça. Dès que tu seras un peu plus sobre, j'appellerai un taxi. Je n'ai pas envie que tu vomisses sur la banquette arrière.

Il rit, attrapa la bouteille et but une longue gorgée. Puis il prit la main d'Amy entre les siennes, et la serra de toutes ses forces.

— Je t'ai gâché la soirée. Désolé.

Amy ne put s'empêcher de comparer sa poigne moite et douloureuse avec la force contrôlée de Mark. Avec Mark, elle aurait pu se dégager à tout moment.

Tandis qu'elle essayait de libérer sa main, le souvenir de la violence de Preston lui occasionna un élan de panique. Aussitôt, elle essaya de se raisonner. Derek était sans doute trop ivre pour réaliser qu'il lui faisait mal.

— Derek, lâche-moi.

Une lueur de conscience passa dans son regard brumeux d'ivrogne, et il la libéra aussitôt, levant les deux mains en signe d'excuse.

— Désolé. Je ne connais pas ma propre force, on dirait. Je ne t'ai pas fait mal, au moins ?

Amy observa l'empreinte de pouce qui se transformerait en moins d'une heure en bleu sur sa peau pâle et fragile, mais ne se plaignit pas.

— Rien qui nécessite un médecin, dit-elle, avec une insouciance feinte. Mais, sois plus prudent la prochaine fois.

Il hocha la tête et but de nouveau une gorgée de cola.

— J'ai vraiment gâché ta soirée.

— Je n'étais pas vraiment d'humeur à faire la fête, de toute façon. Je voulais être là pour soutenir les parents de Jocelyn. Mais j'avoue que j'ai hâte de rentrer chez moi.

— Moi aussi.

Il termina son cola en une seule gorgée, et eut au moins la politesse de couvrir sa bouche quand un rot bruyant s'en échappa.

Tandis que son haleine chargée d'alcool portait jusqu'à elle, Amy massa discrètement sa main sous la table. Effacer le souvenir de l'agression de Preston Worth était hélas moins facile. Il avait essayé de l'étrangler, l'avait rouée de coups. Et puis, il y avait eu cette chute horrible.

— Tu es tellement plus forte que nous dans cette épreuve, dit Derek, d'un ton geignard.

Non. Elle était seulement une survivante.

En guise de réponse, elle s'en tint à une platitude :

— Chacun vit son deuil différemment.

Puis elle se leva et contourna la table pour passer un bras autour de celui de Derek et l'aider à se lever.

— Viens. Une promenade au grand air te fera du bien.

— Donne-moi mes clés. Je vais rentrer chez moi.

— Il n'est pas question que tu prennes le volant. Et maintenant, viens marcher.

Ils allèrent jusqu'au parking, et Amy sortit son téléphone de son sac pour appeler un taxi.

Elle fut un peu déçue en découvrant que Mark ne lui avait pas répondu. Mais elle ne pouvait pas le blâmer de jouer au même jeu qu'elle. À moins qu'il 'ait été appelé en intervention ?

Était-ce pire de s'inquiéter pour la sécurité de Mark, ou d'être attristée par son absence de réponse ?

— Amy ?

Derek lui secouait le bras si fort qu'elle faillit laisser tomber son téléphone.

— J'aimerais bien enlever ce fichu costume de pingouin. Surtout avec…

Il tituba contre elle 'en baissant les yeux vers l'ourlet de son pantalon.

— Enfin, tu vois.

La pitié qu'éprouvait Amy commençait à s'estomper, au profit d'une irritation contenue à grand-peine.

Avec un soupir, elle reprit le bras de Derek, et le fit pivoter vers le bâtiment des sciences de l'environnement.

— Tu as des vêtements de rechange dans ton bureau ?

Il hocha la tête.

— Eh bien, allons-y.

Étant donné que le badge de Derek était accroché à son porte-clés, ils n'eurent aucun mal à passer le barrage du gardien de nuit, et à gagner le minuscule bureau de Derek en haut de l'escalier.

Là, celui-ci prit son sac de sport et l'emporta dans les toilettes du couloir pour se changer.

Amy aurait bien aimé avoir encore un bureau sur le campus pour pouvoir enfiler des baskets ou des tongs. À défaut, elle aurait bien enlevé ses escarpins, mais elle doutait de pouvoir de nouveau y loger ses pieds gonflés et meurtris pour conduire jusque chez elle. Elle s'assit donc sur l'unique chaise face au bureau en désordre de Derek et attendit pour être sûre qu'il n'allait pas s'évanouir quelque part.

Malgré sa fatigue, son esprit était parfaitement alerte. Avant de réaliser pleinement ce qu'elle faisait, elle fit une pile nette avec les mémoires des étudiants, reboucha les stylos, rangea les trombones et les post-it dans l'un des tiroirs du bureau. Puis elle prit un mouchoir en papier dans son sac pour essuyer l'écran poussiéreux de l'ordinateur.

En voyant autour de son poignet le bandana noir que Mark lui avait donné, elle sourit. Même quand elle ne pouvait pas joindre celui qui s'était immiscé dans presque toutes ses pensées, ce cadeau à l'ancienne du pompier au grand cœur la réconfortait, au point qu'elle ne le quittait jamais.

Peut-être était-il temps d'admettre qu'elle avait des sentiments pour Mark. Qu'elle voulait être plus pour lui qu'une copine avec qui on échange des SMS. Et qu'un jour, elle allait devoir lui parler de son passé, et voir s'il était intéressé par autre chose qu'un flirt.

Se sentant un peu plus légère maintenant qu'elle avait fait le tri dans ses pensées, et admis certaines évidences, elle termina de nettoyer l'ordinateur portable fourni par l'université et rabattit l'écran.

Elle découvrit alors un second ordinateur, glissé

entre des dossiers et des piles de cartes topographiques. Qu'avait bien pu faire Derek pour se voir octroyer deux ordinateurs ? À moins qu'il ait égaré le sien dans ce capharnaüm et en ait demandé un autre…

Intriguée, elle exhuma l'ordinateur de sa cachette, et ses doigts effleurèrent un emplacement collant, là où une étiquette avait été retirée. En y regardant de plus près, elle aperçut les contours de deux initiales imprimées dans la colle.

J et B. Comme Jocelyn Brunt.

Amy souleva le couvercle, et découvrit à côté du pavé tactile la trace d'un autre autocollant. Même si les traces de colle et les quelques filaments de plastique qui s'y accrochaient encore ne donnaient aucune indication sur la nature de l'autocollant, l'endroit était exactement celui où Jocelyn avait apposé l'emblème d'une superhéroïne qui l'inspirait.

La climatisation s'était-elle soudain emballée dans le petit bureau ? Ou bien le frisson qui courait le long de la colonne vertébrale d'Amy indiquait-il que Derek n'était pas aussi innocent qu'il en avait l'air ?

Serrant l'ordinateur contre sa poitrine, Amy se leva en voyant Derek entrer.

— Je suis aussi prêt que possible, annonça-t-il, d'un ton guilleret.

Puis il vit ce qu'elle tenait entre les bras, et une lueur de colère passa dans son regard.

— Tu as fouillé dans mes affaires ?

— Cet ordinateur n'est pas à toi. Tu sais très bien qu'il appartenait à Jocelyn. Où l'as-tu trouvé ? Depuis combien de temps tu l'as ? Tu sais que la police le cherche.

— Oui, je sais.

Il prit appui contre l'encadrement de la porte.

— Je n'avais pas fini avec.

Il n'avait pas fini ? Il savait où se trouvait l'ordinateur depuis deux semaines, et il n'avait rien dit ?

— Bon sang, Derek ! La police pense que c'est peut-être la clé pour trouver le meurtrier de Jocelyn. Et toi, tu…

Elle jura entre ses dents, sortit du bureau en le bousculant au passage, et se dirigea vers l'escalier.

— Je vais le remettre à la police, et je dirai où je l'ai trouvé, lança-t-elle, par-dessus son épaule.

— Elle l'a laissé dans mon appartement la nuit précédant sa mort.

Amy pivota pour lui faire face.

— Impossible. Elle ne s'en séparait jamais.

Une autre pensée lui traversa l'esprit. Jocelyn aurait donc passé la nuit avec Derek ?

— Tu as quelque chose à voir avec sa mort ?

— Quoi ? Non ! Bien sûr que non, voyons. Je l'aimais.

Amy était bien placée pour savoir que l'amour n'empêchait pas la violence dans une relation.

— Dis-moi exactement comment tu as eu cet ordinateur.

Était-elle en train de discuter avec l'assassin de Jocelyn ? Peut-être devrait-elle appeler l'inspectrice Beck ? Non, elle avait une meilleure solution : la bombe lacrymogène qu'elle gardait toujours dans son sac.

Elle sortit la bombe, et laissa son index en suspens

sur le pressoir. Derek devait comprendre qu'elle n'avait pas peur de lui.

Et elle ne partirait pas avant d'avoir obtenu des réponses.

— Parle-moi de la nuit qui a précédé la mort de Jocelyn.

— Joss et moi avons passé un peu de temps ensemble, la semaine précédant sa mort. Elle m'a dit que tu lui avais conseillé de penser à elle d'abord, de faire ce qu'elle pensait être bien pour elle.

Il grimaça pour lui montrer qu'il n'appréciait pas cette recommandation.

— Peut-être qu'elle m'aimait plus que tu le pensais. Elle est venue pour parler, et les choses se sont emballées.

— Une dernière relation sexuelle avant la rupture ?

— Non !

Pour quelqu'un qui semblait sur le point de s'évanouir quelques instants auparavant, Derek avait soudain retrouvé assez d'énergie pour s'élancer vers elle.

Elle brandit la bombe lacrymogène, mais il se mit à tanguer, battant des bras pour retrouver son équilibre, avant de reculer vers le mur pour y prendre appui.

Peut-être ne représentait-il pas une vraie menace, mais sa rancœur était manifeste.

— Je te parle de deux personnes qui sont faites pour être ensemble, et qui ont envie de faire l'amour. J'avais besoin de savoir qu'elle m'aimait encore. Je voulais qu'elle sache que je serais là pour elle quand elle aurait son diplôme.

Mais oui, mais oui. Le véritable amour. Le chantage émotionnel. Amy n'était pas intéressée par ces simagrées.

— Parle-moi de l'ordinateur.

— Je me suis réveillé avant elle le lendemain matin.

Ses yeux se remplirent de larmes, et il secoua la tête.

— Je voulais comparer certaines de ses recherches avec mes propres conclusions. Puis elle s'est réveillée. Je n'avais pas fini, et je ne voulais pas qu'elle croie que j'avais couché avec elle pour ça. Alors, j'ai caché l'ordinateur. Quand elle l'a cherché dans son sac à dos, j'ai suggéré qu'elle l'avait peut-être laissé chez toi, ou au silo.

Il reprit son souffle, en s'essuyant les yeux d'un revers de main rageur.

— Un peu plus tard dans la journée, j'ai appris qu'elle avait été évacuée à cause de l'incendie. Je me rendais chez toi pour aller cacher l'ordinateur dans sa chambre, quand tu m'as appelé.

— Espèce de salaud ! Tu ne peux pas te servir de quelqu'un et prétendre en même temps que tu l'aimes.

Derek se laissa glisser contre le mur, jusqu'à ce qu'il se retrouve assis par terre, et se remit à sangloter.

— Tu ne vois pas ce que j'ai fait ? Elle a dû aller au silo pour récupérer son ordinateur. Je l'ai envoyée à la mort. Sans moi, elle ne se serait pas trouvée là.

Cette ridicule histoire pouvait-elle être vraie ? Ou bien essayait-il de se créer une sorte d'alibi ?

Malgré l'évidente détresse de Derek, Amy n'avait aucune envie de le réconforter.

— Vous ne vous seriez pas plutôt disputés parce que Jocelyn avait découvert que tu plagiais ses recherches ? Tu t'es peut-être énervé…

— Et j'ai emporté son cadavre pour le cacher sur ta propriété ?

Il haussa les épaules, avec une moue dédaigneuse.

— Je ne suis pas ce vieux ringard de professeur qui t'a cogné dessus.

Amy reçut les mots comme une gifle en pleine figure. Peut-être était-ce l'intention de Derek. Sa façon de se venger.

Il secoua la tête.

— Je suis désolé, Amy. Je ne voulais pas dire ça. C'est à cause de l'alcool.

Tandis qu'il étendait ses jambes devant lui, apparemment incapable de se lever, Amy expliqua combien ses paroles étaient blessantes.

— Derek, quand tu es ivre, ou que tu ne contrôles plus tes émotions, jeter des paroles méchantes à la figure d'une personne, c'est comme la frapper.

Elle respira profondément pour se calmer.

— Il faut que la police sache ce que tu m'as dit. Tu les appelleras demain, quand tu auras les idées plus claires, et tu leur raconteras tout.

— Je ne l'ai pas tuée.

— Ce n'est pas à moi de le déterminer. Mais tu es peut-être la dernière personne à l'avoir vue en vie. Tu avais en ta possession son ordinateur, et tout ce sur quoi elle travaillait. Si tu n'appelles pas la police demain, j'enverrai des inspecteurs chez toi.

— Je te jure que je suis innocent.

Comme Derek était apparemment dans l'impossibilité de se lever, et qu'elle se tenait hors de sa portée, Amy décida qu'elle ne risquait rien à s'avancer vers l'escalier.

— Je vais te faire envoyer un taxi dans vingt minutes. Sois sur le perron, prêt à partir. Je laisse tes clés au gardien, pour être sûre que tu ne prendras pas ta voiture.

— Amy ! Attends !

— Bonne nuit.

Amy expliqua la situation au gardien puis, l'ordinateur sous le bras, quitta le bâtiment.

Elle allait appeler l'inspectrice Beck, et déposerait l'ordinateur le lendemain au poste de police du district Nord.

Elle pressa le pas en traversant le campus pour rejoindre le parking des élèves, où elle avait laissé sa voiture.

Sa bombe lacrymogène dans la poche, prête à la dégainer si nécessaire, elle était extrêmement attentive à son environnement, et ne tarda pas à avoir la sensation d'être surveillée.

Comme la nuit de la mort de Jocelyn, quand ses bras s'étaient couverts de chair de poule, elle se sentait ciblée par l'intérêt de quelqu'un. Ou son obsession. Ou sa colère.

Elle s'arrêta et se retourna, mais ne vit rien d'inhabituel ou d'inquiétant.

Un groupe de jeunes étudiants, sans doute en première année, sortaient du bâtiment des arts appliqués, en riant et parlant fort.

À part eux, il n'y avait personne. Pas de piétons sur

les trottoirs, pas de voiture passant au ralenti à travers le campus.

Sans le vouloir vraiment, elle leva les yeux vers les fenêtres du département des beaux-arts, où elle avait occupé autrefois un bureau. Où elle avait suivi les cours de Preston Worth et posé pour lui. Preston avait été renvoyé, mais il y avait de la lumière dans son ancien bureau. Une ombre passa devant la fenêtre et disparut.

Amy sursauta. À cette heure de la nuit, c'était probablement une personne de l'équipe de nettoyage. Un autre professeur occupait maintenant cette pièce. Preston végétait à présent dans une petite ville du Montana, où il enseignait dans un établissement privé. Le procureur qui avait instruit l'affaire d'Amy gardait un œil sur lui, et il l'aurait prévenue si Preston était revenu à Kansas City. De plus, il était *persona non grata* à l'université Williams, et il risquait une arrestation s'il remettait les pieds sur le campus.

Donc, il n'y avait personne. En tout cas, personne qu'elle puisse voir. Et elle n'entendait pas grand-chose à part le battement de son pouls dans ses oreilles.

Ravalant sa peur, elle cessa de regarder vers la fenêtre. Son imagination lui jouait simplement des tours après ce que Derek avait dit ce soir.

— Je vais bien, murmura-t-elle, tout en pressant le pas. Il faut juste que j'arrive à la voiture, et tout se passera bien.

Arrivée à bon port sans que personne ne l'ait accostée, elle s'empressa de se mettre au volant et de verrouiller les portières. Elle déposa l'ordinateur et son sac sur le siège passager et tourna la clé de contact. Puis elle sortit du parking sans perdre une minute de plus.

Au premier feu rouge, elle relâcha son souffle, et prit son téléphone dans son sac pour envoyer un message à Mark.

Était-il pris par son travail ? L'avait-elle repoussé une fois de trop, au point qu'il avait fini par croire qu'elle ne voulait pas le voir ?

Elle tapa rapidement avant de perdre le peu qu'il lui restait de sang-froid, et de nier ce qu'elle voulait, ce qu'elle avait peur de désirer.

Je suis désolée si je t'ai donné la moindre raison de douter de mon intérêt pour toi. J'ai vraiment envie de te voir. Réponds-moi. Je passe à la caserne ce soir si c'est d'accord.

Amy venait d'envoyer le message, et cherchait l'adresse de la caserne 13, quand son téléphone sonna.

L'espoir légèrement euphorique d'entendre la voix de Mark se dissipa quand elle vit s'afficher le nom de sa grand-mère sur l'écran. Que faisait-elle encore debout à cette heure ?

— Gran ? Je sais que j'avais promis de rentrer plus tôt, mais…

— Amy, ma chérie. Il faut que tu viennes à la maison immédiatement.

— Que se passe-t-il ?

Le feu passa au vert, et la voiture derrière elle klaxonna. Elle démarra et prit la direction de l'autoroute, au lieu de tourner vers la caserne.

— Ça ne va pas ? C'est ta tension ? Tu as bien pris tes médicaments aujourd'hui ?

— Je vais bien. Il ne s'agit pas de moi.
— Qu'est-ce qu'il y a ?
— J'ai déjà prévenu les autorités.
De plus en plus inquiétant.
Elle appuya plus fort sur l'accélérateur.
— Pourquoi ?
— Il y a le feu ici.

8

Heureusement, la patrouille de l'autoroute n'était pas déployée en force pour voir Amy rouler à toute allure vers la maison.

Malgré l'envie de rappeler sa grand-mère, elle garda résolument les deux mains sur le volant, et ne ralentit qu'aux abords de la sortie vers Copper Lake.

Elle fila à travers la zone industrielle, dépassa les centres commerciaux et s'engagea sur la route de campagne qui sinuait à travers bois et collines.

Une fois les lumières de la ville derrière elle, un énorme nuage noir de fumée apparut à l'horizon, masquant les étoiles.

Elle essaya de situer les lieux de l'incendie, sachant que c'était trop loin dans la vallée pour concerner la maison de sa grand-mère, mais que ça pouvait se propager très vite. Et il y avait déjà eu assez de feux comme ça dans les environs.

Enfin, les collines s'ouvrirent sur Copper Lake, et elle vit se découper dans la lumière des gyrophares la silhouette de la maison de location située du côté nord du lac.

En passant devant le chantier du lotissement, elle eut

un haut-le-cœur en voyant le pick-up de Dale O'Brien garé devant le mobil-home hébergeant son bureau.

Pourquoi était-il toujours là quand les ennuis pleuvaient sur sa vie ?

Toutes les lampes étaient allumées dans le bureau, comme s'il travaillait malgré le vacarme, sans se soucier du sort de ses voisines. Plusieurs de ses ouvriers se tenaient près de leurs voitures, observant le chaos et filmant la scène avec leurs téléphones. Certains empiétaient sur la route, forçant Amy à se déplacer à la vitesse d'un escargot pour les dépasser sans risque d'accrochage.

— Mademoiselle Amy, cria quelqu'un.

Elle regarda par la vitre passager, et vit Richie Sterling, ses joues brûlées par les coups de soleil aussi rouges que des pommes, agiter la main dans sa direction.

— Content de voir que vous n'avez rien, cria-t-il.

— Merci.

Elle s'arrêta et, baissant complètement la vitre, lui fit signe d'approcher.

— Pourquoi tout le monde est encore là ? Je n'ai pas vu de barrage. Les pompiers vous ont demandé de rester ?

Brad Frick apparut à côté de Richie, et se mêla de la conversation avant que le jeune homme ait pu répondre.

— C'est vendredi. On attend notre paye.

Il serra ses doigts gantés autour de l'encadrement de la vitre, et Amy remarqua les égratignures et les coups sur les mains de Richie. De vraies mains de travailleur manuel.

D'où lui venait cette récente fascination pour les

mains des hommes ? Celles de Brad étaient cachées, celles de Richie abîmées. Les mains de Derek étaient brutales, et celles de Mark puissantes mais savaient se faire légères comme une plume.

Mark…

Elle regarda vers le lac, où les pompiers luttaient contre les flammes. Elle avait tellement envie de rentrer chez elle, de voir Gran… et de parler à Mark.

Une pensée lui traversa l'esprit. Tous ces hommes attendaient d'être payés à cette heure de la nuit, un vendredi soir ?

— Vous n'êtes pas payés directement par virement ?

Brad marmonna quelque chose entre ses dents.

— O'Brien prétend qu'il y a un problème avec l'ordinateur. Alors, il fait des chèques à tout le monde.

— Ça ne change rien pour nous, ajouta Richie. On est toujours payés par chèque. Et on passe toujours les derniers.

— Tais-toi.

Brad lui donna un coup de coude pour qu'il se pousse.

— Vous n'auriez pas du travail pour nous, mademoiselle Amy ? On peut venir ce week-end. Ou alors, tôt lundi matin. C'est comme ça vous arrange.

Pressée d'en terminer avec cette conversation et de rentrer chez elle, Amy accepta plus ou moins.

— Quand le feu sera éteint, il y aura des débris à déblayer. Mais il faudra attendre le feu vert des autorités. Ce ne sera probablement pas ce week-end, mais je vous appellerai dès que j'aurai du nouveau.

— Merci.

— Ça y est, les gars !

Brad tourna la tête tandis que Dale O'Brien sortait de son bureau en agitant une liasse d'enveloppes. Le promoteur commença à faire l'appel et à distribuer les chèques. Dès que les deux hommes eurent leurs enveloppes, ils se dirigèrent vers leurs véhicules, se désintéressant des malheurs d'Amy et de sa grand-mère.

Avant d'avoir terminé la distribution, O'Brien donna le reste des enveloppes à un homme pour qu'il prenne le relais, et vint s'encadrer dans l'ouverture de la vitre d'Amy. Malheureusement, la route n'était pas encore suffisamment dégagée pour qu'elle puisse s'en aller.

— Comment va Comfort ? demanda O'Brien, comme s'ils avaient déjà eu ce genre de conversation amicale des dizaines de fois.

Elle ne put s'empêcher de remarquer sa manucure impeccable, tandis qu'il tambourinait du bout des doigts sur l'encadrement de la vitre.

— J'espère que ce nouvel incendie ne lui a pas fait peur.

— C'est ce que j'ai l'intention de découvrir une fois que vos hommes auront libéré la route. Mais je suis sûre qu'elle va très bien.

— Vous savez, je suis toujours prêt à vous offrir un bon prix, bien que la destruction de cette maison fasse dévaluer la propriété.

— Je reconnais que c'est plutôt une bonne technique d'allumer des incendies pour nous faire peur et acheter moins cher.

Il se redressa, l'air narquois.

— Vous avez des preuves de ce que vous avancez ?

Amy serrait si fort le volant que ses articulations avaient blanchi.

— Bonne nuit, monsieur O'Brien.

Elle roula aussi vite que possible jusqu'au lac, se sentant souillée, comme chaque fois qu'elle était en contact avec le promoteur.

S'arrêtant derrière les véhicules d'intervention, elle essaya de repérer Mark parmi les soldats du feu qui luttaient vaillamment contre un ennemi aussi puissant que cruel.

Même s'il n'y avait pas de vent, et que la fumée semblait monter tout droit dans la nuit, elle avait les yeux irrités par les odeurs de soufre et les particules de cendres qui flottaient dans l'air.

Elle attendit encore un peu, espérant toujours voir Mark, et s'assurer par elle-même qu'il allait bien. Avec les ombres dansantes, la lumière aveuglante du feu, les gyrophares sur leurs visages, il était impossible de différencier un pompier d'un autre.

Le seul à sortir du lot était Matt, avec sa silhouette de géant. Une hache jetée en travers de son épaule, il discutait avec le capitaine, reconnaissable à son casque blanc. Puis, à la grande surprise d'Amy, il se dirigea vers elle.

Embarrassée, elle se recroquevilla sur son siège. Elle pensait pourtant ne pas gêner le passage. Comment avait-il remarqué sa présence ?

De près, elle vit la transpiration et les cendres qui marquaient son visage sous le casque. Son expression était aussi maussade que celle de Mark était amicale.

— Nous avons le contrôle de la situation. Rentrez chez vous.

— Où est Mark ?

— Jackson et lui inspectent la maison pièce par pièce pour s'assurer que personne n'est coincé à l'intérieur.

L'angoisse d'Amy s'amplifia.

— Il est dans la maison ?

Considérant sans doute qu'il s'agissait d'une question rhétorique, Matt ne répondit pas.

— Votre habitation est à distance raisonnable du job, dit-il.

Le job ? C'était ainsi qu'il appelait la destruction d'une maison vieille de cent ans, qui pouvait tuer son frère ? Apparemment, elle avait encore beaucoup à apprendre sur les pompiers.

De sa main gantée, Matt désigna le perron où Comfort Hall attendait en compagnie de Gerald Sanders.

— Restez avec eux. Tenez-les à l'écart du danger.

Son ton autoritaire ne laissait pas place à la discussion. Elle se demanda s'il lui donnait simplement quelque chose à faire pour alléger l'inquiétude qui devait se lire sur son visage, ou bien s'il pensait qu'elle serait une distraction trop importante pour Mark.

Quelle que soit la raison de sa demande, elle hocha la tête.

— Merci d'être venu me parler.

Derrière Matt, il y eut un grand fracas, tandis que les vitres du bow-window explosaient. Un pompier ôta les tessons de verre et les échardes de bois dans l'embrasure, et Mark sortit derrière lui, transportant dans ses bras une silhouette inerte enveloppée dans une couverture de survie.

Quand ils furent suffisamment éloignés de la structure, les deux hommes étendirent le corps au sol, et Mark demanda des secouristes.

Même si elle ne pouvait pas lire son expression, il ’était impossible de se tromper sur la direction de son regard. Il lui fit un petit signe de la main, et elle sentit sa tension s’alléger, hésitant entre l’envie de rire ou de pleurer.

— Partez, maintenant, dit Matt.

Tandis qu’il s’éloignait, Amy prit encore le temps de regarder les secouristes apposer un masque à oxygène sur le visage de la victime, et commencer leur examen.

Il était temps qu’elle s’en aille, qu’elle fasse quelque chose d’utile. À l’évidence, elle n’était pas la personne à secourir ce soir. Et d’ailleurs, elle n’en avait pas envie.

Tournant la clé de contact, elle dépassa les véhicules d’intervention, coupa à travers la prairie, et déboucha directement devant la maison de sa grand-mère.

La vieille dame se tenait debout sur le perron, en pyjama et robe de chambre. Leur locataire, Gerald Sanders, la soutenait, un bras passé autour de ses épaules.

Comfort Hall joignit les mains comme en prière, puis envoya un baiser à sa petite-fille.

— Amy ! Je suis tellement contente que tu sois là.

— Et moi, je suis heureuse que tu n’aies rien.

Les deux femmes tombèrent dans les bras l’une de l’autre.

— N’est-ce pas terrible ? demanda Comfort, en reculant.

Elle resserra la ceinture de sa robe de chambre, et enroula les bras autour d'elle.

— Tant d'incendies en si peu de temps. Ça ne peut pas être chaque fois un accident.

Tandis qu'elle passait un bras autour des épaules de sa grand-mère, Amy remarqua que Gerald portait des chaussons et un haut de pyjama avec le jean et le vieux gilet qu'il avait dû enfiler à la hâte. Comfort et lui devaient être tous les deux profondément endormis quand la tragédie avait débuté.

— Merci de votre présence, Gerald. Je suis rentrée aussi vite que j'ai pu. Je ne me serais pas autant inquiétée si j'avais su que vous étiez avec ma grand-mère. C'est vous qui avez découvert l'incendie ?

— J'ai senti la fumée, et je suis venu ici pour m'assurer que Comfort allait bien.

Il jeta un coup d'œil à cette dernière, et s'empressa de tourner la tête vers l'incendie. Amy se demanda alors, et ce n'était pas la première fois, si le vieil ermite bougon n'avait pas un petit béguin pour sa voisine.

Pendant un moment, ils restèrent tous les trois à observer le travail des pompiers, puis Comfort se pencha à l'oreille de sa petite-fille.

— De quoi parlais-tu avec cet homme ? C'est lui, ce Mark Taylor qui t'a tapé dans l'œil ?

— Gran !

Ce n'était pas vraiment le moment de jouer les marieuses.

— Je n'ai pas vu Mark depuis des semaines.

— Mais je sais que vous échangez par téléphone. Il te fait rire et, rien que pour ça, il me plaît, ce garçon.

— Je parlais avec son frère Matt. Il a dit que nous ne risquions rien ici.

— Il a dit quelque chose à propos de la victime ? Personne ne vivait là, à part si nous avions un squatteur… Qui est-ce ?

— Je n'en sais rien, Gran.

Comfort tendit la main pour lui caresser la joue.

— Je suis un peu fatiguée. Tu me diras quand le feu sera éteint ?

— Bien sûr.

La vieille dame se tourna alors vers Gerald, et posa la main sur son bras.

— Merci de m'avoir réveillée. Et d'être resté avec moi. C'est rassurant d'avoir de nouveau un homme ici. Mais je ne risque plus rien maintenant qu'Amy est là.

— Je ne voudrais pas qu'il vous arrive quelque chose, Comfort.

Il posa brièvement sa main sur la sienne, avant qu'elle prenne congé.

Il la suivit des yeux, attendit que la porte se referme derrière elle, et adressa un signe de tête à Amy.

— Je vais y aller.

— Voudriez-vous rester ici cette nuit ? Je crois que les pompiers n'en ont pas encore terminé là-bas.

Il plissa le front, et ses gros sourcils blancs se rejoignirent pour former une ligne.

— Ce ne serait pas bienséant.

— Pour tout vous dire, je me moque bien de ce que peuvent penser les gens. Et ma grand-mère aussi. Ça va être bruyant chez vous, et ça va sentir la fumée.

— Je ne sais pas…

— Peut-être juste une tasse de café ? Je vous promets de ne pas essayer de faire la conversation avec vous.

Il laissa échapper un son étranglé, et Amy se demanda s'il riait.

Après avoir sondé la sincérité de la jeune femme quelques instants, il hocha la tête.

— Eh bien, je suppose que je n'aurai pas de pression d'eau ce soir non plus.

Ça ressemblait plus à une plaisanterie qu'à une récrimination, et Amy ne s'offusqua pas.

— Je prendrais volontiers un café. Décaféiné, si vous avez.

— Gran ne boit plus que ça, maintenant.

Amy ouvrit la porte, et laissa le vieil homme passer devant elle. Puis elle s'accorda un dernier regard vers l'incendie, détaillant chaque pompier jusqu'à ce qu'elle trouve Mark.

Il n'était pas étonnant qu'il n'ait pas répondu à ses SMS. Il était occupé à sauver des vies.

Il n'avait pas le temps de lui porter secours cette nuit, et elle n'aurait pas dû souhaiter qu'il le fasse. Elle devrait être plus forte que ça. Assez forte pour prendre soin d'une grand-mère vieillissante, affronter des incendies, se débrouiller avec Derek Roland et Dale O'Brien, et tout ce que l'univers lui envoyait comme tracas.

Mais c'était dur d'être toujours forte.

Et si elle se faisait des illusions concernant une relation entre elle et Mark ? Ils n'avaient même pas eu ce rendez-vous qu'il n'arrêtait pas de solliciter.

Pourtant, elle avait l'impression de le connaître. Et leur attirance physique était indéniable.

Elle risquait fort d'y laisser son cœur en croyant qu'elle pouvait faire confiance à un homme, de la même manière qu'elle avait, à tort, fait confiance à Preston.

Mais Mark n'avait rien à voir avec Preston. Mark respirait la sincérité. C'était un homme qui ignorait la signification du verbe « fuir ». Il était fort, déterminé et intègre. Il était capable d'affronter toutes les situations sans jamais reculer devant l'adversité. C'était aussi un homme simple et doux, qui savait répondre patiemment à ses questions, et dissiper ses craintes d'un geste tendre…

Il ne faisait pas partie de sa vie, et rien ne justifiait qu'elle s'inquiète pour lui. C'était pourtant le cas.

Elle ne pourrait jamais oublier ce moment où elle l'avait vu sortir des flammes, alors qu'il venait de risquer sa vie pour sauver une personne inconnue.

Et il était ridicule désormais de continuer à nier qu'elle ressentait quelque chose pour Mark, alors que son estomac était noué par la crainte qu'il lui arrive quelque chose, et que la force lui manquait pour aller retrouver Gerald Sanders et boire un café en sa compagnie.

9

Une heure plus tard, Mark montait deux par deux les marches du perron d'Amy. Il venait sans doute de passer la plus longue heure de sa vie, en sachant qu'il ne pouvait abandonner son équipe tant que le feu ne serait pas contenu et les lieux sécurisés.

Même s'il avait ressenti du soulagement en constatant qu'Amy était saine et sauve, une pointe de jalousie l'avait taraudé quand il avait vu que Matt prenait quelques minutes pour discuter avec elle.

Quand il avait trouvé la victime, prisonnière d'une pièce à l'arrière de la maison, il avait su tout de suite, en voyant la frêle silhouette, qu'il ne pouvait pas s'agir d'Amy. Il avait suffisamment rêvé de son corps pour savoir qu'elle était grande, avec des jambes interminables, et des courbes sensuelles.

Rétrospectivement, il se disait qu'il aurait dû se sentir coupable d'avoir éprouvé ce bref instant de soulagement en découvrant que la femme sévèrement brûlée, qui n'avait pas pu être réanimée, n'était pas Amy.

Une femme était morte.

Un autre incendie s'était déclaré sur la propriété d'Amy.

Finalement, il avait pu lire les messages qu'elle lui avait envoyés ce soir. Elle était perturbée par quelque chose. Elle avait besoin de lui.

Et il n'avait pas été disponible.

Mark drapa sa veste antifeu sur la rambarde du porche, et posa son casque par-dessus. Puis il frappa à la porte, en espérant qu'il n'était pas trop tard pour une visite.

Il avait besoin de prendre Amy dans ses bras, de voir son visage de près pour lire dans ses yeux qu'elle allait bien.

Il voulait lui dire qu'il était prêt à vivre une histoire avec elle.

Bon sang, il en était déjà à ce stade ! Il ne serait pas inquiet et jaloux, et impatient de la toucher, s'il n'avait pas de sentiments pour elle.

Il retint son souffle en entendant tourner le verrou, puis le relâcha en un profond soupir quand il la vit.

Elle portait un short en jean et un débardeur turquoise. En l'absence de maquillage, ses taches de rousseur étaient plus visibles sur sa peau diaphane, et ses cheveux cascadaient librement sur ses épaules. Le collier en forme de nœud de huit pendait au creux de sa voluptueuse poitrine. Et elle était pieds nus, les orteils vernis dans un ton plus soutenu que le turquoise de son débardeur.

Et juste au moment où il identifiait en lui un élan de désir, elle saisit les bretelles de son pantalon antifeu, et l'attira vers elle.

Le hall était plongé dans l'obscurité. La porte se referma, et il se retrouva plaqué contre le battant, tandis qu'Amy se collait à lui et plaquait sur ses lèvres un baiser impatient.

La réaction de Mark ne se fit pas attendre. D'une main, il lui saisit la taille, attira les hanches d'Amy contre la sienne. De l'autre, il saisit sa nuque, enfouit les doigts dans la masse soyeuse de ses boucles rousses, et l'embrassa avec fièvre.

Il se passa quelques secondes, ou peut-être une éternité, avant qu'il mette fin à leur baiser. Le souffle court, ils s'observèrent avec surprise, ne s'étant attendus ni l'un ni l'autre à un tel déchaînement de passion.

— Salut, dit-il, d'une voix enrouée. Je dois te prévenir que mes bottes sont plutôt…

Elle le fit taire en pressant un doigt sur ses lèvres, puis elle lui prit la main et l'entraîna à sa suite.

Elle désigna le salon, où seule une lampe était allumée sur une console, et il vit le vieux Sanders endormi dans un fauteuil inclinable.

Amy lui signala ensuite l'échafaudage, qui barrait l'accès à l'arrière de la maison, et Mark se pencha pour passer en dessous, avant de la suivre docilement le long du couloir menant à la cuisine.

Il cilla face à la vive lumière qui tombait du plafond, inhala l'odeur du café fraîchement passé, et campa fermement sur ses pieds, arrêtant Amy dans son mouvement.

Lorsqu'elle se tourna vers lui, il prit son visage en coupe dans ses mains, et s'empara de nouveau de ses lèvres.

Il la fit reculer contre un plan de travail, à la recherche d'un support, tandis que sa langue s'insinuait dans la bouche d'Amy, goûtant la douce chaleur de sa réponse immédiate.

Il savait que le contact d'Amy serait incendiaire, que son corps réagirait comme le bois à la flamme. Mais la façon dont Amy l'avait accueilli, avec un soulagement désespéré perceptible dans son baiser, avait éveillé en lui d'autres envies. Au-delà de l'attirance physique, il avait besoin de savoir si leurs cœurs étaient connectés.

Il était en train de tomber amoureux d'elle. Plus vite et plus fort qu'avec les autres femmes qu'il avait connues avant elle.

Ce baiser avait-il la même signification pour Amy ? Avait-elle envie et besoin de lui ? Tenait-elle déjà à lui ?

Cette fois, ce fut Amy qui mit fin à leur baiser, sans toutefois rompre complètement le contact. La tête nichée au creux de son cou, elle serra les bras autour de sa taille et se blottit plus étroitement contre lui, transformant la passion en réconfort.

— Le feu est éteint ? demanda-t-elle, et son souffle lui chatouilla la base du cou.

Mark dut réfléchir une seconde à la question. Elle parlait de la maison au pied de la colline, pas de l'alchimie sexuelle entre eux. De la distance, voilà ce qu'il lui fallait. Et une bonne douche froide pour apaiser l'intense chaleur qui faisait vibrer son corps.

Levant son visage vers le plafond, il soupira profondément, avant de déposer un baiser sur la tempe d'Amy et de s'écarter légèrement.

— Il est suffisamment contenu pour que j'aie pu m'échapper quelques instants, afin de prendre de tes nouvelles. Il ne va pas redémarrer, et rien d'autre ne devrait s'effondrer.

Gentiment, il repoussa une mèche de cheveux derrière l'oreille d'Amy, et prit résolument ses distances, croisant les bras sur son torse pour ne pas céder à la tentation de la toucher de nouveau.

— Mon frère m'a dit que tu voulais me voir.

— Pas exactement. J'ai demandé si tu étais là, mais…

Imitant sa posture, elle croisa aussi les bras.

— Pourquoi 'm'as-tu embrassée ?

Mark haussa un sourcil. Ce n'était pas elle qui avait commencé ? S'était-il trompé sur ce qu'il y avait entre eux ?

Puis il vit sa moue pincée, et le doute dans ses yeux, et comprit qu'Amy n'avait pas l'habitude de suivre ses impulsions.

Ces deux semaines passées à échanger des messages, tout en maintenant une forme de distance, en disaient long sur la capacité d'Amy à faire confiance.

Mais de qui se méfiait-elle ? Des hommes ? De lui en particulier ? D'elle-même ?

Que s'était-il passé dans sa vie pour qu'une personnalité aussi fantasque, créative et opiniâtre soit à ce point méfiante dans sa vie privée ?

Conscient que seule une totale honnêteté gagnerait la confiance d'Amy, il essaya d'expliquer son ressenti.

— Tu étais si pâle… Je me suis rappelé combien tu avais peur quand nous avons découvert ton amie… Je sais que tu m'as vu transporter une victime… Je me suis dit que ça réveillerait de mauvais souvenirs. Je voulais sentir ton énergie, savoir que tu allais bien.

Il se passa les doigts dans les cheveux, et dévoila une autre vérité.

— J'étais jaloux de mon frère parce qu'il avait eu la chance de te parler, et pas moi.

— Tu étais en train de risquer ta vie. C'était gentil de la part de Matt de venir me réconforter.

— Tu parles bien de mon grand frère, le taciturne ? Tes premières impressions sur ma famille sont très bizarres. D'abord, tu trouves mon père sexy. Et maintenant tu penses que Matt est gentil ?

— Je devais projeter une sorte d'aura qui lui a fait comprendre que j'étais inquiète.

— Donc, c'est parce que tu avais peur que tu m'as embrassé quand je suis arrivé ?

— Eh bien… Disons que j'avais besoin moi aussi de savoir que tu allais bien.

Lorsqu'il réalisa qu'elle tremblait, Mark renonça finalement à garder ses distances et la prit dans ses bras.

— Mais oui, je vais bien. Ne t'inquiète pas. Je fais juste mon travail.

— Oui, je sais que tu es bien entraîné, que tu peux t'appuyer sur tes coéquipiers, mais tu ne devrais pas être ici, à prendre des risques pour combattre des feux déclenchés par un cinglé qui me veut du mal.

Il sentait toujours des frémissements parcourir le corps d'Amy, mais les mots qu'elle venait de prononcer laissaient entendre que sa peur s'était transformée en colère.

Ils restèrent un moment ainsi, à se réconforter l'un l'autre, puis Amy frotta son nez le long du cou de Mark, en inspirant profondément.

Son sourire contre sa peau fut comme un doux baiser.

— Tu sens le feu.

— Désolé.

La fumée et la sueur n'avaient rien d'aphrodisiaque. Mark voulut reculer, mais elle le retint.

— Ne t'excuse pas. Je suis contente que tu sois là. Comme tu l'as dit, tu faisais ton travail. Tu sens… toi.

Levant une main, elle lui caressa la joue.

— Tu sens le travail et l'honnêteté. La force et le sens du devoir.

— Euh… Ce ne sont pas des odeurs.

— C'est ce qui ressort de toi, en tout cas.

Elle recula, mais ses doigts s'attardèrent sur son visage.

— C'est comme l'art. La représentation n'est pas toujours exacte, mais tu exprimes ce que tu ressens devant un objet, un paysage, une personne…

Sur ces mots énigmatiques, elle se dirigea vers la table, et lui désigna une chaise.

— Assieds-toi, il faut que je te parle. Tu veux un café ? C'est du décaféiné. Une bière ?

— Je suis toujours en service. De l'eau, ce sera parfait.

Tandis qu'Amy ouvrait le réfrigérateur et en sortait deux petites bouteilles d'eau, Mark se lava les mains et le visage à l'évier. Elle était déjà assise à table quand il la rejoignit. Elle attendit qu'il ait bu une longue gorgée d'eau fraîche avant de parler.

— Derek Roland, le petit ami de Jocelyn, était ivre à la soirée de l'université. J'ai essayé de l'aider. Je l'ai accompagné à son bureau, où j'ai découvert qu'il avait volé les recherches de Jocelyn. Et je l'ai quasiment accusé de l'avoir tuée.

Elle fit rouler entre ses mains sa bouteille posée sur la table, attirant l'attention de Mark sur la trace violacée qu'elle avait autour du poignet.

— C'était une super soirée, ajouta-t-elle, en soupirant.

Il lui prit la main.

— C'est lui qui t'a fait ça ?

— Il avait bu.

Elle retira sa main et attrapa le portable ouvert qu'elle était probablement en train de consulter quand il avait frappé.

— C'est Derek qui avait son ordinateur portable pendant tout ce temps, alors que la police le cherchait. Je vais le remettre à l'inspectrice Beck demain matin. En attendant, j'ai jeté un coup d'œil dans ses dossiers. En dehors de ses travaux scientifiques, j'ai trouvé des échanges de mails avec ses parents, et des candidatures pour un poste d'enseignement à Cal Tech, et à l'université de Columbia.

— Elle n'avait pas l'intention de rester à Kansas City ?

— Elle était décidée à aller là où elle trouverait un travail intéressant.

— Et son petit ami le savait ?

— Ça, je l'ignore.

Elle réfléchit quelques instants.

— Il faut que je le signale à l'inspectrice Beck.

— Derek est au courant que tu vas prévenir la police ?

— Je lui ai dit que j'allais remettre l'ordinateur aux autorités.

— Tu as dû te battre avec lui pour le lui prendre ?

— Non, je l'ai simplement récupéré sur son bureau. La dispute a éclaté après.

Mark voulait une explication. Il y avait trop d'événements criminels autour d'Amy et de sa fragile grand-mère pour qu'il ne veuille pas connaître tous les détails.

Amy ne le réalisait peut-être pas encore, mais il s'était fait une mission personnelle de la protéger.

— Raconte-moi tout. Pourquoi Roland t'a brutalisée ? Pourquoi tu fais le travail de la police ?

— Parce que j'ai besoin de réponses. Et je crois que je peux les trouver plus vite que les flics.

— Oui, mais à quel prix ?

Pour toute réponse, elle haussa les épaules.

— Derek m'a dit qu'il était la dernière personne à avoir vu Jocelyn en vie.

Finalement, elle dévissa le bouchon de sa bouteille d'eau, et but une gorgée.

— Il a avoué avoir dérobé l'ordinateur, mais je ne pense pas qu'il l'ait tuée.

— Il a été brutal avec toi.

— Comme je te l'ai dit, il avait bu. Il ne savait plus ce qu'il faisait.

— Justement, il était peut-être ivre quand il s'est disputé avec Jocelyn. Ça a dégénéré, il ne contrôlait plus sa force… On connaît la chanson, malheureusement.

— Jocelyn ne m'a jamais parlé de violences…

Elle resta silencieuse un moment.

— Je devrais probablement te dire…

Elle regarda vers le couloir plongé dans l'obscurité, et

il comprit que la situation était grave. Ça ne ressemblait pas à Amy de ne pas dire ce qu'elle avait sur le cœur.

— Quoi ?

Il posa une main sur son genou, réclamant gentiment son attention.

— Tu peux tout me dire.

Le regard vert d'Amy étudia toutes les nuances de son expression, déterminant la sincérité de ses paroles, avant de hocher la tête.

— Je souffre de stress post-traumatique. Ma dispute avec Derek a déclenché une crise de panique. Mon premier instinct, après m'être enfuie, a été de prendre contact avec toi.

— C'est un bon instinct.

— Je ne voudrais pas que tu penses que je suis folle…

— Je ne suis pas Dale O'Brien. Tu ressens ce que tu ressens. Tu fais ce que tu as besoin de faire. Ça ne fait pas de toi une folle.

Il lui pressa de nouveau le genou, en un geste de réconfort.

— Pourquoi souffres-tu de stress post-traumatique ?

Elle garda le silence un long moment.

— Amy ?

Elle soupira.

— Il y a deux ans, mon dernier petit ami en date… C'était un pervers narcissique, une histoire de manipulation mentale dans laquelle je n'aurais jamais dû me laisser entraîner. Avec le recul, c'est tellement évident…

— Amy !

Il avait besoin qu'elle se concentre, qu'elle livre ce qu'elle avait sur le cœur. Jusqu'à présent, elle avait dû affronter seule son traumatisme, mais il était là, maintenant. Et jamais il ne laisserait quoi que ce soit de mauvais lui arriver tant qu'il ferait partie de sa vie.

— Quand j'ai découvert qu'il me trompait, et que j'ai voulu rompre, il m'a agressée.

Mark serra les dents, s'efforçant de conserver une expression impassible pour ne pas interrompre le récit d'Amy.

— Il m'a rouée de coups et m'a poussée dans l'escalier.

Mark jura, incapable de se contenir cette fois.

— Dis-moi que tu as porté plainte.

— Il a fait de la prison. J'ai obtenu son renvoi de l'université, où il dirigeait le département des beaux-arts. Mais avant cela, il a essayé de me faire chanter, en me disant qu'il m'empêcherait d'obtenir mon doctorat, et que ma carrière serait fichue si je le dénonçais.

— C'était un de tes professeurs ?

Mark marmonna quelques insultes bien senties, qui lui valurent un regard surpris d'Amy.

— Voyez-vous ça. Le gentil garçon connaît quelques gros mots.

Le sourire d'Amy s'élargit, et Mark sentit la pression redescendre.

— C'est de l'histoire ancienne. Tu n'as pas besoin de me sauver des griffes de Preston Worth. Il ne vit même plus dans le Missouri. Il est dans le Montana, maintenant.

— Qu'est-ce qu'il y a de mal à vouloir te secourir ? Je ne suis pas d'accord pour qu'on te fasse du mal.

— Derek ne m'a pas vraiment fait de mal, ce soir.

Les marques sur son poignet racontaient une autre histoire, mais Mark tint sa langue.

— Mais son bureau se trouve en haut d'un escalier. La dispute m'a rappelé ce qui s'est passé avec Preston. J'ai paniqué, alors qu'il n'y avait aucune raison pour cela.

Elle ferma les paupières et secoua la tête.

— Et tellement d'hommes ont des mains effrayantes. Je n'aime pas les mains des hommes.

— Quoi ?

Elle rouvrit les yeux et lui prit la main, entrelaçant ses doigts aux siens.

— Mais j'aime les tiennes.

— Ce que tu dis n'est pas toujours cohérent, fit-il remarquer.

Mais il aimait le contact de sa paume contre la sienne.

— Je suis tellement désolé que tu aies eu à connaître ça. Je comprends mieux maintenant pourquoi tu es tellement réticente à t'engager dans une relation.

— Je n'ai pas peur de toi. Je suis persuadée que tu ne me feras jamais de mal. Mais qu'aurais-tu à gagner à sortir avec moi ?

Il y réfléchit un moment. D'abord, il éprouvait du désir pour elle, c'était indéniable. Et il avait été éduqué pour servir et protéger bien avant de devenir pompier…

Il n'était pas naïf au point de prétendre que son besoin de protéger Amy n'avait rien à voir avec une forme de rédemption.

Il avait échoué à sauver son grand-père, et il ne supporterait pas un autre échec. Surtout s'il s'agissait d'une personne à qui il tenait. C'était pour cette raison qu'il évitait sa grand-mère.

— Quelques minutes d'apaisement, de sérénité, répondit-il.

Pour son âme. Pour sa conscience.

Amy écarquilla les yeux.

— Et tu trouves que ce que je dis n'est pas toujours cohérent ? De l'apaisement et de la sérénité avec moi ? Au cas où tu ne l'aurais pas remarqué, j'ai un fichu caractère. Je ne suis pas une personne facile à vivre.

Il haussa un sourcil, ironique.

— Non ? Tu crois ?

— J'ai des angoisses. Des coups de colère. Parfois, je panique pour un rien. Et, apparemment, j'ai un ennemi. Ou plusieurs.

— Et tu crois que je ne peux pas gérer ça ?

— Tu ne devrais pas avoir à le faire.

— Ce n'est pas plutôt à moi de prendre la décision ?

Il tendit la main et prit une mèche de cheveux entre ses doigts.

— Sauf si tu me dis de partir, je suis là pour toi. Tu es venue à moi pour une raison.

Il lui adressa un clin d'œil, et ajouta en plaisantant :

— Et je ne pense pas que ce soit pour mon visage intéressant, ou mes mains magnifiques.

— C'est peut-être parce que tu n'embrasses pas trop mal…

Il rit, et sentit ses joues s'empourprer légèrement.

— Oh ! tu rougis. C'est adorable.

Elle caressa son visage du bout des doigts.

— Ça te rend moins parfait. Plus humain. Et ça donne l'impression que tu as besoin d'un peu de protection, toi aussi.

— Et pourtant, tu ne veux toujours pas aller boire un verre avec moi.

Ignorant sa plaisanterie, elle recula sa chaise et remonta ses jambes sous son menton.

— En te laissant me porter secours, j'ai l'impression d'être une victime. Et je ne veux plus jamais ressentir ça. Avoir besoin d'aide, avoir besoin de quelqu'un, cela me procure un sentiment de vulnérabilité et de renoncement. Je suis forte aujourd'hui parce que j'ai dû m'endurcir. Et Gran a besoin que je sois forte pour m'occuper d'elle et de cette maison.

Mark se promit de prendre des nouvelles de Comfort Hall plus tard. Pour le moment, il avait besoin d'entendre la fin de l'histoire avant qu'Amy 'oriente la conversation vers un sujet moins personnel et moins douloureux.

— Pourtant, ce soir, sur le campus, je ne parvenais pas à me calmer en faisant les exercices de respiration que mon thérapeute m'a enseignés. Je me sens mieux - plus en sécurité, plus centrée - quand tu es là. Mais j'ai peur que ça m'affaiblisse.

— Tu ne crois pas qu'il faut être fort pour admettre qu'on a besoin d'aide ? C'est de l'intelligence, pas de la faiblesse.

— Et toi, Mark ? Est-ce que ça t'arrive de demander de l'aide ? Par exemple, à propos de ce qui te rend triste.

Comme il ne répondait pas, elle insista.

— J'ai remarqué cette ombre dans tes yeux, ce pli amer autour de tes lèvres, quand tu n'es pas occupé à me faire rire, à jouer les gentils garçons, et à essayer de sauver le monde. Est-ce que tu peux compter sur ta famille pour t’épancher ? Ou bien, est-ce que tu essaies aussi de tout gérer tout seul comme un grand ?

Mark se leva et alla jeter sa bouteille dans la poubelle, avant de se poster devant la fenêtre au-dessus de l’évier, pour contempler le ciel étoilé.

Bon sang ! Devait-il lui aussi admettre qu’il se sentait mieux quand il était avec elle – plus en sécurité, plus centré ? Jamais il n’avait ressenti une telle complicité, une telle communion d’esprit et d’âme avec les autres femmes qui avaient partagé sa vie avant Amy. Et pourtant, il ne la connaissait que depuis deux semaines !

Il ne pensait pas qu’il pourrait un jour partager la culpabilité que lui inspirait la mort de Sid. Mais Amy était tellement intuitive, tellement attentionnée. Tellement forte malgré ses peurs, qu’il était tenté d’être aussi honnête avec elle qu’elle l’avait été avec lui. Mais il ne pouvait pas lui faire porter ce poids supplémentaire.

Si quelqu’un devait être secouru ce soir, ce n’était pas lui.

— J’ai touché une corde sensible, on dirait.

Dans son dos, il ’entendit Amy se lever, rabattre l’écran de l’ordinateur, redresser les chaises…

— Ce n’est pas si facile d’ouvrir son cœur, hein ? De confier ses secrets. D’admettre qu’on ne peut pas tout gérer seul.

Il y avait une pointe de sarcasme dans sa voix.

— Si tu ne me parles pas, je ne pourrai pas comprendre ce que tu as à gagner dans cette relation.

— Chaque chose en son temps, d’accord ?

Il se tourna et prit appui contre l’évier.

— Je ne suis pas encore prêt à en parler.

— Mais il faut que tu te confies à quelqu'un. Si ce n'est pas à moi, alors adresse-toi à un ami, un membre de ta famille, ou un thérapeute.

Il hocha la tête.

— Je le ferai. Plus tard.

Il s'avança et lui prit la main.

— Tu viens faire un tour dehors avec moi ?

— Tu n'es pas censé aller rejoindre tes coéquipiers ?

— Ils peuvent se passer de moi encore quelques minutes.

Ils traversèrent la maison plongée dans l'obscurité, et retournèrent sur le perron. Les phares des véhicules d'intervention éclairaient la structure carbonisée de la maison à côté du lac, qui prenait des allures fantomatiques et inquiétantes. Si on y ajoutait les ombres créées par l'échafaudage qui flanquait l'habitation de Comfort Hall, il se dégageait de l'ancien domaine rural, autrefois prospère, une sinistre impression d'abandon et de désolation.

Quand Mark posa les mains sur la rambarde pour observer ses coéquipiers, Amy enroula ses bras autour de son biceps, et posa la tête sur son épaule.

— C'est encore un incendie criminel, n'est-ce pas ?

Elle semblait plus résignée que surprise.

Mark hocha la tête.

— On le dirait. Il y avait des traces d'accélérant sur le matelas.

— Cette fois, O'Brien ne pourra pas m'accuser. Des centaines de témoins m'ont vue sur le campus de l'université Williams ce soir.

— Il est plus suspect que toi.

Mark tendit le bras vers le mobil-home qui abritait le bureau du promoteur. Toutes les lumières étaient encore allumées, et quelques-unes des voitures de ses employés étaient garées à proximité de son pick-up blanc.

— Ses ouvriers et lui étaient là quand nous sommes arrivés. Une fine équipe, tu peux me croire. Personne n'est allé voir si ta grand-mère allait bien.

— De chouettes voisins, hein ? Heureusement que M. Sanders était là. Ce n'est pas un locataire facile, mais il a l'air d'avoir de la sympathie pour Gran. C'est lui qui a donné l'alerte pour l'incendie.

— Amy…

Mark se tourna et la prit dans ses bras. Baissant la voix, comme si celle-ci pouvait porter jusqu'au chantier de construction, il aborda un sujet délicat.

— Je sais que tu m'as vu sortir un corps de la maison.

Il crut détecter un frisson.

— Tu peux me dire qui c'est ? Nos derniers locataires sont partis depuis deux mois. C'était un squatteur ? Un sans-abri ?

— Il s'agit d'une femme. Elle avait le crâne fracassé, et elle a été incendiée.

— Comme Jocelyn. Tu sais de qui il s'agit ?

— Nous sommes arrivés plus tôt sur les lieux, cette fois. Le corps n'était pas encore calciné. Mais je suppose qu'elle est morte de ses blessures, ou d'avoir inhalé la fumée. Il y avait un sac avec elle. Son portefeuille était encore intact, et nous avons son nom. L'autopsie doit tout de même le confirmer, mais il s'agirait de l'assistante de Dale O'Brien.

— Lissette Peterson ?

— Tu la connais ?

— Pas très bien. Nous nous sommes rencontrées une fois, quand je suis allée voir O'Brien pour lui dire ce que je pensais de ses méthodes. Elle était gentille, polie… Rien à voir avec son patron.

— Cette femme devait être une sainte pour travailler avec lui.

Amy hocha la tête et regarda vers le chantier.

— Tous les ouvriers étaient là ce soir à attendre leur chèque de salaire, parce 'qu'O'Brien ne savait pas comment fonctionnait le logiciel de comptabilité. Je suis sûre que c'était Lissette qui s'en occupait.

— Donc, elle devait avoir disparu depuis un moment si rien n'avait été préparé pour la paye de la semaine.

Mark desserra son étreinte pour prendre son téléphone.

— Je vais appeler mon frère Pike au commissariat, pour savoir si la disparition de cette femme avait été déclarée. J'en profiterai pour lui demander de se renseigner sur ton ex. Quel est son nom, déjà ?

— Preston Worth.

— Je veux m'assurer qu'il est toujours au Montana.

Les bras serrés autour de sa taille, Amy attendit qu'il passe son appel. Pike promit des réponses pour le lendemain matin. Le temps 'que Mark termine sa conversation avec son frère, elle était allée s'asseoir sur la première marche du perron.

— Je ne pense pas que Derek connaissait Lissette, dit-elle, quand il la rejoignit. Tu pourrais me convaincre qu'il avait un mobile pour tuer Jocelyn, mais pas l'assistante d'O'Brien.

— À moins que ce soit une diversion pour couvrir

son crime, et faire croire à la police qu'il s'agit d'un tueur en série.

— C'est une pensée très dérangeante. Pauvre Lissette…

Après quelques secondes de réflexion, elle reprit :

— Mais Derek était à la réception avec moi.

— Tu ne l'as jamais quitté des yeux ?

— Eh bien… je ne sais pas… Je l'ai vu avant le dîner, mais je ne lui ai vraiment parlé qu'après les discours. Il était dehors quand je m'apprêtais à partir. Je me suis attardée pour l'aider à retrouver un peu de sobriété.

— Combien de temps faut-il pour faire l'aller-retour entre Williams et ici ?

Amy haussa les épaules.

— Quarante minutes. Une heure, s'il y a beaucoup de circulation.

Mark lui prit la main.

— Tu dois en parler aussi à l'inspectrice Beck.

— Il aurait fallu qu'il fasse semblant d'être ivre pour utiliser ce stratagème, dit Amy, d'un ton pensif.

Mark vit dans ses yeux l'exact moment où elle comprit que Roland aurait effectivement pu élaborer ce scénario.

Mal à l'aise avec l'idée qu'un ami ait pu la trahir, Amy se leva et se mit à arpenter le perron.

— Il était très agité ce soir. À fleur de peau. J'ai pensé que c'était le chagrin du deuil.

— Il aurait pu tout aussi bien déclencher l'incendie sans quitter la réception.

— Comment ça ?

Des ombres dansaient sur le visage d'Amy, et il ne pouvait discerner si elle était inquiète ou en colère.

— Il suffit de programmer la mise à feu à l'aide d'un minuteur. C'est un scientifique, non ? Ce genre de choses est à sa portée.

Elle s'arrêta face à lui.

— Tu essaies de me rassurer, ou de me faire peur ?

— Je dis simplement ce qui est. Je ne veux pas que tu puisses penser que je te dis autre chose que la vérité.

— Et je t'en remercie.

Elle se tordit les mains.

— Mais qui peut bien allumer ces incendies ? Est-ce que Derek couvre son crime initial de cette façon ? Est-ce que Jocelyn et Lissette sont tombées par hasard sur un pyromane, qui a voulu éliminer des témoins ? Ou alors, on a vraiment affaire à un tueur en série, et les incendies sont une diversion…

Une note désespérée passa dans sa voix, avant qu'elle ne conclue :

— Et si toutes les femmes de la région étaient en danger ?

— Toutes, je ne sais pas. Mais je veux m'assurer que tu n'es pas la prochaine sur la liste.

10

Amy releva la visière de son masque de soudeur, et recula pour admirer son œuvre.

Au lieu de se réjouir d'avoir bientôt achevé sa dernière sculpture métallique, elle grimaça.

Il fallait plus de couleurs.

Cet extraterrestre devait être une pièce humoristique, à la façon d'un personnage de dessin animé, destiné à égayer le jardin de ses clients. Mais au lieu d'une créature débonnaire reflétant l'esprit joyeux de la jeune famille, elle avait donné forme à un monstre métallique à la Dr Who qui semblait tout droit sorti d'une chaîne d'assemblage pour machines de guerre.

Elle secoua la tête en marmonnant. Ça allait faire peur aux enfants. D'ailleurs, ça lui faisait peur à elle aussi.

Elle éteignit son chalumeau, ôta son casque, et retira sa cotte de travail. Inutile d'insister. Sa fibre créatrice était au point mort.

De toute façon, elle avait rendez-vous à 9 heures avec les inspecteurs Beck et Carson au poste de police du district Nord, et il ne lui restait plus beaucoup de temps pour se préparer avant l'arrivée de Mark.

Depuis leurs baisers de la veille, et leur discussion

sur le perron, elle sentait que quelque chose avait changé en elle.

Sa détermination avait faibli. Elle avait admis ses peurs et ses faiblesses. Elle avait renoncé en partie à son indépendance en ayant eu tellement besoin de Mark la veille au soir. Elle s'était mise en situation de vulnérabilité en partageant ses erreurs passées.

Mais elle avait peut-être gagné quelque chose aussi…

Elle avait en tout cas assez de discernement pour admettre qu'elle avait plus de chances de rendre justice à Jocelyn, et peut-être de sauver d'autres vies, en acceptant l'aide de Mark.

Plus important encore, elle avait découvert que son cœur avait suffisamment cicatrisé pour laisser entrer un autre homme dans sa vie.

Elle était assez forte pour prendre de nouveau le risque de tomber amoureuse.

Tout en enfilant un chemisier en coton par-dessus son débardeur et son jean, elle se rappela comment la soirée de la veille avait fini.

— J'irai avec toi voir l'inspectrice Beck demain matin, proposa Mark.

Son intonation était détachée, comme s'il faisait des projets pour aller boire un café avec un ami. Mais ses doigts calleux, qui caressaient sa taille sous l'ourlet de son débardeur, racontaient une autre histoire.

— Ce n'est pas nécessaire, dit-elle.

Elle savait comment se rendre au commissariat.

Elle appellerait une amie pour veiller sur Gran, ou demanderait à Gerald s'il était disponible.

— Ce n'est pas négociable. Je viens te chercher. Et si j'ai un empêchement, j'enverrai un de mes frères. Tu n'es plus toute seule, maintenant.

— Tu n'imagines pas comme je bous intérieurement en t'entendant me donner des ordres.

Les mains de Mark se refermèrent sur ses hanches, et l'attirèrent contre lui.

— Et toi, tu n'imagines pas combien j'ai envie de te savoir en sécurité. Combien je suis inquiet de savoir que tu es en danger dans ta propre maison.

Du bout des doigts, Amy caressa les angles acérés de sa joue et de sa mâchoire. Il glissa alors la main derrière sa tête à elle, et s'empara de ses lèvres.

Amy noua les bras autour de son cou, se plaqua contre lui, et se laissa emporter par les sensations brûlantes que le baiser de Mark faisait naître en elle.

Il y eut des sifflements et des cris d'encouragement de l'autre côté du lac, et un klaxon retentit à plusieurs reprises.

Amy sursauta, comme prise en faute, et le repoussa.

— Nous avons des spectateurs.

Malgré la faible lumière projetée par la lampe au-dessus du perron, elle vit qu'il rougissait. Et, à en juger par la chaleur de son propre visage, elle devait être écarlate.

— Ils sont jaloux, dit-il.

— Ils ne vont pas te le faire payer ? D'autant plus que tu es censé travailler en ce moment.

— Embrasse-moi encore comme ça, et leurs plaisanteries ne m'atteindront pas.

Elle rit et glissa ses doigts entre leurs lèvres quand il essaya de lui voler un baiser.

— Je veille sur tes intérêts, cher ami. Tu ferais mieux d'aller les rejoindre.

Il déposa un baiser sur le dos de sa main, et s'écarta.

— Je ferais mieux, oui.

Amy fut surprise de la fraîcheur de l'air sur sa peau, maintenant qu'elle n'était plus blottie contre lui. Elle le regarda enfiler sa veste antifeu et son casque.

— Fais attention à toi. À demain.

— Le rendez-vous est pris.

Amy le suivit jusqu'à la première marche du perron.

— M'accompagner au commissariat n'est pas vraiment un rendez-vous.

— Si je t'invite à déjeuner après, ça en sera un.

— Taylor ! cria le capitaine Redding. Ramenez vos fesses par ici !

— À vos ordres !

Mais il prit encore le temps de pointer Amy du doigt.

— Tu vas sortir avec moi, je te l'annonce !

— Taylor ! répéta le capitaine.

— Tu ferais mieux d'y aller.

— Tu n'es plus seule, Amy. Penses-y.

Sur cette promesse, Mark dévala les marches du perron et courut à travers champ pour rejoindre son capitaine. Matt et Gideon étaient là aussi.

Avec une famille pareille, Mark ignorait probablement ce que voulait dire être seul.

Seule, elle l'avait été quand l'homme qu'elle aimait ne s'était pas excusé d'avoir couché avec d'autres femmes, et lui avait dit qu'elle ne suffisait pas à le rendre heureux.

Seule, elle l'avait été quand il l'avait rouée de coups et jetée dans l'escalier.

Et c'était seule qu'elle avait témoigné contre lui.

C'était seule aussi qu'elle avait tout fait pour protéger la femme qui l'avait élevée des promoteurs avides et des incendies qui ravageaient sa propriété.

Et c'était toujours seule qu'elle avait appris la mort de sa meilleure amie.

Comment pourrait-elle faire comprendre à Mark qu'elle avait oublié comment faire partie d'un couple ?

Comment croire implicitement que le soutien serait là quand elle en aurait besoin ?

Jusqu'à quel point serait-il patient avec elle, tandis qu'elle réapprenait à aimer ?

Qu'était-il prêt à endurer pour être avec elle ?

Et que se passerait-il si elle écoutait son cœur, et que Mark était blessé à cause d'elle ?

Et si Mark changeait d'avis et décidait qu'une relation avec Amy la cinglée n'en valait pas la peine ?

En tout cas, elle en avait assez d'être seule. De se battre seule.

Elle était prête à mettre son cœur en jeu pour Mark. Mais lui ? Était-il prêt à prendre des risques pour elle ?

Sur cette interrogation, qui pesait lourd sur son cœur et son esprit, Amy prit son sac à dos, dans lequel elle avait glissé l'ordinateur de Jocelyn, et ferma la porte de son atelier avec le cadenas.

Comme il lui restait finalement un petit peu de temps, elle fit un détour par ce qu'il restait des anciennes écuries.

Furetant un peu, à la recherche de matériau pour ses créations, elle trouva dans la sellerie de vieilles clés, des fers à cheval rouillés, et quelques plaques gagnées dans des concours hippiques.

Il n'y avait plus d'électricité dans le bâtiment, mais le soleil matinal entrait à profusion par les fenêtres brisées et la partie du toit effondrée.

Son exploration se termina par la découverte d'un vieux plantoir métallique, qu'il suffirait de polir pour l'intégrer à sa sculpture.

Heureuse de ses trouvailles, elle les glissa dans son sac, en imaginant déjà ce qu'elle pourrait en faire.

Mais sa bonne humeur se dissipa quand elle se tourna vers le fond de l'écurie. Toujours barré par le ruban jaune apposé par les enquêteurs pour interdire le périmètre, l'emplacement des anciennes stalles n'était qu'un fatras de poutres carbonisées et de tuiles brisées.

Mais surtout, c'était comme le symbole de la spirale infernale dans laquelle sa vie avait été emportée après sa mésaventure avec Preston.

Cette nuit-là, quand le feu avait échappé à son contrôle, et qu'elle avait été obligée d'appeler le 911, elle était en train de brûler toutes les toiles qu'elle avait réalisées sous la tutelle de Preston.

Aujourd'hui, elle n'avait pas le moindre pincement au cœur en y pensant. Aucun regret pour la vie qu'elle avait laissée derrière elle. Le passé était définitivement enterré.

Emplie d'un sentiment de fierté, elle sortit de l'écurie, et alla se laver les mains à l'antique pompe manuelle près de la porte.

Elle était prête pour l'avenir. Prête à aimer de nouveau. Elle espérait seulement que Mark était prêt aussi.

Amy avait l'intention d'attendre Mark à l'intérieur de la maison mais, alors qu'elle contournait le bâtiment, elle vit un mouvement du côté de la vieille habitation qui avait brûlé la veille.

Elle marqua un temps d'arrêt, en se demandant si ce n'était pas tout simplement un reflet du soleil.

Et pourtant, il y avait bien une lumière dans l'un des anciens gîtes. Un logis où il n'y avait plus d'électricité depuis que les pompiers avaient coupé toutes les alimentations de gaz et d'électricité.

Les mains crispées autour des bretelles de son sac à dos, Amy balaya du regard la zone du lac, en cherchant à comprendre.

Était-ce un simple curieux ? Un chercheur de trésor ?

Une lueur derrière une des vitres de Gerald Sanders indiquait qu'il était rentré chez lui, et qu'il lisait son journal en buvant son café.

À l'autre bout du lac, le chantier semblait comme endormi. Le pick-up d'O'Brien était garé devant le bureau, mais il n'y avait aucune autre voiture. Aucun ouvrier n'avait encore pris son poste.

O'Brien était-il arrivé de bonne heure, ou bien

avait-il passé la nuit sur place ? Et dans quelle intention ? Essayer de s'y retrouver dans sa comptabilité, en l'absence de Lissette ? Ou pour un motif plus sinistre ?

En tout cas, ce type avait le don de se montrer quand elle avait le moins envie de le voir.

La lumière vacilla dans l'ancien gîte, attirant de nouveau l'attention d'Amy. Mais elle disparut presque aussitôt, avant de réapparaître derrière une autre fenêtre.

Il n'y avait pas de doute, quelqu'un se promenait dans la maison.

Furieuse, Amy sortit son téléphone de la poche latérale de son sac à dos, et composa le 911, sans toutefois faire glisser son pouce sur l'icône d'appel. Puis elle se dirigea à grandes enjambées vers le lac.

Poussant la porte, elle entra et appela :

— Ohé ? Il y a quelqu'un ? Vous n'avez rien à faire ici. C'est une propriété privée.

Elle entendit qu'on tirait quelque chose de lourd sur le sol, à l'arrière de la maison, puis il y eut des bruits de pas.

— Partez, ou j'appelle la police.

— Ne faites pas ça, s'il vous plaît.

Amy fut aveuglée par le puissant faisceau d'une torche.

— Vous ne devriez pas être là, mademoiselle Amy.

Amy relâcha son souffle en reconnaissant la voix geignarde de Richie Sterling.

— Richie ? C'est vous ?

Elle mit la main devant ses yeux, et il baissa sa torche.

— Désolé.

— Vous ne devriez pas être là, vous non plus.

Elle lui montra qu'elle effaçait le numéro en attente, et glissa son téléphone dans la poche de son jean.

— Je vous rappelle que je suis chez moi, et que j'ai le droit d'aller où je veux sur ma propriété. Vous, par contre, vous n'avez rien à y faire.

Il se recroquevilla sur lui-même, l'air piteux.

— Que cherchez-vous ?

— Rien du tout.

— Alors que faites-vous ici ? Vous voulez récupérer des matériaux pour les revendre ?

— Non, je vous jure que non, mademoiselle Amy.

— Je sais que vous avez des problèmes d'argent, mais vous ne pouvez pas vous servir comme ça chez les autres. Et je vous rappelle qu'il y a une enquête de police en cours. Vous pourriez détruire des pièces à conviction.

Elle sursauta quand la main de Richie se referma autour de son poignet.

— Vous ne devez pas rester à la ferme, mademoiselle Amy. C'est dangereux. Très dangereux.

Même si son intonation n'était pas menaçante, et que son empoignade n'était pas douloureuse, elle avait toujours beaucoup de mal à supporter qu'on la touche.

Elle retira sa main aisément, et s'obligea à sourire.

— Tout va bien, Richie. Il n'y a aucun danger.

— Si ! Il faut partir. Ce n'est pas sûr, ici.

— Richie, est-ce que vous savez quelque chose sur la mort de mon amie Jocelyn ? Vous connaissez l'incendiaire ?

— Ah, tu es là, toi !

L'interruption brutale de Brad Frick fit sursauter Richie, qui recula de plusieurs pas, l'air affolé.

Comme un parent s'adressant à un enfant désobéissant, Brad pointa l'index vers Richie.

— Je t'avais dit de ne pas venir rôder par ici.

Il ôta sa casquette de base-ball, et adressa un signe de tête à Amy.

— Désolé. Il aime bien fouiner dans les endroits où il y a eu des incendies. Et il adore regarder les feux. Il trouve que ça déchire.

Richie gloussa bêtement.

— C'est bête, ce que tu dis. Un feu, ça ne déchire pas. Ça brûle.

— Allez, sors de là, abruti !

D'un signe de tête, Brad désigna la porte, et Richie décampa piteusement.

De plus en plus méfiante, Amy le retint.

— Attendez ! Vous êtes sûr que vous n'avez rien pris, Richie ?

L'homme glissa un regard en coin à son associé, comme s'il attendait l'autorisation de parler.

— Eh bien, réponds, triple buse.

— Ben non, je n'ai rien pris, puisque je ne l'ai pas trouvé.

Trouvé quoi ? Richie était-il venu chercher quelque chose de bien précis ? Brad savait-il de quoi il s'agissait ? Et si l'un des deux était le pyromane recherché par la police ?

Brad s'empressa de pousser Richie dehors, et Amy n'eut pas le temps de poser d'autres questions.

Quand Richie fut sorti, Brad s'arrêta sur le seuil et jeta un regard par-dessus son épaule.

— Ne faites pas attention à lui, mademoiselle Amy. Il n'a pas toute sa tête. Il raconte n'importe quoi.

Et sur cette conclusion peu rassurante, il s'en alla à son tour. Quelques secondes après, Amy entendit claquer deux portières derrière la maison. Bientôt, elle vit la vieille camionnette de Brad cahoter sur la terre battue, avant de rejoindre la route.

Pourquoi s'était-il garé dans le champ ? Pour qu'elle ne puisse pas voir la camionnette depuis la maison de sa grand-mère ? Les deux hommes n'avaient pourtant aucune raison de se cacher.

Le lapsus de Richie révélait-il une information importante ? Cherchait-il quelque chose de bien précis à l'intérieur du gîte ? En tout cas, Brad savait que son associé était là. L'avait-il envoyé en mission ?

Il y avait tellement de choses étranges dans cette rencontre…

Décidée à en avoir le cœur net, Amy commença à passer les pièces en revue.

Après quelques minutes de vaines recherches, elle décida de jeter l'éponge. Le temps filait, et elle allait finir par rater son rendez-vous au commissariat.

Elle faisait demi-tour pour quitter l'une des chambres, quand son pied se prit dans une des lames disjointes du parquet. Tandis qu'elle se penchait pour se masser la cheville, elle aperçut une lueur métallique entre les joints.

Intriguée, elle sortit son téléphone de sa poche et se servit de la lampe. La lame avait légèrement basculé, révélant une cavité. Elle l'ôta entièrement, et découvrit une boîte métallique.

Avait-elle été déposée là par un précédent occupant ? Était-ce ça que Richie était venu chercher ? Brad et lui reviendraient-ils dès qu'elle aurait quitté les lieux ?

Elle eut envie d'appeler la police, mais elle n'allait pas tarder à voir l'inspectrice Beck. Elle pourrait toujours mentionner sa trouvaille à ce moment-là.

En attendant, elle devait quand même s'assurer que cette boîte avait réellement quelque chose à voir avec l'enquête. Elle savait que Beck n'avait pas une très bonne opinion d'elle. Il ne manquerait plus qu'elle se ridiculise en leur apportant la collection de photos de charme d'un ancien locataire, ou ses économies secrètes.

Au lieu d'appeler la police, elle envoya un SMS à Mark.

Suis un peu en retard. Un problème avec mes hommes à tout faire. Un peu long à expliquer.

Puis elle prit une photo de la cachette dans le sol et de la boîte, et dégagea encore deux lames pour pouvoir la sortir aisément. Sur le couvercle était collé le logo d'O'Brien.

Encore et toujours lui ! Avait-il payé Brad et Richie pour récupérer la boîte ?

Elle prit une autre photo, et examina le cadenas qui fermait le contenant. Il lui fallait un outil, mais elle n'avait rien sur elle… à part le fer de bêche dans son sac à dos.

Le cadenas ne résista pas longtemps, et la boîte livra ses secrets : un briquet, un demi-pot de vaseline de pétrole, dans lequel étaient enfoncées plusieurs boules de coton. Son grand-père lui avait confié l'astuce un jour où ils campaient dans la nature. La vaseline s'enflammait, même par temps humide, à condition d'y adjoindre du coton pour faire démarrer le feu. Était-ce suffisant pour faire brûler un bâtiment ? Peut-être en ajoutant un autre accélérant au mélange ?

Mais ce ne fut pas cette découverte qui la choqua le plus.

Il y avait aussi une pile de photos dans la boîte.

Elle actionna de nouveau la lampe de son téléphone, et feuilleta rapidement la liasse.

Un frisson d'effroi la traversa. Si les photos appartenaient vraiment à O'Brien, ce type avait un sérieux problème.

Ce n'étaient pas des clichés représentant des ouvrages architecturaux. Ou des séminaires professionnels. Ni même des vacances en famille.

C'étaient des photos de femmes.

Des quantités de femmes.

Toutes prises de loin. Sans que ces femmes le sachent.

Des photos de Jocelyn Brunt et de Lissette Peterson.

Des photos d'elle.

11

Le téléphone d'Amy vibra, mais elle ne pouvait détacher les yeux des photos pour répondre.

Sa main tremblait tandis qu'elle identifiait les scènes familières de Jocelyn dans sa jeep, roulant dans les collines vers le nord de la propriété.

Jocelyn penchée sur son équipement, analysant un échantillon de sol.

Jocelyn entrant des données dans son ordinateur.

Lissette Peterson sortant du bureau d'O'Brien.

Lissette partageant une conversation avec un groupe d'ouvriers. Souriant.

Et puis, il y avait des photos d'elle, se promenant dans l'ancien verger. Récupérant près de l'autoroute des objets abandonnés qu'elle pourrait intégrer dans ses sculptures.

Sur un autre cliché, on la voyait sur le perron, appuyée à la rambarde et offrant son visage au soleil.

Ainsi, toutes les fois où elle avait eu l'impression d'être espionnée, c'était vrai.

Il y avait d'autres femmes qu'elle ne connaissait pas.

Des femmes qui attendaient à un carrefour pour traverser.

Des femmes qui traversaient le parking d'un centre commercial.

Une femme assise à un bureau, dans une entreprise quelconque, comme si la photo avait été prise discrètement depuis une salle d'attente.

Aucune de ces photos n'avait un caractère pornographique. Mais elles étaient intrusives.

Toutes ces femmes avaient été espionnées. Elle avait été espionnée.

Et aujourd'hui, au moins deux de ces femmes étaient mortes.

Y avait-il d'autres cadavres quelque part ?

Y en aurait-il d'autres à l'avenir ?

Son téléphone vibra de nouveau, et elle y jeta un coup d'œil absent. Le message provenait de Mark.

Retourne à la maison. J'arrive.

— Frick ! Sterling !

La voix tonitruante d'O'Brien provenant de l'avant de la maison la fit sursauter.

Elle se hâta de répondre à Mark.

Un seul mot suffit.

Vite !

Tandis que les bruits de pas se rapprochaient, Amy fit aussi vite que possible. À grands gestes désordonnés et maladroits, elle glissa son téléphone dans sa poche, fourra une partie des photos dans son sac, le reste dans la boîte, et tenta de caser celle-ci dans le plus grand des compartiments. Mais la boîte était un peu trop volumineuse pour tenir à l'intérieur, en plus de l'ordinateur et de ses effets personnels, et elle ne réussit pas à fermer le zip.

— Je croyais vous avoir dit de me retrouver…

Achevant d'arrimer les bretelles sur ses épaules, Amy se retourna, en s'efforçant de prendre un air dégagé.

— Amy la cinglée, dit O'Brien, en ricanant. Si un autre feu se déclare, je serai obligé de signaler à la police que je vous ai trouvée ici.

— Et je devrai leur dire que vous y étiez aussi. Pourquoi cherchez-vous Brad et Richie ?

— J'ai vu la camionnette de Brad garée derrière le gîte, et je suis venu débusquer ces deux bons à rien pour les mettre au travail. Certains de mes gars sont moins motivés pour venir de bonne heure ou rester tard, avec cette épidémie d'incendies.

— Et de meurtres.

— Et de meurtres. Je viens d'apprendre pour Lissette. C'est bien dommage. C'était une bonne employée. Et elle était sympathique. Elle s'entendait bien avec tout le monde.

Le téléphone d'Amy vibra de nouveau, mais elle ne voulut pas prendre le risque de quitter O'Brien des yeux.

— Vous étiez proches ?

— Vous voulez savoir si elle était ma maîtresse ? Non. Et ce n'est pourtant pas faute d'avoir essayé. Elle disait que j'étais trop vieux pour elle.

Amy essaya de se rapprocher discrètement de la porte mais, volontairement ou non, O'Brien se déplaça aussi et lui bloquait toujours le passage.

À moins de lutter avec lui, ce qui était perdu d'avance

compte tenu de leur différence de corpulence, elle ne voyait pas comment elle allait pouvoir sortir de là.

— Et puis, elle ne voulait pas mélanger vie privée et vie professionnelle. La plupart des gars respectaient ça.

— La plupart ? Qui ne le respectait pas ? Vous, peut-être ?

Ce fut le moment que choisit la boîte pour tomber de son sac. Ses efforts pour la rattraper n'eurent pour effet que de la faire atterrir aux pieds d'O'Brien.

— Qu'est-ce que c'est que ça ?

Il la ramassa avant qu'elle ait eu le temps de la récupérer.

— On dirait une des miennes. Vous me l'avez volée ?

Il se rapprocha suffisamment pour qu'elle puisse sentir son haleine chargée de tabac et de café.

— Vous plaisantez, j'espère ?

Elle recula vers la fenêtre.

— J'en ai plusieurs qui ont disparu ces dernières semaines.

— D'abord, vous m'accusez d'être une pyromane, et maintenant une voleuse ?

Amy se redressa de toute sa hauteur, même si elle tremblait intérieurement.

— Vous êtes sûr que vous voulez réclamer cette boîte ? Je l'ai trouvée cachée sous le plancher. Je pense que Richie la cherchait.

Elle désigna la cavité dans le sol, en pensant qu'O'Brien se tournerait au moins dans cette direction, à défaut d'aller voir. Mais cet imbécile ne bougea pas d'un centimètre.

— Le tout est de savoir s'il la cherchait de sa propre initiative, ou s'il est venu ici à votre demande.

O'Brien cala la boîte sous son bras.

— Ce ne sont pas vos affaires. Cette boîte m'appartient, un point c'est tout.

— Donc, vous admettez que vous savez ce qu'il y a dedans ?

— Vous n'avez été qu'une source d'ennuis depuis le jour où je vous ai rencontrée. S'il n'y avait eu que votre grand-mère, cette propriété serait à moi aujourd'hui. Je posséderai tout Copper Lake.

— Alors, c'est une bonne chose que je sois là.

— Question de point de vue.

— Qu'est-ce que vous fichez là, O'Brien ? Je ne crois pas que vous ayez été invité.

Depuis le seuil, la voix de baryton de Mark était porteuse d'une menace subtile.

Avant de se retourner, O'Brien eut un sourire moqueur devant le soulagement évident d'Amy.

— Eh bien, mais on dirait que c'est le petit ami boy-scout.

— Sortez de là avant que j'appelle les flics, dit Mark.

O'Brien ricana.

— Vous devriez raccourcir la laisse de votre sauvageonne, Taylor. Elle se mêle de choses qui ne la regardent pas.

Il brandit la boîte et la secoua.

— Aucun de vous n'a de droits sur ce qui se trouve à l'intérieur.

Mark serra les poings.

— Je pourrais aussi vous casser la figure. Et, après

avoir constaté la façon dont vous avez parlé à Amy, ce n'est pas l'envie qui me manque.

L'amusement d'O'Brien disparut, alors qu'il semblait réaliser qu'il ne faisait pas le poids contre un homme plus jeune et mieux entraîné que lui.

Serrant la boîte contre son torse, il leva une main, comme pour tenir Mark à distance.

— Tout doux, Taylor. Je ne cherche pas les ennuis. Je m'en vais. Et je récupère ce qui m'appartient.

Il lança un regard entendu du côté d'Amy.

— Mais vous seriez bien inspiré de chercher à savoir qui m'a volé cette boîte.

— Je ne vous ai rien pris du tout, protesta Amy.

Elle se tourna vers Mark, l'air suppliant.

— Je l'ai trouvée sous le plancher. Tu ne peux pas le laisser partir avec. C'est important.

O'Brien était déjà sur le seuil. Il brandit la boîte.

— Il y a mon nom dessus, oui ou non ?

— Mais elle contient des preuves, insista Amy. Elles n'ont pas été obtenues légalement, mais elles pourraient faire avancer l'enquête.

— Des preuves de quoi ? demanda O'Brien.

Son sourire moqueur était de retour.

— Vous ne pourrez rien prouver du tout, ma chère.

Mark échangea un regard avec elle, cherchant à savoir jusqu'où il pouvait aller.

Mais après tout, elle avait pris en photo une partie des clichés. Essentiellement ceux qui concernaient Jocelyn et elle, ainsi que quelques-uns de Lissette. Et elle avait aussi glissé quelques photos dans son sac.

C'était mieux que rien. Et puis, si O'Brien voulait récupérer sa boîte et s'incriminer, grand bien lui fasse.

Elle pressa le bras de Mark, pour le remercier de lui laisser le choix.

— Je veux juste qu'il s'en aille.

— Comme tu voudras, dit Mark.

Puis il s'adressa à O'Brien.

— Je vous raccompagne.

Mark suivit de loin le promoteur, tandis que ce dernier filait à petits pas pressés, la boîte calée sous le bras. S'asseyant par terre, Amy ôta avec précaution sa chaussure de randonnée, et massa sa cheville, qui commençait à gonfler.

Lorsque Mark revint, il était au téléphone.

— Oui, Matt. Si toi et quelques collègues pouviez venir jeter un œil par ici, ça me rendrait un fier service…

Il ne tarda pas à couper l'appel, et s'agenouilla devant Amy.

— Mes frères et quelques-uns de mes coéquipiers vont mettre en place des tours de garde pour surveiller le coin.

Il 'inspecta Amy de la tête aux pieds.

— Je peux te demander ce que tu fais ici ?

En jean et T-shirt du KCFD, il n'était pas moins impressionnant d'autorité qu'en uniforme ou en tenue antifeu. Mais il y avait dans ses yeux une lueur de tendresse inquiète qui alla droit au cœur d'Amy.

— J'ai vu qu'il y avait quelqu'un dans la maison, et je suis venue vérifier. Soudain, on se serait cru à la gare de Grand Central. Richie Sterling, Brad Frick, Dale O'Brien… l'un des trois, ou tous les trois pourraient avoir un intérêt pour la boîte. Ou quelque chose d'autre que la police n'a pas vu. Je devais savoir ce qui se passait.

— Tu devais savoir ?

Il posa une main sur sa joue, puis enroula une mèche de cheveux cuivrés autour de ses doigts.

— Tu es blessée ?

— Je me suis tordu la cheville en trébuchant sur une lame disjointe. Rien de grave.

Aussitôt, il inspecta sa cheville, avant de déterminer que sa cheville était encore en assez bon état pour qu'elle puisse marcher. Puis il lui enfila délicatement sa bottine de randonnée et refit le laçage, sans trop serrer.

— Regarde ce que j'ai trouvé.

Elle lui montra les photos de femmes prises avec son téléphone.

— Elles étaient dans la boîte. Et il y avait un kit de démarrage de feu. Probablement pas assez pour brûler toute une maison, mais quand même. Tiens…

Elle lui montra de nouveau les images dans son téléphone.

— Ça veut dire quelque chose, non ?

— Tu as raison. Quelques boules de coton trempées dans la vaseline de pétrole ne brûleront pas assez pour faire de gros dégâts, mais ça veut dire que quelqu'un aime jouer avec le feu.

Il réfléchit quelques instants.

— Si tu mettais ce dispositif dans le réservoir d'une voiture…

— Elle s'enflammerait totalement, comme la jeep de Jocelyn.

Mark hocha la tête.

— J'ai encore autre chose.

Elle sortit de son sac les clichés sur papier, et les tendit à Mark.

— Non. Moins de personnes les auront touchées, mieux ce sera. Montre-les-moi, seulement.

L'expression de Mark s'assombrit tandis qu'elle feuilletait les clichés.

— Il faut les apporter à la police, dit-il.

— Je sais. J'aurais dû signaler plus tôt que j'avais l'impression d'être suivie, mais j'avais peur qu'on ne me croie pas.

Mark jura entre ses dents.

— Depuis combien de temps ça dure ?

Il se leva et lui tendit la main.

— Laisse tomber. On verra ça plus tard.

Il l'aida à se hisser sur ses pieds, et passa un bras autour de sa taille.

— Tu peux marcher ?

Amy hocha la tête. Elle n'avait pas vraiment besoin de son soutien, mais elle appréciait trop ce contact ferme et rassurant pour le repousser. Et puis, si sa cheville allait bien, ses genoux flageolaient encore après sa confrontation avec Dale O'Brien.

— Je vais appeler mes oncles Josh et Cole, au commissariat de Kansas City. Ils sont inspecteurs, contrairement à mes frères Pike et Alex. Je veux leur avis. Tu es la seule à avoir manipulé les photos ?

Ils étaient sortis au grand air, et Amy respira à pleins poumons, levant le visage vers le soleil.

— Oui.

— Tu as des sachets en plastique chez toi ?

Elle hocha la tête.

Mark ouvrit la portière passager de son pick-up, et la fit passer sur le siège en la soulevant.

— Je constate que tu peux effectivement me porter.

Elle plaisantait, se rappelant sa menace, lors de leur première rencontre, de la jeter en travers de son épaule. Mais elle songeait aussi à la gentillesse et à la douceur qui se cachaient derrière cette force.

Il lui adressa un clin d'œil.

— Et tu n'as encore rien vu.

Mais avant qu'elle ait eu le temps de répondre à son marivaudage, il avait fermé la portière et faisait le tour du véhicule pour se mettre au volant.

Le trajet fut court jusqu'au perron de la maison principale, et Mark fut de nouveau à sa portière, passant un bras protecteur autour de sa taille, et l'aidant à monter les marches.

Il la guida jusqu'à la cuisine, et resta à proximité tandis qu'elle ouvrait un tiroir et en sortait des sachets en plastique.

— J'en ai appris suffisamment de mes frères et de mes oncles sur le travail de la police, pour savoir que nous ne devons pas manipuler des objets susceptibles de porter des empreintes. Pendant que je m'en occupe, va aider ta grand-mère à se préparer.

— Pourquoi ?

— Nous allons tous en ville ce matin.

— Pour quelle raison ?

— Parce que je ne veux pas qu'elle reste seule

ici pendant que nous serons partis. Avec ce pourri d'O'Brien dans les parages, il vaut mieux être prudent.

— D'accord.

Elle alla jusqu'au seuil, avant de se retourner.

— Mark ?

— Quoi ?

— J'ai un plan pour me débarrasser d'O'Brien.

— Ça ne m'étonne pas de toi.

— Je suis forte et courageuse, et je n'ai besoin de personne pour me porter secours.

Mark voulut protester, mais il resta muet quand elle revint vers lui, noua les bras autour de sa taille, et posa la tête au creux de son épaule.

— Mais j'aime que tu me prennes dans tes bras.

Elle sentit sa tension s'évanouir, tandis qu'il refermait les bras autour d'elle, en un cocon protecteur.

— Quand tu voudras.

Il effleura sa tempe d'un baiser.

— Je te prendrai dans mes bras aussi souvent que tu le souhaiteras.

Ils restèrent un long moment ainsi, jusqu'à ce que la chaleur du corps de Mark se communique au sien, chassant le frisson que même le soleil estival n'avait pu déloger.

— J'ai eu peur, confessa-t-elle, sachant qu'elle ne risquait rien à dire la vérité. De Brad et de Richie. Leur comportement était si étrange. Mais aussi d'O'Brien, même si je ne le laisserai jamais paraître devant lui. Et j'ai peur de la personne qui a pris ces photos.

Elle soupira.

— En fait, comme je ne sais pas de qui je dois avoir peur, je finis par avoir peur de tout et de tout le monde.

Elle essaya de rire, mais le résultat sonnait plutôt comme un croassement, même à ses propres oreilles.

— Je sais, Amy. Ton dernier message m'a fait peur aussi.

Il lui massa le dos en cercles, puis sa main se posa sur la courbe de sa hanche, avec une possessivité désormais familière.

— Quand je suis arrivé, et que j'ai vu qu'il t'avait coincée dans l'angle de la pièce…

— Je ne me serais pas rendue sans lutter.

— Moi non plus.

Quand il commença à s'écarter, Amy eut un geignement de protestation.

Mais le son devint bientôt un gémissement de plaisir, quand Mark prit son visage entre ses mains et l'embrassa.

Profondément. Avec passion. Et beaucoup trop brièvement pour une femme qui apprenait à faire confiance et à aimer un peu plus chaque jour.

Elle agrippa les poignets de Mark, tandis qu'il posait son front sur le sien.

— Ne t'inquiète pas pour la boîte qu'O'Brien a emportée. Nous coincerons ce type d'une façon ou d'une autre. Je veux seulement que tu sois en sécurité. Car, pour moi, tu es ce qu'il y a de plus important.

12

Après avoir appelé son oncle Josh pour lui demander comment Amy devait aborder son entretien avec les inspecteurs Beck et Carson, Mark déposa Comfort Hall chez sa grand-mère.

Même si Amy semblait décidée à s'attarder pour discuter avec Martha, il lui rappela ses obligations, et la pressa de monter en voiture.

Mitch, le plus âgé de ses oncles, qui était commissaire de police, avait dû faire jouer ses relations, car le duo Beck/Carson était ce jour-là tout sucre tout miel avec Amy, la traitant davantage comme un témoin que comme une suspecte.

Les inspecteurs avaient conclu que les incendies et les meurtres étaient liés, mais il leur manquait encore le mobile. S'ils pouvaient établir pourquoi ces femmes avaient été ciblées, ou pourquoi les incendies n'avaient lieu que sur la propriété des Hall, la liste des suspects serait considérablement réduite.

Serrant les poings, Mark se retint d'intervenir pendant qu'Amy relatait le comportement erratique que Derek Roland avait eu avec elle la veille, et sa confrontation matinale avec les hommes à tout faire et Dale O'Brien.

Quelqu'un surveillait Amy, prenait des photos d'elle, se préparant peut-être à en faire sa prochaine victime. Et il ne pouvait rien y faire.

Quand Amy tendit le bras pour poser la main sur son poing, il réalisa combien il était tendu. C'était tellement éprouvant pour lui d'être assis dans ce bureau, et de constater, une fois de plus, qu'il était impuissant à apporter sa protection et son aide.

— Merci à vous deux, dit l'inspectrice Beck, avant de se lever pour échanger une poignée de main avec Amy et Mark.

— Je compte sur vous pour découvrir qui a tué Jocelyn, dit Amy.

— Nous ferons tout notre possible. En attendant, je ne saurais trop vous recommander de ne pas aller fouiner toute seule sur votre propriété.

— J'y veillerai, dit Mark.

Mais rien ne pouvait lui garantir qu'Amy ne continuerait pas à n'en faire qu'à sa tête.

Avant de regagner la voiture, Amy fit un détour par les toilettes, et Mark en profita pour passer dire bonjour à ses deux frères. Il accepta d'aller boire un café dans la salle de repos, et leur fit un bref compte rendu des derniers rebondissements. Il leur demanda également de prendre des renseignements sur Preston Worth.

Pike ajouta une dosette de lait dans son café, pour en atténuer l'amertume, avant de demander :

— Tu crois que l'ex d'Amy voudrait se venger ?

Mark prit appui contre l'encadrement de la porte,

et avala une gorgée de l'infect breuvage. Depuis sa dernière intervention, qui remontait à quarante-huit heures, il n'avait pas beaucoup dormi. Il était en repos aujourd'hui, mais il n'avait pas l'intention de laisser Amy toute seule pour rattraper son sommeil perdu.

— Il est en première ligne de ma liste des suspects. Ces photos laissent entendre que le meurtrier est patient, calculateur… Les incendies ont forcément été planifiés. Ils ne se produisent que sur la propriété des Hall… Worth est connu pour être un manipulateur. Il a tout à fait le profil.

Mark se força à boire une autre gorgée de café, et se retint à grand-peine de grimacer.

— Si ce type se montre par ici, je vous demanderai de tourner la tête pendant que j'ai une petite discussion avec lui.

Alex sourit.

— Nous te laisserons lui coller une bonne droite avant de l'arrêter pour violation de son ordonnance restrictive.

— C'était une relation abusive ? demanda Pike.

Et il était bien placé pour saisir toute l'ampleur de ce fléau qu'était la violence domestique, après ce que sa propre femme avait subi dans son enfance.

Mark hocha la tête.

— Amy s'est retrouvée à l'hôpital, à cause de lui. Et il a essayé de la faire chanter pour qu'elle ne porte pas plainte. Mais pour finir, il a perdu son travail et a terminé en prison.

Alex eut une moue admirative.

— Eh bien, cette femme semble avoir une sacrée

force de caractère. Tu es sûr que tu vas être à la hauteur, frérot ?

Mark comprit que c'était une plaisanterie, mais refusa pour une fois d'entrer dans le jeu de son frère, et garda son sérieux.

— Elle a besoin de moi, et je n'ai pas l'intention de lui faire défaut.

— Attends un peu, intervint Pike. Matt nous a dit que tu avais le complexe du sauveur depuis la mort de Grandpa Sid. Tu prends des risques invraisemblables, tu t'impliques avec une femme que tu connais à peine…

— Je connais parfaitement bien Amy.

Mark se redressa de toute sa hauteur.

Il n'avait pas besoin de défendre ses sentiments pour Amy, mais il le ferait quand même.

— J'ai plus discuté avec elle qu'avec les femmes avec qui je suis sorti pendant des mois.

Faisant allusion aux femmes de ses frères, il ajouta :

— Combien il vous a fallu de temps avec Hope, ou Audrey, pour savoir que vous étiez amoureux d'elles ?

Il comprit aussitôt son erreur en voyant le sourire moqueur de Pike et Alex.

— Alors, comme ça, tu es amoureux ? demanda Pike.

Il échangea un regard entendu avec Alex.

— Eh bien, mon vieux…

Mark s'avança dans la pièce et jeta son gobelet vide dans la corbeille, avec plus de force qu'il n'en fallait.

— Ce que je veux dire, c'est que je ne fais pas ça pour Amy parce que je me sens coupable de la mort de Grandpa. Elle a besoin d'aide. Et elle a admis qu'elle avait besoin de moi en particulier. Je veux être là pour elle.

— Tu n'as pas répondu à ma question, remarqua Pike. Tu l'aimes ?

Mark haussa les épaules.

— Je n'en sais rien.

— Tu le sais, affirma Alex.

— Est-ce que tu as peur de la perdre ? demanda Pike.

Mark ferma les paupières et se remémora sa peur quand il avait vu O'Brien coincer Amy dans un coin de la pièce. Les marques laissées sur son poignet par Derek Roland. Et aussi les photos prises par celui qui avait probablement tué Jocelyn et Lissette.

L'estomac noué de terreur, il comprit que perdre Amy serait le plus grand malheur qui puisse lui arriver.

— Oui, je l'aime, dit-il.

— Elle ne pourrait pas tomber sur quelqu'un de mieux que toi, petit frère, dit Pike en lui pressant l'épaule.

Alex 'posa la main sur l'autre épaule.

— Tu es un Taylor. Tu sauras comment la protéger. Et nous sommes là si tu as besoin d'aide.

— Merci.

Puis, parce qu'ils étaient frères, qu'ils se connaissaient bien, et qu'ils s'aimaient, Alex mit fin à cet instant de complicité.

Et Mark ne put échapper à une petite leçon de morale.

— Donc, si tu es amoureux, et si tu ne ressens plus de culpabilité pour la mort de Grandpa Sid, pourquoi fais-tu pleurer Grandma ?

Mark grommela.

— Ce n'est pas le moment, Alex.

Pike sortit de son portefeuille une vieille photo qui remontait aux premières semaines de leur adoption.

— Tu vois cette photo ? Elle sourit. Elle est heureuse d'avoir une belle famille. Et toi, tu la fais pleurer en refusant d'aller la voir dans sa nouvelle maison. Et tu ne veux même pas dire pourquoi.

— J'ai déjà eu cette conversation avec Matt.

Alex fit un signe de tête à Amy, qui avançait dans le couloir pour les rejoindre. Mais il avait un dernier mot à ajouter.

— Alors tu sais ce que tu as à faire pour arranger les choses.

Amy haussa un sourcil.

— J'interromps quelque chose ?

— Je comprends mieux, maintenant, dit Alex. Bien joué, frérot.

— Pardon ? demanda Amy.

En tant que fille unique, elle n'avait pas la moindre idée des chamailleries incessantes et des plaisanteries qui existaient entre frères.

Mark lui prit la main et la fit entrer dans la salle de repos.

— Amy, je te présente mes frères, Alex et Edison, dit Pike.

Il sut, en la voyant toucher son collier, qu'elle était un peu anxieuse.

Et il la connaissait maintenant assez pour savoir qu'elle s'encourageait, se répétait mentalement qu'elle pouvait le faire.

— Eh bien, après les oncles, voici les frères ? Tu

es parent avec tous les policiers et les pompiers de Kansas City ?

Alex lui prit la main et la serra vigoureusement.

— Seulement les beaux gosses.

Pike lui donna un coup de coude pour prendre sa place, et serrer également la main d'Amy.

— Ne faites pas attention à lui. Il est marié, en attente d'adoption, et pas aussi charmant qu'il le pense. Moi, j'ai une femme magnifique, deux enfants, un gros chien… et je suis le cerveau de la famille.

— Dans tes rêves, rétorqua Alex, en lui donnant à son tour un coup de coude.

— Je vous laisse régler ça entre vous, dit Mark.

Il posa la main dans le creux du dos d'Amy.

— Nous, on doit y aller.

— Ravi de vous avoir rencontré, Amy, lança Pike, tandis qu'ils se dirigeaient vers l'ascenseur.

— Et n'oublie pas de parler à Grandma, ajouta Alex.

Il n'hésita pas à les suivre pour bien insister sur le sujet.

— Je ne supporte pas de la voir pleurer parce que tu n'es pas venu à sa pendaison de crémaillère, et qu'elle est persuadée que tu l'évites.

Quelques minutes plus tard, Mark et Amy roulaient sur l'autoroute, en direction de l'est, pour aller chercher Comfort Hall, qui avait passé la matinée avec Martha Taylor.

Mark était plongé dans ses pensées. Il songeait à son grand-père, à l'inquiétude de ses frères concernant sa relation avec leur grand-mère… À ses sentiments pour Amy.

Amy se pencha pour augmenter la climatisation, et rompit le silence.

— Eh bien, tes frères sont très protecteurs envers ta grand-mère. Ça semble être un trait de caractère largement répandu dans la famille.

Il grommela. Amy était en train de s'aventurer dans un puits d'émotions sur lequel il n'était plus sûr de parvenir à maintenir un couvercle.

— Pourquoi tu n'es pas allé à la crémaillère de ta grand-mère ? Tu travaillais ?

Mark serra les doigts autour du volant, et sentit le regard d'Amy sur ses mains.

Il savait qu'elle avait une sorte d'étrange fascination pour les mains des hommes, et se demanda quel message elle décryptait en voyant ses articulations blanchies.

Ils avaient emprunté la sortie vers Lee's Summit Road, avant qu'Amy ne reprenne la parole.

— C'est en rapport avec la mort de ton grand-père ?

— Ne t'y mets pas, toi aussi.

Le couvercle avait sauté, et les émotions bouillonnaient, prêtes à jaillir.

— Si tu ne l'as pas encore remarqué, ça fait partie de ma nature. Tu souffres. Et, apparemment, si tes frères sont tellement inquiets, c'est parce que Martha souffre aussi.

Cessant de fixer les mains de Mark, elle chercha son regard.

— Si tu veux rester un moment pour discuter avec

elle, ça ne me dérange pas. Gran et moi, nous pouvons très bien attendre dans la voiture.

Mark secoua la tête, et bifurqua vers le sud.

— Je veux que Comfort et toi restiez chez Grandma, au moins pour une nuit ou deux. Un de mes oncles ou un de mes frères pourra venir sur place pour veiller sur vous. Je propose que nous retournions chez toi prendre quelques affaires, au passage je ferai un saut à mon appartement, et je préparerai un sac pour m'installer à la ferme. Je ne veux pas que le domaine reste sans surveillance.

Mark avait déjà tout réglé, mais Amy ne l'entendait pas de cette oreille.

— Pour commencer, personne ne me chassera de chez moi. Et, deuxièmement, je veux savoir si tu te sens responsable de la mort de ton grand-père.

— Quoi ?

Il donna un coup de volant, et le pick-up tangua, mordant sur la ligne continue. Ses émotions étaient désormais hors de contrôle.

— J'en suis responsable.

Il ne savait pas si c'était dû à la pression de ses frères, ou au fait qu'il avait déjà partagé tant de choses avec Amy, mais il se sentait maintenant capable de parler de tout avec elle.

— Tu as vu quelle grande famille aimante et un peu dingue j'ai la chance d'avoir…

Il donna un coup de poing de frustration sur le volant.

— J'ai privé Sid de tout ça.

— Tu l'as assassiné ?

— Quoi ?

Il tourna un regard horrifié vers elle.

— Bien sûr que non ! Il a eu une crise cardiaque. Nous étions…

Il secoua la tête. Sa mâchoire lui faisait mal tant il serrait les dents.

— Je n'ai pas envie que tu me voies blessé et en colère comme ça. Et, surtout, je ne veux pas que tu aies peur de moi.

— Arrête-toi sur le bas-côté, Mark. Nous devons parler.

Oh ! bon sang, elle était coriace !

En apparence seulement, car il savait combien elle était vulnérable à l'intérieur.

— C'est un ordre, militaire ! dit-elle.

Il tourna la tête vers elle. Si Amy avait affiché son air buté et prêt à en découdre, il aurait continué. Mais elle semblait apeurée, triste.

Il ne pouvait pas résister à ces beaux yeux verts qui le regardaient comme s'il pouvait changer le monde pour le rendre meilleur.

Il ralentit et se gara sur le parking d'un terrain de base-ball abandonné, du côté d'Adair Park.

Avant même qu'il ait coupé le moteur, elle avait défait sa ceinture de sécurité, et se penchait vers lui, au-dessus de la boîte de vitesses, pour lui caresser la joue.

— Pour ton information, tu es trop gentil pour que j'aie peur de toi.

Il lui prit la main et déposa un baiser au creux de sa paume. Puis il défit à son tour sa ceinture, et recula son siège au maximum.

Elle ne protesta pas quand il la souleva pour l'asseoir

sur ses genoux. Ses longues jambes étendues en travers de la boîte de vitesses, elle passa un bras autour de son cou et, de son autre main, lui caressa la joue.

Même si le poids chaud et doux de ses fesses sur son sexe faisait naître d'autres idées, il apprécia la tendresse de ses caresses.

Amy était tendre et attentionnée. Forte et irrésistible.

Mark sentit la dure carapace qui enveloppait son cœur se fracturer et tomber en poussière.

Elle avait peut-être raison… C'était peut-être lui qui avait besoin d'être secouru. C'était lui qui avait besoin d'être rassuré sur le fait que son cœur, ses secrets et son avenir seraient en sécurité avec elle.

Après un moment passé à lui caresser simplement les cheveux, et à se noyer dans ses yeux verts, Mark fit glisser sa main le long de son cou, pour prendre entre ses doigts le collier qu'elle n'ôtait jamais.

Le symbolisme entre le nœud d'argent et les entrelacs compliqués qui ligotaient jusqu'alors son cœur ne lui échappait pas.

Amy avait libéré son cœur meurtri. Elle lui avait redonné le goût de vivre.

Et elle attendait toujours qu'il s'explique…

— Grandpa et moi, nous étions…

Il hésitait à prononcer l'expression taboue entre eux, mais c'était elle qui avait demandé à connaître la vérité.

— Nous étions occupés à porter secours à des accidentés de la route. L'effort a été trop rude pour son cœur, déjà usé par l'âge et plusieurs incidents cardiaques. J'ai sauvé tout le monde ce jour-là… sauf lui.

— Avait-il le même âge que Martha ?

— Deux ans de plus. Pourquoi ?

— Mon grand-père avait soixante-dix-neuf ans, quand il est mort. Son médecin a dit que chaque cœur était programmé pour une certaine durée de vie. Le cœur de ton grand-père était peut-être arrivé au bout. Que tu sois occupé à secourir des blessés, ou ailleurs en train de faire autre chose, ça serait arrivé quand même. Son heure était venue.

— Je suppose… Mais mon métier consiste à sauver des vies. Ce n'est pas facile d'accepter l'échec. Surtout quand il s'agit d'une personne qui compte tellement…

— Tu dois en parler avec ta grand-mère, Mark. Vous êtes tous les deux en deuil. Au lieu de batailler l'un contre l'autre, vous pourriez vous reconstruire ensemble.

— Ça fait mal.

— Je sais. J'étais en plein milieu de mon procès avec Preston quand mon grand-père est mort. Tu ne crois pas que j'aurais voulu être auprès de lui ? Tu ne crois pas que je ressens de la culpabilité, parce que ma situation l'a tellement angoissé que ça a probablement contribué à sa crise cardiaque ?

— Tu ne m'avais pas dit comment il était décédé. Je suis désolé.

— Écoute, Mark, je sais que je ne suis pas l'exemple idéal de la personne qui sait faire les bons choix et qui a toutes les bonnes réponses. Mais je m'y connais en survie. Et je connais les peurs, et la culpabilité et le deuil qui vont avec.

Du bout des doigts, elle lui effleura les lèvres, et

il ressentit le besoin de l'embrasser jusque dans les moindres fibres de son corps.

— La première chose que j'ai apprise, c'est de tout faire pour être avec les personnes qu'on aime. Quand Grandpa Leland est mort, Gran a eu besoin de moi. Je n'avais pas le temps de tomber dans l'auto-apitoiement. Elle avait besoin de quelqu'un pour prendre soin d'elle. Quelqu'un avec qui faire son deuil. Quelqu'un à aimer. Et c'est la même chose pour toi et moi. Nous avons tous besoin les uns des autres.

Ses yeux brillaient de larmes, et elle cilla pour les évacuer, avant que le pouce de Mark ait pu en capturer une.

— Surmonter une perte comme celle-ci ne se règle pas du jour au lendemain. Mais ça ira mieux, je te le promets. Si tu ressembles à ton grand-père, je sais que c'était un homme extraordinaire. Et je comprends ce que tu ressens. Laisse ta grand-mère prendre soin de toi. Parle avec elle, partage tes souvenirs… Ne lui refuse pas la chance de guérir ensemble. Ne te la refuse pas à toi.

Quand elle essaya de passer les doigts dans les cheveux de Mark pour y remettre de l'ordre, il repoussa sa main et enfouit le nez dans son cou.

Et, enfin, il laissa couler les larmes qu'il retenait depuis si longtemps.

Les bras noués autour de son cou, elle le tint serré contre elle, et le berça en lui murmurant des mots de réconfort.

Il aimait tellement cette femme.

Il avait besoin d'elle. Il la désirait. Ils étaient l'exact

opposé l'un de l'autre : le gentil garçon dévoué et la *bad girl*, l'entraînement et le devoir contre l'intuition et la créativité'…

Grâce à Amy, il avait trouvé ce qui lui manquait pour être complet. Cette femme si solitaire savait comment former avec lui un couple qu'il n'avait jamais eu conscience de rechercher.

Et puis, tout naturellement, sans que rien ne soit décidé ni provoqué, l'intensité des émotions qu'il ressentait se transforma en passion. Le réconfort qu'elle lui offrait ne suffit plus, et il voulut tout connaître d'elle.

Le baiser qu'il lui donna devint très vite impétueux, exigeant, tandis que sa main s'aventurait dans l'échancrure de son chemisier.

Son cœur battait la chamade. Un désir brûlant l'envahissait, le conduisait à un enchaînement de gestes qu'il ne contrôlait déjà plus.

Il bascula complètement en arrière le dossier de son siège, et attira Amy contre lui.

Trop de vêtements. Un espace trop petit. Une femme parfaite. Un désir qui balayait tout sur son passage.

Ce n'était pas ainsi qu'il avait envisagé de faire l'amour avec Amy. Mais il avait toujours été adepte du « quand on veut, on peut ».

Ni l'un ni l'autre n'avaient conscience du temps qui s'était écoulé quand ils furent rattrapés par la réalité de tout ce qu'ils avaient à faire, et de la possibilité qu'on ait pu les voir, bien que le parking abandonné soit désert, et que la végétation masque le pick-up de Mark.

Il redressa son siège. Amy enjamba la console pour retourner à sa place, et chacun remit de l'ordre dans sa tenue.

— Eh bien..., dit-elle, en se passant les doigts dans les cheveux, que Mark avait libérés de leur élastique. C'était plutôt... cathartique.

— Oui, c'était vraiment... surprenant, renchérit Mark.

— Je ne pensais pas que je pouvais être aussi spontanée.

— Toi ? demanda Mark, en se tortillant sur son siège pour remonter son jean. Je croyais que tu étais du genre aventureux.

— Je n'ai connu qu'un autre homme avant, et ça ne s'est pas bien terminé.

— Désolé d'avoir ravivé de mauvais souvenirs. Oublie-le, maintenant. Je regrette qu'il t'ait fait du mal, mais je suis content qu'il ne fasse plus partie de ta vie, pour que tu puisses être avec moi.

— Moi aussi.

Elle tendit le bras et passa la main dans les cheveux de Mark, pour essayer de le rendre présentable.

— Il n'y avait pas de sentiments, avec Preston. Je le réalise maintenant. C'est beaucoup plus intense quand je crois que l'homme avec qui je suis ne veut que moi et moi seule.

— Tu peux le croire.

Il lui prit la main et déposa un baiser sur le bout de ses doigts, puis il mit sa ceinture et tourna la clé de contact.

— Sachez que je vous aime, Amy Hall.

À son tour, elle tira sur sa ceinture de sécurité et la boucla.

— Alors ça, ça me fait peur.

— Ça ne devrait pas. Tu es la femme la plus courageuse que je connaisse. Je ne ferai jamais pression sur toi pour que tu te précipites dans quelque chose que tu n'es pas prête à assumer. Et je ne te ferai jamais de mal comme ton professeur l'a fait.

— Je le sais. Ce qui me fait peur, c'est que je crois que je t'aime aussi.

13

Après sa conversation avec Amy, Mark trouva étonnamment facile de s'asseoir à la table de la cuisine de Martha, et de présenter ses excuses à sa grand-mère pour l'avoir tenue à distance.

La main osseuse et arthritique de la vieille dame, toute parsemée de taches de vieillesse, ne quitta jamais la sienne, tandis qu'il lui ouvrait son cœur.

Il commençait à comprendre la fascination d'Amy pour les mains. Elles disaient tant d'une personne. La force, la gentillesse. Le lien familial et la confiance. Une histoire partagée et de nouveaux sentiments.

Lui aussi commençait à avoir une affinité avec certaines mains.

Comme celle couverte de taches de rousseur qui savait apaiser son chagrin et éveiller son désir.

Comme celle qui tenait la sienne en ce moment.

— C'est mon travail de sauver les gens, dit-il. Je ne l'ai pas fait pour lui.

— Tu n'as pas laissé mourir ton grand-père, insista Martha. Je le connais assez pour savoir qu'il ne le pensait pas au moment de partir. Et je ne le pense pas non plus.

Mark secoua la tête, essayant de faire comprendre à sa grand-mère ce qu'il ressentait.

— Je courais dans tous les sens, sans remarquer qu'il faisait trop d'efforts pour son âge. J'étais obsédé par ma mission de sauvetage, et je comptais trop sur lui. Je n'ai pas su voir sa détresse.

Il soupira.

— Je le croyais sans doute invincible.

Martha tourna ses yeux bleus vers la lumière du soleil, qui entrait à flots par la fenêtre de la cuisine.

— Tu ne pensais quand même pas que ton grand-père serait éternellement là pour toi ?

— Ne jouons pas sur les mots, Grandma. Je savais bien que son heure viendrait, mais j'espérais que ce serait le plus tard possible. Et pas de cette façon. J'aurais dû être auprès de lui. Mais j'étais occupé ailleurs, et je lui ai fait défaut.

— Donc, tu m'évitais parce que tu te sentais coupable ? Je me disais que tu avais peut-être peur que je m'en aille aussi. Que tu m'en voulais d'être devenue vieille.

— T'en vouloir ? Mais de quoi ?

Il se leva et jeta ses bras autour de la frêle silhouette.

— Je t'aime, voyons. Je suis toujours ton petit garçon, tu le sais.

La bouilloire siffla sur le gaz, et il se leva pour verser l'eau dans la théière, disposer les tasses sur un plateau, et apporter le tout à table.

Un silence passa. Ni l'un ni l'autre ne toucha à sa tasse.

— Ton grand-père a eu plusieurs gros problèmes cardiaques, il y a cinquante ans de ça, reprit Martha.

J'ai failli le perdre. Nous savions tous les deux qu'il était en sursis, et il a décidé de tirer le meilleur parti du temps qu'il lui restait à vivre. Il voulait vivre, aimer, et rire, et voir ses petits-fils devenir des hommes.

Les larmes aux yeux, elle caressa la joue de Mark.

— Il aura finalement vécu de longues et belles années. Et je suis heureuse de savoir que tu étais avec lui quand il est parti.

Du bout des doigts, elle s'essuya les yeux, et sourit entre ses larmes.

— Il t'aimait tellement, et il était si fier de toi…

Mark pensait qu'il n'avait plus une larme en lui, mais il les sentit bientôt rouler sur ses joues.

— Merci d'avoir été avec lui, Mark. Ça m'aide à savoir qu'il est parti en étant heureux. Merci pour ce précieux cadeau.

De nouveau, Mark se leva pour la prendre dans ses bras.

Elle le serra avec tendresse contre lui.

— Ah, c'est ça que je voulais. Un gros câlin de mon petit-fils préféré.

— Préféré ? Tu dis ça à chacun de nous.

— C'est vrai. Et c'est à prendre ou à laisser.

— Alors, je prends.

Ils rirent ensemble.

— Il me manque, Grandma. Il me manque tellement.

— À moi aussi.

Après un moment, elle s'écarta et reprit sa place à table.

— Mais est-ce que tu te rends compte qu'il serait furieux s'il savait que tu ne fais aucun cas de ta propre vie ? Que tu prends des risques inconsidérés ? Que tu refuses de vivre, d'aimer et de rire comme lui le voulait ? Et moi ? Tu réalises comme j'aurais du chagrin si je te perdais aussi ?

Mark ne sut pas quoi répondre à ça.

— Bon, et maintenant parlons de choses plus gaies. Où est ta jeune amie ? Si elle est aussi drôle que Comfort, il faut que je discute un peu avec elle.

— Elle est un peu différente, Grandma.

— Bien. Ça veut dire qu'elle est intéressante.

Elle le poussa vers la porte de service, par laquelle Comfort et sa petite-fille étaient sorties un peu plus tôt pour faire un tour dans le jardin.

— Fais-les rentrer. Nous allons déjeuner tous ensemble.

— Ça me fait plaisir.

Mark déposa un baiser sur le haut de son crâne.

— Je t'adore, Grandma.

— Moi aussi, mon petit.

Il avait la main sur la poignée de la porte, quand elle l'interpella.

— Au fait, Mark ? Tu devrais lui dire que son chemisier est mal boutonné.

Elle lui adressa un petit clin d'œil.

— Pensez-y, la prochaine fois que vous passerez du bon temps ensemble.

— Grandma !

Elle gloussa.

— Eh bien quoi, ton grand-père et moi avons été jeunes aussi.

Quand il sortit, Mark avait les joues en feu.

Après la sortie de l'autoroute, Mark ralentit pour traverser la zone de collines menant vers Copper Lake, et Amy baissa sa vitre.

L'air tiède sentait l'herbe sèche et le goudron chaud. Il faisait un temps radieux. Le soleil était d'un bleu sans nuage. Pourtant, elle ressentait un curieux frisson.

Peut-être était-ce la peur de retourner chez elle, où deux jeunes femmes innocentes étaient mortes, et où un psychopathe l'espionnait, qui la mettait dans cet état.

— Ça va ? demanda Mark, tandis qu'ils arrivaient aux abords du lotissement en construction.

Elle observa le mobil-home abritant le bureau du promoteur, et son pick-up blanc garé devant. La camionnette de Brad Frick était là aussi, et elle se demanda ce que les deux hommes fomentaient. Pourquoi ils se trouvaient ce matin à l'ancien gîte. Pourquoi ils semblaient tellement anxieux de la voir partir.

N'étaient-ils que des opportunistes et des magouilleurs ? Ou bien avaient-ils de plus funestes desseins ?

Appuyé contre sa camionnette, Brad jeta un mégot de cigarette au moment où ils passaient.

Amy enroula ses doigts à ceux de Mark lorsqu'elle sentit qu'il posait sa main sur la sienne.

— Tant de choses ont changé aujourd'hui, murmura-t-elle.

— Certaines en bien, j'espère.

Elle hocha la tête, et détacha son regard de la vitre pour contempler le spectacle beaucoup plus agréable du profil de Mark.

— Évidemment ! Je ne regrette pas ce qui s'est produit entre nous. Seulement, je ne sais pas si je suis prête pour ce qui va se passer après. Nous n'avons même pas encore eu un vrai rendez-vous en amoureux.

Mark contourna le lac.

— Ce qui va se passer ensuite, c'est que nous allons préparer un sac pour Comfort. Je ne réussirai peut-être pas à te convaincre de quitter la ferme, mais, au moins, ta grand-mère sera en sécurité avec la mienne. Puis, je passerai chez moi prendre quelques affaires, et je bivouaquerai sur ton canapé. Quant au rendez-vous, il aura lieu. Je te le promets.

— Tu crois que le meurtrier va se cacher, ou qu'il va quitter la ville si tu es ici avec moi ?

— Je n'ai pas l'intention de me servir de toi comme d'un appât pour faire sortir le loup du bois.

— Je ne sais pas si je pourrai supporter un autre meurtre. Je ne suis même pas sûre de supporter un autre incendie.

Elle soupira.

— Je suis sûre qu'O'Brien est derrière tout ça, d'une façon ou d'une autre.

Mark s'engagea dans l'allée gravillonnée, et s'arrêta devant la maison, à côté du pick-up de Matt.

— Les inspecteurs sont 'en train d'enquêter, et vont faire saisir la boîte que tu as trouvée ce matin.

— Il l'a sans doute déjà fait disparaître. Elle doit être au fond du lac, ou enterrée quelque part.

— Alors, ils l'arrêteront pour obstruction à la justice.

Il coupa le moteur et se tourna vers elle.

— De toute façon, il ne s'approchera plus de toi. Pas tant que je suis dans les parages.

Oui, mais Mark serait-il toujours là pour la secourir ?

Il faudrait bien qu'il retourne au travail. Et il devrait un jour ou l'autre assister à des événements familiaux.

Et puis, ce qu'ils ressentaient était-il vraiment de l'amour ?

Elle était peut-être tout simplement reconnaissante envers lui, tandis que Mark se trouvait conforté dans son besoin quasi maladif d'aider les autres…

Si seulement elle avait pu avoir une vision de la vie en noir et blanc, comme Mark. Pour lui, tout était plus simple. Il ne se rongeait pas l'esprit en inventant mille scénarios.

Cependant, ne finirait-il pas par se lasser du drame permanent qu'elle apportait à sa vie ?

— Tu es bien songeuse, remarqua-t-il. Dis-moi ce qui ne va pas.

— Rien. Je suis fatiguée, c'est tout.

Ce n'était pas un mensonge. La journée avait été rude sur tous les plans.

— Je suis fatiguée d'avoir à lutter. Je suis même déjà fatiguée de la prochaine bataille qui nous attend, quelle qu'elle soit.

Elle désigna le colosse qui sortait de sa voiture et venait vers eux.

— Allons voir ce que Matt a à nous dire.

Mark saisit le poignet d'Amy avant qu'elle ait eu le temps de sortir de la voiture.

— Tu es forte. Exactement comme ma grand-mère.

Elle sourit.

— C'est un beau compliment.

Mais elle n'était pas certaine de le croire.

Sans même un « bonjour », Matt fourra ses mains

dans les poches arrière de son jean, et se lança dans un rapport concis.

— Personne n'a passé cette porte depuis que je suis arrivé. Votre locataire est parti à 16 heures. Les seules personnes que j'ai vues sont les ouvriers, à côté du lac. Une voiture est montée jusqu'ici. Le conducteur avait des cheveux blonds assez longs. Il a fait demi-tour quand je suis sorti de ma voiture pour lui parler.

— Derek Roland.

Amy glissa les doigts dans ses cheveux, à la base de son cou, et tenta d'apaiser la tension qui montait vers son crâne.

— Il est sans doute venu pour présenter ses excuses.

— Ou pour savoir ce que la police a dit à propos du vol de portable, suggéra Mark.

Amy reconnut que cette supposition était davantage plausible. Et un homme de la stature de Matt aurait paru à Derek une menace suffisante pour qu'il retourne se terrer dans son trou.

— Je vais préparer la valise de Gran, annonça-t-elle.

Au passage, elle pressa le bras de Matt.

— Merci de surveiller ma maison.

L'expression sévère de Matt s'adoucit, sans toutefois aller jusqu'au sourire.

— Merci de surveiller celui-là.

Comprenant qu'il s'agissait d'une forme d'approbation de leur relation, Amy lui adressa un signe de tête empli de gravité.

— Vous pouvez compter sur moi.

Tandis qu'elle montait les marches du perron, Amy entendit la conversation entre les deux frères.

— Il paraît que tu as parlé à Grandma, dit Matt.

— Oui.

— C'est bien.

Apparemment, il s'agissait aussi d'une forme d'approbation.

Et également d'un au revoir. Mais l'attention d'Amy s'était déjà portée ailleurs quand les deux frères échangèrent une accolade, avant que Matt remonte en voiture et quitte les lieux.

Amy attendait dans le hall, quand elle entendit Mark monter les marches du perron derrière elle.

Les larmes lui étaient montées aux yeux dès qu'elle avait franchi la porte. Une curieuse brume flottait dans l'air. Une odeur âcre lui piquait le nez.

— Brad et Richie ont encore dû laisser une bouteille d'acide chlorhydrique ouverte, dit-elle.

Elle passa sous l'échafaudage pour aller vérifier sur l'établi où ils laissaient leur matériel.

Mark lui prit le bras et la tira en arrière.

— Quelque chose est en train de brûler, dit-il.

— Quoi ?

Elle regarda autour d'elle, cherchant de la fumée ou des flammes.

— Tu es sûr ?

Quand elle tourna la tête vers Mark, il avait les yeux levés vers le plafond.

— C'est à l'étage. Ça peut être un problème électrique, mais ça peut aussi être une mise à feu programmée. Et nous venons juste d'apporter un afflux d'oxygène en ouvrant la porte. Ça brûle peut-être tout doucement depuis ce matin. Comme Matt n'est pas entré, il n'a pas pu le remarquer.

Il s'avança jusqu'au bas de l'escalier. La brume sur le palier était plus épaisse.

— Qu'est-ce qu'il y a là-haut ?

— Des chambres, et une salle de bains.

— Il y a un grenier ?

Elle hocha la tête.

— On y accède par un placard dans ma chambre. Elle se trouve tout au fond du couloir, à droite.

— J'ai un extincteur dans ma voiture. Viens.

Mark l'entraîna rapidement dehors.

S'inclinant au-dessus du plateau de chargement du pick-up, il ouvrit une caisse métallique fixée sur le côté.

— Appelle le 911. Signale un départ de feu à l'étage ou au grenier. Je ne sais pas encore. Il faut que je trouve la source.

Son extincteur en main, il contourna le pick-up et lui ouvrit la portière.

— Monte.

— Tu ne vas pas y aller tout seul ?

— C'est mon métier. Si je peux arrêter le feu ou le contenir, je le ferai. Sinon, les renforts ne tarderont pas à arriver.

Il poussa la portière et fit demi-tour.

Amy ne resta pas à jouer les demoiselles en détresse. Dès qu'il eut tourné les talons, elle rouvrit la portière et descendit de la voiture.

— Tu ne devrais pas les attendre ? Ça pourrait mal tourner. Laisse-moi au moins venir avec toi.

En trois enjambées, il fut de nouveau près du véhicule.

— Je ne peux pas à la fois m'occuper de toi et du feu. Reste à l'abri. Verrouille la porte.

Il lui mit son téléphone dans la main.

— Cherche le numéro de Matt et dis-lui de revenir. Il sera ici plus vite que les gars de la caserne 13.

Amy hocha la tête, sortant déjà son propre téléphone de sa poche pour appeler le 911.

Avant qu'elle ait le temps de passer l'appel, Mark plaça une main derrière sa nuque et plaqua un baiser sur ses lèvres.

— Je t'aime. Fais attention à toi, lui dit-elle.

Déjà, il courait vers la maison.

Amy le revit en train de jaillir des flammes, en portant le cadavre de Lissette Peterson.

Cette nuit-là, il était vêtu de ses vêtements de protection contre le feu. En jean et T-shirt, et équipé d'un seul extincteur, il ne lutterait pas avec les mêmes armes aujourd'hui.

Ravalant sa peur, et priant pour la sécurité de Mark, elle déroula la liste de ses contacts, et trouva le numéro de Matt.

Il répondit à la deuxième sonnerie.

— Je te manque déjà, frérot ?

— Matt, c'est Amy Hall. Il y a le feu à l'étage, chez moi. Mark m'a demandé de vous appeler en renfort. Il est déjà à l'intérieur. J'ai peur pour lui.

Elle entendit un crissement de pneus sur l'asphalte.

La réponse de Matt fut aussi rassurante que brève.

— J'arrive.

Amy ne quitta pas la maison des yeux tandis qu'elle composait le 911 et signalait l'incendie.

Le soleil déclinant zébrait d'or les fenêtres de l'étage, en un tableau qui, en d'autres circonstances, aurait probablement stimulé sa fibre artistique.

Mais l'esprit d'Amy était tout entier tourné vers Mark, qu'elle imaginait en train d'inspecter les pièces une à une.

Son regard venait de se poser sur l'une des trappes de ventilation du grenier, non loin de la base de la cheminée, quand la vitre de sa chambre vola en éclats.

— Oh ! mon Dieu ! cria-t-elle.

Les flammes qu'elle cherchait à repérer un peu plus tôt jaillissaient comme des bras avides de saisir l'oxygène dont elles avaient besoin.

— Madame ? Madame ? s'époumonait le régulateur au téléphone.

— Je vois les flammes. Au premier étage. Mark Taylor est à l'intérieur. C'est un pompier de la caserne 13. Il n'est pas en service actuellement. Envoyez-nous de l'aide.

Soudain, elle vit une silhouette se faufiler devant les fenêtres du rez-de-chaussée.

Quelqu'un d'autre était dans la maison.

Elle regarda les deux téléphones dans ses mains.

Elle ne pouvait même pas appeler l'homme qu'elle aimait pour le prévenir.

— Envoyez aussi la police, dit-elle. Le pyromane est dans la maison.

Puis elle fourra les deux téléphones dans ses poches et se précipita vers la porte d'entrée.

Une vague de fumée s'abattit sur elle, lui brûlant les yeux et les poumons.

— Mark !

Elle toussa et courut jusqu'au bas de l'escalier.

— Mark ! Il est là ! Il est dans la maison !

Elle entendit un bruit mat et un grognement sur le palier.

— Mark ?

La peur lui fit gravir les premières marches, mais elle s'arrêta quand elle vit un mouvement au-dessus d'elle.

Elle essaya de distinguer les silhouettes fantomatiques qui se déplaçaient dans la nappe de fumée.

Deux hommes.

Est-ce que l'un tirait l'autre hors des flammes ?

Est-ce qu'ils se battaient ?

Avant de vraiment comprendre ce qui se passait, elle vit le corps inerte de Mark s'affaisser au-dessus de la rampe comme une poupée de chiffon, et basculer dans le vide.

— Mark ! cria-t-elle, désespérée.

Non, non, non ! Il ne pouvait pas être mort. Pas son valeureux pompier. Pas l'homme qu'elle aimait.

Amy dévala les quelques marches et enjamba les débris de la rampe qu'il avait emportée dans sa chute. En dessous, des piles de bâches et de feutres de protection pour les parquets avaient amorti le choc.

Il ne bougeait pas.

Elle se pencha sur lui et vit du sang couler d'une plaie qu'il avait sur le côté de la tête.

Elle posa la main sur son cœur.

Il battait. Vite et fort. Il avait été assommé, mais il était vivant.

Passant les bras sous ses aisselles, elle essaya de le tirer sur le sol, mais son corps inerte semblait peser une tonne. La fumée, de plus en plus dense, lui coupait le souffle, et ses yeux larmoyaient tellement qu'elle n'y voyait presque plus rien.

Soudain, elle entendit des bruits de pas.

— N'approchez pas, dit-elle. Laissez-le tranquille. C'est moi que vous voulez, non ?

Sa voix n'était qu'un faible croassement, qui lui raclait la gorge et lui arracha une nouvelle quinte de toux.

Une main couverte d'écorchures s'approcha.

Elle suivit le bras jusqu'au visage de l'homme.

Des joues rougies par des coups de soleil se gonflèrent tandis que l'homme lui souriait.

— Je ne comprends pas, dit-elle. Richie ?

Le binôme faible d'esprit de Brad Frick ? C'était donc lui, le meurtrier de Jocelyn et de Lissette. L'incendiaire qui avait détruit presque toute la propriété de sa grand-mère.

Comme elle ne lui prenait pas la main, il s'accroupit à côté d'elle. Son ton était aussi amical que d'habitude.

— Je nous ai préparé un petit coin spécial dans votre atelier d'art.

— Nous ? Mon atelier ?

Rien de ce qu'il disait n'avait de sens.

— C'est vous qui m'avez prise en photo, Richie ? Vous aimez prendre les femmes en photo ?

— Oui. J'aime les belles femmes.

Amy frissonna. Cet homme avait l'esprit dérangé. Elle doutait de pouvoir le ramener à la raison.

— Vous avez pris des photos de mon amie Jocelyn ? Et de Lissette, la secrétaire du chantier de construction ?

— Oui.

— Vous les avez tuées ?

— Arrêtez de poser des questions. Venez avec moi.

Amy l'ignora et secoua Mark. Elle voulait le réveiller, lui dire qu'elle l'aimait.

— Et Mark ? demanda-t-elle. On ne peut pas le laisser là.

— Le feu cachera mon erreur, dit-il.

Comme si elle pouvait trouver rassurant que le corps de Mark soit brûlé.

— M. O'Brien nous a payés, Brad et moi, pour allumer des feux. Brad faisait ça pour l'argent, mais moi, ça me plaisait. J'aime le feu. Et maintenant, je l'utilise pour cacher mes erreurs.

Jocelyn était une erreur. Lissette était une erreur. Et maintenant, c'était au tour de Mark. Le sien viendrait peut-être aussi…

— Je n'abandonnerai pas Mark, dit-elle. Vous devrez partir sans moi.

— Mais ce n'est pas possible, mademoiselle Amy, dit Richie sur un ton geignard. Vous êtes à moi. Vous devez venir avec moi.

On aurait dit un enfant qui pleurnichait pour avoir un jouet.

— Très bien, dit-elle. Mais laissez-moi juste un instant pour lui dire au revoir.

Le pendentif d'Amy sortit de l'encolure de son chemisier quand elle se pencha vers Mark. Ça lui donna une idée. Sachant que l'épaisse fumée ne permettait pas à Richie de voir ce qu'elle faisait, elle fit rapidement passer le collier au-dessus de sa tête et le glissa dans la poche du jean de Mark.

Matt Taylor et le reste de la caserne 13 n'allaient pas tarder à arriver. Il fallait juste qu'elle reste en vie assez longtemps pour qu'ils la trouvent.

— Sauve-moi, mon héros, murmura-t-elle, avant de presser un baiser sur ses lèvres.

La main de Richie se referma brutalement sur son biceps, et il la tira vers elle.

Elle le repoussa de toutes ses forces, et lui parla avec autorité. Il avait toujours filé doux quand il travaillait pour elle, et elle espérait avoir encore assez d'ascendant sur lui pour le manipuler.

— Je n'ai pas envie d'être une autre de vos erreurs, Richie. J'accepte de venir avec vous, mais vous allez me lâcher.

— D'accord, mademoiselle Amy.

Il leva le maillet qu'il avait dû utiliser pour frapper Mark. Du sang en coulait encore.

— Sinon, je serai obligé de vous frapper. Comme toutes les autres.

14

Mark commença à reprendre conscience alors que Matt le soulevait sur son dos pour l'extraire de la maison en feu.

Dès que son frère le déposa à terre, il se mit à tousser, les poumons encombrés par la fumée et les émanations chimiques, respirant entre deux quintes l'oxygène du masque que lui présentait Matt.

Dès que sa vision s'éclaircit, et que le monde cessa de tourner comme un manège fou, il regarda autour de lui.

— Où est Amy ?

La portière de son pick-up était ouverte, et la cabine était vide.

Matt lui prit le bras pour le retenir, et inspecta la bosse aussi grosse qu'un œuf d'oie sur sa tempe.

— Je ne l'ai pas vue. Tiens-toi tranquille.

— Je l'ai envoyée attendre dans ma voiture. Il y avait un type à l'étage. Je ne sais pas avec quoi il m'a frappé.

En proie à une panique soudaine, il se tourna vers le perron.

— Amy a dû ignorer ma demande et retourner à l'intérieur pour m'aider.

Il s'époumona :

— Amy !

Son frère se posta devant lui sur les marches, lui bloquant le passage.

— Pas question !

Matt pointa son pouce par-dessus son épaule.

— C'est complètement enfumé. Aucun de nous deux n'y retourne avant l'arrivée d'un équipage avec le matériel au grand complet.

Mark pouvait voir les flammes jaillir par une fenêtre à l'étage, et une épaisse fumée noire filtrer par l'encadrement de la porte d'entrée.

Il pivota à trois cent soixante degrés, cherchant à repérer un mouvement. Mais il n'y avait rien.

Il la détenait.

Le salaud qui avait tué ces femmes et pris des photos d'Amy l'avait capturée.

Mark palpa ses poches à la recherche de son téléphone portable, et jura quand il se souvint qu'il l'avait laissé à Amy.

— Je ne peux pas l'appeler.

Matt sortit son portable de sa poche.

— Prends le mien.

Mark réalisa alors qu'il avait perçu un léger renflement dans sa poche.

Surpris, il en sortit le collier d'Amy et l'observa.

— Elle ne s'en sépare jamais.

Un souvenir déchira son esprit envahi de brume.

— Je sais où elle est ! déclara-t-il soudain, en enfouissant le collier dans sa poche.

— Très bien. Allons-y.

— Non !

Il tendit la main pour arrêter son frère.

— Je ne veux pas qu'il panique et fasse du mal à Amy.

Il se précipita le long de la maison, apercevant de là le toit en zinc du studio d'artiste d'Amy.

— Tu as une hache dans ta voiture ?

Matt fut de retour en une poignée de secondes et lui tendit la hache.

— Tu ne veux pas que je m'en charge ? Je suis sûr à quatre-vingt-dix-neuf pour cent que tu as une commotion cérébrale.

— Non. Occupe-toi de l'incendie.

Tenant le manche à deux mains, il balança la hache par-dessus son épaule.

— C'est personnel.

Assise sur le rebord du canapé, Amy mordillait la corde que Richie avait nouée autour de ses poignets.

Pour le moment, il semblait fasciné par ses sculptures, et ne s'intéressait pas à elle.

En premier lieu, elle devait se libérer des liens qui mordaient sa chair. Il lui faudrait ensuite trouver un moyen d'ouvrir les cadenas qu'il avait installés depuis l'intérieur sur la porte d'entrée et sur celle du garage.

Mais comment échapper à Richie ? S'il ne faisait aucun doute qu'elle lui était supérieure intellectuellement, elle ne faisait pas le poids physiquement.

Pour finir, elle retournerait à la maison. Elle voulait sortir Mark de là avant qu'il suffoque, avant que les flammes le consument… Avant qu'elle le perde pour toujours.

Tandis que les larmes lui brûlaient les yeux et que la panique montait en elle comme un tourbillon, Amy essaya de se raisonner.

Un problème à la fois.

Richie venait de découvrir son matériel de soudure. Il actionna plusieurs fois son briquet, ricanant quand la flamme jaillissait. Heureusement, il le reposa avant de se diriger vers les bonbonnes, dont il ouvrit chaque vanne, s'emplissant les sinus des émanations de gaz.

— Ce n'est peut-être pas prudent de les laisser ouvertes, dit-elle, d'un ton le plus amical possible.

Étant donné que les fenêtres et les portes étaient toutes verrouillées, elle pouvait sentir le gaz envahir le bâtiment.

— Ça va dévorer tout l'oxygène et vous pourriez vous évanouir, ou causer une explosion si vous ne faites pas attention.

Elle laissa retomber ses mains liées sur ses cuisses quand il se tourna vers elle.

— J'aime le feu, dit Richie.

Pourquoi n'était-elle pas surprise ?

— Je ne sais pas si j'aime les explosions.

Lorsqu'il prit un pied-de-biche pour faire sauter les poignées de porte en laiton qu'elle avait utilisées en guise d'yeux pour sa statue d'extraterrestre, Amy s'attaqua de nouveau à ses liens.

— Vous avez trouvé mes trésors. Vous me les avez pris, et vous les avez donnés à M. O'Brien. Je veux quelques-uns de vos trésors pour les mettre dans ma boîte.

— Vous pouvez prendre tout ce qu'il y a ici, Richie. Mais laissez-moi partir.

— Vous n'avez pas été gentille avec moi. Vous avez donné mes trésors.

Il vint s'asseoir à côté d'elle, si près que ses jambes frôlaient les siennes. Elle n'osa pas bouger, de peur de le contrarier.

— Vous n'auriez pas dû faire confiance à M. O'Brien. C'est lui qui nous a payés, Brad et moi, pour mettre le feu à vos affaires. Il voulait vous faire peur pour que vous quittiez la maison, et il aurait pu avoir la propriété pour une bouchée de pain. Il disait que Mme Comfort et vous aviez quelque chose qu'il voulait.

Il souleva la queue-de-cheval d'Amy et joua avec les longueurs, les enroulant autour de ses doigts.

— Vous aussi, vous avez quelque chose que je veux.

Amy respira profondément par le nez, en contenant à grand-peine sa nausée tandis que Richie lui caressait les cheveux.

— Donc, O'Brien est responsable des incendies ?

Elle avait bien l'intention de faire arrêter ce type.

Si elle parvenait à échapper à Richie…

Amy s'obligea à évacuer le doute de son esprit.

Quand elle serait parvenue à échapper à Richie.

— Vous avez tué mon amie Jocelyn. Et Lissette.

— Elles étaient gentilles avec moi.

— Vous les avez tuées parce qu'elles étaient gentilles ?

— De la même façon que vous. Elles me parlaient. Elles me souriaient…

Il referma la main autour de sa queue-de-cheval et tira d'un coup sec, lui arrachant un petit cri.

— Mais vous n'êtes pas plus sincère qu'elles l'étaient.

Il se pencha et déposa un répugnant baiser humide dans son cou.

— Vous allez être gentille avec moi, n'est-ce pas, Amy ? Exactement comme vous l'êtes avec ce pompier.

Elle rassembla son courage, puisant sa force dans la colère que lui inspiraient tant d'injustices, et envoya son coude dans le nez de Richie.

Tandis qu'il criait de douleur et tenait son visage à deux mains, elle se leva et courut à son établi.

Elle savait de quoi elle avait besoin pour tenir Richie à distance, et comment se libérer. Il avait déjà fait la moitié du travail pour elle en ouvrant son chalumeau oxyacétylénique. Tant que l'air ne s'était pas complètement rempli de gaz, elle pouvait s'y risquer sans tout faire sauter.

Le sang coulant de son nez cassé, Richie plongea vers elle. Aussitôt, elle s'empara de son briquet. Même si elle était gênée par ses liens, elle avait fait ça si souvent qu'elle provoqua une étincelle à la deuxième tentative.

Brandissant le chalumeau allumé, et lui imprimant des mouvements de va-et-vient, elle tint Richie à distance.

Quand il eut suffisamment reculé, elle jeta le chalumeau à ses pieds et courut vers la porte.

— À l'aide !

Tout en étant consciente que ça ne servirait à rien, elle secoua le cadenas, en se demandant pourquoi Richie ne l'avait pas déjà jetée à terre. Puis elle se retourna, et comprit son erreur.

Richie avait récupéré le chalumeau et mettait le feu à son établi.

Elle courut jusqu'à la porte du garage, et n'eut pas davantage de chance avec le cadenas.

Il allait tout brûler du sol au plafond. Il se moquait de mourir, du moment que l'objet de son obsession mourait avec lui.

Maintenant, il s'attaquait au canapé, y mettant le feu, et admirant les flammes.

Refoulant les larmes qu'elle n'avait pas le temps de laisser couler, Amy inspecta le sol pour essayer de retrouver le pied-de-biche que Richie avait utilisé un peu plus tôt et laissé tomber. Elle entendit alors un grand fracas à la porte de l'atelier.

Au moment où elle se retournait, le bois vola en éclats. Richie se tourna aussi, en brandissant le chalumeau.

Elle vit à travers le panneau une lame de hache qui scintillait sous les flammes. La lame disparut, puis frappa de nouveau, et les gonds cédèrent.

Et Mark apparut. Blessé, en sang, mais incroyablement fort et héroïque.

— Amy…

— Mark ! Attention !

Richie se rua sur lui, mais Mark était prêt. Avant que la flamme du chalumeau l'atteigne, il envoya sa hache en avant, et frappa Richie à la poitrine avec le plat de la lame. Déséquilibré, l'homme recula dans les flammes. Il hurla et tenta de s'échapper, mais le feu qu'il aimait tant rampait le long des murs, l'entourant, le consumant.

Amy courut vers Mark, et le poussa 'à l'extérieur de l'atelier.

— Le gaz !

Baissant les yeux vers ses mains liées, Mark la souleva dans ses bras et se mit à courir. L'atelier explosa dans leur dos et le souffle de la déflagration les projeta au sol. Ils roulèrent sur quelques mètres, et Amy se retrouva au-dessus de lui.

Les yeux fermés, Mark semblait lutter contre la douleur.

— Mark ?

Amy voulut prendre son visage entre ses mains, mais les cordes ne lui permettaient que de saisir son menton et de passer les doigts sur ses lèvres.

— Mark ? Est-ce que ça va ? Tes blessures sont graves ?

Il ouvrit les paupières et redressa la tête pour l'embrasser. Ils étaient essoufflés par leur effort, et le baiser fut bref. Mais la tendresse dans le regard bleu-gris de Mark était indéniable, tout comme le rire qui vibrait dans sa gorge lorsqu'il déclara :

— Bon sang, tu as vraiment le don de t'attirer des ennuis.

Riant aussi, heureuse de savoir qu'ils avaient échappé au pire et qu'ils avaient toute la vie devant eux, elle roula sur le côté pour libérer Mark de son poids.

Quand ils furent assis, il libéra ses poignets et inspecta en tiquant l'empreinte de frottement laissée par la corde.

— Ta peau est si pâle que toutes les marques se voient.

Il embrassa ses poignets, embrassa ses lèvres, empêchant Amy d'inspecter la bosse et le sang séché sur sa tempe.

Elle essaya de plaisanter pour masquer son inquiétude.

— Chaque fois que tu combats un feu, tu es blessé. Il ne faudrait pas que ça devienne une habitude.

— Je vais bien, affirma-t-il. Et je vais encore mieux maintenant que je sais que tu es saine et sauve.

— Comment as-tu su où me trouver ?

Il sortit son collier de sa poche et le laissa pendre entre ses doigts.

— J'ai eu ton message.

Trois pompiers passèrent à côté d'eux en déroulant un tuyau. Quand l'un d'eux s'arrêta pour demander 'si les deux jeunes gens étaient sérieusement blessés, Mark leur fit signe de continuer vers l'atelier.

— Il y a un homme à l'intérieur. Il n'a probablement pas survécu.

Puis Mark prit la main d'Amy et l'aida à se relever.

— Viens. Nous gênons le passage. Je veux que les secouristes t'examinent.

— Toi aussi.

Elle s'en assurerait.

Mais les gyrophares des véhicules garés dans son allée, et sur le terrain en face de la maison, n'appartenaient pas tous aux camions de la caserne 13.

— Ces voitures de police sont chez Dale O'Brien, ou je me trompe ?

— Je crois que la police va emmener O'Brien et Frick pour les interroger.

— O'Brien a payé Brad et Richie pour mettre le feu à la propriété de ma grand-mère.

— Je le soupçonnais.

— Richie a vu dans les incendies le moyen idéal de cacher ses crimes, quand ses coups de cœur obsessionnels restaient sans suite.

Mark passa un bras autour de la taille d'Amy et la guida vers l'ambulance, tandis que les pompiers menaient une bataille perdue d'avance pour sauver la maison historique de sa grand-mère.

— Je crois que Richie ne comprenait pas comment les gens fonctionnent, remarqua-t-elle. Il ne savait pas comment interagir normalement, d'une façon saine. Je me sens presque triste pour lui.

— Pas moi. J'ai failli te perdre par sa faute.

— Et moi aussi j'ai failli te perdre.

— Matt va s'assurer que les secouristes me donnent le feu vert, ou bien il me conduira lui-même à l'hôpital.

— J'aime bien Matt.

— Non, c'est moi que tu aimes bien.

— C'est vrai. Et ma grand-mère aussi t'apprécie. Ce qui est bon signe, je pense.

Elle sursauta quand une poutre craqua et s'effondra dans la demeure.

— Gran va regretter cette maison.

Mark la serra plus étroitement contre lui tandis qu'ils observaient l'inexorable destruction.

— Je crois qu'elle préfère t'avoir toi plutôt que la maison.

Amy tourna son visage vers Mark.

— Alors, est-ce qu'on va finir par l'avoir, ce rendez-vous en amoureux ?

— Je n'arrête pas de le demander.

Il déposa un baiser sur sa tempe, puis l'entraîna à l'écart du triste spectacle.

— Je pense qu'entre nous, ce n'est pas seulement une histoire d'opposés qui s'attirent, ou un emballement dû aux circonstances.

Amy hocha la tête.

— Je crois qu'il fallait que tu me portes secours, après tout.

Elle posa une main sur son torse, et sentit sous sa paume le battement fort et régulier de son cœur.

— Mais j'ai surtout besoin que tu m'aimes.

Mark resserra ses bras autour d'elle.

— C'est déjà fait.

Retrouvez prochainement, dans votre collection BLACK ROSE

Une héritière dans la tourmente, de Lena Diaz - N°672

LES JUSTICIERS - 3/4

Le cœur battant, Harper se prépare à affronter l'homme qui depuis six ans hante ses rêves : Gage Bishop, qui était alors son garde du corps personnel. Gage dont elle était follement amoureuse et que son père a renvoyé en apprenant qu'elle attendait un enfant de lui. Gage enfin dont elle a besoin aujourd'hui car un complot est en train de se tramer contre elle. Une sourde menace dont lui seul saura la protéger...

Dans l'ombre du secret, de Cindy Dees

Quel secret cache Anna, la jolie serveuse que Brett vient de secourir lors d'une attaque à main armée ? Et pourquoi le sourire qui illumine son visage fait-il place à une poignante expression de détresse dès que l'on prononce le nom de son défunt mari ? Bien décidé à élucider ce mystère, Brett découvre bientôt que la belle-famille d'Anna s'acharne sur elle, multipliant contre elle menaces et agressions...

Protection risquée, de Marie Ferrarella - N°673

Intrépide, insolente, indépendante... Décidément la journaliste Krys Kowalski a tout pour étonner l'inspecteur Morgan Cavanaugh. D'autant qu'elle mène deux enquêtes de front : l'une pour déjouer les malfaçons d'un laboratoire peu scrupuleux, l'autre pour retrouver un *serial killer* surnommé « Barbe-Bleue ». Deux investigations à hauts risques dans lesquelles il est censé tenir le rôle du garde du corps...

Unis par le mensonge, de Cindi Myers

Mari et femme ! En apprenant que Jace Cantrell et elle vont devoir jouer au couple parfait dans l'enquête sous couverture qu'ils mènent ensemble, Laura a bien du mal à cacher son désarroi. Car non seulement Jace et elle ont des méthodes de travail radicalement opposées, mais elle n'est pas sûre en outre de réussir à feindre d'être une épouse aimante. Un rôle de composition qui les mettra en danger de mort si leur mensonge est découvert...

Retrouvez prochainement, dans votre collection

BLACK ROSE

Le bébé de la discorde, de Nicole Helm - N°674

La peur au ventre, Dev Wyatt comprend que le moment est venu pour lui de révéler ses secrets. En effet, il y a urgence car, surgi du passé sombre des Wyatt, un homme, un frère inconnu de tous, vient de réapparaître et menace toute la famille. À commencer par Sarah Knight. Sarah la meilleure amie de Dev. Sarah qu'il aime depuis toujours et à qui, sans jamais le révéler à quiconque, il a accepté de faire un bébé...

Une mystérieuse révélation, de Rachel Lee

« Les crimes vont recommencer... » Alors qu'il prépare une émission sur des phénomènes paranormaux, Steve Hawks rencontre un médium qui lui fait cette stupéfiante prédiction. Bientôt, en effet, un double meurtre est commis en ville. Entraînant avec lui Candy Serrano, la policière chargée de le protéger et qui ne cache pas son scepticisme concernant le surnaturel, Steve mène l'enquête et se retrouve plongé en plein mystère...

Un enfant en péril, de Carol Ericson - N°675

« Dévalisez cette bijouterie, ou vous ne reverrez jamais Bobby. » La peur au ventre, Deb s'enfuit du magasin qu'elle vient de braquer. Mais, en reconnaissant celui à qui elle doit remettre son butin, elle étouffe une exclamation de surprise. Car, à la place du malfaiteur qui séquestre son petit garçon, se tient Beau Slater. Beau, avec qui elle a vécu une brève histoire d'amour et qui lui promet de retrouver Bobby. Sans même savoir qu'il est son fils...

La plus troublante des promesses, de Carla Cassidy

En se réveillant à l'hôpital après avoir été victime d'une violente agression, Lizzy est sous le choc. Qui pourrait vouloir la supprimer ici, à Grady Gulch, la petite ville où elle s'est arrêtée pour quelques semaines ? Daniel Jefferson – un cow-boy séduisant dont elle a fait la connaissance quelques jours plus tôt, et qui est loin de la laisser indifférente – le découvrira, il lui en fait la promesse...

Retrouvez prochainement,
dans votre collection

BLACK ROSE

Une vérité dangereuse, de Paula Graves - N°676

« Le nom des Cumberland est mal vu ici... » Interloquée, Dana dévisage Walker, le détective qui vient de lui faire cette révélation. Poussée par la curiosité, elle se renseigne et fait une découverte stupéfiante : bien avant son mariage, sa mère aurait eu un petit garçon, mort à la naissance. Folle de douleur, elle aurait alors volé le bébé d'une autre femme, héritière d'une riche famille de la région...

Un cœur en détresse, de Rita Herron

Récupérer Ryan sain et sauf... pour Brianna, c'est tout ce qui compte depuis que le bébé de sa meilleure amie – dont elle a la garde depuis sa mort – a été enlevé. Et tant pis si, pour le retrouver, elle doit collaborer avec Derrick McKinney, l'inspecteur chargé de l'affaire qui l'a humiliée des années plus tôt en la repoussant alors qu'elle venait de lui avouer son amour...

OFFRE DÉCOUVERTE !

Vous souhaitez découvrir nos collections ? Recevez **votre 1er colis gratuit*** **av** **1 cadeau surprise !** Une fois votre colis de bienvenue reçu, si vous souhai continuer à recevoir nos livres, cela se fera automatiquement. Vous recevrez al vos livres inédits** en avant-première.

Vous n'avez aucune obligation d'achat et cette offre est sans engagement de duré

*1 livre offert + 1 cadeau / 2 livres offerts pour la collection Azur + 1 cadeau.
Pour la collection Intrigues : 1er colis à 17,25€ avec 2 livres + 1 cadeau.
**Les livres Ispahan, Sagas, Gentlemen et Hors-Série sont des réédités.

COCHEZ la collection choisie et renvoyez cette page au
Service Lectrices Harlequin – CS 20008 – 59718 Lille Cedex 9 – France

Collections	Références	Prix colis
❑ **AZUR**	Z1ZFA6	6 livres par mois 29,99€
❑ **BLANCHE**	B1ZFA3	3 livres par mois 24,45€
❑ **LES HISTORIQUES**	H1ZFA2	2 livres par mois 17,09€
❑ **ISPAHAN**	Y1ZFA3	3 livres tous les 2 mois 23,85€
❑ **PASSIONS**	R1ZFA3	3 livres par mois 25,89€
❑ **SAGAS**	N1ZFA3	3 livres tous les 2 mois 28,86€
❑ **BLACK ROSE**	I1ZFA3	3 livres par mois 26,19€
❑ **VICTORIA**	V1ZFA3	3 livres tous les 2 mois 26,19€
❑ **GENTLEMEN**	G1ZFA2	2 livres tous les 2 mois 17,35€
❑ **HARMONY**	O1DFA3	3 livres tous les mois 20,16€
❑ **ALIÉNOR**	A1ZFA2	2 livres tous les 2 mois 17,75€
❑ **HORS-SÉRIE**	C1ZFA2	2 livres tous les 2 mois 18,25€
❑ **INTRIGUES**	T1ZFA2	2 livres tous les 2 mois 17,25€

N° d'abonnée Harlequin (si vous en avez un) ⎿⏌⎿⏌⏌⏌⏌⏌⏌⏌⏌

Mme ❑ Mlle ❑ Nom : ____________________

Prénom : ____________________ Adresse : ____________________

____

Code Postal : ⎿⏌⏌⏌⏌⏌ Ville : ____________________

Pays : ____________________ Tél. : ⎿⏌⏌⏌⏌⏌⏌⏌⏌⏌⏌

E-mail : ____________________

Date de naissance : ____________________

Date limite : 31 décembre 2021. Vous recevrez votre colis environ 20 jours après réception de ce bon. Offre soumise à acceptation et réservée aux personnes majeures, résidant en France métropolitaine, dans la limite des stocks disponibles. Prix susceptibles de modification en cours d'année. Vous pouvez demander à accéder à vos données personnelles, à les rectifier ou à les effacer. Il vous suffit de nous écrire en nous indiquant vos nom, prénom et adresse à : Service Lectrices Harlequin CS 20008 59718 LILLE Cedex 9. Service Lectrices disponible du lundi au vendredi de 9h à 17h : 01 45 82 47 47.